DEBBIE MACOMBER

Sommersterne

DEBBIE MACOMBER

Sommersterne

Roman

Aus dem Amerikanischen
von Nina Bader

blanvalet

Die Originalausgabe erschien 2014
unter dem Titel »Love Letters« bei Ballantine Books,
an imprint of The Random House Publishing Group,
a division of Random House, Inc., New York.

Der Verlag weist ausdrücklich darauf hin, dass im Text enthaltene externe
Links vom Verlag nur bis zum Zeitpunkt der Buchveröffentlichung eingese-
hen werden konnten. Auf spätere Veränderungen hat der Verlag keinerlei
Einfluss. Eine Haftung des Verlags ist daher ausgeschlossen.

Verlagsgruppe Random House FSC® N001967

3. Auflage
Deutsche Erstausgabe Juni 2016 bei Blanvalet Verlag,
einem Unternehmen der
Verlagsgruppe Random House GmbH, München
Copyright © 2014 by Debbie Macomber
Copyright © 2016 für die deutsche Ausgabe
by Blanvalet Verlag, in der Verlagsgruppe Random House,
Neumarkter Str. 28, 81673 München
This translation published by arrangement with Ballantine Books,
an imprint of Random House, a division of Random House LLC.
Umschlaggestaltung: www.buerosued.de
Umschlagmotiv: Getty Images/Westend61;
Plainpicture/Johner/Hans Bjurling; StockFood/Natasha Breen
Redaktion: Ulrike Nikel
LH · Herstellung: sam
Satz: Buch-Werkstatt GmbH, Bad Aibling
Druck und Bindung: GGP Media GmbH, Pößneck
Printed in Germany
ISBN: 978-3-7341-0190-8

www.blanvalet.de

Liebe Freunde,

eine der mir am häufigsten gestellten Fragen lautet: »Wo nimmst du eigentlich die Ideen für deine Geschichten her?« Die Antwort fällt für jedes Buch anders aus. Die meisten sind ein direktes Resultat von Dingen, die ich selbst erlebt habe oder die mir begegnet sind. Diese hier bildet keine Ausnahme.

Kurz nach dem Tod meiner Mutter fand ich ein Tagebuch, das sie während des Zweiten Weltkriegs geführt hatte. Eines von der altmodischen Sorte, in dem man über einen Zeitraum von fünf Jahren pro Tag ein paar wenige Zeilen notieren konnte. Jede Seite war ein Liebesbrief an meinen Vater, und in jeden Eintrag war ihr Herzblut geflossen. Ich las es mit Tränen in den Augen.

An einer Stelle stand, dass mein Vater seine Schwester beauftragt hatte, dafür zu sorgen, dass sie an ihrem Geburtstag einen Rosenstrauß bekam. Ihr Eintrag für diesen Tag lautete: Rosen von Ted. Mir geht das Herz auf. Später geriet er in deutsche Kriegsgefangenschaft, und monatelang hörte sie nichts von ihm, wusste nicht einmal, ob er noch lebte. Tag für Tag schrieb sie in ihr Tagebuch: kein Brief von Ted. Kein Brief von Ted. Und einmal fand ich die herzzerreißende Notiz: O Gott, bitte … All ihre Ängste kamen in diesen wenigen Worten zum Ausdruck. Dann endlich erhielt sie die Nachricht, dass mein Vater lebte. Danach blieben die Seiten leer.

Nachdem ich das Tagebuch gelesen hatte, kam mir die Idee, ein Buch zu schreiben, das Liebesbriefe zum Inhalt hatte.

Meine Heldin Jo Marie weiß schließlich, was es heißt, den geliebten Mann durch einen Krieg zu verlieren, und hütet den Brief, der sie nach seinem Tod erreicht, wie einen kostbaren Schatz. Paul schrieb ihn vorsorglich für den Fall, dass er nicht mehr nach Hause käme. Und ein junges Paar, Roy und Maggie Porter, das sich schon einmal getrennt hat und jetzt wieder in einer Krise steckt, findet dank eines Liebesbriefs wieder zueinander. Und dann ist da noch Ellie …

Halt, sonst verrate ich noch die ganze Geschichte, aber ich will euch ja nicht die Spannung verderben, sondern euch alles selbst erleben und herausfinden lassen.

Also lehnt euch zurück, und taucht in die Geschichte ein. Und wenn ihr das Buch gelesen habt, dann fühlt ihr euch hoffentlich stark genug, demjenigen, dem euer Herz gehört, einen Liebesbrief zu schreiben.

Wie ihr wisst, freue ich mich immer, von meinen Lesern zu hören. Ihr erreicht mich über meine Website DebbieMacomber.com oder über Facebook. Und wenn euch danach ist, könnt ihr mir auch einen Brief schreiben und ihn an P.O. Box 1458, Port Orchard, WA 98366 schicken.

Viel Spaß und herzliche Grüße,
Debbie Macomber

Für Steve und Robin Black
Danke für eure Freundschaft, die erstklassigen Weine
und dafür, dass ihr Wayne und mir eine eigene Reihe
Weinstöcke geschenkt habt.
Mögen sie endlose Ströme von Wein produzieren!

1

Hätte mir jemand vor zwei Jahren prophezeit, mir werde dereinst in dem kleinen Küstenort Cedar Cove ein Bed&Breakfast gehören, dann würde ich ihn ausgelacht haben. Allerdings hätte ich mir ebenso wenig träumen lassen, mit achtunddreißig Jahren Witwe zu sein. Wenn ich eines gelernt habe durch all die schmerzlichen Lektionen, die das Leben für mich bereitgehalten hat, dann dies: Für die Zukunft gibt es keinerlei Garantien.

Und so kam ich hierher, begann tagtäglich Betten abzuziehen, Toiletten zu putzen und selbst bei fünfunddreißig Grad Hitze Plätzchen zu backen. Und zu meiner großen Überraschung gefiel es mir. Na ja, das Toilettenputzen nicht unbedingt, aber so ziemlich jeder andere Aspekt dieses neuen Lebens, das ich mir aufgebaut habe.

Zwei Jahre sind vergangen, seit ich vom Tod meines Mannes erfuhr. Obwohl ich es anfangs nicht für möglich hielt, machte ich irgendwann die Erfahrung, dass ich trotz meiner Trauer zwischendurch auch wieder fröhlich sein, wieder etwas empfinden und sogar wieder lachen konnte.

Zunächst undenkbar für mich, denn als mir die US-Army mitteilte, dass Paul bei einem Hubschrauberabsturz auf irgendeinem Berghang in Afghanistan ums

Leben gekommen sei, brach für mich eine Welt zusammen, und es schien kein Morgen mehr zu geben. Um zu verhindern, dass mir die Kontrolle über mein Leben gänzlich entglitt, begann ich nach etwas zu suchen, woran ich mich festhalten konnte.

Und das wurde das Rose Harbor Inn.

Fast jeder warnte mich, die Pension zu kaufen: meine Familie, meine Freunde, mein Arbeitgeber. Wieder und wieder bekam ich zu hören, eine solche Veränderung sei zu drastisch und ich solle lieber ein Jahr warten. Schieb es zwölf Monate auf, hieß es. Zwar hörte ich mir geduldig die gut gemeinten Ratschläge an, ließ mich jedoch nicht beirren und verfolgte weiter meine Pläne. Ich wusste, dass es nur zwei Möglichkeiten für mich gab: entweder einen radikalen Neuanfang zu wagen oder langsam den Verstand zu verlieren.

Ob es leicht gewesen sei, werde ich manchmal gefragt.

Nein, das war es nicht. Zunächst einmal musste ich eine Menge investieren, bevor ich überhaupt etwas verdiente. Und große Sprünge lassen sich mit der Vermietung von Zimmern sowieso kaum machen. Man kommt gerade so über die Runden und das auch bloß dann, wenn man die ganze Arbeit alleine macht. Und das tat ich, zumal ich jeden Cent, der übrig blieb, für Verbesserungen am Haus und für Neuanschaffungen brauchte.

Nachdem ich das Bed&Breakfast in Cedar Cove erworben hatte, änderte ich den Namen in Rose Harbor Inn. Rose wegen meines Nachnamens, Pauls Namen, und Harbor, weil ich mir einen schützenden Hafen wünschte, um meine Wunden zu heilen. Ich ließ eigens ein neues Schild aufstellen.

Entworfen und angefertigt wurde es von einem hiesigen Handwerker, der mir empfohlen worden war und der sich darüber hinaus als überaus brauchbar für alles erwies, was so an Reparaturen, Verschönerungen und Umgestaltungen anfiel.

Ein ebenso unentbehrlicher wie rätselhafter Mann und dazu verschlossen wie eine Auster.

Während des vergangenen Jahres habe ich Mark Taylor fast jeden Tag gesehen, manchmal zwei- oder dreimal täglich, und trotzdem außer seinem Namen und seiner Adresse so gut wie nichts über ihn in Erfahrung gebracht. Okay, seine Talente als Kunsttischler und seine Vorliebe für meine Erdnussbutterplätzchen sind mir ebenfalls nicht entgangen. Vermutlich war er in seinem früheren Leben bei der Army, wenn ich ihn richtig verstanden habe. Aber wo und wie lange und in welcher Position, das hat er mir nicht verraten. Bloß vage etwas von Problemen gemurmelt, obwohl ich brennend gern mehr gehört hätte. Immer wieder passierte mir Ähnliches mit ihm, und das machte mich ganz verrückt.

Es war, als würde man ständig an einem juckenden Flohstich kratzen und die Sache dadurch nur schlimmer machen.

Da ich kaum etwas wusste, erging ich mich in allerlei wüsten Fantasien und wilden Spekulationen, malte mir Dutzende von Gründen aus, warum Mark sich so beharrlich weigern könnte, über seine Vergangenheit zu sprechen. Neben harmlosen Erklärungen schossen mir dabei auch ziemlich absonderliche und sogar furchterregende Szenarien durch den Kopf.

Sooft ich auch versuchte, ihm seine Geheimnisse zu entlocken – bei Mark Taylor biss ich auf Granit. Und so blieb meine Neugier unbefriedigt und nagte an mir. Eher würde man es schaffen, Marmor mit Marshmallows zu bearbeiten, dachte ich so manches Mal verärgert.

Zum Glück ließ mir meine Arbeit meist keine Zeit, über solche Dinge nachzudenken.

Gerade eben hatten die Hendersons aus Texas ausgecheckt. Sie waren nach Cedar Cove gekommen, um ihren Sohn zu besuchen, der am nahe gelegenen Marinestützpunkt Bremerton stationiert war und sich kürzlich mit einer Einheimischen verlobt hatte. Und die wollten die Eltern natürlich kennenlernen. Lois und Michael waren nette Leute und angenehme Gäste gewesen, wie man sie gerne beherbergte.

Es war ein ständiges Kommen und Gehen, und nicht immer konnte ich mir die Namen merken. Aber die Gäste, die sich für das bevorstehende Wochenende angemeldet hatten, die würde ich mein Leben lang nicht vergessen.

Da war zunächst Eleanor Reynolds. Bei ihrem ersten Anruf hatte sie leicht spröde und ein wenig pedantisch geklungen, weshalb ich zunächst auf eine Buchhalterin oder Bibliothekarin mittleren Alters getippt hatte. Das glaubte ich mittlerweile nicht mehr. Denn bei einem zweiten Telefongespräch stornierte Ellie, wie ich sie nennen sollte, die Buchung, um sie beim dritten zu erneuern. Eine eher sprunghafte Dame offenbar. Da ich während der letzten Wochen nichts mehr von ihr gehört hatte, ging ich indes davon aus, dass es bei der Reservierung blieb und Ellie irgendwann am Nachmittag eintreffen würde.

Maggie Porter schien völlig anders zu sein. Locker und offen, lebhaft und fröhlich. Diesen Eindruck vermittelte sie zumindest. Gemeinsam mit ihrem Mann Roy wollte sie sich ein gemütliches Wochenende gönnen, eine Auszeit, wie sie es nannte. Ein Geschenk der Schwiegereltern übrigens, die sich zudem bereit erklärt hatten, die Kinder zu hüten. Ich war gespannt auf das junge Paar.

Rovers Bellen verriet mir, dass jemand den Weg zur Vordertür heraufkam.

Ich sah auf meine Uhr. Hatte ich etwa nicht auf die Zeit geachtet, und die ersten Gäste standen schon auf der Matte? Leider passierte mir das nämlich häufiger, als ich zugeben mochte. Als mein treuer Vierbeiner jedoch zur Tür rannte, wusste ich, dass es kein Fremder war. Mark Taylor stand draußen.

Perfekt, dachte ich. Da konnte ich ihn erneut ins Kreuzverhör nehmen und mich diesmal mit Glück nicht vom Thema ablenken lassen. Irgendwann musste es mir schließlich gelingen, ihn festzunageln.

Ich hielt Mark die Tür auf. Er hatte sich vor zwei Monaten ein Bein gebrochen, aber alles war gut verheilt und nichts zurückgeblieben. Nicht einmal ein ansatzweises Hinken. Damals hatte ich ihm seine Verletzung fast übel genommen, denn dadurch war seine Arbeit an meinem neu zu gestaltenden Rosengarten endgültig zum Erliegen gekommen. Schon vorher hatte er damit herumgetrödelt – Woche um Woche war die Sache einfach nicht vorangegangen.

Allerdings, das lässt sich nicht leugnen, ist Geduld nicht gerade meine Stärke, und es war nicht immer fair, ständig an ihm herumzunörgeln. Doch sobald alles fertig war, verrauchte auch der letzte Rest meines Ärgers. Jetzt fehlte nur noch der Pavillon, und ich hatte Mark ein Foto aus einer Zeitschrift als Muster gegeben. Genau so wünschte ich es mir für meinen Garten.

Ich war wie besessen von diesem Pavillon. Er musste her, auf Biegen oder Brechen. Im Geiste sah ich mich, Rover neben mir, in der Abenddämmerung mit einem Getränk dort sitzen, während die Sonne wie ein pink- und orangefarbener Ball langsam hinter der Bergkette der Olympic Mountains versank. Von der Terrasse hinter dem Haus aus ließ sich dieses Schauspiel zwar ebenfalls genießen, aber diesen Platz überließ ich meist meinen Gästen. Schließlich warb ich in meinem Prospekt mit einem Foto dieses wirklich imposanten Sonnenuntergangs. Mark hatte es aufgenommen. Zu seinen vielen unterschiedlichen Talenten gehörte ebenfalls das Fotografieren, wenngleich er mein Lob stets mit einer unwilligen Geste abtat, als wären ihm Komplimente peinlich.

Mark trat ins Haus und begrüßte Rover auf die für ihn typische Art, indem er ihn brummelnd als nichtsnutzigen Köter bezeichnete. Anfangs hatte ich protestiert und mir solche Bemerkungen verbeten. Dann kapierte ich, dass er es bloß darauf anlegte, mich auf die Palme zu bringen, und seitdem tat ich ihm den Gefallen nicht mehr.

»Hast du eine Minute Zeit?«, fragte er.

»Klar. Was gibt es denn?«

Statt zu antworten, ging er ins Frühstückszimmer und legte einen zusammengerollten Bogen Zeichenpapier auf einen der Tische.

»Ich habe die Pläne für deinen Pavillon fertig.«

Welch eine Überraschung. Ich war davon ausgegangen, dass er fünf oder sechs Monate brauchen würde, um das Projekt anzupacken. Immerhin hatte er von Anfang an klargestellt, dass er vorher andere Aufträge erledigen müsse. Ich war mir allerdings nicht sicher, ob das stimmte oder ob er mich damit zu ärgern hoffte. Jedenfalls blickte ich nach wie vor weder bei Marks Termingestaltung durch, noch vermochte ich ein System zu erkennen, nach dem er Prioritäten setzte.

Wenn man einmal davon absah, dass ich generell ganz unten auf seiner Liste landete.

»Das ist ja toll«, sagte ich und bemühte mich, nicht allzu euphorisch zu klingen. Schon allein aus Selbstschutz. Um nicht enttäuscht zu sein, wenn es am Ende erneut nicht so lief, wie ich erwartete, und er die Geschichte nicht zügig vorantrieb.

Er entrollte den Papierbogen und beschwerte ihn oben und unten mit Salz- und Pfefferstreuern.

Auf Anhieb gefiel mir, was ich sah. »Wann hast du das denn gezeichnet?«, erkundigte ich mich.

»Vor ein paar Wochen.«

Und er zeigte es mir erst jetzt?

»Gefällt es dir oder nicht?«

Ungeduld klang aus seiner Stimme, denn in dieser Hinsicht stand Mark mir kaum nach.

Ich war nicht die Einzige, die ein Geduldsproblem hatte.

»Und ob«, versicherte ich, »allerdings habe ich vorab ein paar Fragen.«

»Und die wären?«

»Was wird mich das Ganze kosten?«

Er verdrehte die Augen, als hätte ich eine unzumutbare Forderung an ihn gestellt. »Willst du etwa einen Kostenvoranschlag?«

»So läuft das normalerweise.«

Er seufzte und wirkte leicht gekränkt. »Eigentlich solltest du mittlerweile darauf vertrauen, dass ich dir faire Preise mache.«

»Das tue ich durchaus, doch so einen Pavillon hinzustellen dürfte nicht ganz billig werden, und ich brauche einen Anhaltspunkt, um planen zu können. Abstottern ist ja wohl kaum drin, oder?«

Er zuckte die Achseln. »Nee.«

»Dachte ich mir.«

»Okay, dann kriegst du eben deinen Kostenvoranschlag – beschwer dich aber anschließend nicht über dadurch bedingte Verzögerungen.«

»Kannst du mir nicht grob über den Daumen gepeilt sagen, womit ich rechnen muss?«, bohrte ich nach, obwohl sich Marks Rechnungen tatsächlich immer in vernünftigen Grenzen hielten.

Seine Antwort bestand darin, dass er einen kleinen Spiralblock aus seiner Hemdtasche zog, ein paar Seiten umblätterte, irgendwelche Zahlen betrachtete und mit gerunzelter Stirn zu rechnen begann. Anschließend nannte er eine Summe, mit der ich leben konnte.

»Klingt gut.« Ich versuchte, mir meine Erleichterung nicht allzu deutlich anmerken zu lassen.

»Also abgemacht?«

Ich begutachtete den Entwurf erneut. Es handelte sich praktisch um eine Kopie der Vorlage. Perfekt, soweit ich es beurteilen konnte, und mit Sicherheit ein Gewinn für das Rose Harbor Inn, denn ich plante den Pavillon nicht nur selbst zu nutzen, sondern ihn auch für kleine Empfänge und Feiern zu vermieten.

»Abgemacht«, sagte ich aufgeregt, und diesmal bemühte ich mich nicht, meine Emotionen vor Mark zu verbergen. Rover wedelte mit dem Schwanz, als würde er sich ebenfalls freuen.

»Gut.« Mark rollte den Papierbogen zusammen, streifte ein Gummiband darüber und schnupperte plötzlich. »Du hast Plätzchen gebacken«, stellte er fest und fügte stirnrunzelnd hinzu: »Und das bei der Hitze?«

»Gleich frühmorgens ging es gerade noch.«

Ich war nie eine Langschläferin, habe nie wie meine Freundinnen an den Wochenenden bis zehn oder elf Uhr im Bett gelegen. Für mich war die Nacht um sieben zu Ende, allerhöchstens schaffte ich es bis acht.

»Wie früh?«

»Vier Uhr.«

Mark schüttelte den Kopf und schnitt eine Grimasse,

als hätte er unerwartet in etwas Saures gebissen. »Zu früh für mich.«

»Ist es ebenfalls zu früh, sie zu probieren?«

Es verstand sich von selbst, dass er auf dieses Angebot gewartet hatte.

»Ich könnte mich überreden lassen.«

Natürlich. Dass Mark Taylor nämlich Plätzchen ablehnte, kam nicht vor. Und das, obwohl man ihm diese ausgeprägte Vorliebe für Süßes absolut nicht ansah. Mark war schlaksig, mindestens einen Meter neunzig groß und hager und schien ständig einen Haarschnitt zu benötigen. Ein attraktiver Mann, der noch besser aussähe, wenn er mehr Wert auf sein Äußeres legen würde. Aber offensichtlich interessierten ihn solche Dinge nicht.

Im Gegensatz zu Mark kämpfte ich eher mit meinem Gewicht. Wie Paul es so nett auszudrücken pflegte, hatte ich »Kurven an den richtigen Stellen«. Mal nahm ich zu, mal ab und versuchte, den Zuwachs an Pfunden durch ausreichende Bewegung in Grenzen zu halten. Hauptsächlich durch lange Spaziergänge mit Rover und durch Gartenarbeit. Zwangsläufig kleidete ich mich zweckmäßig und band mein schulterlanges dunkles Haar meist im Nacken zusammen.

Mark folgte mir in die Küche. Rover lief voraus. Die Erdnussbutterplätzchen lagen zum Abkühlen auf einem Rost. Ich reichte Mark einen Teller, forderte ihn auf, sich zu bedienen, und schenkte uns Kaffee ein.

Als wir einander am Küchentisch gegenübersaßen, stützte ich die Ellbogen auf und musterte ihn eindringlich. Erst nach dem dritten Plätzchen bemerkte er meine forschenden Blicke.

»Was ist?«

In seinen Mundwinkeln klebten Krümel. Er hatte einen schönen Mund, fiel mir erstmals auf.

»Wie bitte?«, gab ich leicht abwesend zurück.

»Du starrst mich an.«

Ich zuckte die Achseln. »Ich habe gerade nachgedacht.«

»Hat das dein Gehirn überanstrengt?«, erkundigte er sich süffisant.

»Sehr komisch.«

Ein besserer Kommentar zu diesem lahmen Versuch, witzig zu sein, fiel mir leider nicht ein.

»Okay, dann frage ich dich ganz konkret, worüber du nachgedacht hast.«

»Über dich.«

»Über mich?« Er griff nach seiner Kaffeetasse und trank einen Schluck. »Nicht gerade das interessanteste Thema, finde ich.«

»Ganz im Gegenteil. Wenn ich bedenke, dass wir zwar seit meiner Übersiedlung nach Cedar Cove praktisch befreundet sind, ich jedoch so gut wie nichts von dir weiß, dann gibt mir das durchaus zu denken.«

»Da ist nichts, was du wissen müsstest.«

»Warst du je verheiratet?«

Die Furchen auf seiner Stirn vertieften sich. »Man sollte meinen, dass du dich mit wichtigeren Dingen beschäftigen könntest.«

»Nicht wirklich. Ich vermute, dass du immer alleine

gelebt hast. Darauf lässt zumindest dein Haus schließen.«

»Wenn ich mich recht erinnere, bist du uneingeladen bei mir hereingeschneit.«

Prompt nahm ich eine Verteidigungsstellung ein. »Stopp! Ich habe dir etwas zu essen gebracht, als du mit einem gebrochenen Bein dalagst.«

»Ich hatte dich nicht darum gebeten«, hielt er dagegen.

»Versuch bitte nicht, das Thema zu wechseln oder mich abzulenken, indem du einen Streit vom Zaun brichst. Also: In deinem gesamten Haus gibt es keinen einzigen persönlichen Gegenstand. Keine Bilder, keine Fotos, nichts.«

Er schüttelte den Kopf, als wüsste er nicht, wovon ich redete. »Ich habe eben kein Faible für Wohndesign. Willst du mir raten, künftig diese Sendungen anzusehen, die du so toll findest? Wo etwa eine Essecke mit einer Colaflasche und einer Angelrute dekoriert wird?«

»Nein«, stellte ich klar. »Ich denke, dass du vielleicht mit neuer Identität in ein Zeugenschutzprogramm aufgenommen wurdest.«

Mark, der gerade von seinem Kaffee getrunken hatte, musste so heftig lachen, dass er sich verschluckte und einen Teil des Kaffees in die Tasse zurückprustete.

»Ich meine es ernst«, sagte ich leicht pikiert.

»Lieber Himmel, du hast eine ziemlich ausufernde Fantasie.«

»Na schön, dann liege ich mit dieser Vermutung eben falsch. Bevor ich weiterrate, beantworte doch einfach meine Frage.«

Er seufzte, als würde das Thema ihn langweilen. »Welche Frage?«, sagte er, griff nach einem weiteren Plätzchen und erhob sich, um die Tasse in die Spüle zu stellen.

»Warst du je verheiratet?«, wiederholte ich mit Nachdruck.

Er sollte merken, dass ich es ernst meinte und entschlossen war, seine Geheimniskrämerei zu beenden.

»Ich vermag mir nicht vorzustellen, warum du so etwas wissen willst. Und im Übrigen geht es dich eigentlich nichts an.«

Aha, jetzt wies er mich in meine Schranken.

»Ich bin einfach neugierig«, erwiderte ich betont harmlos.

»Lass es. Ich bin nicht so interessant. Bis später«, sagte er und stapfte zur Vordertür hinaus.

»Ist das ein ungeselliger Zeitgenosse«, murmelte ich.

Rover legte den Kopf schief, als würde er mir beipflichten, und beobachtete mich, als ich zum Telefon griff. Ich war nämlich nicht gewillt, die Sache auf sich beruhen zu lassen. Diesmal nicht. Wenn er es nicht anders wollte, würde ich zu Plan B greifen und Peggy Beldon anrufen.

Ihr und ihrem Mann Bob gehörte das Thyme and Tide, ein weiteres B&B der Stadt. Inzwischen hatte sich zwischen uns so etwas wie Freundschaft entwickelt, und ich war Peggy dankbar für mannigfache Hilfe und viele wertvolle Ratschläge. Und natürlich dafür, dass sie mir oft Gäste schickte, wenn ihre Kapazitäten erschöpft waren. Sie war es auch gewesen, die mir Mark wärmstens empfohlen hatte.

»Jo Marie«, hörte ich sie sichtlich erfreut sagen. »Was kann ich für dich tun?«

»Ich habe eine Frage«, begann ich vorsichtig, weil es mir ein bisschen peinlich war, meine Neugier in Bezug auf Mark so offen zu zeigen.

»Also los, heraus damit.«

»Mich interessiert, was du wohl über Mark Taylor zu berichten weißt.«

»Oo-kay.« Sie zog das Wort in die Länge und schien irgendwie befremdet.

»Es ist nichts Romantisches, keine Sorge«, fügte ich rasch hinzu.

»Das habe ich auch nicht angenommen«, erwiderte Peggy. »Ich habe lediglich gezögert, weil ich dir nicht viel erzählen kann. Im Grunde weiß ich kaum etwas von ihm.«

»Tut das überhaupt jemand?«, hakte ich nach.

Peggys Erklärung bestätigte mich in meinem Verdacht, dass es mit Mark Taylor eine besondere Bewandtnis haben musste und dass es sich wahrscheinlich um etwas ziemlich Düsteres handelte. Womöglich sogar um etwas Unheilvolles oder Gefährliches.

»Wenn du willst, kann ich Bob fragen. Er ist im Moment nicht da, müsste aber bald zurückkommen. Ich wollte in ungefähr einer Stunde zur Bäckerei gehen. Wir könnten uns dort treffen, und ich erzähle dir, was Bob gesagt hat.«

»Großartig. Ich werde da sein«, versprach ich und hoffte, bald mehr über Marks sorgfältig gehütete Geheimnisse zu erfahren.

2

Ellie Reynolds' Magen zog sich schmerzhaft zusammen, als sie mit dem Shuttlebus vom Flughafen Seattle nach Cedar Cove fuhr. Sie hoffte, dass sie keinen Fehler machte. Zu deutlich hatte sie noch die Warnungen ihrer Mutter im Ohr, sich nicht mit Tom Lynch zu treffen. Wie misstönende Kirchenglocken hallten sie in ihrem Kopf wider und setzten sie außerstande, einen klaren Gedanken zu fassen.

Unruhig presste und knetete sie ihre Hände, während sie aus dem Busfenster sah. Eine Frau mittleren Alters, die strickend neben ihr auf der anderen Seite des Ganges saß, schenkte ihr ein aufmunterndes Lächeln. Ob sie ihre Unsicherheit spürte, fragte Ellie sich und lächelte scheu zurück, bevor sie den Blick erneut auf die vorüberfliegende Landschaft richtete. Die Gegend glich in vieler Hinsicht ihrer Heimat in Oregon.

Im Laufe der Jahre war Ellie zweimal in Seattle und Umgebung gewesen: das erste Mal in der fünften Klasse mit ihrer Girl-Scout-Gruppe und später auf der Highschool als Mitglied eines Chors, der bei einer Weihnachtsveranstaltung aufgetreten war. Ansonsten hatte sie, genau wie ihre Mutter, Bend und die Region am Deschutes River so gut wie nie verlassen.

Seattle war ihr riesig vorgekommen, wie ein einziges großes Abenteuer. Damals jedoch hatte sie die Erlaubnis der Mutter gehabt – jetzt reiste sie ohne deren Segen. Trotz ihrer dreiundzwanzig Jahre kam sie sich vor wie ein ungezogenes Kind, das sich den Wünschen seiner Mutter widersetzt.

Schluss damit, rief Ellie sich zur Ordnung.

Statt an ihre Mutter sollte sie lieber an Tom denken. Ein warmes Glücksgefühl durchströmte sie. Seit einigen Monaten standen sie via Facebook, SMS und E-Mail in Verbindung miteinander und telefonierten überdies häufig. Noch nie hatte sie so starke Empfindungen für einen Mann gehegt, schon gar nicht für einen, dem sie bislang nicht einmal persönlich begegnet war. Aber sie schienen viel gemeinsam zu haben, und es hatte gleich zwischen ihnen gefunkt. Beide mochten Fischtacos, schauten gerne in den Sternenhimmel, liebten lange Spaziergänge und klassische Romane.

Kennengelernt hatten sie sich über einen Online-Buchklub.

Tom, der früher auf einem U-Boot über die Weltmeere gefahren war, arbeitete jetzt auf der Marinewerft in Bremerton. Ein ehemaliger Navy-Soldat, in den Augen ihrer Mutter ein Seemann und damit suspekt. Virginia Reynolds hatte schockiert reagiert. Matrosen seien schließlich bekannt für ihre lockere Moral und hätten in jedem Hafen ein Mädchen. Von diesem Vorurteil ließ sie sich nicht abbringen. Trotzdem gelang es ihr nicht, die Tochter zu irritieren. So etwas glaubte Ellie einfach nicht von Tom. Er wirkte eher zurückhaltend, ein wenig schüchtern sogar. Genau wie sie selbst.

In Stresssituationen allerdings wuchs Ellie bisweilen über sich hinaus.

Wie auch in diesem Fall. Denn trotz der mütterlichen Warnungen hielt sie an Tom fest, fürchtete nicht, von ihm ausgenutzt zu werden. Alles, was sie über ihn wusste, verriet ihr, dass er aufmerksam und rücksichtsvoll, intelligent und fleißig war und in keinster Weise dem Klischee eines Seemanns entsprach, der mit den Gefühlen anderer spielte. Und seine Fotos bestätigten diesen Eindruck. Offen und ehrlich sah er aus. Ein Mann, der nie vorsätzlich etwas tun würde, das sie verletzte. Davon war sie überzeugt und deshalb bereit, ihm zu vertrauen und sich von ihrem Gefühl leiten zu lassen.

Und von ihrem Herzen.

An diesem Wochenende würden sie sich erstmals von Angesicht zu Angesicht gegenüberstehen. Es war Toms Vorschlag gewesen, sich im Rose Harbor Inn in Cedar Cove einzuquartieren. Jetzt, wo es ernst wurde, betete Ellie im Stillen, dass sie das Richtige tat. Sie hatte das Zimmer im Mai, also vor fast drei Monaten, reserviert, um es anschließend wieder abzusagen und dann erneut zu buchen.

Der Grund für ihre vorübergehende Wankelmütigkeit war natürlich ihre Mutter gewesen. Ihr hätte sie gar nicht erst von ihrem Plan erzählen sollen. Sobald sie nämlich erfuhr, dass Ellie beabsichtigte, sich mit dieser Internetbekanntschaft zu treffen, verlor sie vollends die Fassung, sprach von einem folgenschweren Fehler und orakelte düster, sie werde ihr Leben ruinieren.

Irgendwann hatte Ellie nachgegeben und Tom mitgeteilt, sie könne nicht kommen. Woraufhin er sogleich anbot, sich mit ihrer Mutter direkt in Verbindung zu setzen und ihr zu versichern, dass er keinerlei unehrenhafte Absichten hege. Ellie war gerührt, fand es aber unpassend. Schließlich war sie alt genug, eigene Entscheidungen zu treffen, und ihrer Mutter keine Rechenschaft schuldig. Um das zu beweisen, hatte sie ihren Rückzieher revidiert und das bereits abgesagte Zimmer wieder reserviert.

Und jetzt war sie auf dem Weg zu Tom.

Ein Piepton kündigte den Eingang einer SMS an. Sie kramte das Handy aus ihrer Handtasche und seufzte frustriert. Die Nachricht war nicht von Tom, sondern von ihrer Mutter.

Gib mir bitte Bescheid, dass alles in Ordnung ist.

Bin sicher gelandet, tippte Ellie rasch zurück.

Gott sei Dank. Du hast ja keine Ahnung, welche Sorgen ich mir mache.

Mir geht es gut, Mom.

Ellie stieß einen weiteren Seufzer aus, schob das Handy in ihre Tasche zurück und ignorierte den nächsten Piepton. Sie verspürte keine Lust, sich weiter die Bedenken ihrer Mutter anzuhören.

Virginias Problem bestand im Grunde darin, dass ihre eigene Ehe früh gescheitert war. Schon als Kind hatte Ellie sich Tausende Male anhören müssen, dass man Männern nicht trauen könne, dass die Kerle bloß auf den Herzen der Frauen herumtrampeln und sich am Ende aus dem Staub machen würden. So ihre eigene Erfahrung, warnte die Mutter. Deshalb sei sie entschlossen, alles in ihrer Macht Stehende zu tun, um ihr einziges Kind vor demselben Schicksal zu bewahren.

Erschwerend kam hinzu, dass Ellie nach der Scheidung für Virginia zum Mittelpunkt ihrer Welt geworden war, und bisweilen drohte sie die Tochter mit ihrer Fürsorge zu ersticken. Ellie sehnte sich verzweifelt danach, ihren eigenen Weg gehen zu dürfen, und fühlte sich gleichzeitig schuldig, weil sie wusste, dass sie ihrer Mutter alles bedeutete.

Das Telefon klingelte. Aber es war nicht wie erhofft Toms Nummer, die angezeigt wurde, sondern die von Virginia.

Ellie entschied, den Anruf nicht entgegenzunehmen. Die Frau auf der anderen Seite des Ganges schaute erneut neugierig zu ihr herüber. Sie ignorierte es. Ihre Gedanken kreisten wieder um ihre Mutter mit ihren tausend Ängsten und Vorbehalten, die sie allerdings, wenn sie ehrlich war, teilweise verstand. Sich mit einem Mann zu treffen, den sie nicht einmal persönlich kannte, dazu an einem fremden Ort, war schließlich nicht ganz ohne. Da hatte ihre Mutter nicht unrecht.

War es überhaupt möglich, jemanden allein durch Internetkontakte und Telefon richtig einschätzen zu können?

Das war der springende Punkt. Tom Lynch konnte alles Mögliche sein. Selbst Kriminelle, Serienvergewaltiger oder Massenmörder verstellten sich bisweilen geschickt und täuschten andere über ihr wahres Wesen, wie immer wieder zu hören und zu lesen war. Sie konnte in einen Albtraum geraten, der sie den Rest ihres Lebens verfolgen würde.

Virginia Reynolds hatte die Tochter inständig gebeten, sie bei dieser ersten Begegnung begleiten zu dürfen, und eine Zeit lang war Ellie nahe dran gewesen, es ihr zu erlauben. Aber das kam ihr dann doch zu albern vor. Diese Geschichte wollte und musste sie alleine durchziehen. Trotzdem würde sie Vorsicht walten lassen und Tom lediglich in der Öffentlichkeit treffen. Wenn sie danach die Beziehung weiterhin ausbaufähig fand, würde sie ihn nach Oregon einladen und ihn der Mutter vorstellen.

Ellie mochte vielleicht etwas introvertiert sein, naiv indes war sie beileibe nicht und selbst hinsichtlich dieses ungewöhnlichen Treffens nicht völlig frei von Zweifeln und Bedenken. Dennoch war sie bereit, das Risiko einzugehen und zu hoffen, dass sie sich in Tom nicht täuschte.

Als sie ihre E-Mails checkte, entdeckte sie endlich eine Nachricht von ihm. Wann sie ankommen werde, wollte er unter anderem wissen und deutete an, er plane etwas ganz Besonderes. Mit fliegenden Fingern schrieb sie ihre Antwort.

Irgendwie klang seine Mail ein bisschen geheimnisvoll. Ihre Mutter würde sich mit Wonne darauf stürzen, dachte sie unwillkürlich, und sofort Vergleiche mit ihrem Vater anstellen, die in der Regel damit endeten, man sehe ja, wohin das führe, wenn man auf sein Herz und nicht auf den Verstand höre.

Ellie konnte die Tiraden inzwischen im Schlaf herunterrattern.

Entgegen den Wünschen ihrer Eltern nämlich hatte sich Virginia auf einen jungen Mann eingelassen, den sie auf dem College kennenlernte. Eine große Liebe offenbar. Jedenfalls waren sie verrückt nacheinander gewesen. Ellies Großeltern indes reagierten alles andere als begeistert. Sie misstrauten Scott Reynolds von Anfang an und mochten ihn nicht. Zu großspurig, völlig oberflächlich und zudem aalglatt, fanden sie und warnten die Tochter. Er werde ihr das Herz brechen, sagten sie und behielten recht.

Aber die junge Frau, die damals die Welt einschließlich Scott durch eine rosarote Brille betrachtete, schlug alle Bedenken und Ratschläge in den Wind. Die Liebe machte sie blind. So blind, dass sie ihn am Ende sogar heimlich heiratete.

Anfangs fühlte sie sich im siebten Himmel, vor allem als sie schwanger wurde. Sie nannten das kleine Mädchen nach Virginias Mutter Eleanor, weil sie hofften, die Eltern dadurch gnädig zu stimmen.

Was auch zunächst funktionierte, denn die Eltern vergaßen den Streit und schlossen Virginia und Ellie, wie sie seit ihrer Geburt genannt wurde, gerührt in die Arme. Selbst mit Scott gaben sie sich angeblich Mühe, wenn sie den Worten der Mutter Glauben schenkte. Leider habe er das nie honoriert, pflegte sie stets hinzuzufügen.

Nicht lange, und die Probleme begannen.

Scotts Begeisterung über seine Rolle als Ehemann und Vater sei rasch abgeflaut, hörte Ellie immer wieder. Er musste aus Geldmangel sein Studium abbrechen und einen Job als Taxifahrer annehmen, von dem sie kaum leben konnten. Ein Darlehen, das die Eltern ihnen anboten, lehnte er rundheraus ab.

Eine alberne Reaktion nach Ansicht von Virginia,

die sich daraufhin immer weniger in ihrer kleinen Wohnung und immer häufiger im elterlichen Haus aufhielt, was wiederum Verärgerung bei Scott erzeugte. Auf diese Weise schaukelten sie sich gegenseitig hoch, bis die Sache schließlich eskalierte. Und zwar dadurch, dass Virginias Vater eines furchtbaren Tages schwor, Scott mit einer anderen Frau gesehen zu haben.

Als Virginia ihren Mann zur Rede stellte, beharrte er darauf, dass es sich um eine Kollegin handelte, die überdies dreißig Jahre älter sei als er. Seine Frau weigerte sich, ihm zu glauben. Nachdem ihr Vertrauen ein für alle Mal erschüttert war, dauerte es nicht lange, und die Ehe war am Ende. Virginia kehrte mit ihrer Tochter endgültig zu den Eltern zurück, die sie mit offenen Armen empfingen, und so lernte Ellie, die fast noch ein Baby war, ihren Vater nie bewusst kennen.

Und jetzt drohte sich die Geschichte nach Virginias Überzeugung zu wiederholen, denn ihre eigene Tochter beging den gleichen Fehler wie sie und schlug die mütterlichen Warnungen in den Wind.

Als der Bus anhielt, konzentrierte Ellie sich wieder auf die Gegenwart. Sie befanden sich in einem Ort namens Gig Harbor, dessen Häuser am Hafen sehr malerisch wirkten. Sie hoffte, dass Cedar Cove sich als ebenso hübsch entpuppen würde wie dieses idyllische kleine Städtchen.

»Wie lange dauert es von hier bis Cedar Cove?«, fragte sie, sobald der Fahrer seinen Platz wieder eingenommen hatte.

»Es ist nicht mehr weit.« Er drehte sich um, um sie besser sehen zu können. »Keine vierzig Minuten mehr.«

Ellie bedachte ihn mit einem schwachen Lächeln. Je näher sie dem Ziel ihrer Reise kam, desto nervöser wurde sie. Hatte sie das wirklich getan, fragte sie sich. Einfach loszufahren, um einen wildfremden Menschen zu treffen? Und das zu allem Überfluss gegen den Willen ihrer Mutter?

»Vorher halten wir noch zweimal an«, fügte der Fahrer hinzu, während er den Motor anließ. »In Purdy und Olalla, danach kommt Cedar Cove.«

»Okay.«

»Holt Sie jemand ab?«, fragte der Fahrer und musterte sie im Rückspiegel. »Ein Familienangehöriger oder ein Freund?«

Sie nickte, obwohl es nicht Tom war, der sie erwarten würde.

Zwar hatte er vorgeschlagen, sich in der Werft freizunehmen und sie abzuholen, aber das wollte sie nicht. Es war ihr lieber, wenn sie sich vorher frisch machen, umziehen und hübsch herrichten konnte. Schließlich wünschte sie bei dieser ersten Begegnung so vorteilhaft wie möglich auszusehen. Doch dann hatte Jo Marie ihr bei ihrem letzten Anruf angeboten, sie an der Haltestelle aufzusammeln.

»Sieht aus, als würden wir schönes Wetter bekommen«, meinte die ältere Frau auf der anderen Seite des Ganges, die sich schon die ganze Zeit ausnehmend für Ellie zu interessieren schien. »Für einen kleinen Urlaub ist das die beste Zeit des Jahres. Sie besuchen jemanden, nicht wahr?«

»Ja, so ist es«, bestätigte Ellie.

Die Frau strickte eifrig weiter, ohne auf ihre Hände zu schauen. »Ich komme jedes Jahr hierher, um meine Kinder und Enkel zu besuchen. Tochter und Schwiegersohn arbeiten beide, und ich wollte nicht, dass sie extra einen freien Tag nehmen, um zum Flughafen zu kommen. Mein Enkel holt mich in Olalla ab.«

»Ich bin mit jemandem verabredet, der auf der Marinewerft arbeitet, und treffe ihn zum ersten Mal«, eröffnete Ellie der Fremdem und wunderte sich selbst über diese Freimütigkeit.

Wenn die emsige Strickerin auch nur ansatzweise ihrer Mutter glich, würde sie bald einen missbilligenden Kommentar zu hören kriegen. Aber sie wartete vergebens. Nichts kam. Offenbar gehörte ihre Nachbarin nicht zu jener Spezies, die immer mit dem Schlimmsten rechnete.

»Wir haben uns im Internet über einen Online-Buchklub kennengelernt«, erzählte Ellie weiter, »und dann hat er mir auf Facebook die Freundschaft angeboten … Es ist eine lange Geschichte.« Sie vermutete, dass sich die Frau mit sozialen Netzwerken ohnehin nicht so gut auskannte.

»Heutzutage lernen sich angeblich viele junge Leute auf diese Weise kennen.«

»Möglich. Für mich ist es das erste Date, das so zustande gekommen ist«, erwiderte Ellie. »Ehrlich gesagt bin ich schrecklich nervös.«

»Eine ziemlich romantische Angelegenheit, würde ich sagen.«

Ellie lächelte. Romantisch schon, dachte sie, doch zugleich riskant und dumm.

»Irgendwie habe ich das Gefühl, mich bereits in ihn verliebt zu haben, obwohl unser Kontakt sich bisher auf Anrufe, E-Mails und SMS beschränkt hat.«

»Meiner Ansicht nach folgt Liebe selten den Gesetzen der Vernunft«, gab die andere zurück. »Ich heiße übrigens Martha.«

»Ellie.«

»Freut mich, Ihre Bekanntschaft zu machen.«

»Meine Mutter hält gar nichts von dieser Reise.«

»Es fällt allen Müttern schwer, die Kinder ziehen zu lassen.« Ein nachdenklicher Ausdruck trat auf Marthas Gesicht, als würde sie sich an etwas aus ihrer Vergangenheit erinnern. »Als meine Tochter Marilyn Jack heiratete, fand ich die Vorstellung, dass sie künftig im Staat Washington leben würde, unerträglich. Von New Jersey aus gesehen liegt das immerhin auf der anderen Seite des Landes. Ich war sicher, dass sie einen großen Fehler machte, aber ihr gefällt das Leben hier oben in der Region Pacific Northwest. Und um der Wahrheit die Ehre zu geben, freue ich mich jeden Sommer auf diesen Besuch. Marilyn hat einen Friseursalon in der Harbor Street, der Hauptstraße von Cedar Cove. Und wo sind Sie untergekommen, Liebes?«

»Im Rose Harbor Inn.«

»Kenne ich, eine nette Pension. Wenn man von Marilyns Salon den Hügel hochgeht, kommt man dorthin. Von dem Grundstück aus hat man einen herrlichen Blick über die ganze Bucht.«

Genau das hatte Tom ebenfalls gesagt, und die grandiose Aussicht war mehr oder weniger der Hauptgrund gewesen, das Rose Harbor Inn zu empfehlen. Von der Terrasse aus könne man sogar die Werft in Bremerton sehen, hatte er ihr geschrieben.

Ihr Handy piepte. Ihre Mutter. Eine weitere SMS. Eine weitere Warnung.

Eigentlich brauchte sie gar nicht mehr aufs Display zu schauen.

Ellie seufzte und sah, dass Martha sie anschaute. »Schon wieder meine Mom.« Sie legte ihr Telefon weg. »Sie ist felsenfest davon überzeugt, dass ich eine Dummheit begehe.«

»Und wenn Sie das tun?«

»Dann werde ich das nie wieder gutmachen können.«

»Handeln Sie denn unklug?«, erkundigte sich Martha freundlich.

»Vielleicht«, gab Ellie zu und straffte sich sogleich. »Andererseits kümmert mich das nicht sonderlich.«

Marthas Lächeln war warm und liebevoll. »Als Mutter kann ich die Sorgen Ihrer Mom verstehen. Ich hätte meine Kinder ebenfalls gerne vor allem bewahrt, was mir selbst Kummer bereitet hat, um ihnen Enttäuschungen und Schmerz, Kämpfe und Tränen zu ersparen. Bloß so funktioniert das nicht. Zum Erwachsenwerden gehört all das dazu. Jeder muss seine eigenen Erfahrungen machen. Auch schlechte, denn nur so lernt man. Trotzdem bin ich sicher, dass Ihre Mutter es gut meint.«

Ellie wünschte, Virginia würde das Leben von derselben Warte aus betrachten wie diese Frau, aber das war ihr wohl nicht gegeben.

Sie näherten sich Olalla.

»Mein Enkel hat gerade den Führerschein gemacht und brennt darauf, mich abzuholen«, sagte Martha und verstaute ihr Strickzeug in einem Patchworkbeutel. »Viel Glück für Sie und Ihren jungen Mann.«

»Danke«, antwortete Ellie. »Für alles.«

Der Fahrer half Martha aus dem Bus und zog ihren Koffer aus dem Gepäckraum. Ein paar Minuten später bog ein Minivan auf den Parkplatz ein, aus dem ein junger Bursche in einem T-Shirt des Footballteams Seattle Seahawks stieg. Marthas Enkel.

Jetzt war Ellie der letzte Fahrgast im Bus.

»Gleich sind wir da«, versicherte ihr der Fahrer. »Bis zur Ausfahrt Cedar Cove sind es bloß ein paar Meilen. Sie können Ihren Abholer anrufen, wenn Sie wollen.«

»Okay.« Ellie griff nach ihrem Handy und dem Zettel, auf den sie die Nummer der Pension gekritzelt hatte. Jo Marie meldete sich sofort, als hätte sie neben dem Telefon gesessen und auf ihren Anruf gewartet.

»Rose Harbor Inn.«

»Hier ist Eleanor Reynolds«, sagte sie und berichtigte sich schnell: »Ellie.«

»O ja, ich habe mit Ihrem Anruf gerechnet. Ich mache mich umgehend auf den Weg. Haben Sie etwas dagegen, wenn ich Rover mitbringe? Meinen Hund.«

»Überhaupt nicht.«

Ellie mochte Tiere. Tom ebenfalls. Eine seiner längsten E-Mails handelte von einem Hund aus seinen Kindertagen, dem er beigebracht hatte, eine Frisbeescheibe aus der Luft zu fangen. Ranger war sein Name gewesen, und es hatte Tom das Herz gebrochen, als er starb. Ellie konnte das nachvollziehen, denn mit ihren Katzen war es ihr ähnlich ergangen.

Ellie steckte ihr Handy wieder ein und atmete tief durch. Sie fühlte sich deutlich besser als bei ihrem Aufbruch in Bend. Egal was ihre Mutter sagte: Sie hatte bezüglich dieses Abenteuers ein gutes Gefühl. Ein sehr gutes sogar.

3

Direkt nach dem Anruf scheuchte ich Rover in mein Auto und machte mich auf den Weg zur Texaco-Tankstelle bei der ersten Cedar-Cove-Ausfahrt des Highway 16. Ellie stand bereits wartend da mit ihrem kleinen Köfferchen und wirkte ein bisschen verloren.

Sowie ich zum Parkplatz abbog, sprang Rover von der Rückbank nach vorne. Wir holten hier des Öfteren Gäste ab, die den Shuttlebus vom Flughafen nahmen, und Rover wusste, dass wir gleich anhalten würden.

Nachdem ich den Wagen vor dem Minimarkt abgestellt hatte, musterte ich Eleanor Reynolds genauer. Sie war erheblich jünger, als ich sie mir nach unseren Telefongesprächen vorgestellt hatte.

Ich ging auf die junge Frau zu. »Ellie? Ellie Reynolds?«

Sie blickte auf und nickte. »Ja, die bin ich. Und Sie müssen Jo Marie sein.«

Vom Beifahrersitz des Autos aus ließ Rover ein Bellen hören. »Und das ist Rover«, fügte ich hinzu.

»Sie sind jung.« Ellie klang überrascht. »Ich hatte eher jemanden im Alter meiner Mutter erwartet.«

»Mir ergeht es mit Ihnen ähnlich.«

»Die Leute sagen, ich klinge am Telefon wesentlich älter. Wahrscheinlich ein Resultat der großmütterlichen

Erziehung. Meine Grandma legte großen Wert auf eine gewählte Ausdrucksweise.« Und als wäre das erklärungsbedürftig, ergänzte sie: »Während meiner Kindheit haben wir nämlich bei meinen Großeltern gelebt.«

»Ich hoffe, Sie werden einen schönen Aufenthalt in Cedar Cove haben«, sagte ich und öffnete den Kofferraum.

»Den habe ich bestimmt«, erwiderte Ellie mit einem breiten Lächeln, hob den Koffer ins Auto und ging um den Wagen herum zur Beifahrerseite.

Brav sprang Rover wieder auf den Rücksitz und ließ sich von Ellie streicheln. Er genoss die Aufmerksamkeit, die ihm zuteilwurde, und drehte sich ein paarmal um die eigene Achse, bis er eine für seinen Geschmack hinreichend bequeme Position fand.

Ellie schloss ihren Sicherheitsgurt. »Danke fürs Abholen. Eigentlich wollte ich Ihnen ja keine Umstände machen, sondern ein Taxi nehmen.«

»Kein Problem, das gehört zum Service des Hauses.«

»Ich habe mir bereits den Fahrplan des Flughafenbusses für die Rückfahrt besorgt … Falls ich ihn brauche.«

Ich wollte schon nachhaken, besann mich aber eines Besseren. Sie wirkte ein wenig unsicher, griff während der kurzen Fahrt zweimal nach ihrem Handy und checkte die E-Mails.

»Meine Mutter«, murmelte sie verlegen. »Ich werde sie ignorieren, sonst verdirbt sie mir alles.«

Zum Glück schien sie auf diese kryptische Bemerkung keine Antwort zu erwarten – ich hätte nämlich keine gewusst.

»Kann ich Sie in der Pension erst einmal allein lassen?«, fragte ich stattdessen. »Ich müsste ein paar Besorgungen machen. Ist Ihnen das recht?«

»Natürlich«, versicherte sie. »Obwohl meine Mom anderer Meinung ist, brauche ich keinen Babysitter.«

»Sicher nicht«, bestätigte ich, denn ganz eindeutig hatte das arme Mädchen ein ausgewachsenes Problem mit ihrer Mutter. Und es bedurfte keiner großen Fantasie, dass diese die Reise der Tochter nicht billigte. Das ließ sich aus den spärlichen Andeutungen zusammenreimen.

»Ich habe im Bus eine wundervolle, großmütterliche Frau kennengelernt«, begann Ellie, die sich offensichtlich jemandem mitzuteilen wünschte. »Sie war so lebensklug, so aufgeschlossen und wirkte so beruhigend. Selbst wenn diese Reise sich als Fehler erweisen sollte, würde ich daraus lernen, meinte sie.«

Wenngleich mir schleierhaft war, was das alles bedeutete, nickte ich. Tat so, als würde ich sie verstehen. Trotzdem war ich froh, dass wir in diesem Moment die Pension erreichten und eine Fortsetzung des Gesprächs sich erübrigte.

Im Haus angekommen, rannte Rover sogleich zu seiner Leine. Ein Zeichen, dass er seinen Spaziergang einforderte. »Gleich«, vertröstete ich ihn. Zunächst musste ich schließlich meinem neuen Gast alles zeigen, bevor wir uns auf den Weg zur Bäckerei machten.

Nachdem Ellie die Anmeldung ausgefüllt hatte, händigte ich ihr den Zimmerschlüssel aus, führte sie durchs Erdgeschoss und begleitete sie dann in ihr Zimmer.

»Kommen dieses Wochenende noch mehr Gäste?«, fragte sie.

»Ein Ehepaar und jemand aus Cedar Cove.«

»Ein Einheimischer?«, hakte sie nach.

Zweifellos fand sie es schwer nachvollziehbar, warum man das Wochenende in einem B&B verbrachte, wenn man vor Ort wohnte.

»Ja, Peter McConnell hat heute Morgen angerufen. Bei ihm musste das Wasser wegen irgendeines Schadens abgestellt werden. Und da er am Wochenende arbeiten muss, kann er keinen größeren Ausflug machen.«

»Oh.«

»Er wird erst am späten Nachmittag eintreffen, und schätzungsweise werden wir nicht viel von ihm zu sehen bekommen.«

»Ich werde ebenfalls meist unterwegs sein«, ergriff Ellie das Wort. »Ich treffe mich mit … einem Freund.«

So war das also. Kein Wunder, dass sich ihre Mutter Sorgen machte. Nun ja, gut für Ellie. Es war höchste Zeit, das Nest zu verlassen.

Nachdem ich Ellie in ihrem Zimmer zurückgelassen hatte, brach ich auf, um Peggy Beldon in der Bäckerei zu treffen. Rover, der darauf brannte, sich endlich zu bewegen, zerrte mich förmlich den Hügel hinunter auf das Wasser zu.

Der Tag hätte schöner nicht sein können.

Keine Wolke stand am leuchtend blauen Himmel, und das Wasser der Bucht war glatt und klar. Nur gelegentlich kreiste ein Adler auf der Suche nach einer Mahlzeit darüber. Ich hatte bereits mehrfach beobachtet, wie einer dieser riesigen Vögel herabstieß, sich einen Lachs packte, der sich zu nah an die Oberfläche gewagt hatte, und sich mit seiner Beute wieder in die Lüfte schwang.

Ich bemerkte Peggy, noch bevor ich die Bäckerei erreichte. Sie saß an einem der Außentische und genoss die warme Sommersonne.

»Hallo.« Ich trat zu ihr. »Hoffentlich bin ich nicht zu spät dran.«

»Überhaupt nicht«, beruhigte mich Peggy.

Sie trug Caprihosen und eine rot karierte Bluse über einem ärmellosen roten Top. Ihr Haar war kürzer geschnitten als bei unserer letzten Begegnung.

»Du siehst richtig sommerlich aus«, sagte ich, während ich mir einen Stuhl heranzog und ihr gegenüber mit Rover zu meinen Füßen Platz nahm.

Peggy hatte mir bereits einen Kaffee bestellt.

»Danke.« Ich hob die Tasse an den Mund und trank einen Schluck. »Der nächste geht auf mich.«

»Mach dir deswegen keine Gedanken.«

Ich schwieg eine Weile, bevor ich zur Sache kam. »Konntest du mit Bob über Mark sprechen?«

»Ja.« Sie beugte sich leicht vor.

»Und?«, drängte ich.

Es gelang mir nicht, die aufgeregte Neugier in meiner Stimme zu unterdrücken.

Peggy zuckte die Achseln. »Viel zu berichten gibt es nicht. Bob hat Mark zum ersten Mal hier im Baumarkt getroffen.«

»Wann war das?«

»Er meinte, das müsse etwa fünf oder sechs Jahre her sein, doch ich bezweifle das und tippe eher auf vier Jahre. Allerdings lässt es sich schwer abschätzen, weil es uns so vorkommt, als würde er seit ewigen Zeiten in der Stadt sein.«

»Bob hat Mark also im Baumarkt getroffen, und die beiden sind ins Gespräch gekommen.«

»Ja.«

»Hat Mark erwähnt, woher er damals kam?«

»Daran kann sich Bob nicht erinnern. Er meint lediglich, Mark habe gesagt, er sei neu in der Stadt und suche Gelegenheitsjobs. Und dass er behauptet habe, das Arbeitsleben bereits hinter sich zu haben. Bob fand das urkomisch, denn Mark war damals nicht älter als fünfunddreißig.«

»Hat Bob ihn zufällig gefragt, warum es ihn nach Cedar Cove verschlagen hat?«

Peggy schüttelte den Kopf. »Warum auch nicht? Schließlich ist es schön hier«, meinte sie. »Ein Ort, an dem man mit seiner Familie gut leben kann.«

»Soweit ich weiß, hat Mark keine Familie.«

»Stimmt.«

Ich war enttäuscht. Was sie mir erzählte, war mir alles nicht unbekannt. Meine Hoffnungen, durch Bob mehr zu erfahren, hatten sich nicht erfüllt.

»Ist dir mal aufgefallen, dass er sich bevorzugt bar bezahlen lässt?«, erkundigte ich mich.

Die meisten Handwerker, die das taten, wollten auf diese Weise die Steuer umgehen. Nur passte das eigentlich nicht zu Mark.

»Davon weiß ich nichts.« Peggy runzelte leicht die Stirn. »Bob hat das ebenfalls nie erwähnt. Warum fragst du Mark nicht direkt?«

»Habe ich schon.«

Und zwar oft genug, aber er war stets ausgewichen. Vielleicht handelte es sich ja bloß um eine Marotte, überlegte ich, und ich maß dem Ganzen zu viel Bedeutung bei. Vermutlich übertrieb ich wirklich mit meinen Spekulationen, dass er seine wahre Identität schützen wollte und alles zu vermeiden suchte, wodurch man ihm auf die Schliche kommen könnte. Und dazu gehörten eben unter anderem Geldtransaktionen.

»Bob mochte ihn übrigens auf Anhieb«, hörte ich Peggy sagen.

»Ach ja?«

Das überraschte mich. Mark schien sich nämlich ein Vergnügen daraus zu machen, alle Leute vor den Kopf zu stoßen. Und das kam in der Regel nicht unbedingt gut an.

»Bevor Bob ihn anderweitig empfahl, hat er ihn bei uns getestet.«

»Und Mark bestand die Prüfung?«

»Mit Glanz und Gloria. Und viele Freunde und Bekannte haben sich zwischenzeitlich für unsere Empfehlung bedankt. Trotz seiner schroffen Art. Hauptsache, er ist zuverlässig und macht vernünftige Preise.«

Das tat er, wie ich zugeben musste. Bei den verschiedenen Arbeiten, die er für mich erledigt hatte, gab es keinen Grund zur Klage. Außer wegen der Verzögerungen beim Rosengarten. Da wusste ich nach wie vor nicht, weshalb er die Sache dermaßen verschleppt hatte.

Vielleicht lag es ja ganz einfach daran, dass er mit Gartenarbeit nicht viel am Hut hatte.

»Kannst du mir sonst noch etwas Interessantes über ihn verraten?«

Peggy sah mich verwundert an. »Bist du aus einem bestimmten Grund so neugierig?«, erkundigte sie sich.

»Nein, eigentlich nicht.« Wenngleich es nicht ganz stimmte, tat ich betont gelassen. »Ich frage mich bloß ständig, weshalb er sich so reserviert und abweisend verhält.«

»Legen wir nicht alle Wert auf unsere Privatsphäre?«, erwiderte Peggy ohne den Hauch eines Tadels. »Findest du nicht?«

»Nun ja, vermutlich.«

»Was fasziniert dich bloß so an Mark?«

»Ich bin nicht fasziniert«, gab ich prompt zurück. »Neugierig, das gebe ich zu. Irgendwie kommt es mir vor, als würde er etwas verbergen.«

So, jetzt war es heraus.

»Mark?« Peggys Stimme klang, als hätte ich einen Witz gemacht.

»Sein Haus ist …«, ich suchte nach dem richtigen Wort, »so spartanisch. Da gibt es nichts, was ihn mit einem anderen Menschen oder einem bestimmten Ort in Verbindung bringt. Als hätte er keine Vergangenheit. Ich habe ihn halb im Scherz gefragt, ob er in einem Zeugenschutzprogramm ist.«

»Tatsächlich?« Peggys Augen weiteten sich vor Erstaunen. »Und was hat er geantwortet?«

»Er hat es mit einem Lachen abgetan.« Es hatte sogar

geklungen, als würde er meinen Verdacht als einen einzigen großen Witz betrachten. »Vielleicht hat er ja auch einen tragischen Verlust erlitten und flieht vor seinen Erinnerungen und vor der Welt. Ist doch sonderbar, dass sich ein Allroundtalent wie Mark mit Gelegenheitsarbeiten für die Nachbarschaft begnügt.«

»Jo Marie.« Peggy, die gerade noch belustigt zugehört hatte, schaute mich ernst an.

Unsere Blicke trafen sich. »Ja?«

»Du solltest dir unbedingt darüber klar werden, warum du unbedingt alles über Mark wissen willst.«

Sie meinte es ernst, das las ich in ihrem Gesicht, dennoch redete ich mich weiter heraus.

»Wie gesagt, ich bin einfach furchtbar neugierig.«

»Hast du dich nie gefragt, aus welchem Grund Mark in dir nicht allein dieses Interesse an seinem Leben auslöst, sondern zugleich den Wunsch, daran in gewisser Weise teilhaben zu dürfen?«

»Du interpretierst mehr hinein als dahintersteckt«, verteidigte ich mich. »Ich bin nicht an Mark persönlich interessiert. Okay, ich lese viele Krimis und habe Spaß daran, Rätsel zu lösen, Geheimnisse zu lüften. Wenn sich jemand so benimmt wie er, hat das mit seiner Vergangenheit zu tun. Glaub mir, Mark verbirgt etwas.«

»Ein düsteres Geheimnis?«

»Keine Ahnung«, sagte ich, und das war zur Abwechslung mal die Wahrheit.

Jetzt war es Peggy, die nicht lockerließ. »Empfindest du etwas für ihn?«, fragte sie in der für sie so typischen sanften Art, die es leicht machte, sich ihr zu öffnen.

Ich musste nachdenken, bevor ich antwortete.

Meistens ärgerte ich mich über Mark, über seine schlechte Laune, seine gezielten Unfreundlichkeiten, seine provokanten Zurückweisungen. Trotzdem wusste ich, dass sich hinter der rauen Schale ein gutherziger Mensch verbarg. Überdies kamen wir die meiste Zeit wunderbar miteinander aus. Und selbstverständlich war er zur Stelle, als Rover im Frühjahr weggelaufen war, suchte stundenlang mit mir und fand ihn schließlich. Schon allein dafür schuldete ich ihm etwas.

»Jo Marie.« Peggy senkte ihre Stimme zu einem Flüstern. »Hast du …« Sie zögerte, als wäre sie unschlüssig, ob sie weitersprechen sollte.

»Ja?«, drängte ich.

Sie setzte sich aufrecht hin und gab sich einen Ruck. »Bist du etwa dabei, dich in Mark zu verlieben?«

»In Mark?« Ich unterdrückte ein Lachen. »Wohl kaum. Absolut nicht«, sagte ich mit Nachdruck. »Die Hälfte der Zeit bin ich nicht einmal sicher, ob ich ihn mag.«

»Eine ganze Reihe wundervoller Romanzen haben auf diese Weise begonnen.«

Ich griff nach meinem Kaffee und schüttelte den Kopf. »Meine Neugier in Bezug auf seine Person mag diesen Eindruck erwecken.« Ich wollte die Vermutung so weit wie möglich von mir weisen, ohne jedoch gleich zu übertreiben und dadurch Peggys Argwohn zu schüren. »Du darfst nicht vergessen, dass mein Herz nach wie vor Paul gehört«, fügte ich hinzu und hielt das für das beste Argument, alle Spekulationen im Keim zu ersticken. »Nach wie vor betrachte ich ihn als meinen Mann und Seelengefährten. Als wir uns kennenlernten, hatte ich die Hoffnung, so etwas noch zu finden, mehr oder weniger aufgegeben. Ich wurde um ein langes Leben mit ihm betrogen, doch dieses eine glückliche Jahr entschädigt mich für vieles. Und ich hüte die Erinnerungen daran wie einen kostbaren Schatz. Deshalb möchte ich mich gar nicht erneut verlieben.«

Allein schon aus Angst, einen weiteren Verlust zu erleben, ergänzte ich im Stillen.

Peggy schwieg, sah mich aber erwartungsvoll an und forderte mich mit ihren Blicken zum Weitersprechen auf.

»Mag sein, dass ich mich in meine Nachforschungen über Mark zu sehr hineingesteigert habe«, ruderte ich zurück und hob beide Hände. »Betrachte es mal aus meiner Sicht: Ist es nicht komisch, wenn man mit jemandem in so engem, regelmäßigem Kontakt steht und praktisch nichts über ihn weiß? Das gibt einem doch zu denken, oder? Auf diese Weise begann ich, allerlei Spekulationen über sein Vorleben anzustellen. Aber wer weiß, vielleicht ist es besser, keine schlafenden Hunde zu wecken und dem Mann seine Geheimnisse zu lassen.«

Damit war die Diskussion über Mark beendet.

Wir wechselten das Thema, sprachen ein paar Minuten über geschäftliche Dinge, und dann wurde es für uns beide Zeit, zu unseren alltäglichen Pflichten zurückzukehren. Bei mir würden immerhin bald neue Gäste eintreffen.

Nachdem ich mich bei Peggy für den Kaffee bedankt hatte, stieg ich mit Rover den steilen Hügel hoch, der vom Hafen zum Rose Harbor Inn führte. Als wir um die Ecke bogen und die lange Zufahrt zum Haus hinuntergingen, blieb ich stehen und betrachtete das dreistöckige Gebäude, das seit einem Jahr mein Heim war. Sein Anblick berührte jedes Mal meine Seele. Im neunzehnten Jahrhundert erbaut, war es eines der markantesten Bauwerke von Cedar Cove. Darüber hinaus hatte man von hier aus einen überwältigenden Blick. Man sah die Berge ebenso wie die Bucht, die der Puget Sound hier bildete, den Leuchtturm, die anderen Orte am Ufer der Kitsap Peninsula. Die Lage und der weite Blick von hier oben waren nicht zuletzt ausschlaggebend gewesen für meine Entscheidung, die Pension zu kaufen und hier, fernab der Großstadt, einen neuen Anfang zu wagen. Ich wusste sofort, dass ich hier willkommen war und hier heimisch würde.

In der ersten Nacht nach meinem Umzug hatte ich ein merkwürdiges Erlebnis.

Ich spürte Pauls Gegenwart in meinem Zimmer so stark, als wäre er für ein paar flüchtige Minuten in mein Leben zurückgekehrt. Um mir Trost zu spenden, mich seiner Liebe zu versichern und mich wissen zu lassen, dass ich auf dem richtigen Weg in ein eigenes Leben sei. So deutete ich das zumindest.

Während ich noch in Gedanken versunken dastand, fuhr ein weißer SUV an mir vorbei zu dem kleinen Gästeparkplatz. Beifahrer- und Fahrertür wurden gleichzeitig geöffnet, und ein attraktives junges Paar stieg aus.

Roy und Maggie Porter waren eingetroffen.

Ich wollte ihnen gerade einen Gruß zurufen, als Roy sichtlich verärgert die Autotür zuknallte. Anschließend ging er wortlos zum Heck des Wagens, holte zwei Koffer heraus und steuerte auf das Haus zu, ohne sich umzublicken.

Als Maggie mich sah, stutzte sie und bedachte mich mit einem entschuldigenden Lächeln. Offenbar war ihr das Benehmen ihres Mannes peinlich.

Grüßend hob ich eine Hand. »Maggie?«

Sie nickte. »Jo Marie?«

»Ja. Willkommen im Rose Harbor Inn.«

»Danke.« Sie blickte zum Eingang hin, zur vorderen Veranda, wo Roy stand und auf sie zu warten schien, obwohl er uns den Rücken zukehrte.

»Sie müssen seine schlechte Laune entschuldigen. Es hat ihm plötzlich nicht gepasst, sich dieses Wochenende freizunehmen. Aber wir hatten das schon so lange geplant und …« Ihre Stimme erstarb. »Wir brauchen etwas Zeit für uns.«

»Das tut allen Paaren ab und an gut«, pflichtete ich ihr bei und wurde zugleich den Eindruck nicht los, dass es zwischen Maggie und Roy Porter ganz und gar nicht stimmte.

4

Maggie holte tief Luft und folgte Roy die Treppe hoch zu ihrem Zimmer. Während des Ausfüllens der Anmeldeformulare hatte er kaum ein Wort gesagt. Sie musste sich ganz schön zusammenreißen, um zu verbergen, wie sehr sie sein Verhalten verletzte. Es war offensichtlich, dass er keinerlei Lust verspürte, hier mit ihr ein paar Tage zu verbringen.

Jetzt öffnete er die Tür und ließ ihr den Vortritt. Es war ein hübscher Raum mit einem Himmelbett, und auf der Frisierkommode begrüßte sie ein Strauß duftender Rosen. Die großen Fenster gingen auf die Bucht hinaus. In der Marina dümpelten die Schiffe sanft vor sich hin, und die Masten der Segelboote neigten sich leicht.

»Es ist schön hier«, flüsterte sie.

Roy sah nicht aus, als wäre er bereit, sich selbst davon zu überzeugen und die Aussicht zu bewundern. Hartnäckig schwieg er und strömte stummen Groll aus.

Während der gesamten dreieinhalbstündigen Fahrt von Yakima hierher hatte er nur gelegentlich ein paar Worte gebrummt. Alle Versuche von Maggie, das lastende Schweigen zu brechen, waren letztlich ins Leere gelaufen. Bestenfalls hatte er, wenn überhaupt, einsilbig und schroff reagiert.

Was soll's, dachte sie und beschloss, nicht länger über die schlechte Laune ihres Mannes nachzudenken.

Sie drehte sich zu Roy um. »Oder findest du es nicht schön?«, unternahm sie einen letzten Vorstoß, die Situation zu entkrampfen.

»Was?«, gab er unwirsch zurück.

»Die Aussicht, die Lage des Ortes … Ich jedenfalls finde es traumhaft. »

Ihr Mann zuckte mit den Schultern, als hätte er es weder bemerkt, noch würde es ihn die Bohne interessieren. Mit tief in den Hosentaschen vergrabenen Händen stand er neben seinem Koffer. Zwar war seine Verärgerung nicht mehr so deutlich zu spüren, dafür umgab ihn jetzt eine Aura der Hoffnungslosigkeit.

Es brach ihr fast das Herz, ihn so zu sehen.

»Ich weiß, dass du dich weit weg wünschst«, flüsterte sie.

»Das kannst du laut sagen«, stieß er bitter hervor.

Maggie hatte sich seit Wochen auf dieses Wochenende gefreut und es geplant, weil sie sich viel von einer solchen Auszeit versprach. Roy arbeitete zu viel. Er verließ das Haus in aller Herrgottsfrühe, sah seine beiden Söhne erst, wenn er abends heimkam und sie ins Bett mussten. Trotzdem war er ein hingebungsvoller Vater und bemühte sich, nach Möglichkeit mit ihnen ein Weilchen zu spielen, ihnen etwas vorzulesen oder sie zu baden. Egal wie müde er war. Anschließend war er erledigt. Seitdem sein Vater sich zur Ruhe gesetzt hatte, lastete die gesamte Verantwortung für das Bauunternehmen der Familie auf Roys Schultern.

Maggie fürchtete, dass sie sich, wenn nichts passierte, noch weiter voneinander entfernen würden, als es bereits der Fall war, und hatte deshalb dieses Wochenende als Auszeit für sie beide geplant. Die Schwiegereltern fanden die Idee gut, schenkten ihnen den Aufenthalt im Rose Harbor Inn und erboten sich überdies, auf die Jungs aufzupassen. Alles schien sich perfekt zu fügen, bis …

Nun, das war ein Thema für sich.

»Wenn meine Eltern mich nicht gedrängt hätten, wäre ich gar nicht auf den Vorschlag eingegangen«, fügte Roy hinzu, als würde das alles erklären und entschuldigen, und trat ans Fenster.

Allerdings schien er nichts von der Landschaft wahrzunehmen, die sich wie eine meisterhaft gearbeitete Patchworkdecke den Blicken darbot. Die grünen und blauen Farben, die miteinander verschmolzen, waren typisch für diese Region und machten die Schönheit und den Reiz der buchtenreichen Küsten des Puget Sound aus.

»Ja, ich weiß«, hauchte sie erstickt.

Mit einem Mal kam es ihr vor, als wäre dieser Versuch, ihre Ehe zu retten, von vornherein zum Scheitern verurteilt gewesen. Tränen stiegen ihr in die Augen. Sie hatte sie während der Fahrt hierher erfolgreich zurückgehalten, aber jetzt gelang ihr das nicht länger. Kleine Rinnsale liefen ihre Wangen herab, und sie sank entmutigt auf die Bettkante und ließ den Kopf hängen.

Alles erschien ihr so sinnlos.

Obwohl sie keinen Laut von sich gab, musste Roy ihren Kummer wohl gespürt haben, denn er drehte sich um und seufzte vernehmlich. Dann setzte er sich neben sie auf die Bettkante, legte einen Arm um ihre Schultern und lehnte den Kopf gegen ihren.

Maggie, die sich verzweifelt nach seiner Wärme und Liebe sehnte, drehte sich zu ihrem Mann, schlang die Arme um seine Taille und klammerte sich an ihn. Nach wie vor leise schluchzend, barg sie das Gesicht an seiner Schulter. Roy tröstete sie und streichelte ihren Hinterkopf.

»Es tut mir leid«, murmelte er.

Da sie sich in diesem Moment außerstande fühlte, einen Ton herauszubringen, nickte sie nur.

»Ich tue mein Bestes, Maggie, bloß gib mir Zeit. Ja?«

Erneut signalisierte sie stumm ihr Einverständnis und wischte sich die Tränen weg, spielte dabei mit einer Strähne ihres langen, dunklen Haares und schluckte ein paarmal.

Zaghaft erwiderte sie schließlich Roys Lächeln. »Ich packe die Koffer aus«, sagte sie leise und hoffte inständig, auf diese Weise Frust und Enttäuschung verdrängen zu können.

»Okay«, erklärte er und hievte die Gepäckstücke aufs Bett.

Sie brauchte nicht lange, die Sachen aufzuhängen und einzuräumen. Zu ihrem Erstaunen stellte sie fest, dass Roy etwas zu lesen eingepackt hatte. Maggie konnte sich nicht erinnern, wann sie ihren Mann zuletzt mit einem Buch in der Hand gesehen hatte. Sie selbst war eine Leseratte. Früher hatten sie sich über die Bücher, die sie interessierten und lasen, ausgetauscht, doch das war vor Jahren gewesen, bevor Roy von der Arbeit in der Firma aufgefressen wurde und bevor die Jungen zur Welt kamen.

»Wollen wir jetzt zum Lunch gehen?«, fragte Roy, um die Stimmung aufzulockern.

»Gern«, willigte sie ein, obwohl sie nicht den geringsten Hunger verspürte. Aber darum ging es nicht, sondern darum, dass Roy sich bemühte, das Wochenende nicht komplett gegen die Wand zu fahren. Und dafür war Maggie ihm zutiefst dankbar.

»Ich werde Jo Marie fragen, was sie uns empfehlen kann. Worauf hättest du denn Appetit?«

Maggie musste einen Moment nachdenken. »Wenn wir schon am Meer sind, wie wäre es da mit Fish and Chips?«

»Gute Idee«, stimmte er zu.

Sie fanden Jo Marie telefonierend in der Küche. Zum Zeichen, dass sie warten sollten, hob sie die Hand und legte kurz darauf das Telefon weg.

»Wir brauchen einen Vorschlag, wohin wir zum Lunch gehen könnten.«

»Irgendein Restaurant, wo es Fish and Chips gibt«, ergänzte Maggie.

»Oh, da würde ich das Queen's empfehlen. Der beste Fisch weit und breit. Sie finden leicht dort hin. Es liegt neben dem Pancake Palace, und die beiden Restaurants teilen sich einen Parkplatz.«

Sie reichte ihnen eine Broschüre mit einer Liste der Restaurants am Ort, die sie eigens für ihre Gäste hatte drucken lassen.

»Danke«, sagte Maggie, während sie zur Tür gingen.

»Gern geschehen.«

Jo Marie hob aufmunternd einen Daumen, als wollte sie damit zum Ausdruck bringen, dass alles doch bereits erheblich besser aussehe als bei ihrer Ankunft. Die junge Frau verstand, was gemeint war, und lächelte dankbar.

Zu ihrer Überraschung hielt Roy ihr die Wagentür auf.

Maggie wusste nicht zu sagen, wann sie das zuletzt erlebt hatte. Vermutlich vor der Geburt der Kinder. Danach stand im Vordergrund, sie in ihre Kindersitze zu verfrachten und sie mit allem Notwendigen zu versorgen. Da achtete man kaum auf derartige Höflichkeiten.

Nicht genug damit, beugte Roy sich zu ihr und küsste sie. Vor lauter Rührung wollten ihr wieder die Tränen kommen, aber sie blinzelte sie rasch weg, während ihr Mann zur anderen Seite des Wagens ging, sich auf den Fahrersitz schwang und den Motor startete.

»Scheint nicht weit weg zu sein, soweit ich das auf dem Plan erkenne«, sagte er und warf einen letzten Blick auf die Broschüre, die er nach wie vor in der Hand hielt.

»Fish and Chips habe ich seit einer Ewigkeit nicht gegessen«, meinte Maggie.

Roy griff nach ihrer Hand und drückte sie sacht, und für einen kurzen Moment war sie fast überzeugt, dass alles zwischen ihnen wieder in Ordnung kommen würde. Zumindest glauben wollte und musste sie daran … Sie hatte diese Hoffnung selbst in den schlimmsten Tagen nie aufgegeben.

Sie fanden das Queen's ohne Probleme. Es war ein schlichtes, kleines Lokal ohne schicke Einrichtung, und die Gerichte des Tages wurden auf einer Tafel angeboten.

Außerdem händigte ihnen eine Kellnerin, deren Namensschild sie als Nikki auswies, eine eher kleine Speisekarte aus. Zwar warf Maggie einen interessierten Blick darauf, blieb jedoch bei Fish and Chips, die zum Menü zwei gehörten. Roy bestellte die erweiterte Variante, bei der es zusätzlich Krautsalat gab.

Es dauerte nicht lange, bis das Essen kam. Und wenngleich sie eigentlich keinen sonderlichen Hunger hatte, stellte Maggie nach dem ersten Bissen fest, dass Jo Marie nicht zu viel versprochen hatte. Das war so ziemlich der beste Fisch, den sie je gegessen hatte.

»Ich habe mich über Collin gewundert.« Roy leckte etwas Ketchup von den Fingerspitzen. »Er hat nicht geweint wie sonst, dass wir beide wegfahren.«

»Ja, ich war ebenfalls erstaunt«, räumte Maggie ein. Ihr Dreijähriger mochte es nicht, zurückgelassen zu werden, und schluchzte regelmäßig, als würde er für den Rest seines Lebens verstoßen.

»Da hatte vermutlich meine Mutter die Finger im Spiel.« Roy spießte ein paar Pommes auf. »Wie ich sie kenne, hat sie ihm zum Abendessen Eis versprochen.«

»Sie verwöhnt die beiden ziemlich, manchmal ein bisschen zu sehr.«

»Das ist das Vorrecht von Großmüttern.«

Roys Eltern nahmen sich viel Zeit für ihre Enkel. Es sei denn, sie waren in Arizona, wo sie den Winter verbrachten, oder sie zuckelten gerade, wie fast den ganzen Sommer, mit ihrem Wohnmobil durch die Gegend. Aber zwischendurch kümmerten sie sich bei Bedarf gerne um die beiden Jungen.

Maggie bedauerte, dass die Kinder die anderen Groß-eltern so selten sahen. Doch die lebten weit weg vom Schuss in Kalifornien und waren zudem nach wie vor berufstätig.

»Wie macht sich Collin eigentlich beim Soccer?«, er-kundigte Roy sich.

»Prima. Erst letztens hat er mich gefragt, ob du ihn bald genauso trainieren wirst wie Jaxon.«

Ihr Mann lächelte, und zum ersten Mal an diesem Tag erreichte es seine Augen. Seit zwei Jahren betreute Roy das Team des älteren Sohnes, und Collin brannte bereits darauf, endlich selbst zu spielen und nicht immer an der Seitenlinie zu stehen. Einmal hatte er es nicht länger ausgehalten und war mitten im Spiel auf das Feld ge-rannt. Roy und der Schiedsrichter mussten ihn mit ver-einten Kräften wieder einfangen.

Maggie erinnerte Roy an den Vorfall. Er schüttelte grinsend den Kopf. »Aus ihm wird bestimmt ein tougher kleiner Spieler werden.«

»Ich glaube manchmal sogar, dass er sportbegeisterter ist als Jaxon.«

Roy dachte einen Moment nach und wiegte dann den Kopf. »Schwer zu sagen. Jedenfalls ist er mit ganzem Her-zen dabei.«

»Das ist er bei allem, was er tut«, ergänzte Maggie, und ein warmes Gefühl durchflutete sie.

Ihre Söhne waren ihre ganze Freude, und sie hatte sich nach Jaxons Geburt entschlossen, sich die ersten Jahre voll und ganz auf ihre Kinder zu konzentrieren und ih-ren Beruf fürs Erste aufzugeben. Sie fand das wichtig, weil

Roy oft zwölf bis vierzehn Stunden täglich in der Firma verbrachte. Und bestimmt würde er das selbst dann nicht ändern, wenn … Nein, sie durfte darüber nicht nachgrübeln, sonst würde sie langsam verrückt.

Roy war ein Getriebener. Verzehrt vom Wunsch nach Erfolg. Schon allein deshalb war Maggie eigentlich nichts anderes übrig geblieben, als ihn zu entlasten, zu unterstützen und zu Hause für die Kinder da zu sein. Zum Glück ermöglichte ihnen das Familienunternehmen ein komfortables Leben ohne finanzielle Sorgen. Bisweilen fragte sie sich allerdings, zumal in letzter Zeit, ob Roy ihre Arbeit im Hintergrund überhaupt zu schätzen wusste. Ob er eigentlich begriff, welche Rolle sie für sein Zuhause, für sein Leben und für seine Bequemlichkeit spielte.

Von außen betrachtet vermutlich keine große.

Sie bekam keinen Gehaltsscheck, machte keine Termine, erledigte keine Telefonate und keine Korrespondenzen. In seinem Berufsleben hatte sie keinen Platz, war von ihm reduziert worden auf ihre Pflichten für Haushalt und Kinder und hielt ihm damit den Rücken frei.

Eine klassische Aufgabenteilung, wie sie immer seltener anzutreffen war.

Während des Essens sprachen sie nonstop über die Söhne, bis Roy plötzlich mitten in einem Satz innehielt. »Ist dir aufgefallen, dass wir bislang über nichts anderes als über Jaxon und Collin gesprochen haben?«

Sie lachte. »Und kurz über deine Eltern«, sagte sie und verstand es als Scherz.

»Nun mal im Ernst«, antwortete er. »Im Grunde genommen kamen sie in unserem Gespräch lediglich in Bezug auf die Jungs vor. Als Grandma und Grandpa.«

Maggie nickte. »Okay, du hast recht. Aber warum erwähnst du das? Worüber möchtest du sonst reden?«

Sie verstand nicht, worauf er hinauswollte – für sie zählte bereits, dass sie sich überhaupt unterhielten. Wie in jeder normalen Familie üblich. Schließlich hatten sie das in den letzten Monaten kaum getan.

»Im Prinzip sind die Kinder ja ein gutes Thema, dazu ein ebenso wichtiges wie ergiebiges«, lenkte Roy ein. »Ich liebe meine Söhne, und ich weiß, dass du eine sehr gute Mutter bist, Maggie. Die beiden können glücklich sein, dich zu haben.«

Da Roy mit Komplimenten nicht gerade um sich zu werfen pflegte, bedeuteten seine Worte ihr viel und waren Balsam für ihre von Zweifeln geplagte Seele. Dennoch klang ihre Stimme gepresst.

»Danke. Und du bist ein wunderbarer Vater«, erwiderte sie und wartete angespannt, was als Nächstes kommen würde.

»Trotzdem sollten wir die Jungs mal für eine Weile außen vor lassen und über uns reden«, schlug Roy vor. »Du hast dieses Wochenende immerhin arrangiert, damit wir an unserer Ehe arbeiten, richtig?«

»Ja.«

»Dann sollten wir das auch tun.«

»Okay.« Mehr als dieses eine Wort brachte sie nicht heraus. »Wir haben beide Fehler gemacht«, begann er nach kurzem Schweigen.

Sie blickte zur Seite und nickte. »Nur frage ich mich,

ob es sinnvoll ist, über Fehler zu diskutieren und womöglich zu streiten. Sollten wir nicht lieber nach Auswegen suchen? Nach Möglichkeiten, die uns wieder näher zueinander führen?«

Roy schob seinen nicht ganz geleerten Teller weg. »Vielleicht hast du recht.«

Sie lächelte, weil sie ein solches Eingeständnis selten von ihrem Mann gehört hatte und nie in der letzten Zeit.

»Was willst du mit diesem Lächeln andeuten?«, fragte Roy argwöhnisch. »Halt, ich weiß es: Du hast gegrinst, weil ich dir recht gegeben habe. Gib's zu!«

»Okay, ertappt«, gestand sie, um sogleich hinzuzufügen: »Belassen wir es dabei. Von jetzt an sprechen wir ausschließlich über uns. Die Jungs sind tabu.«

Sie lächelten sich über den Tisch hinweg an, doch keiner von ihnen ergriff das Wort. Es war, als würden sie beide über eine Strategie nachdenken.

Maggie erwog, die letzten drei Monate gezielt anzusprechen. Weshalb er da noch stärker beansprucht und noch seltener zu Hause gewesen war. Bloß würde das unweigerlich zu anderen, heikleren Themen führen, die sie zu vermeiden gehofft hatte. Katherine zum Beispiel. Allein bei dem Gedanken an diese Person begann die Wut in ihr hochzukochen.

Nein, dieses Problem sollte besser ausgeklammert werden.

Geschlagene fünf Minuten lang saßen sie schweigend da. Während die Zeit verstrich, dachte Maggie traurig daran, wie fremd sie einander geworden waren. Gut, sie lebten in einem Haus, teilten das Schlafzimmer, das Interesse für die Söhne und manchmal die Mahlzeiten, aber in anderer Hinsicht lebten sie eher wie in einer Wohngemeinschaft.

Maggie spürte, wie ihr Herz ganz schwer wurde. »Früher hast du mit mir geredet«, flüsterte sie und starrte auf ihren Teller.

»O komm, nicht schon wieder«, wehrte er ab. »Das ist nämlich genau das, was ich befürchtet habe. Dass du dieses Wochenende dazu benutzt, mich daran zu erinnern, was für ein katastrophaler Ehemann ich bin und wie sehr ich dich vernachlässigt habe.«

»Nein, das will ich gar nicht.«

»Also schön, ich bin zugegeben ein hundsmiserabler Ehemann, doch du warst ja auch nicht unbedingt eine tadelsfreie Ehefrau.«

Seine Worte trafen sie wie Geschosse aus einer Nagelpistole. Mitten ins Herz, mitten ins Schwarze. Der Schmerz war so heftig, dass sie kaum atmen konnte.

Prompt reagierte Roy zerknirscht. »Ich habe es nicht so gemeint, Maggie, wirklich nicht.«

»Ich glaube, das hast du sehr wohl«, flüsterte sie und griff nach ihrer Tasche.

Sie wollte sich gerade erheben, als ihr Handy klingelte. Kurz zögerte sie, ob sie den Anruf entgegennehmen sollte, aber inzwischen klang der Ton schrill und aufdringlich in ihren Ohren, als wäre die Nachricht von höchster Wichtigkeit und Dringlichkeit.

Unschlüssig zog sie das Telefon aus ihrer Tasche und schaute aufs Display. »Deine Mutter. Sie will bestimmt wissen, ob wir gut angekommen sind.«

5

Nach dem Gespräch mit Peggy beschlich mich das Gefühl, ihr einen falschen Eindruck bezüglich meiner Neugier wegen Mark vermittelt zu haben. Ich liebte unverändert meinen toten Mann, und daran würde sich nichts ändern. Allein wenn ich an den Brief dachte, den ein Freund mir nach seinem Tod zukommen ließ. Genau wie es Pauls Wunsch entsprach. Für den Fall, dass ihm etwas zustieß, hatte er mich seiner Liebe versichert und mich aufgefordert, in seinem Geist mein Leben weiterzuleben.

Es war sein Vermächtnis.

Zunächst hatte ich es nicht fertiggebracht, den Brief zu lesen, nicht solange Paul als vermisst galt. Das tat ich erst, als keine Hoffnung mehr bestand und man mir mitteilte, seine sterblichen Überreste seien gefunden, identifiziert und nach Washington, D.C., überführt worden. Erst vor einigen Wochen, Anfang Juni, hatte ich auf dem Arlington National Cemetery der Trauerfeier beigewohnt. Seitdem lag der Brief irgendwo vergraben, ohne dass ich ihn nochmals zur Hand genommen und Pauls letzte Worte an mich gelesen hätte.

Nachdem ich vor einem Jahr hierhergezogen war, etwa ein Jahr nach dem Hubschrauberabsturz, meinte ich ein paar Monate lang seine Gegenwart geradezu physisch zu spüren. Er schien mir ganz nah und ganz real zu sein. Als brauchte ich lediglich eine Hand auszustrecken und ihn zu berühren. Im Nachhinein denke ich, dass mein Verstand nur so in der Lage war, die alles verschlingende Trauer nach und nach zu verarbeiten. Und dass ich Paul aus dem verzweifelten Wunsch heraus, er möge wieder bei mir sein, gewissermaßen im Geiste heraufbeschwor. Manchmal glaubte ich ihn sogar sprechen zu hören …

Seit längerer Zeit war das nicht mehr vorgekommen, genau genommen seit dem Erhalt seines Briefes. Ich vermisste es, und in manchen Situationen sehnte ich mich schmerzlich danach, endlich wieder seine Nähe zu spüren … Vergeblich. Ich war und blieb allein.

So furchtbar allein.

Um mich abzulenken, stürzte ich mich in allerlei Aktivitäten. Obwohl bereits Sommer, veranstaltete ich neulich einen Frühjahrsputz, heute waren die Küchenschränke an der Reihe. Alles wurde ausgeräumt, alles wurde gereinigt und anschließend ordentlich wieder hineingestellt.

»Brauchst du Hilfe?«

Ich stand gerade auf meiner kleinen Trittleiter und kramte in den Oberschränken herum, als Mark Taylor heimlich, still und leise in der Küchentür auftauchte.

Ich zögerte, denn wir waren vor gar nicht allzu langer Zeit bei einer ähnlichen Gelegenheit einmal heftig in Streit geraten. Damals turnte ich ebenfalls auf einer Leiter herum, allerdings draußen auf der Veranda. Das sei für eine Frau viel zu gefährlich, erklärte er mir barsch und wollte es mir glatt verbieten, mit dem Fensterputzen weiterzumachen. Woraufhin ich protestierte und eins zum anderen führte. Deshalb beschloss ich, ihn nicht erneut zu provozieren.

»Ich mache ein bisschen Frühjahrsputz«, erklärte ich betont munter.

»Wir haben August«, erinnerte er mich. »Mir scheint, du hast in der letzten Zeit eine Menge Frühjahrsputz erledigt.«

»Mag sein, dass ich mit allem etwas spät dran bin«, räumte ich ein und dachte mir zugleich, was ihn das wohl anging. »Du kennst bestimmt den schönen Spruch: Besser spät als nie.«

Er musterte kritisch die kurze Leiter und schien mit sich zu ringen, ob er etwas sagen sollte. Zum Glück entschied er sich dagegen, griff nach einem der Becher, die ich aus dem Schrank auf die Arbeitsplatte geräumt hatte, und stapfte hinüber zu meiner Kaffeemaschine.

»Hast du etwas dagegen, wenn ich mich bediene?«

»Nur zu.«

»Soll ich dir auch einen machen, wenn ich gerade dabei bin?«

Wie es aussah, verfolgte Mark ein spezielles Anliegen, denn sonst hätte er sich einerseits nicht so zurückhaltend mit Kritik gezeigt und andererseits nicht so aufmerksam mit Hilfsangeboten. Da er überdies kein Freund von unverbindlicher Plauderei war, musste es einen konkreten Grund für sein Kommen geben.

»Was ist jetzt mit einem Kaffee?«, wiederholte er und hielt einen zweiten Becher hoch.

»Gerne«, erwiderte ich. »Ich kann eine kleine Pause brauchen.«

Nachdem er zwei Tassen aufgebrüht hatte, nahm er seinen Kaffee mit nach draußen, wobei er stillschweigend voraussetzte, dass ich ihm folgte. Ich tat ihm den Gefallen, und wir setzten uns auf die hintere Terrasse, die normalerweise meinen Gästen vorbehalten war.

»Heute ist ein wirklich schöner Nachmittag.« Sein Blick wanderte über das Wasser hinweg.

»O ja.«

Im August gab es hier oft solche Tage, an denen das Grün der Bäume und das Kristallblau des Wassers bei Sonnenschein um die Wette leuchteten. Mir fehlten die Vergleiche, weil ich nicht groß in der Welt herumgekommen war, aber Paul hatte mir versichert, dass die Farben an keinem anderen Ort so intensiv seien wie am Puget Sound, der sich mehr als hundert Meilen vom Saum des Pazifiks bis ins Landesinnere zieht.

Mark gab mir mal wieder Rätsel auf. Redete übers Wetter, was absolut nicht zu ihm passte, doch ich schwieg. Es brachte nichts, ihn zu drängen.

»Sind deine Gäste bereits angekommen?«

»Alle außer Peter McConnell.«

Marks Gesichtszüge spannten sich an. »Peter McConnell? Etwa der Peter McConnell, der in Cedar Cove wohnt?«

»Ja, genau der. Peter hat heute Morgen ein Zimmer reserviert.«

Seine Augen verengten sich. »Peter besitzt ein Haus in der Stadt.«

»Schon. Ich glaube, es hängt mit irgendwelchen Klempnerarbeiten zusammen – das Wasser musste abgestellt werden, was weiß ich.«

Ein unwilliges Schnauben gab mir zu verstehen, dass Mark kein Wort glaubte.

»Und du meinst, er hat in der ganzen Stadt keinen einzigen Freund, der ihn für ein oder zwei Nächte aufnimmt? Nicht einmal seine eigene Tochter?«

»Sorry, warum sollte ich ihn danach fragen? Mir ist schließlich jeder zahlende Gast willkommen.«

»In diesem Fall wäre es besser gewesen, ihm abzusagen.«

So langsam wurde ich wütend. Meine zunehmend heiß werdenden Wangen waren ein untrügliches Zeichen dafür, dass ich gleich explodieren würde.

»Mark, hör auf«, sagte ich mühsam beherrscht. »Du überschreitest eine Grenze.«

»Welche Grenze?«

»Die, die ich gerade eben gezogen habe. Wen ich als Gast in meiner Pension akzeptiere, ist allein meine Sache«, erklärte ich betont langsam, um meinen Worten Nachdruck zu verleihen.

Schweigend blickte er eine Weile auf den Sund. Die Luft zwischen uns knisterte förmlich.

»Ich traue dem Mann nicht«, bequemte er sich endlich zu einer Erklärung und atmete hörbar aus. »Und wenn du Peter besser kennen würdest, erginge es dir nicht anders.«

Mir war weder Positives noch Negatives über Peter McConnell zu Ohren gekommen, und so funkelte ich Mark bloß finster an.

»An deiner Stelle würde ich Vorkasse verlangen«, empfahl er mir nach einer Weile.

»Schuldet er dir Geld?«

»Glaub mir einfach, und vertrau mir, Jo Marie.«

»Das tue ich«, erklärte ich. Mein Zorn war so schnell verflogen, wie er gekommen war. »Gibt es sonst noch etwas?«

»Ach ja. Ich habe den Kostenvoranschlag für deinen Pavillon dabei.«

»Hattest du mir nicht bereits einen gemacht, einen Überschlag zumindest? Ich verlasse mich darauf, dass du mich nicht übervorteilst.«

Er griff in seine Hemdtasche und zog ein zusammengefaltetes Blatt heraus. »Ich habe hier alles aufgelistet. Der Holzpreis ist in der letzten Woche gestiegen, deswegen musste ich die Zahlen ändern. Wenn du unter diesen Umständen mit dem Bau lieber warten willst, verstehe ich das.«

Ich überflog die Aufstellung. Trotz des verteuerten Holzes machte die Differenz zwischen dem vorläufigen und dem exakten Kostenvoranschlag gerade mal zweihundert Dollar aus. Er hatte also super geschätzt.

»Das geht in Ordnung.«

»Heißt das, ich soll mit der Arbeit anfangen?«

»Und ob.«

Er grinste, als wäre er über den Auftrag erfreut. Dabei tat er meist so, als würde er in Arbeit ertrinken.

»Hast du das schwarze Brett im Baumarkt gesehen?«

Er warf mir einen eigenartigen Blick zu. »Yeah. Warum?«

»Dort wird ein erfahrener Verkäufer gesucht. Wäre das nichts für dich?«

Mark runzelte die Stirn. »Warum sollte ich in einem Baumarkt arbeiten wollen?«

Lag denn die Antwort nicht auf der Hand? Damit er etwas Festes hatte und sich nicht von einem Job zum nächsten hangeln musste?

Stattdessen sagte ich: »Du kennst dich aus wie kein Zweiter. Egal ob es um Materialien oder Reparaturen geht.«

Er schüttelte den Kopf, als ginge ihm schon die bloße Vorstellung gegen den Strich. »Ich bringe meine Kenntnisse auch so an den Mann.«

»Aber du hättest ein regelmäßiges Einkommen und eine Sozialversicherung.«

»Ich habe alles, was ich brauche, vielen Dank für deine Mühe.«

»Okay, okay, reg dich nicht auf, es war ja nur eine Idee.«

»Leider eine schlechte.«

Er kratzte sich am Kopf und runzelte die Stirn, als hätte ihn mein Vorschlag richtiggehend beleidigt.

Ich hörte, wie in einiger Entfernung eine Autotür zugeschlagen wurde, und schloss daraus, dass entweder die Porters vom Lunch zurückkamen oder Peter McConnell eintraf. Trotz meines Protests gegen Marks Einmischung würde ich seine Warnung ernst nehmen. Ohne natürlich diesen Gast wegzuschicken.

Mark begleitete mich zur Vordertür.

Draußen stand Peter. Augenblicklich verwandelte

sich mein notorischer Nörgler. Allerdings nicht, wie ich erwartet hatte, in die ungehobelte Richtung. Im Gegenteil. Er hob einen Arm, lachte breit und winkte dem Neuankömmling fröhlich zu.

»Peter. Wie geht's, alter Kumpel?«

Ich starrte ihn an und verstand die Welt nicht mehr.

Nicht weniger schockiert wirkte Peter McConnell. Mein neuer Gast mochte Ende vierzig, Anfang fünfzig sein, schätzte ich. Sein Haar war bereits vollständig ergraut, was sein gutes Aussehen jedoch nicht beeinträchtigte.

Peter blickte von mir zu Mark und dann wieder zu mir. »Mark, du bist hier. Hör zu, wenn du dir wegen dem Geld Gedanken machst, das ich dir schulde …«

»Vergiss es«, beruhigte ihn mein Handwerker, als wäre die Summe nicht der Rede wert. Peanuts eben. Dann spähte er über seine Schulter und warf mir einen warnenden Blick zu. »Jo Marie hat mir erzählt, dass du die Klempner im Haus hast.«

»Ja. Das Wasser musste bis morgen früh abgestellt werden.«

»Und da flüchtest du, um nicht sehen zu müssen, wie sie an den Rohren herumdoktern?«

Mark lachte, als hätte er einen guten Witz gemacht, sah erneut mich an und raunte mir zu, während Peter sich gerade abwandte: »Ich frage mich, ob er die Wasserrechnung bezahlt hat.«

Und dann geschah etwas, das endgültig alle meine Vorstellungen über den Haufen warf. Der einsiedlerische Mark lud sich einen Gast ins Haus.

»Hör mal, du brauchst kein Geld für ein Pensionszimmer auszugeben«, sagte er großmütig zu Peter. »Du kannst bei mir im Gästezimmer unterkommen.«

Der andere zögerte. »Bist du sicher?«

»Warum nicht? Wir sind schließlich so was wie Freunde, oder?«

»Schon, aber ich möchte dir keine Umstände machen.«

Peter wirkte skeptisch, was ich ihm nicht verdenken konnte.

»Kein Problem.« Mark winkte ab. »Du bist willkommen.«

Nach wie vor schien Peter der Sache nicht zu trauen, überwand sich nach längerem Ringen indes aus naheliegenden Gründen.

»Wenn das so ist, danke gerne. Immerhin spare ich dadurch ein paar Hundert Mäuse.«

Nicht im Traum würde ich so viel für ein Zimmer verlangen, wollte ich protestieren, doch Mark kam mir zuvor.

»Bist du damit einverstanden, Jo Marie?«

»Sicher, ich habe kein Problem damit.«

Was nicht ganz stimmte, denn ich beabsichtigte, Mark wegen seiner eigenmächtigen Spielchen zur Rede zu stellen.

»Ist das da drüben dein Truck?«, erkundigte sich Peter und deutete auf Marks Wagen.

»Ja. Geh schon mal rüber zu meinem Haus – ich komme in einer Minute nach.«

Mark schwieg, bis Peter außer Hörweite war.

»Du kannst mir später den Kopf waschen«, erklärte er, »und das Geld, das dir entgeht, von meiner Rechnung für den Pavillon abziehen.«

»Warum tust du das?«

Ich wurde aus dem Mann einfach nicht schlau. Obwohl er Peter seiner eigenen Aussage zufolge nicht ausstehen konnte und ihm misstraute, bot er ihm Quartier in seinem Haus an.

»Ich will verdammt sein, wenn ich das weiß.«

Mürrisch und kopfschüttelnd ging er davon und ließ mich allein mit der Frage, ob Mark Taylor endgültig von allen guten Geistern verlassen war.

Ich holte die leeren Kaffeebecher von der Veranda und kehrte in die Küche zurück, wo ich auf die etwas verängstigt und nervös wirkende Ellie Reynolds traf.

»Kann ich irgendetwas für Sie tun?«

»Nein«, sagte sie und sah mich ratlos an. »Nur, wissen Sie, ich habe die ganze Zeit auf einen Anruf von Tom gewartet.«

»Und jetzt sind Sie ganz kribbelig und fragen sich, was da los sein mag.«

Sie zuckte die Achseln. »Na ja, irgendwie verunsichert mich das schon, verstehen Sie?«

»Vermutlich kommen Ihnen Zweifel, ob es wirklich richtig war, diese Reise zu unternehmen«, tastete ich mich vor und meinte damit nicht allein die Tatsache, dass sie den Mann nicht einmal kannte, sondern auch das Problem, dass sie sich gegen den ausgesprochenen Wunsch ihrer Mutter auf dieses Wagnis eingelassen hatte.

»Eigentlich gibt es keinen Grund zur Sorge«, meinte sie nach einer Weile. »Tom darf nämlich in der Werft sein Handy nicht benutzen und kann mich erst nach Feierabend anrufen. Das alles weiß ich und bin trotzdem schrecklich durcheinander. Verrückt, oder? Vor lauter Verzweiflung habe ich bereits einen langen Spaziergang unternommen, weil ich es nicht aushalte, still in meinem Zimmer zu sitzen.«

Bevor ich antworten konnte, ergriff sie erneut das Wort. »Wie ich sehe, räumen Sie die Schränke auf.« Sie machte eine Kopfbewegung zu der Arbeitsplatte, wo dicht an dicht Gläser standen. »Hätten Sie etwas dagegen, wenn ich Ihnen helfe?«

»Äh …«

»So etwas mache ich beruflich, wissen Sie.«

»Sie arbeiten als Haushälterin?«, fragte ich verwundert.

»Nein«, lachte sie. »Man engagiert mich, damit ich Ordnung in Wohnungen, Häuser, Keller und Garagen bringe oder den ganzen Haushalt samt Einrichtung möglichst effizient und arbeitssparend organisiere. Mit so etwas bin ich echt gut.«

»Und Küchen fallen ebenfalls in Ihr Ressort?« Zwar wäre eine solche Reorganisation sicher nicht schlecht, doch widerstrebte es mir, von einem Gast unbezahlte Hilfe anzunehmen.

»O ja, ich habe Dutzende von Küchen neu geordnet.«

»Wenn Sie mir helfen, bezahle ich das natürlich.«

»Unsinn. Sie tun damit ein gutes Werk, indem Sie mich davor bewahren, komplett durchzudrehen.«

Ohne auf meine Zustimmung zu warten, musterte sie den leeren Schrank, in dem die Gläser gestanden hatten.

»Warum stellen Sie sie nicht in den Schrank über der Spülmaschine? Ist praktischer. Ob der Weg ins Frühstückszimmer ein bisschen kürzer oder weiter ist, spielt hingegen keine Rolle. Sie brauchen sowieso ein Tablett, um alles hin und her zu tragen.«

Himmel, darauf hätte ich eigentlich selbst kommen können.

Während der nächsten Stunde ordnete ich gemäß Ellies Anweisungen die Sachen in der Küche auf völlig neue Weise, die mir das Hantieren bei allerlei Aktivitäten bestimmt sehr erleichtern würde. Sie verstand sich wirklich gut auf diese Dinge, da hatte sie nicht zu viel versprochen.

Beinahe wäre uns über unserem Eifer das Klingeln ihres Handys entgangen. Jetzt griff sie rasch danach, und ein strahlendes Lächeln breitete sich auf ihrem Gesicht aus.

»Es ist Tom.«

Die Freude, die ihr Gesicht erhellte, erinnerte mich daran, was ich bei Pauls Anrufen empfunden hatte. Besonders wenn sie, wie zumeist, vom anderen Ende der Welt gekommen waren. Ein unbeschreibliches Gefühl von Glück und Verbundenheit und eine unumstößliche Gewissheit, geliebt zu werden. Es tat mir gut, dies bei einem anderen Menschen mitzuerleben – erinnerte es mich doch daran, dass ich einst diese wunschlose Zufriedenheit selbst erlebt hatte.

6

𝓔llie presste ihr Handy so fest ans Ohr, dass es schmerzte.

»Hallo«, hörte sie Tom sagen, und er klang genauso aufgeregt, wie Ellie sich fühlte. »Du bist also gut in Cedar Cove angekommen.«

»Ja. Ich bin jetzt im Rose Harbor Inn.«

»Der Flug verlief glatt?«

»Keine Zwischenfälle.« Die vorhergehenden Probleme mit ihrer überfürsorglichen Mutter behielt sie vorerst für sich.

»Und deine Mutter? Sie war schließlich gegen diese Reise.«

»Ach, irgendwann muss Schluss damit sein, dass sie mein ganzes Leben zu beherrschen versucht.«

»Mein Angebot, persönlich mit ihr zu reden, war ernst gemeint. Du kannst darauf zurückkommen.«

»Nein.« Ellie blieb hart.

Die Erfahrung hatte sie gelehrt, dass nichts, was Tom sagen oder tun würde, Virginias Ängste zu zerstreuen vermochte. Im Laufe der Jahre hatte sie bereits zu viele Beziehungen ihrer Tochter im Anfangsstadium zunichtegemacht. Jetzt reichte es Ellie endgültig – im Grunde hätte sie sich solche Einmischungen längst verbitten müssen.

»Ich bin schon schrecklich aufgeregt«, sagte Tom mit belegter Stimme.

»Ich auch«, gestand sie mit einem nervösen Lachen.

»In ein paar Stunden ist hier Feierabend, dann fahre ich schnell nach Hause und ziehe mich um, bevor ich dich abhole. Ich habe im DD's unten am Wasser einen Tisch reserviert. Wir könnten von deiner Pension zu Fuß dorthin gehen, aber falls wir nach dem Essen noch irgendetwas unternehmen wollen, wäre es besser, ein Auto dabeizuhaben.«

»Perfekt. Ich war heute Nachmittag kurz unten am Hafen. Es ist schön dort.«

»Ich bemühe mich, pünktlich zu sein.«

»Kein Problem, ich laufe dir nicht weg«, scherzte Ellie und empfand eine kribbelnde Vorfreude.

Tom kennenzulernen, das war wie Weihnachten und Ostern an einem Tag.

»Hoffentlich bist du nicht enttäuscht von mir.«

»Genau davor habe ich ebenfalls die größte Angst – ich meine, dass du enttäuscht von mir bist.«

»Das wird nicht passieren, sei unbesorgt. Du bist so schön … In jeder Hinsicht, vom Aussehen wie vom Wesen her. Schöner, als ich es mir je von einer Frau erträumt hätte.«

Ellie erging es in Bezug auf seine Person ähnlich.

Ein Mann wie er war für sie ein Traum, denn er vermittelte ihr das Gefühl, ehrlich geschätzt und geliebt zu werden. Nie hatte man den Eindruck, dass er oberflächlich mit Komplimenten um sich warf, die er genauso gut einem Dutzend anderer Frauen sagen könnte. Darüber hinaus gefiel es ihr, dass er vor diesem ersten Treffen ebenso aufgeregt war wie sie.

»Versprich mir eines«, bat Tom leise.

»Wenn ich kann«, flüsterte sie zurück.

»Versprich mir, dass du, egal was dieses Wochenende passiert …« Er zögerte, als wüsste er nicht, wie er fortfahren sollte.

»Dass ich was?«, hakte sie nach. Sie wollte ihm unbedingt versichern, dass sich nichts zwischen ihnen ändern werde.

Erneut zögerte er und wechselte das Thema. »Ich muss Schluss machen. Privatgespräche werden hier nicht gerne gesehen. Mein Vorgesetzter beobachtet mich bereits mit Argusaugen. Ich hole dich so schnell wie möglich ab.«

»Mach dir keine unnötigen Gedanken. Alles wird sich bestimmt fügen.«

»Das hoffe ich auch. Also bis bald. Bye.«

»Bye«, wiederholte sie und schob das Telefon in ihre Tasche zurück. Irgendetwas lag Tom auf der Seele. Nur was? Aus irgendeinem Grund schien er zu befürchten, dass sie enttäuscht von ihm sein könnte. Wieso? Sie selbst hielt das für völlig ausgeschlossen.

Da sie selbst für Tom gut aussehen wollte, beschloss sie, zum Friseur zu gehen. Der Salon von Marthas Tochter musste schließlich hier in der Nähe sein. Irgendwo am Fuß der Harbor Street, wenn sie sich recht erinnerte.

Mal sehen, was sich mit ihrem langen, glatten Haar anstellen ließ. Sie trug es seit Jahren so und war nie auf die Idee gekommen, an ihrer Frisur etwas zu ändern.

Aber derzeit schien eine Zeit für Veränderungen zu sein.

Bevor sie das Haus verließ, ging sie in die Küche, wo Jo Marie gerade die Einlegeböden mit neuem Schrankpapier versah.

»Ich bin eine Weile weg.«

»Treffen Sie sich jetzt mit Tom?«

»Später erst. Er muss noch eine Weile arbeiten. Ich habe mir überlegt, diesen Friseursalon auf der Harbor Street aufzusuchen und mich verschönern zu lassen. Er gehört der Tochter von Martha – das ist die ältere Frau, die ich im Bus kennengelernt habe.«

»Meinen Sie Marilyn?«

»Ja, so heißt sie.«

»Sie ist fantastisch. Der Salon liegt gegenüber der Bäckerei und neben dem Kriegsveteranendenkmal. Sie können ihn gar nicht verfehlen.«

Gott sei Dank. Ellie fiel ein Stein vom Herzen, weil es mit ihrem Orientierungssinn nicht sehr weit her war.

»Meinen Sie, ich muss mich vorher anmelden?«

»Entweder hat sie gerade Zeit oder nicht. An Ihrer Stelle würde ich einfach vorbeischauen«, erwiderte Jo Marie nach kurzem Überlegen. »Und wenn Sie ein bisschen warten müssen, auch nicht weiter schlimm. Sie werden sehen, es lohnt sich.«

»Danke für den Rat, das werde ich tun.« Ellie wandte sich zum Gehen. »Ich erwäge übrigens, meinen Look zu ändern.«

»Inwiefern?« Jo Marie legte den Kopf schief und musterte sie eingehend. »Ich finde Ihre Frisur sehr hübsch.«

»Ich denke an etwas in Richtung sexy«, erklärte Ellie mit einem leisen Lachen.

»Das sind Sie doch hinreichend.«

Die ernst gemeinten Worte überraschten Ellie. So hatte sie sich nie gesehen. Erneut bedankte sie sich, verließ das Haus und eilte den Hügel hinunter, den sie erst vor Kurzem mühsam erklommen hatte. Bloß steuerte sie diesmal nicht den hübschen Jachthafen und die mit Blumenkästen üppig dekorierte Promenade an, sondern ging geradeaus weiter zu Marilyn's, wie der Salon hieß.

Drinnen herrschte reges Treiben, und auf den ersten Blick kam es ihr vor, als wären alle Plätze besetzt. Hoffnungslos, hier eingeschoben zu werden, vermutete sie und war schon drauf und dran kehrtzumachen, als die Empfangsdame sie ansprach.

»Kann ich Ihnen helfen?«, fragte sie mit einem warmen, herzlichen Lächeln.

»Ich bin hier übers Wochenende zu Besuch … und wollte fragen, ob Sie heute Nachmittag zufällig einen Termin frei haben.«

»Waschen und Legen oder ebenfalls einen Haarschnitt?«

»Ehrlich gesagt bin ich mir da nicht sicher.«

Ellies Finger wanderten zu ihrem Haar und zogen unschlüssig ein paar Strähnen nach vorne. »Seit Jahren laufe ich mit dieser Frisur herum, und ich frage mich, ob es nicht Zeit für etwas Neues wäre.«

»Tja …« Die Frau blickte auf den Computer. »Für einen Schnitt wäre Marilyn die Beste, bloß ist sie ziemlich ausgebucht, zumal sie heute etwas früher gehen möchte.«

»Ihre Mutter ist zu Besuch gekommen, nicht wahr?«

Die Frau blickte überrascht auf. »Woher wissen Sie das?«

»Martha und ich saßen im selben Shuttlebus vom Flughafen nach Cedar Cove. Sie war es im Übrigen, die mir vorgeschlagen hat, bei Marilyn vorbeizuschauen.«

»Sie kennen Martha?«

»Nicht wirklich«, erklärte Ellie aufrichtig, um keinen falschen Eindruck zu erwecken. »Wir lernten uns im Bus kennen und kamen ins Gespräch. Mehr nicht.«

Die Empfangsdame hob einen Zeigefinger. »Lassen Sie mich kurz mit Marilyn sprechen.«

Sie verließ ihren Platz und ging zu einem der Friseurstühle hinüber, wo Marilyn gerade einer Kundin das Haar färbte. Sie trug Gummihandschuhe und hielt eine Farbflasche mit Applikator in der Hand.

Was die beiden redeten, war nicht zu verstehen, aber kurz darauf drehte Marilyn sich um und blickte in ihre Richtung. Ellie widerstand dem Drang, grüßend eine Hand zu heben.

Dann kehrte die Frau zu ihr zurück. »Sie meint, dass sie Sie irgendwie einschiebt.«

»Wirklich?« Ellie konnte ihr Glück nicht fassen.

»Sie muss allerdings zunächst bei Mrs. Weaver mit der Farbe weitermachen und …«

»Kein Problem«, fiel Ellie ihr ins Wort. »Ich warte gerne«, fügte sie hinzu und setzte sich in den Wartebereich.

Sie hatte gerade nach dem zweiten Magazin gegriffen, als die Empfangsdame zu ihr kam. »Marilyn hat jetzt Zeit für Sie.«

Ellie blickte erstaunt auf und legte die Zeitschrift zurück, bevor sie der Frau zum anderen Ende des Salons folgte.

Marilyn war eine kleine, zierliche Person mit mattbraunem Haar und stahlgrauen Augen.

»Sie müssen Ellie sein«, sagte sie, während sie nach einem Plastikumhang griff und ihn ihr umlegte.

»Die bin ich. Wie ich Ihrer Mitarbeiterin erzählte, habe ich Ihre Mutter heute im Flughafenbus getroffen.«

»Ich weiß, sie hat von Ihnen gesprochen.«

»Tatsächlich?« Ellie versuchte erst gar nicht, ihre Überraschung zu verbergen.

»Ich habe mittags mit ihr telefoniert, nachdem mein Sohn Cameron sie abgeholt hatte. Um mich zu vergewissern, dass er sie nicht mit seiner Fahrweise halb zu Tode erschreckt hat. Sein Führerschein ist noch sehr frisch«, fügte sie erklärend hinzu.

»Ihre Mutter ist eine sehr kluge Frau – und ein wunderbarer Mensch.«

Marilyn lächelte. »Das sehe ich genauso. Ich hatte zwar gehofft, heute etwas früher hier wegzukommen, aber wenn ich ihr erkläre, warum ich mich verspäte, wird sie das verstehen.«

»Sie hat voller Stolz von Ihrem Salon erzählt und mich erst auf die Idee gebracht, an meiner Frisur etwas zu ändern.«

Marilyn schüttelte den Kopf und grinste. »Wenn man sie so reden hört, könnte man meinen, ich sei die größte Haarstylistin aller Zeiten.« Sie fuhr mit den Fingern durch Ellies Haar. »Sie haben bewundernswertes Haar: gesund, kräftig und dicht.«

»Ich weiß und merke es besonders daran, wie lange es dauert, sie zu föhnen.«

»Monica sagte etwas von einem neuen Look?«

»Ja, bitte.«

»Sie würden mit einem hinten kurzen und vorne längeren Bob toll aussehen.« Wieder ließ Marilyn die Finger durch das Haar an Ellies Hinterkopf gleiten.

»Mir gefallen solche Frisuren zwar, weiß jedoch nicht, ob sie mir stehen.«

Marilyn trat einen Schritt zurück. »Der Vorteil von Haaren ist, dass sie wachsen. Falls Ihnen der Schnitt nicht zusagt, warten Sie einfach ein paar Wochen, und alles ist wie vorher. Allerdings könnte ich mir vorstellen, dass Sie diesen Stil lieben werden.«

Vierzig Minuten später blickte Ellie ihr Spiegelbild an und konnte nicht glauben, was für einen Unterschied ein Haarschnitt ausmachte.

»Was habe ich Ihnen gesagt?« Marilyn strahlte. »Jetzt sind Sie ein ganz anderer Mensch.«

»Genauso fühle ich mich – nie im Leben hätte ich gedacht, dass eine solche Verwandlung überhaupt möglich ist.«

Ellie sprudelte über vor lauter Begeisterung und vermochte den Blick kaum von ihrem Spiegelbild zu wenden. Es war ihr fast schon peinlich, wie sie sich benahm.

»Außerdem ist die Frisur pflegeleicht«, versprach Marilyn. »Meine Mutter sagte übrigens, Sie seien eine ganz besondere junge Frau, und sie hatte recht.«

Nachdem Ellie die Rechnung beglichen hatte, begleitete Marthas Tochter sie zur Tür. »Viel Glück für das Treffen mit Ihrem jungen Mann«, verabschiedete sie sich von Ellie.

»Danke. Ich habe ein gutes Gefühl bei der Sache.«

»Im Leben wendet sich oft alles zum Besten«, sagte Marilyn und nahm ihre Schürze ab. »Jetzt muss ich los, um meine Mutter endlich wiederzusehen.«

Nachdem sie Grüße an Martha ausgerichtet hatte, dachte Ellie, wie einfach alles wäre, wenn sie und Virginia ein ähnlich unkompliziertes Verhältnis zueinander hätten wie Marilyn und Martha.

Aber heute würde sie sich die Stimmung durch nichts trüben lassen.

Und so summte sie auf dem Rückweg einen Song vor sich hin, den sie kürzlich im Radio gehört hatte. An den Text erinnerte sie sich nicht mehr, doch die Musik war ihr im Ohr geblieben. Es kam ihr vor, als hätte sich ihr ganzes Leben in ein Lied verwandelt. Dank Tom. Durch ihn war sie eine andere geworden. Selbstbewusster, freier. Früher hätte sie sich nie stärkere Gefühle für einen Mann gestattet, den sie nicht einmal persönlich kannte.

Undenkbar.

Wobei es nicht ganz stimmte, dass sie Tom nicht kannte. Das tat sie durchaus. Nur gesehen hatte sie ihn bislang nie. Das war ein Unterschied. Und manchmal kam es ihr sogar vor, als würde sie ihn bereits ihr ganzes Leben lang kennen. Sie verband ein innerer Gleichklang, um es pathetisch auszudrücken. Dazu eine natürliche Intimität. Obwohl er sie nie umarmt oder geküsst hatte, meinte sie zu wissen, wie es sich anfühlte, wenn seine Arme sie umschlangen und seine Lippen sich auf die ihren pressten.

Stopp, ermahnte sie sich. Es war nicht gut, den Ereignissen vorzugreifen und sich in Fantasien zu verlieren. Das ging entschieden zu weit.

Jo Marie werkelte immer noch in der Küche herum und erkannte Ellie auf den ersten Blick gar nicht.

»Kann ich Ihnen hel...«, sagte sie und stieß sogleich einen überraschten Schrei aus. »Mein Gott, sind Sie das wirklich?«

»Gefällt es Ihnen?«

»Sie sehen überwältigend aus, eine fantastische Veränderung. Unglaublich.«

Ellie strahlte Jo Marie an. »Ich freue mich, dass es Ihnen gefällt.«

»Das tut es tatsächlich, aber vor allem muss es Ihnen gefallen.«

»Ich liebe diese Frisur«, erklärte die junge Frau euphorisch. »Marilyn war einmalig. Ein einziger Blick, und sie wusste sofort, welcher Schnitt mir am besten steht. Ich hingegen war mir nicht sicher, ob ich die gestuften Haare am Hinterkopf mögen würde.«

Jo Marie fuhr mit der Hand darüber. »Es ist einfach perfekt für Sie.«

»Vielen Dank«, murmelte Ellie, »doch jetzt sollte ich mich langsam umziehen. Ich habe mir für mein erstes Date mit Tom extra ein neues Outfit zugelegt.«

Beschwingt, als hätte sie Schmetterlinge im Bauch,

stieg sie die Treppe hoch. Diesmal würde alles anders sein. Wer weiß, vielleicht stand ihr sogar die romantischste Nacht ihres Lebens bevor.

Tom war nicht wie die anderen, das hatte sie vom ersten Moment an gespürt. Und deshalb würde sie sich diese Beziehung auch nicht von den Ängsten ihrer Mutter zerstören lassen.

Von Virginia wanderten ihre Gedanken zu Tom.

Er hatte irgendetwas sagen wollen, etwas äußerst Wichtiges, und erwartete offenbar in diesem Zusammenhang ein Versprechen von ihr. Nur was? Und warum war er mit einem Mal verstummt? Bloß wegen des Handyverbots in der Werft? Ellie fiel einfach nichts ein.

Egal, dachte sie, sie würde es früh genug erfahren.

7

Nach dem Lunch beschlossen die Porters, die Harbor Street entlangzubummeln. Auf der Fahrt zum Restaurant waren Maggie dort nämlich einige Antiquitäten- und Trödelläden ins Auge gefallen, in denen sie ein bisschen herumstöbern wollte.

»Hättest du Lust, dir ein paar Geschäfte anzusehen?«, fragte sie Roy.

»Klar«, stimmte er bereitwillig zu. »Wer weiß, vielleicht finden wir Einmachgläser von unschätzbarem Wert oder eine ausrangierte, halb fertige Strickarbeit.«

Maggie warf ihm einen forschenden Blick zu. Sie war nicht ganz sicher, ob er sie bloß aufzog oder ob seine Worte sarkastisch gemeint waren, aber sein Lächeln signalisierte ihr, dass alles in Ordnung sei. Und das, obwohl Shoppen auf seiner Prioritätenliste für einen angenehmen Zeitvertreib ganz unten rangierte. Eindeutig ein gutes Zeichen, fand sie und ging auf den lockeren Ton ein.

»Mir schweben eher alte Knöpfe als Einmachgläser vor.«

»Knöpfe?«

»Ja, in den Sechzigern gab es ausgesprochen hübsche Stücke aus Perlmutt.«

»Als Kind habe ich Baseballkarten gesammelt«, warf

Roy ein. »Wenn ich sie behalten hätte, wären sie jetzt wahrscheinlich ein Vermögen wert.«

»Was ist mit ihnen passiert?«

Er zuckte die Achseln. »Weiß ich nicht. Ich habe ein paar eingetauscht, als ich zwölf oder dreizehn war, und den Rest in eine alte Zigarrenkiste meines Großvaters gestopft. Keine Ahnung, wo sie später hingekommen sind oder ob es sie noch gibt.«

Unterwegs griff Roy nach ihrer Hand und umschloss sie mit der seinen. Die schlichte Geste tat ihr unendlich wohl.

Erneut fragte sie sich im Stillen, wieso ihre Ehe eine so dramatische Wendung genommen hatte. Trotz der Liebe, die sie nach wie vor füreinander empfanden. Es gab ja praktisch keine Gemeinsamkeiten mehr – das war ihr gerade erst wieder während des Lunchs zum Bewusstsein gekommen. Anders ließ sich die Tatsache, dass es außer den Söhnen kein gemeinsames Gesprächsthema mehr gab, kaum deuten.

Und dann natürlich Katherine.

Sie war auf der Highschool seine Flamme gewesen, und da sie bei einem Zubehörlieferanten arbeitete, kamen sie irgendwann wieder in Kontakt miteinander. Nicht nur das, wenngleich es vermutlich tatsächlich ganz harmlos angefangen hatte.

Egal. Sie musste aufhören, ständig daran zu denken. Roy hatte die Beziehung beendet, und sie musste lernen, ihm wieder zu vertrauen. Was nicht immer leicht war, denn die Verletzungen saßen tief und schmerzten nach wie vor.

Maggie hatte seinerzeit heimlich die E-Mails gelesen, die die beiden täglich tauschten und deren Inhalt eindeutig sexuell war. Am meisten aber trafen sie die abfälligen Bemerkungen, die sie über sich lesen musste. Etwa dass sie im Bett kalt wie ein Fisch sei. Oder einen geschmacklosen Witz, der auf sie gemünzt war: *Wie verwandelt man eine Füchsin in eine Kuh? Heirate sie.*

Noch heute kam ihr die Galle hoch, wenn sie daran dachte.

Auch die vielen einsamen Nächte waren ihr lebhaft in Erinnerung. Gut, Roy hatte immer viel Zeit in der Firma verbracht, oft bis in den späten Abend. Aber früher war sie sicher gewesen, dass er wegen seiner Arbeit nicht heimkam. Später hingegen war viel Zeit dafür draufgegangen, mit dieser Katherine zu flirten, verliebte Botschaften zu schicken, zu telefonieren. Da tröstete es sie wenig, wenn ihr Mann schwor, mehr sei nicht passiert. Selbst wenn nicht, steuerten die beiden damals zielstrebig auf eine ausgewachsene Affäre zu.

Die trüben Gedanken verdarben ihr den Einkaufsbummel, zumal ihr die Sache mal wieder auf den Magen schlug.

»Ich brauche etwas gegen Sodbrennen«, erklärte sie, als ein Drugstore in Sicht kam, schob ihre Beschwerden jedoch aufs Essen, um keine Missstimmung heraufzubeschwören. »Vielleicht sind frittierter Fisch und Pommes frites doch nicht gerade das bekömmlichste Essen.«

Gemeinsam betraten sie den Laden. Während Maggie ihre Tabletten suchte, inspizierte Roy die Regale mit den Zeitschriften und Büchern und griff nach einem Thriller.

»Ich kann mich nicht erinnern, wann ich mich zum letzten Mal so richtig in ein Buch vertieft habe«, sagte er. »Der Schmöker, den ich dabeihabe, hat bestimmt jahrelang ungelesen zu Hause herumgelegen.«

Maggie nickte. »Das ist ein Teil des Problems, findest du nicht?«

Er runzelte die Stirn, als würde ihn die Bemerkung verwirren. »Dass ich nicht lese?«

»Dass wir uns keine Zeit für uns selbst nehmen«, antwortete sie und gestand sich ein, dass dies gleichermaßen für sie selbst galt. Die Kinder, immer nur die Kinder.

»Du nähst immerhin.«

»Viel ist das ja nicht gerade.«

Maggie dachte über andere Möglichkeiten nach. Bald würde ihr Jüngster in den Kindergarten, der Ältere zur Schule kommen, sodass sie über eine sukzessive Rückkehr ins Berufsleben nachzudenken begann. Nicht weil sie das Geld brauchten – nein, es ging um ihr Selbstwertgefühl. Spätestens wenn der Kleine eingeschult würde, wollte sie sich einen Halbtagsjob suchen. Dann wäre es an der Zeit, fand sie, mal wieder aus dem Haus zu kommen, Kontakte mit anderen Frauen zu pflegen und eigenen Interessen nachzugehen.

Zunehmend litt sie außerdem darunter, dass Roy weder begriff noch zu würdigen wusste, was sie daheim leistete. Und verärgert reagierte, wenn sie einmal etwas nicht auf die Reihe brachte. Wie bei der Geschichte mit der Jeans, die sie für ihn umzutauschen vergaß. Weil ihr alles Mögliche dazwischengekommen war: ein Zahnarzttermin mit Collin, Cupcakes backen für Jaxons

Vorschule, der Fahrdienst, bei dem die Mütter sich abwechselten.

Was um Himmels willen sie den ganzen Tag so treibe, hatte Roy geschimpft. Wenn man ihn hörte, könnte man glauben, sie würde bloß faul auf dem Sofa liegen und Schokofrüchte naschen.

Maggie seufzte, als sie bemerkte, dass sie ständig negative Erinnerungen heraufbeschwor und sich alle Mühe gab, erlittene Kränkungen nur ja nicht zu vergessen. Dabei wusste sie allzu gut, dass eine Auszeit lediglich dann etwas brachte, wenn man sich auf Positives besann.

Und auf Auswege aus der Krise.

Nachdem Maggie bezahlt und gleich zwei Tabletten geschluckt hatte, setzten sie ihren Bummel über die Harbor Street fort.

»Der Laden sieht interessant aus«, meinte Roy und deutete auf ein Geschäft ein Stück weiter vorne.

»Stimmt.« Maggie blieb vor dem Schaufenster stehen, in dem sich neben Sachen aus dem frühen zwanzigsten Jahrhundert auch Dinge befanden, die aus ihrer eigenen Kinderzeit stammten.

»Schau dir diese Star-Wars-Lunchbox an.« Roy zog sie zum zweiten Schaufenster. »Als ich in der Schule war, hatte ich so eine.«

»Es ist allerdings mutig, die als Antiquität auszugeben«, neckte sie ihn.

»Das käme mir nie in den Sinn – sonst müsste ich mich ja selbst als Antiquität betrachten«, meinte er und schüttelte den Kopf zum Zeichen, dass er diesen Gedanken weit von sich wies.

»Dafür bist du eindeutig viel zu jung«, ergänzte sie und widerstand dem Drang, ihn in die Wange zu kneifen.

Er belohnte sie mit einem Lächeln. »Und du siehst keinen Tag älter aus als dreißig.«

»Danke für das Kompliment, aber ich bin inzwischen dreiunddreißig«, erinnerte sie ihn.

»Wirklich?«

»Die Zeit vergeht wie im Flug.«

»Ja, das sagt man, zumindest wenn man Spaß hat.«

Seine Stimme klang bitter, alles Leichte war daraus gewichen, und er wandte den Blick ab. Hatte sie Spaß gehabt? In seinen Augen offenbar, und in gewisser Weise stimmte das. Immerhin war sie erst zwanzig Stunden später wieder aufgetaucht.

Wie du mir, so ich dir.

Maggie merkte, dass Roy erneut seinen alten Groll zu pflegen begann. Vielleicht unvermeidlich nach dem Schlag, den ihre Ehe erlitten hatte. Erst Roy, dann sie. Zwei Fehltritte mit ausreichendem Zerstörungspotenzial. Zwar wünschte keiner von ihnen beiden eine Scheidung, schon allein der Kinder wegen, doch genauso wenig schienen sie bislang in der Lage, zu vergeben und zu vergessen.

»Lass uns reingehen«, schlug Roy vor und hielt die Tür auf.

Sie gaben sich beide Mühe, erkannte Maggie. Zu viel allerdings. Sie waren zu verkrampft in ihrem Bestreben, das Verlorene zurückzuholen, den Schaden wiedergutzumachen. Wenn sie nicht aufpassten, würden sie ihre Ehe endgültig gegen die Wand fahren.

Nein, das konnte und würde sie nicht zulassen. Roy

war ihr Mann, der Vater ihrer Kinder, und sie war entschlossen, um den Fortbestand ihrer Ehe zu kämpfen. Keine Frage, dass sie beide große Fehler gemacht hatten, aber sie hatten sich geschworen, neu anzufangen, und dazu gehörte, dass gegenseitige Schuldzuweisungen nicht die guten Absichten zunichtemachten.

In dem Laden roch es muffig. Nicht unangenehm, denn der Geruch erinnerte sie an Bibliotheken, in denen Bücher vergangener Jahrhunderte aufbewahrt wurden.

»Schauen Sie sich ruhig um«, forderte die Verkäuferin sie auf. »Wenn Sie Hilfe benötigen, rufen Sie mich.«

Maggie fragte, wo sie alte Knöpfe finden konnte, und die Frau deutete auf eine Ecke im hinteren Teil des Raumes. Roy folgte ihr mit gelangweilter Miene, die Hände in den Hosentaschen vergraben. Ein bequemer Stuhl schien da gerade recht zu kommen.

»Du könntest dich derweilen dort hinsetzen«, schlug Maggie vor.

»Du musst mich nicht bemuttern«, gab er ein wenig schroff zurück.

Tat sie das? Zumindest schien es bei ihm so angekommen zu sein.

»Ich fühle mich gehetzt, wenn ich merke, dass du gelangweilt hinter mir stehst.«

»Mach dir wegen mir keine Gedanken, okay?«

»In Ordnung.«

Sie beschloss, es dabei zu belassen, und fing an, die Knöpfe durchzusehen und einige herauszusuchen. Dennoch entging ihr nicht, dass Roy sein Handy hervorzog. Sofort erwachte ihr Misstrauen. Er würde doch wohl nicht ausgerechnet jetzt Katherine eine Nachricht schicken! Dann wäre sie schneller zur Tür hinaus, als er schauen konnte, schwor sie sich.

Offenbar hatte er ihre Gedanken gelesen, denn er schaute auf. »Ich checke bloß meine E-Mails, um zu sehen, ob auf der Baustelle alles glattläuft.«

Aus Angst, sich zu verraten, beschränkte sie sich auf ein Nicken.

Zehn Minuten später war er nach wie vor mit seinen E-Mails beschäftigt und erhob sich plötzlich. »Ich muss jemanden anrufen.«

»Jetzt?«, fragte sie. »Dieses Wochenende sollte eine Auszeit werden.«

»Das ist nicht immer so einfach – ich muss mich dennoch um ein paar Dinge kümmern.«

»Roy, du hast es versprochen.«

»Maggie, hör zu, es tut mir leid, aber der Elektriker ist auf ein Problem gestoßen, und wenn wir das nicht geregelt kriegen, stehen auf der Baustelle bald alle Maschinen still. Zeit ist Geld, und wir können es uns nicht leisten, dass so etwas passiert. Zumindest muss ich versuchen, es zu verhindern.«

Sein Argument war nicht von der Hand zu weisen, und so rang sie sich ein »Natürlich« ab.

»Ich weiß, dass du enttäuscht bist, und ich verspreche, dass es bloß ein paar Minuten dauert. Versprochen.«

»Okay.«

Er wählte eine gespeicherte Nummer und fluchte verhalten. »Hier ist ein miserabler Empfang.«

Die Verkäuferin, die offenbar ihr Gespräch mit angehört hatte, rief ihm zu: »Wenn Sie nach draußen gehen
und sich zum Hafen drehen, dürfte es funktionieren.«

»Danke.«

Obwohl Maggie verstimmt war, ließ sie es sich nicht
anmerken. Sonst wirkte sie am Ende wie die typische
zickige und eifersüchtige Ehefrau. Was waren schon ein
paar Minuten. Zumal sie in den letzten vierundzwanzig
Stunden mehr Zeit miteinander verbracht hatten als im
ganzen letzten Jahr.

Früher hatten sie drei- oder viermal in der Woche miteinander geschlafen. Das war, wenn überhaupt, auf einmal alle paar Wochen zusammengeschrumpft. Was zugegebenermaßen nicht allein an ihm lag. Sie war selbst
nicht gerade aktiv in dieser Hinsicht. Und überdies ver-
spürten sie höchst selten gleichzeitig Lust, waren unfähig geworden, ihre Bedürfnisse in Einklang zu bringen.
Wenn sie gerne wollte, war er erschöpft von der Arbeit.
Oder sie war umgekehrt bereits zu müde, wenn er spät
nach Hause kam. Keiner von ihnen machte deswegen
ein großes Theater; beide waren sie allzu gerne bereit, die
lahmen Ausflüchte des anderen zu akzeptieren.

Eigentlich war ihre Ehe ein Trauerspiel.

Als Roy nach ein paar Minuten noch nicht zurück
war, bezahlte sie ihre Knöpfe und verließ das Geschäft.
Ihr Mann ging, sichtlich in ein Gespräch vertieft, am
Wasser entlang und bemerkte nicht einmal, dass sie auf
ihn zukam.

Maggie war kurz davor, erneut in Selbstmitleid zu
versinken, Entschuldigungen für ihren Anteil an dem

ganzen Schlamassel zu suchen und gleichzeitig die Verantwortung für alles, was schiefgelaufen war, auf ihren Mann zu schieben.

Zum Glück verhinderte Roy das, indem er ihr lächelnd zuwinkte.

Als sie näher kam, beendete er das Gespräch und schob das Telefon in die Tasche zurück.

»Sieht aus, als wäre das Problem behoben.«

»Gut.«

»Hast du ein paar schöne Knöpfe gefunden?«

»Habe ich.« Sie hielt die kleine Tüte hoch.

»Wirft mich das bei der Abzahlung des Hauses weit zurück?«, scherzte er.

»Ja, wenn wir die Hypothek mit zehn Dollar im Monat abstottern.«

Er grinste, legte ihr einen Arm um die Schultern und zog sie eng an sich.

»Ich habe gerade überlegt, ob wir mit den Jungs nicht mal nach Disneyland fahren sollten«, sagte sie so beiläufig wie möglich.

Roy dachte ein paar Minuten über den Vorschlag nach. »Findest du sie nicht ein bisschen zu klein?«

»Möglich, aber es wäre etwas, worauf wir uns als Familie freuen könnten.«

Sie betonte die letzten Worte, damit er begriff, worauf sie anspielte. Sie fand es wichtig, dass die Söhne sie einmal beide um sich hatten, dass sie merkten, dass die Eltern sich liebten. Meist erlebten Jaxon und Collin sie nicht als Paar, sondern einzeln als Mom und Dad.

»Disneyland«, wiederholte Roy so langsam, als würde

er die Idee ernsthaft in Erwägung ziehen. »Wenn, sollten wir die Reise um Weihnachten herum einplanen.«

»Prima. Ich mache mich mal wegen Angeboten im Internet schlau«, stimmte sie begeistert zu.

»Ja, tu das.«

Er beugte sich zu ihr herunter und küsste sie auf den Scheitel. Es war eine Ewigkeit her, dass er das gemacht hatte.

Maggie ließ den Blick über die Promenade und das Hafenbecken gleiten. Alles wirkte so einladend. Was für ein entzückender kleiner Ort. Mit einem Mal hob sich ihr Magen, und völlig unerwartet schlug eine Welle der Übelkeit über ihr zusammen.

»Was ist?« Roy spürte sofort, dass etwas nicht stimmte.

»Ich weiß es nicht«, flüsterte sie und presste die Hände auf den Magen. »Mir ist ganz plötzlich schlecht geworden.«

»Glaubst du, es liegt an den Fish and Chips?«

»Keine Ahnung. Es hat alles so gut und frisch geschmeckt. Du spürst nichts, oder?«

»Nein, mir geht es gut. Mein Gott, Maggie, du bist ja ganz blass geworden.«

»Wir haben beide dasselbe gegessen, deswegen bezweifle ich, dass es mit dem Lunch zu tun hat.«

Erneut rebellierte ihr Magen.

»Sollen wir lieber zur Pension zurückgehen?«

Dankbar sah sie ihn an. »Wäre keine schlechte Idee.«

Roy hielt sie dicht an sich gedrückt und führte sie die steile Straße hinauf. Er bereute es bereits, dass sie das Auto nach dem Lunch erst zum Rose Harbor Inn zurückgebracht hatten, um einen Spaziergang zu machen. Als sie jetzt oben ankamen, war ihr Gesicht schweißbedeckt, und ihre Hände fühlten sich feucht an.

Jo Marie kam ihnen entgegen.

»Maggie fühlt sich nicht wohl«, erklärte Roy.

»Kann ich irgendetwas für Sie tun?«

Maggie schüttelte den Kopf. »Nein danke.« Sie wollte bloß schnell nach oben.

Zum Glück merkte Roy, was Sache war, und rannte sogleich die Treppe hoch, um alle Türen zu öffnen. Sie schaffte es gerade noch ins Bad, wo sie sich unter heftigem Würgen erbrach.

Roy reichte ihr einen nassen Waschlappen, als der Anfall vorüber war. Sie wischte sich den Mund ab und wankte zum Bett.

»O Roy, das darf nicht wahr sein!«

»Reg dich nicht auf, Schatz.«

Sie sank auf die Matratze, und er deckte sie mit der gestrickten Decke zu, die am Fußende gelegen hatte, beugte sich dann über sie und küsste sie sanft auf die Stirn.

»Mach die Augen zu, und ruh dich aus. Wenn du aufwachst, geht es dir bestimmt besser.«

»Und was willst du so lange unternehmen?«

Es machte sie ganz krank, dass das gerade jetzt passieren musste. Warum jetzt? Warum, warum, warum?

»Ich habe doch ein Buch dabei, schon vergessen? Ich setze mich neben dich in den Sessel und lese ein bisschen.«

»Okay«, flüsterte Maggie, der die Augen bereits zufielen, und sie öffnete sie auch nicht, als leise an der Tür geklopft wurde.

»Alles in Ordnung. Maggie braucht nur ein bisschen Ruhe«, hörte sie Roy zu Jo Marie sagen.

Ihr Mann, der Vater ihrer Kinder, den sie von ganzem Herzen liebte. Halb im Traum erinnerte sie sich an den Tag, an dem sie ihn zum ersten Mal über den Campus des College hatte schlendern sehen. Sie waren Studenten gewesen. Beide jung, beide voller Ideen und Idealismus und beide erfüllt von dem Wunsch, der Welt ihren Stempel aufzudrücken.

So viel hatte sich seitdem geändert, so viel.

8

Ich machte mir Sorgen um Maggie. Als sie vom Lunch zurückkehrten, war sie totenbleich gewesen. Und die Hast, mit der sie die Treppe hochstürmte, hatte mir verraten, dass sie sich übergeben musste.

Welch ein Jammer. Sie hatte sich so auf das Wochenende mit ihrem Mann gefreut und sich so viel davon versprochen. Musste sie ausgerechnet jetzt von einer Magenverstimmung heimgesucht werden?

Die Porters waren ein attraktives Paar. Und die Schwierigkeiten, die ich bei ihnen entdeckt zu haben glaubte, schienen vorübergehender Natur gewesen zu sein, denn jetzt wirkten sie recht harmonisch.

Da momentan niemand etwas von mir wollte, setzte ich mich in mein kleines Büro, um meinen Schreibtisch aufzuräumen. Vor allem musste ich Erklärungen fürs Finanzamt ausfüllen und den ständig anwachsenden Papierstapel abheften. Obwohl ich alles im Computer speicherte, führte ich außerdem ganz altmodisch Buch über alles.

Als ich damit fertig war, lehnte ich mich zurück und seufzte.

Mein Treffen mit Peggy an diesem Morgen war eine Enttäuschung gewesen, da ich im Prinzip nichts Neues erfahren hatte.

Erneut stieg Ärger in mir auf.

Warum war Mark bloß dermaßen verschlossen? Ich dachte immer, wir seien Freunde, und Freunde sollten offen und ehrlich miteinander umgehen. Oder nicht? Grundsätzlich schon, nur lebte Mark Taylor nach seinen eigenen Regeln, bewahrte die Geheimnisse seines Lebens ähnlich geschützt auf wie Goldbarren in einem Tresor. Unzugänglich und gesichert gegen alle Welt.

Vielleicht konnte ich ihn ja mit Plätzchen bestechen.

»Was meinst du, Rover? Soll ich für Mark Mengen an Erdnussbutterplätzchen backen und sie unter Verschluss halten, bis er mir verrät, was ich wissen will?«

Mein treuer Vierbeiner legte den Kopf schief und blickte zu mir auf, als wollte er mich daran erinnern, dass ich genau das bereits früher am Tag versucht hatte.

»Du hast ja recht«, murmelte ich.

Rover bettete die Schnauze wieder auf seine Pfote, ohne den Blick von mir abzuwenden.

»Allerdings weiß ich Mittel und Wege, mir Informationen zu verschaffen«, sagte ich laut zu mir selbst. Schließlich hatte ich bis vor zwei Jahren in Seattle bei einer großen Bank gearbeitet und wusste, wie man Geldbewegungen verfolgte und dadurch bestimmten Personen auf die Spur kam.

Gesagt, getan.

Ich fuhr meinen Computer hoch, googelte Mark Taylor und erhielt Informationen über zweihundertelf Männer dieses Namens von Nome in Alaska bis Key West in Florida.

»Na super.«

Was ich brauchte, waren zumindest sein Mittelname und sein Geburtsdatum und nach Möglichkeit weitere Anhaltspunkte, sonst würde ich Unmengen von Zeit verschwenden, um die Liste abzuarbeiten. Und selbst dann würde ich wenig mehr in der Hand haben als reine Vermutungen. Lohnte das den ganzen Aufwand überhaupt, fragte ich mich. Oder sollte ich lieber mit meinem Frühjahrsputz weitermachen und gleich noch den Dachboden anhängen?

Draußen wurde eine Autotür zugeschlagen. Rover sprang sofort auf, doch bevor er bellte und womöglich Maggie weckte, lief ich zur Vordertür. Und entdeckte Marks Pick-up, der mit Bauholz beladen war.

Der Mann versetzte mich immer wieder in Erstaunen. Erst brauchte er Wochen, um mit dem Rosengarten überhaupt anzufangen – und jetzt hatte er gerade vor ein paar Stunden mein Okay für den Pavillon bekommen und lud bereits Holz ab. Soeben balancierte er ein langes Brett auf der Schulter und sah argwöhnisch zu mir herüber.

»Was soll dieser Blick?«, fragte er.

»Was für ein Blick?«

»Der, mit dem du mich zu mustern beliebst.«

»Ich bin überrascht, das ist alles.«

»Weswegen?«

Er legte das Brett auf den Rasen und streifte seine Handschuhe ab.

»Dass du mit dem Pavillon anfängst.«

Seine Augen wurden schmal. »Ich dachte, das würde deinem Wunsch entsprechen.«

»Tut es auch.«

»Und warum starrst du mich dann an wie ein an Land gezogener Barsch?«

Der Vergleich missfiel mir, aber ich enthielt mich eines Kommentars.

»Weil ich davon ausgegangen bin, dass ich warten müsste.«

»Worauf?«

Ich merkte, dass er sich absichtlich begriffsstutzig stellte.

»Darauf, dass du in die Gänge kommst. Wo steckt übrigens Peter McConnell?«

»Weiß ich nicht und interessiert mich nicht.«

Er gab keine weitere Erklärung ab, und mir schien es ratsam, trotz meiner Neugier nicht weiter nachzubohren.

»Soll ich später wiederkommen?«

»Nein, nein, lass dich durch mich nicht von der Arbeit abhalten.«

Er zog die Handschuhe wieder an und schüttelte den Kopf.

»Aus dir werde ich nicht schlau. Du klingst für mich fast, als wäre es dir nicht recht, dass ich gleich anfange. Letztes Mal hast du dich beschwert, weil es dir zu lange gedauert hat.«

»Wer sagt denn, ich hätte etwas dagegen? Ich wundere mich lediglich«, sagte ich, und jetzt klang ich wirklich ein wenig empört.

»Frauen«, stieß er gerade so laut hervor, dass ich es hörte. Dann kehrte er zu seinem Pick-up zurück und lud sich ein weiteres Holz auf.

»Ehrlich, ich freue mich«, versuchte ich gut Wetter zu machen.

»Bei dir klingt das eher wie eine Beschwerde.«

»Ganz im Gegenteil. Ach, was ich dich schon immer fragen wollte: Wann hast du eigentlich Geburtstag?«

Er legte das Brett neben das erste. Entweder hatte er mich nicht gehört, oder er zog es vor, die Frage zu ignorieren.

»Dein Geburtstag«, wiederholte ich und stieg die Treppe hinunter.

»Was ist damit?«, fragte er schroff, während er ein drittes Brett auf seine Schulter hievte.

»Du hast doch einen, oder?«

»Das haben die meisten Leute.«

»Meiner ist im Februar«, erklärte ich und erntete erneutes Kopfschütteln.

»Erwartest du etwa von mir, dass ich dir etwas schenke?«

»Nein.« Er drehte mir das Wort im Mund herum. »Wann ist deiner nun?«

»Mein was?«

»Dein Geburtstag!«

So langsam riss mir der Geduldsfaden. Er markierte absichtlich den Beschränkten, um mich zur Weißglut zu treiben. Mit Erfolg, zu meinem Bedauern.

Er blieb stehen, stemmte die Hände in die Hüften und funkelte mich finster an. Als hätte ich ihn gefragt, ob er vorbestraft sei.

»Warum willst du das wissen?«, fragte er kurz angebunden und total abweisend.

Eine heikle Frage. Schließlich konnte ich meine Internetrecherchen nicht erwähnen. »Ich weiß nicht … Vielleicht plane ich ja eine Überraschungsparty für dich.«

»Haha. Sehr komisch.«

»Ich würde Peggy und Bob einladen …«

»Du veranstaltest keine Geburtstagsparty für mich, ist das klar?«

Er frustrierte mich ohne Ende.

»Okay, schön. Vergiss die Geburtstagsparty«, sagte ich sichtlich verstimmt.

»Gerne.«

Er hielt inne mit seiner Schlepperei und wischte sich mit dem Arm über die Stirn. Eine dunkle Haarsträhne fiel ihm dabei ins Gesicht.

»Du müsstest mal zum Friseur.«

Der Blick, den er mir zuwarf, hätte töten können. »Sind wir verheiratet?«

»Wohl kaum.«

»Bist du meine Mutter?«

»Nein. Okay, gut. Ich entschuldige mich.«

Natürlich hatte er recht. Seine Frisur ging mich wirklich nichts an, und ich verstand mich selbst nicht mehr. Auf ihn musste das in der Tat wirken, als wollte ich einen Streit vom Zaun brechen.

»Du gehst mir auf die Nerven, Jo Marie.«

Statt eine Antwort zu geben, lief ich schnell ins Haus und holte ein Glas Eistee. »Hier, betrachte es als Friedensangebot.«

Er zögerte und starrte mich ein paar Sekunden an, bevor er sich herabließ, nach dem Glas zu greifen. Als würde er mir damit einen Gefallen erweisen. Lediglich die Hast, mit der er den Tee herunterkippte, zeigte mir, dass er froh war über die Erfrischung.

Um nicht in ein neues Fettnäpfchen zu treten, wechselte ich das Thema und erzählte ihm von Maggie Porters Unwohlsein.

»So ein Jammer. Grippe?«, meinte er.

»Keine Ahnung. Hoffentlich nicht, das wäre schade für die beiden.«

Er stemmte die Hände in die Hüften. »Ich habe noch eine Fuhre.«

»Du musst eigentlich müde sein. Setz dich eine Weile zu mir.«

Er maß mich mit einem argwöhnischen Blick. »Warum?«

»Damit du dich entspannen und ein bisschen abschalten kannst.«

»Willst du mich mit weiteren Fragen löchern?«

»Nein.«

Was nichts an meiner Neugier änderte. Bloß war es vergebene Liebesmüh, weiter in Mark zu dringen. Genauso gut könnte man versuchen, einem Hund einen Knochen abzujagen. Mir dämmerte, dass ich wesentlich subtiler vorgehen musste. Und listiger dazu. Er durfte gar nicht merken, was ich beabsichtigte.

Ich goss für jeden von uns ein weiteres Glas Eistee ein, und wir setzten uns nebeneinander auf die oberste Stufe der Verandatreppe. Rover quetschte sich zwischen uns.

Eine Zeit lang schwiegen wir, hingen unseren eigenen Gedanken nach. Meine wanderten wie so oft zu Paul, und ich rief mir all das Schöne ins Gedächtnis, das wir gemeinsam erlebt hatten. Unser unbeschwertes, von Herzen kommendes Lachen. Nie zuvor und nie danach habe ich mit einem Menschen so viel gelacht wie mit Paul.

Als ich aufsah, merkte ich, dass Mark mich beobachtete.

»Bist du okay?«, fragte er.

Ich zuckte die Achseln und sagte dann das Erstbeste, das mir einfiel und was im Nachhinein betrachtet überhaupt keinen Sinn ergab. »Pauls Sweatshirt hat seinen Duft verloren.«

»Wie bitte?«

Es verblüffte mich selbst, dass ich damit herausgeplatzt war. »Vergiss es.«

»Nein«, sagte er und war offenbar nicht gewillt, mir diese Bemerkung kommentarlos durchgehen zu lassen. »Das ist es also.«

Plötzlich schämte ich mich. Früher am Tag hatte ich mich deprimiert und einsam gefühlt und war in mein Zimmer gegangen, um Pauls Sweatshirt aus dem Schrank zu nehmen. Das tat ich manchmal, drückte mein Gesicht hinein und fühlte mich ein wenig getröstet, wenn ich seinen Geruch einatmete. Er hatte dieses Shirt bei unserer ersten Begegnung getragen. Es war zu Hause geblieben, als er abkommandiert wurde, und gelegentlich zog ich es sogar an, um mich Paul nahe zu fühlen.

An diesem Nachmittag nun war mir zum ersten Mal so richtig aufgefallen, dass es nicht mehr nach ihm roch, und es kam mir vor, als hätte ich damit auch das Letzte von Paul verloren, was mir geblieben war. Und das wollte ich nicht akzeptieren, wollte meinen Mann nicht ganz gehen lassen.

»Jo Marie?« Mark musterte mich neugierig. »Alles in Ordnung?«

»Ja«, stieß ich in Gedanken versunken hervor. Mehr nicht.

»Du siehst nämlich aus, als würdest du gleich in Tränen ausbrechen.«

»Keine Sorge, das tue ich nicht.«

Ich sprang auf, eilte ins Haus und atmete in der Küche erst einmal tief durch.

Mark folgte mir kurz darauf und ließ sich alle Zeit der Welt, um sein leeres Glas in die Spüle zu stellen.

»Was hat das zu bedeuten, dass du unbedingt mein Geburtsdatum wissen willst?«

»Nichts. Ich hätte nicht fragen sollen.« Inzwischen fand ich die ganze Aktion lächerlich. »Wenn du es mir nicht sagen willst, ist das in Ordnung.«

Er machte Anstalten, wieder nach draußen zu gehen, drehte sich jedoch noch einmal um.

»Bist du wirklich okay?«

»Ja«, beharrte ich.

Erneut zögerte er, als wäre er nicht sicher, was er denken sollte.

»Ich bin am achten Mai geboren.«

Überrascht starrte ich ihn an und blinzelte, wusste nicht, was ich sagen sollte. Allerdings beschloss ich fürs Erste, ihm nicht mehr im Internet nachzuspionieren.

Nicht nachdem er mir ein klein wenig Vertrauen geschenkt hatte. Das wäre mir schäbig vorgekommen.

Eine weitere Stunde verstrich, in der ich ruhelos im Haus herumging, mich mit diesem und jenem beschäftigte. Ich war froh, auf der Treppe Schritte zu hören, die Ablenkung verhießen.

Ellie kam langsam nach unten. Sie sah überwältigend aus mit der neuen Frisur und dem geblümten ärmellosen Kleid, das von einem breiten schwarzen Gürtel gehalten wurde. In der Hand hielt sie eine dünne weiße Strickjacke, und die Handtasche baumelte über ihrer Schulter.

»Tom ist auf dem Weg hierher.«

»Sie sehen großartig aus«, gab ich zurück.

Sie schenkte mir ein Lächeln. »Finden Sie wirklich?«

»Und ob. Tom wird hingerissen sein.«

Ihr Handy klingelte. Ellie warf einen Blick darauf und seufzte.

»Tom?«, fragte ich.

»Nein, meine Mutter.« Ellie schüttelte den Kopf.

»Ich gehe einfach nicht ran«, fügte sie hinzu und ließ das Telefon wieder in ihre Tasche fallen.

9

Als Ellie Toms Auto die Auffahrt heraufkommen hörte, fühlte sie sich, als würde alles in ihrem Körper zum Stillstand kommen. Das war er – der Moment, auf den sie all die Monate gewartet hatte.

Sie wollte von ganzem Herzen glauben, dass Tom genauso war, wie er sich beschrieben hatte, und es nicht darauf anlegte, sie auszunutzen oder zu benutzen. Und dass ihre Gefühle füreinander echt waren. Ihr Herz sagte ihr, dass er es ernst meinte, und sie war entschlossen, das zu glauben und die düsteren Warnungen ihrer Mutter beiseitezuschieben.

Die Verandastufen knarrten, als Tom auf die Eingangstür zukam.

Ellie stand wartend und mit klopfendem Herzen dahinter, Rover wie einen Wachhund neben sich. Dann endlich klingelte es. Sie holte tief Luft, zählte bis zehn und öffnete so gelassen wie möglich die Tür.

Tom sah genauso aus wie auf den Fotos. Er war groß, ungefähr eins neunzig, aber Ellie war ebenfalls nicht gerade klein, angeblich ein Erbe des Vaters. Toms Augen, die unverwandt auf ihr ruhten, wiesen einen satten Braunton auf.

Beide hielten den Atem an, als würden sie auf etwas

warten und nicht wissen, worauf. Einen nicht enden wollenden Moment lang sprach keiner von ihnen ein Wort.

Endlich brach Tom das Schweigen. »Ellie?«

»Tom?« Sie räusperte sich, um ihrer Stimme mehr Festigkeit zu verleihen.

»Du bist in natura noch schöner«, flüsterte er fast ehrfurchtsvoll, und bei jedem anderen hätte es wie eine einstudierte Phrase geklungen. Nicht so bei ihm. Dazu wirkte er viel zu nervös, kaum weniger als Ellie selbst.

»Möchtest du nicht hereinkommen?«

Er blickte auf die Uhr und erinnerte sie auf diese Weise daran, dass er einen Tisch reserviert hatte.

»Später vielleicht, wenn du nichts dagegen hast.«

»Überhaupt nichts«, versicherte sie hastig, woraufhin er sie am Ellbogen nahm und die Verandastufen hinunterführte.

Beim Auto angekommen, hielt er ihr höflich die Tür auf. Nicht einmal das würde ihre Mutter beeindrucken, schoss es ihr durch den Kopf. Im Gegenteil: Virginia Reynolds fand übermäßig höfliche und wohlerzogene Männer suspekt, wie sie der Tochter per SMS mitgeteilt hatte, aber Ellie weigerte sich, die Warnung zu beherzigen.

Sobald sie auf dem Beifahrersitz saß, schloss Tom die Tür, begab sich zur Fahrerseite und nahm hinter dem Steuer Platz. Ellie fiel auf, dass der Wagen blitzsauber war – das Armaturenbrett glänzte, auf den Polstern sah man kein Stäubchen.

»Das DD's unten an der Bucht ist das beste Restaurant in der Stadt.«

»Das hat Jo Marie auch gesagt«, erwiderte Ellie. »Ihr gehört die Pension. Kennst du sie?«

Er ließ den Motor an, blickte über seine Schulter nach hinten, während er den Wagen rückwärts aus der Einfahrt lenkte, und antwortete erst, sobald sie auf der Straße waren.

»Ich bin Jo Marie nie begegnet, habe von ihr und ihrem B&B jedoch nur Gutes gehört. Deshalb habe ich es dir vorgeschlagen.«

»Ja, es war eine hundertprozentig gute Empfehlung«, erwiderte sie.

Tom schwieg eine Weile, bevor er erneut das Wort ergriff. »Dein Haar sieht anders aus.«

Ihre Hand wanderte automatisch zum Hinterkopf. Sie nickte, verzichtete aber darauf, ihn zu fragen, ob ihm die neue Frisur gefiel. Nicht dass es so aussah, als wäre sie auf Komplimente aus.

»Steht dir echt gut«, erklärte er schließlich.

»Danke.«

Im Restaurant angekommen, rückte Tom ihr den Stuhl zurecht und unterbreitete ihr eine Reihe von Vorschlägen, was als besonders gut galt.

»Die Muschelsuppe ist ausgezeichnet.«

Ellie ließ die Karte sinken und lächelte ihn an. »Was isst du denn hier am liebsten?«

»Frittierte Austern.«

»Die mag ich ebenfalls, aber der Cobb Salad mit Meeresfrüchten klingt genauso verlockend«, meinte sie und entschied sich für beides. Die Getränkeauswahl überließ sie Tom, der einen neuseeländischen Weißwein bestellte.

»Worauf wollen wir trinken?«, fragte er, nachdem sich der Kellner diskret zurückgezogen hatte, und hob sein Glas.

»Darauf, dass wir uns endlich treffen«, schlug Ellie vor.

Er stieß leicht sein Glas gegen ihres. »Möge es das erste von vielen Treffen und Abendessen sein.«

Worte, die Ellie nur unterstreichen konnte. Tom entsprach genau dem Bild, das sie sich von ihm gemacht hatte, und das nicht bloß in äußerlicher Hinsicht.

»Nimmt deine Mutter dir die Sache übel?«, erkundigte er sich, nachdem ihre Suppe gebracht worden war.

»Ein bisschen schon«, gestand Ellie und beschloss zugleich, ihm das volle Ausmaß des mütterlichen Ärgers zu verschweigen.

Sie kostete die Suppe und fand, dass Tom sie zu Recht empfohlen hatte.

»Das heißt dann wohl, dass sie dir beinahe stündlich eine SMS schickt.«

»So in der Art.«

Er stellte sein Weinglas ab und runzelte leicht die Stirn. »Es bedeutet mir sehr viel, dass du trotzdem hergekommen bist.«

In Wahrheit war Ellie sein Vorschlag sehr gelegen gekommen, denn ein Treffen mehr oder weniger unter den Augen der Mutter wäre für sie das Allerletzte gewesen. Denn Virginia hätte alles darangesetzt, die Beziehung zu beenden, bevor sie richtig beginnen konnte.

»Sie meint es sicher gut«, meinte Tom, der ihre Gedanken zu lesen schien. »Wenn du meine Tochter wärst, würde ich dich ebenfalls beschützen wollen.«

»Brauche ich denn Schutz vor dir, Tom?«

»Nein.« Seine dunklen Augen weiteten sich leicht. »Ich würde nie irgendetwas tun, das dich verletzt, Ellie. Gott ist mein Zeuge.«

Seine Worte ließen eine wohlige Wärme durch ihren Körper rieseln, während sie sich weiter unterhielten. Zumeist über die Familie und den Werdegang, obwohl Tom inzwischen so gut wie alles wusste, was es von ihr zu wissen gab. Elternhaus, Großeltern, Schule und College. Letzteres hatte sie verlassen, um mit drei anderen jungen Frauen, die wie sie über beachtliches Organisationstalent verfügten, eine eigene Firma zu gründen, mit der sie durchschlagenden Erfolg hatten. Mehr, als sie sich je hätten träumen lassen.

Ellie ihrerseits war bekannt, dass Toms Vater früh verstorben war und die beiden Söhne praktisch vom zweiten Ehemann der Mutter großgezogen wurden, den sie als ihren Dad betrachteten.

»Ich weiß, dass deine Mutter sich wegen uns Sorgen macht«, kam Tom, sichtlich um familiäre Harmonie bemüht, auf das leidige Thema zurück. »Vielleicht sollten wir sie später anrufen und sie beruhigen.«

»Nein.«

Ellie blieb hart. Es würde nichts nützen, sondern wahrscheinlich erst recht Virginias Misstrauen wecken. Da konnte Tom mit Engelszungen reden.

»Ich vermisse meine Mutter nach wie vor.« Tom wirkte nachdenklich. »Dabei ist es inzwischen zehn Jahre her. Ihr Tod hat uns alle ziemlich verändert.«

»Das tut mir leid«, sagte Ellie, wenngleich sie bei aller Abhängigkeit nie eine derartig intensive Bindung zu ihrer Mutter verspürt hatte.

»Sie starb völlig unerwartet«, fuhr Tom fort. »Eben war sie noch gesund und munter, und im nächsten Moment griff sie sich an den Kopf und brach zusammen. Innerhalb weniger Stunden war sie tot. Wir befanden uns alle in einer Schockstarre. Mein Stiefvater gab sich die Schuld. Völlig grundlos meinte er, dass er ihr hätte helfen müssen.«

»Ich habe meinen Dad nie wirklich gekannt«, warf Ellie leise ein, und eine tiefe Traurigkeit überkam sie. »Er und meine Mutter haben sich so früh scheiden lassen, dass ich keine Erinnerungen an ihn habe.«

»Und du hattest auch nie wieder Kontakt mit ihm?«

»Nie. Ich glaube, die Ehe war so schlimm für ihn, dass er alles hinter sich lassen wollte.«

»Meinst du mit alles auch dich?«, fragte Tom in einem Ton, als fände er die bloße Vorstellung ungeheuerlich.

Sie wusste es nicht. Diese Frage könnte allein ihr Vater beantworten.

»Hast du je daran gedacht, dich mit ihm in Verbindung zu setzen?«

Irgendwann, nach der Einschulung und dann, ein paar Jahre später, hatte sie gelegentlich den Wunsch verspürt, aber ihre Mutter pflegte derartige Versuche im Keim zu ersticken.

»Sie wisse nicht, wo er lebe, behauptete sie einfach. Und dass er nichts mehr mit uns zu tun haben wolle. Damit hielt sie mich davon ab, nach ihm zu suchen, als ich älter wurde.«

Tom schüttelte den Kopf, schien das nicht glauben zu können. »Du musst doch das Gefühl vermisst haben, einen Vater zu haben.«

Seine Worte berührten ihr Herz. Wie oft hatte sie sich als Kind danach gesehnt, ihren Vater zu kennen, und davon geträumt, er sei ein Teil ihres Lebens. Und dann waren manchmal Fragen gekommen, ob er nicht auch ihretwegen die Familie verlassen hatte. Weil sie vielleicht ein schwieriges, ewig quengelndes Baby gewesen war. Erzählungen der Mutter, sie habe anfangs schrecklich viel geschrien und sie nächtelang wach gehalten, gaben solchen Spekulationen neue Nahrung.

»Vielleicht war ich ja ein anstrengendes Kleinkind.«

»Und was hat das mit all dem anderen zu tun?«

Ellie schlang die Hände ineinander und versuchte sich ein Lächeln abzuringen.

»Könnte ja sein, dass ich ihm die Vaterfreude gründlich ausgetrieben habe.«

»So sehr, dass er dich im Stich gelassen hat?«, fragte Tom ungläubig. »Du machst Witze.«

Ellie hob die Schultern. »Ich weiß keine andere Erklärung.« Das Thema deprimierte sie, und sie wollte es nicht weiter vertiefen.

»Hast du etwas dagegen, wenn wir von etwas anderem reden?«

»Natürlich nicht«, beteuerte er schnell, schien es zu bedauern, immer wieder nachgehakt zu haben.

Der nächste Gang kam wie gerufen, und nach dem Essen widmeten sie sich anderen Themen. Schließlich besaßen sie in puncto Konversation eine nicht geringe

Erfahrung aufgrund ihrer besonderen Art der Bekanntschaft und hatten sich über Gott und die Welt ausgetauscht, sodass weder eine gezwungene Atmosphäre
noch ein peinliches Schweigen aufkam. Und als Tom
nach dem Essen einen Kinobesuch vorschlug, willigte
Ellie sofort ein.

Vor Beginn der Vorstellung blieb Zeit für einen Spaziergang am Wasser entlang. Die Nacht war schön, und
vom Sund wehte eine leichte Brise herüber. Tom nahm
ihr die Jacke aus der Hand und half ihr, sie anzuziehen,
ließ dabei seine Hände auf ihren Schultern liegen. Was
Ellie wiederum veranlasste, sich gegen seinen Körper zu
lehnen und den Kopf an seinem Hals zu bergen.

So wie sie dastanden, schienen sie wie geschaffen füreinander.

»Ich habe davon geträumt, dich zu küssen«, flüsterte
er dicht an ihrem Ohr.

Ellie lächelte. »Genau wie ich«, wisperte sie.

Er ließ die Hände an ihren Armen hinuntergleiten.
»Ich kann es kaum glauben, dass du wirklich hier bist«,
flüsterte er und drehte sie so zu sich herum, dass er ihre
Augen sah.

Sie waren keineswegs allein dort im Mondschein. An
der Marina wimmelte es von Menschen. Pärchen, Fami-
lien jeden Alters und jeder Größe. Hunde. Alle genossen den lauen Abend.

Tom stieß vernehmlich den Atem aus. »Später«, flüsterte er, griff nach ihrer Hand und zog sie weiter.

»Es ist schön hier«, sagte sie. »Vor einem die Bucht,
hinter einem die Berge. Als ich am Nachmittag hier war,

rief irgendjemand, ganz in der Nähe seien Schwertwale gesichtet worden. Und dann sind die Leute in aller Eile zum Wasser hinuntergelaufen.«

»Für mich gibt es kaum etwas Schöneres, als auf das Meer hinauszufahren«, sagte er versonnen.

»Ich kenne das nicht. Meine Mutter hatte immer Angst, mir könnte etwas passieren.«

»Du bist noch nie mit einem Boot rausgefahren?«

»Nur so weit, dass ich zur Not zum Ufer schwimmen konnte.«

»Hättest du denn Lust, mit mir segeln zu gehen?«, fragte er eifrig, und seine Augen funkelten vor Aufregung. »Ein Freund von mir besitzt ein Boot und leiht es mir, wann immer ich will.«

»Das wäre herrlich.«

»Morgen? Ich hole dich gleich in der Frühe ab. Kannst du um neun Uhr fertig sein?«

»Klar. Kein Problem.«

»Ich fahre mit dir durch den Puget Sound, und mit etwas Glück sehen wir ein paar Schwertwale. Für den Nachmittag allerdings habe ich andere Pläne.«

»Ja?« Sie ließ es wie eine Frage klingen, um ihn zu einer Antwort zu bewegen. »Was ist es denn?«, fügte sie hinzu.

Er zögerte kurz und schüttelte dann den Kopf. »Es soll eine Überraschung werden, du musst dich gedulden.«

Sie verzog das Gesicht. Inzwischen hatte er mehrfach Derartiges angedeutet und sie neugierig gemacht. Gleichzeitig schien er zu befürchten, seine Überraschung würde ihr eventuell missfallen. Jedenfalls durfte sie sich nicht anmerken lassen, falls sie wirklich enttäuscht war.

»Du musst bis morgen warten«, wiederholte er und tippte mit dem Zeigefinger gegen ihre Nasenspitze.

»Darf ich raten?«

»Nichts da.«

Galant bot er ihr den Arm und schlenderte mit ihr zum Kino. Es war eines der altmodischen Lichtspieltheater, die es kaum mehr gab, weil sie mit den riesigen Palästen, in denen zehn Filme gleichzeitig liefen, nicht konkurrieren konnten. Zwar kannte Ellie den Film bereits, doch was machte das, wenn sie ihn gemeinsam mit Tom sah.

»Popcorn?«, fragte Tom, bevor sie den Vorführraum betraten.

Ellie presste eine Hand auf ihren Bauch. »Ich bin vom Essen ziemlich satt.«

Tom grinste. »Zu einem Film gehört gebuttertes Popcorn, und hier nehmen sie richtige Butter, nicht dieses künstliche Zeug wie in den meisten Kinos.«

»Richtige Butter?«

Tom nickte und erstand eine kleine Tüte. Als sie endlich so weit waren, sich Plätze zu suchen, lief bereits der Vorspann.

»Erinnerst du dich daran, was ich über diesen Traum gesagt habe, den ich hatte?«, murmelte er, nachdem sie Platz genommen hatten.

»Traum?«

»Den Traum, dich zu küssen.« Ein heiserer Unterton schlich sich in seine Stimme.

»Im Kino?«, flüsterte sie zurück, und ein breites Lächeln überzog ihr Gesicht.

»Ehrlich Ellie, ich kann keine Sekunde länger warten.«

Was das betraf, so erging es ihr nicht anders.

10

Maggie erwachte langsam aus einem Traum, der so schön war, dass sie sich nicht aus ihm lösen wollte. Sie hielt die Augen geschlossen und schwelgte in warmen Gefühlen, war zurückgekehrt in jene Zeit, als sie begonnen hatte, sich mit Roy zu treffen. Sie waren beide sehr verliebt gewesen, und die Zukunft schien rosarot vor ihnen zu liegen.

Einst war diese Idylle, dieses Gefühl nicht endenden Glücks ihre Realität gewesen. Selbst jetzt fiel es ihr schwer zu glauben, dass davon nicht viel übrig geblieben war. Ihre Liebe, ihre Ehe – alles schien an einem seidenen Faden zu hängen.

Unwillig stellte Maggie sich erneut der Wirklichkeit, aber Träume würden sie nicht weiterbringen, nicht ihre Probleme lösen.

Roy war im Zimmer. Ohne die Augen zu öffnen, erkannte sie an den Geräuschen, dass er auf der anderen Seite des riesigen Bettes saß, wo ein bequemer Sessel stand, und telefonierte. Sie hörte ihn mit gedämpfter Stimme flüstern – was er sagte, verstand sie nicht.

Sie stellte sich weiterhin schlafend und lauschte angestrengt. Obwohl es keinen rationalen Grund für diesen Verdacht gab, fürchtete sie, Katherine könnte am anderen Ende der Leitung sein. Bei dem bloßen Gedanken überlief sie ein eisiger Schauer.

»Nein«, sagte Roy und wiederholte das Wort etwas lauter. »Das wird nicht funktionieren.«

Was würde nicht funktionieren? War es denkbar, dass Roy nach allem, was sie durchgemacht hatten, ein Treffen mit dieser Frau vereinbarte? Maggie hasste sich für ihren Argwohn, der ihre Ehe bloß weiter unterminieren würde, und kam dennoch nicht dagegen an.

Allerdings gewann sie zunehmend Klarheit, was Roy angesichts ihrer Eskapade durchgemacht haben musste. Sie war so dumm und hirnlos gewesen. Im Nachhinein begriff sie nicht mehr, dass sie das gewesen war, die völlig irrwitzige Dinge getan hatte, um sich an ihrem Mann zu rächen.

Zeit, nicht länger so zu tun als ob, beschloss sie und rekelte sich demonstrativ.

»Ich muss Schluss machen«, sagte Roy prompt mit leiser Stimme. »Nein, wir können auch später nicht weitersprechen«, fügte er nachdrücklich hinzu. »Maggie wacht auf. Bye.«

Das klang eindeutig nach einem Gespräch, das sie nicht mithören sollte.

»Na du.« Roy kam zu ihr und setzte sich auf den Rand der Matratze. »Du hast geschlafen wie ein Bär.«

Sie blinzelte zu ihm hoch und fand, dass er schuldbewusst wirkte. Also war die Person am Telefon wohl tatsächlich Katherine gewesen. Dabei hatte sie ausdrücklich zu verstehen gegeben, dass sie keinen weiteren Kontakt mit dieser Frau tolerieren werde, und er hatte es versprochen und die Affäre für beendet erklärt. Selbst geschäftlich verkehre er nicht mehr mit Katherine. Maggie war bereit gewesen, ihm zu glauben, weil sie ihn letztlich für einen Ehrenmann hielt. Und jetzt das.

»Wie lange habe ich geschlafen?«, erkundigte sie sich betont beiläufig.

Roy blickte auf seine Uhr und zog die Brauen hoch, als wäre er ebenfalls überrascht.

»Fast zwei Stunden.«

»Zwei Stunden? Du liebe Güte …« Sie setzte sich auf und rieb sich den Schlaf aus den Augen.

»Du warst fix und fertig.«

»Das muss wohl so gewesen sein.«

Maggie schlief seit über einem Monat nicht mehr gut. Obwohl sie am Ende eines jeden Tages körperlich ausgelaugt war, fand sie einfach keinen Schlaf. Zweifellos ein Resultat der permanenten Spannungen zwischen ihnen.

»Wie geht es dir?« Roy beugte sich vor und strich ihr das Haar aus der Stirn.

Forschend musterte sie ihn, suchte nach verdächtigen Hinweisen, verkniff sich jedoch voreilige Fragen und Beschuldigungen und ließ sich nichts von ihrem Argwohn anmerken.

»Ich fühle mich viel besser.«

Sie zwang sich zu einem munteren Ton und rang sich ein aufgesetztes Lächeln ab, obwohl sie sich alles andere als gut fühlte. Seine Worte am Telefon nagten an ihr. Sollte sie es ansprechen, um Gewissheit zu haben, oder war es besser, darüber hinwegzugehen? Schwamm drüber. Vielleicht lebte es sich ja besser, wenn man nicht alles wusste.

Im Übrigen war es für sie ein schrecklicher Gedanke, eine Entscheidung treffen zu müssen, falls Roy sie belogen hatte. Im Moment sähe sie sich dazu außerstande. Schließlich wusste sie nicht einmal, ob sie überhaupt aufstehen sollte und was sie am Abend essen wollte. Wie konnte sie da über so schwerwiegende Dinge wie den Fortbestand ihrer Ehe nachdenken?

Sie blickte auf die Digitalanzeige der Uhr auf dem Nachtschränkchen. »Es ist schon nach sechs. Du hättest mich wecken sollen.«

»Schon gut, Maggie«, beruhigte Roy sie. »Du hast den Schlaf gebraucht. Hättest du Lust, etwas essen zu gehen?«

Zu ihrer eigenen Überraschung nickte sie.

»Okay, prima.«

Roy erhob sich und griff nach seinem Telefon, das auf der Kommode neben dem Sessel lag. Erneut kehrten bei Maggie die Zweifel, Ängste und das Misstrauen zurück.

Schnell warf sie die Decke beiseite und stieg aus dem Bett. »Ich mach mich ein bisschen frisch«, erklärte sie, während Roy die Decke ordentlich zusammenlegte. Eine Geste, die sie – argwöhnisch, wie sie war – als Ausdruck von Verlegenheit deutete. Um den Blickkontakt mit ihr zu meiden.

Im Badezimmer lehnte sie sich gegen die geschlossene Tür und versuchte ihre Gedanken zu ordnen. Wenn sie sich nicht bald zusammenriss, würde sie das Wochenende, auf das sie so große Hoffnungen gesetzt hatte, komplett ruinieren.

Sie erneuerte ihr Make-up, richtete ihre Frisur und gesellte sich wieder zu Roy. »Fertig.«

»O Maggie, Sie sind auf«, empfing Jo Marie sie erfreut, als sie die Treppe herunterkamen. »Wie geht es Ihnen?«

»Viel, viel besser, danke.«

»Gut genug für ein Dinner jedenfalls«, ergänzte Roy. »Können Sie uns ein Restaurant empfehlen?«

»Etliche.« Jo Marie zog eine Küchenschublade auf. »In der Broschüre, die ich Ihnen gegeben habe, finden Sie sämtliche Restaurants der Gegend einschließlich Angaben zu den jeweiligen Spezialitäten. Wenn Sie erwähnen, dass Sie bei mir wohnen, bekommen Sie vielleicht sogar einen Sonderpreis.«

»Ausgezeichnet, wir werden es uns im Auto anschauen«, bedankte sich Roy und wandte sich im Gehen an Maggie. »Wonach steht dir denn der Sinn?«

»Bitte?« Sie hatte an ganz andere Dinge gedacht und begriff nicht gleich, was er meinte.

»Welche Art von Essen dir vorschwebt, worauf du Appetit hast?«

»Oh. Mir ist alles recht.«

Seine Augen wurden schmal, und er grinste. »Was, wenn ich gerne Sushi hätte?«

Das war ein Scherz. Roy ging gelegentlich mit Geschäftsfreunden Sushi essen und hatte eine Vorliebe für die japanischen Fischkreationen entwickelt, die sich so sehr von der Hausmannskost seiner Heimat unterschieden. Maggie hingegen war es trotz allen Bemühens nicht gelungen, ihren Ekel vor rohem Fisch zu überwinden.

»Ich würde es überleben«, erwiderte sie lächelnd und stieg ins Auto.

Roy schüttelte zweifelnd den Kopf. »Wie wäre es mit mexikanisch?«, schlug er stattdessen vor.

»Gut. Was immer du willst.«

Ihre Gleichgültigkeit irritierte ihn sichtlich. »Was ist los mit dir? Normalerweise bist du bei der Wahl des Restaurants doch ziemlich heikel.«

»Bin ich nicht«, widersprach sie energisch. »Bei dir klingt das so vorwurfsvoll. Als würde ich darauf bestehen, meinen Willen durchzusetzen, und das stimmt einfach nicht.«

»He, mach mal halblang.« Er hob beschwichtigend eine Hand. »Ich habe nichts Derartiges behauptet.«

»Aber angedeutet, und das reicht.«

»Glaub mir, es war nicht so gemeint«, sagte er in dem Bemühen, keinen unnötigen Streit zu provozieren, und schwieg eine Weile. »Mexikanisch ist vielleicht keine so gute Idee, wenn dein Magen nicht in Ordnung ist«, fügte er schließlich hinzu.

»Meinem Magen fehlt nichts mehr, und es ist mir schleierhaft, warum mir vorhin überhaupt so schlecht war.«

»Okay, wenn du mexikanisch essen möchtest, dann tun wir das.« Er startete den Motor, fuhr jedoch nicht los und hielt fest das Lenkrad umklammert. »Bedrückt dich irgendetwas?«, fragte er vorsichtig.

»Nein«, gab sie wesentlich schärfer als beabsichtigt zurück.

Roy atmete zischend aus in Anbetracht der offen-

sichtlichen Lüge, verzichtete aber auf einen entspre-
chenden Kommentar und fuhr endlich los. Auch Maggie
schwieg jetzt und blickte angelegentlich aus dem Fenster, als würde sie die vorbeiziehende Landschaft zum ersten Mal sehen.

Eine Ewigkeit schien zu verstreichen, bis sie ihr Ziel
erreichten. Bei dem Restaurant schien es sich um eine
gefragte Adresse zu handeln, denn der Parkplatz des
Taco Shack war so voll, dass sie eine Weile herumkur-
ven mussten, bis sie eine freie Lücke entdeckten.

»Wenn man die Zahl der Gäste als Maßstab nimmt,
sollte das Essen eigentlich gut sein«, meinte Roy.

Maggie streckte eine Hand aus und legte sie auf seinen Arm. »Tut mir leid, dass ich dich so angefegt habe«,
flüsterte sie. »Ich stehe anscheinend ein bisschen neben
mir, oder?«

Einen Moment lang fürchtete sie, er würde ihre Entschuldigung nicht annehmen, doch dann sagte er heiter:
»Genau wie Jaxon. Wenn der zu viel geschlafen hat, ist
er ebenfalls nicht zu gebrauchen. Mach dir also keinen
Kopf deswegen.«

Dankbar, dass er eine akzeptable Erklärung für ihr
schroffes Benehmen gleich mitgeliefert hatte, nickte sie.
Eindeutig hatte er ihren Versuchen, die Diskussion eska-
lieren zu lassen, die Spitze abgebrochen. Sie hingegen,
erkannte sie beschämt, war auf einen handfesten Krach
aus gewesen. Ein Wunder, dass er so ruhig geblieben war.

Zu ihrer Überraschung wurde ihnen fast umgehend
ein Tisch zugewiesen, was sie bei dem vollen Parkplatz
gar nicht erwartet hatten.

»Wie wäre es mit einer Margarita?«, schlug Roy vor. »Du leckst schließlich so gerne den Salzrand vom Glas ab.«

»Ja, super«, erwiderte sie nach kurzem Zögern.

Sie musste allerdings aufpassen, dass es nicht zu viele Margaritas wurden. Nicht dass der Abend wieder mit einer Katastrophe endete – das konnten sie weiß Gott nicht gebrauchen.

Kurz darauf standen die Margaritas zusammen mit einem Korb Tortillachips und einer kleinen Schüssel Salsa vor ihnen, und sie taten sich daran gütlich, während sie die Speisekarte studierten.

»Nimmst du Reis mit Huhn?«, fragte er, denn das war normalerweise ihr Lieblingsgericht.

»Nein.« Erneut klang sie viel zu barsch, wie sie selbst merkte. »Heute Abend steht mir der Sinn nach etwas anderem.«

»Sieht ganz so aus«, murmelte Roy und meinte das durchaus doppeldeutig.

Maggie ignorierte seinen Sarkasmus und vermied es, ihn anzusehen, konzentrierte sich stattdessen voll und ganz auf die Chips und stippte einen nach dem anderen in die Salsa. Roys Blicke verrieten, dass ihr Mann sich ziemlich über die Fett- und Kohlenhydratorgie seiner sonst recht ernährungsbewussten Frau wunderte.

Als der Kellner nach ihren Wünschen fragte, bestellte sie aufs Geratewohl die Nummer drei von der Speisekarte, ohne überhaupt zu wissen, um was es sich handelte.

Jetzt reichte Roy ihr sonderbares Benehmen. »Okay, Maggie, was ist los?«

»Wie bitte?«

»Du hast mich genau verstanden. Irgendetwas liegt dir auf der Seele.«

Ihr erster Impuls bestand darin, es abzustreiten. Stattdessen griff sie verlegen nach der Serviette, breitete sie auf ihrem Schoß aus und senkte den Kopf.

»Als ich aufgewacht bin, hast du telefoniert.«

»Ja und?«

Er streckte die Arme aus, hob sein Glas zum Mund und vermittelte den Eindruck, völlig entspannt zu sein.

»Wolltest du nicht lesen?«

»Ich hatte keine Lust mehr.«

War es eine Ausrede? Sie brauchte einen Moment, um die Antwort zu überdenken. Nein, es war zumindest in letzter Zeit typisch für Roy, dass er nicht lange still sitzen konnte. Trotzdem hakte sie nach.

»Wer war eigentlich am Telefon?«

Maggie beobachtete, wie sich seine Finger fester um das Glas mit der Margarita schlossen. So fest, dass sie schon darauf wartete, dass es klirrend zerbrach.

»Wieso willst du das wissen?«, fragte er ruhig. Verräterisch ruhig, wie sie es auslegte.

»Ich habe einen Teil des Gesprächs mit angehört.«

»So, hast du das?«

Sie schluckte, weil sich ein Kloß in ihrer Kehle bildete. »Ja. Und zwar den Teil, wo du gesagt hast, du könntest später nicht weiterreden und dass das nicht funktionieren würde.«

»Und da bist du sofort davon ausgegangen, dass ich mit Katherine gesprochen habe.«

Statt zu antworten, starrte Maggie angelegentlich auf die Tischdecke.

»Genau das habe ich nicht. Es war Alex, mein Bauleiter. Es gab schon wieder ein Problem, und er wollte das mit mir besprechen. Er hatte eine Idee, wie man sich den Gewerkschaften, die derzeit Ärger machen, gegenüber verhalten sollte, und in diesem Zusammenhang habe ich ihm gesagt, das werde so nicht funktionieren. Das war alles.«

»Oh«, hauchte Maggie beschämt.

»Und als ich sagte, ich könnte später nicht erneut mit ihm sprechen …« Seine Stimme klang gepresst und mühsam beherrscht.

»Ja«, drängte sie und sah ihn erwartungsvoll an.

»Da dachte ich an dich, an uns. An das gemeinsame Wochenende, das nicht ständig durch geschäftliche Dinge gestört werden sollte. Schließlich hast du dir das gewünscht, und ich habe es versprochen.«

Jetzt fühlte Maggie sich endgültig total mies, und ihre Unterlippe begann zu zittern, als würde sie weinen müssen.

»Ich muss mich wieder mal bei dir entschuldigen«, flüsterte sie mit versagender Stimme.

»Warum hast du mich nicht direkt danach gefragt, mit wem ich telefoniere?«

»Ich … ich hatte Angst«, stammelte sie kaum vernehmbar.

»Angst? Wovor denn?«, fragte er, obwohl er es sicherlich wusste oder es zumindest ahnte.

»Vor der Entscheidung, die ich hätte treffen müssen, wenn es Katherine gewesen wäre.«

Er griff über den Tisch hinweg nach ihrer Hand. »Ich sage es dir noch einmal, Maggie, zum allerletzten Mal. Es ist vorbei. Du hast mein Ehrenwort.«

Da sie ihre Stimme noch nicht wieder unter Kontrolle hatte, beschränkte sie sich auf ein stummes, schuldbewusstes Nicken.

»Können wir damit die Sache definitiv abhaken?«, bat er.

Sie neigte zustimmend den Kopf, auch wenn sie nicht sicher war, ob das gelang. Ließ sich eine so einschneidende, enttäuschende Erfahrung je vergessen und einfach abhaken? Maggie wusste es nicht. Sie konnte nur hoffen und beten, dass es ihr und ihm, dass es ihnen beiden irgendwann gelang, dem anderen und sich selbst zu verzeihen.

11

Das Rose Harbor Inn war still und leer. Ohne die Gäste kam mir das Haus viel zu groß vor, sodass ich mich verloren fühlte. Nicht einmal irgendwelche Dinge gab es zu erledigen. Außerdem war ich wegen der Sache mit Pauls Sweatshirt ein wenig durcheinander. Und als wäre das nicht genug, wurde mir mit einem Mal bewusst, dass ich mich nicht mehr an den Klang seiner Stimme zu erinnern vermochte.

O nein. Nicht auch das noch.

Fest schloss ich die Augen, konzentrierte mich und versuchte mir wieder ins Gedächtnis zu rufen, wie er sich angehört hatte. Vergeblich. Es wollte einfach nicht gelingen, seine Stimme und damit seine Gegenwart heraufzubeschwören. Tag für Tag schien ich ihn ein bisschen mehr zu verlieren, obwohl ich das nie für möglich gehalten hätte und eine solche Vorstellung mir geradezu absurd erschienen war. Und so traf mich die Erkenntnis, dass Paul nie wieder ein Teil meines Lebens sein würde, mit besonderer Härte.

Zu meinem Glück vielleicht war ich wenigstens daran gewöhnt, ihn nicht dauernd an meiner Seite zu haben. Paul war im Ausland stationiert gewesen, und gesehen hatten wir uns nicht gerade viel. Doch obwohl uns buchstäblich eine halbe Welt trennte, war es uns gelungen, im Geist und im Herzen zusammen zu sein und eine enge Beziehung aufzubauen. Insofern hatte sein Tod mich gelähmt und mich in meinen Grundfesten erschüttert, als hätten wir eine normale Ehe geführt. Zwar mochte der Alltag etwas leichter für mich sein, aber dafür klammerte ich mich stärker an die wenigen Erinnerungen, hütete jede einzelne, jedes kleinste Detail wie einen kostbaren Schatz. Sie sollten mich schließlich für das Leben entschädigen, das mir durch seinen Tod gestohlen worden war.

Und jetzt merkte ich, wie sie mir trotz all meiner Anstrengungen entglitten.

Außerdem wurde mir klar, dass ich mich keineswegs im Laufe der vergangenen Monate damit abgefunden hatte, dass Paul nicht mehr lebte. Nicht einmal ansatzweise. Da hatte ich mir etwas vorgemacht. Der verlorene Geruch in seinem Sweatshirt. Mein Unvermögen, mich an seine Stimme zu erinnern. Das war mehr, als ich ertragen konnte, und ich versagte es mir, länger darüber nachzudenken, weil ich sonst in Tränen ausbrechen würde.

Wie an den meisten Abenden schlenderte ich durch meinen kleinen Blumengarten. Eine willkommene Abwechslung, die ich heute dringender brauchte denn je. Ich schnitt ein paar Rosen ab und arrangierte sie in einer Vase, die ich in die Eingangshalle stellte. Anschließend ging ich erneut nach draußen, um meinen Gemüsegarten zu gießen. Es machte mir Freude zu sehen, dass alles prächtig gedieh. Tomaten und Kürbisse, Zuckerschoten und grüne Bohnen, desgleichen Spinat und Blattsalat.

Das hatte ich Mark zu verdanken. Er war derjenige, der mir geholfen hatte, den Gemüsegarten anzulegen, und trotz Gipsbein die Erde umgegraben hatte. Keine leichte Aufgabe, doch das Resultat ließ sich sehen.

Ich pflückte ein paar reife Tomaten, schnitt ein großes Bündel Spinat ab und brachte beides in die Küche. Diese Zutaten hatten mir noch für eine italienische Hochzeitssuppe gefehlt. Bereits eine halbe Stunde später gab ich die Fleischklößchen in die kochende Gemüsesuppe, die zudem mit allerlei Kräutern angereichert war. Klößchen und Hühnerbrühe hatte ich vor Wochen zubereitet und auf Vorrat eingefroren. Jetzt konnte ich mich gemütlich auf die Veranda setzen, während die Suppe leise vor sich hin köchelte.

Unter anderen Umständen würde ich Mark zum Essen eingeladen haben. Für seine Arbeit am Gemüsegarten würde er mit Naturalien in fertig zubereiteter Form entschädigt werden, versprach ich ihm damals. Bloß wusste ich nach dem Theater von heute Morgen nicht, ob er mich momentan sehen wollte. Nachdem er das Holz für den Pavillon abgeladen hatte, war er nämlich klammheimlich verschwunden.

Ich konnte es ihm nicht verübeln.

Wenn sich von seinem früheren Verhalten auf heute schließen ließ, würde ich ihn unter Umständen eine Woche oder länger nicht zu Gesicht bekommen. Er hielt sich im Übrigen nicht bloß nach unerfreulichen Diskussionen fern, sondern ebenfalls, wenn ich sentimentale und traurige Anwandlungen wegen Paul hatte oder ihn mit meinen dauernden Fragereien nach seiner Vergangenheit nervte. Zum Glück, und das schätzte ich bei Mark wirklich, hielt seine Verärgerung nie lange an.

Als Rover zu bellen begann und die Veranda hinunter und übers Grundstück stürmte, erhob ich mich und schaute nach, was los war. Seit seinem Verschwinden vor einiger Zeit fürchtete ich immer, er könnte erneut auf Wanderschaft gehen.

Tat er aber zumindest diesmal nicht.

Der Grund für sein aufgeregtes Bellen und sein freudiges Schwanzwedeln war Mark Taylor, der soeben um die Ecke bog und im Gegensatz zu meinem Hund denkbar schlecht gelaunt zu sein schien, wie die tiefen Furchen auf seiner Stirn verrieten.

»He, was ist los?«, fragte ich ihn.

»Das kann ich dir in zwei Worten sagen: Peter McConnell.«

Ich hatte ganz vergessen, dass Mark meinen verhinderten Gast für ein oder zwei Nächte bei sich aufnehmen wollte. So lautete zumindest sein Angebot, wobei mir schleierhaft blieb, warum er ausgerechnet einen Mann, den er nicht mochte, in seine Privatsphäre ließ. Hatte er mich etwa vor Peter selbst und nicht allein vor dessen Zahlungsunfähigkeit schützen wollen?

»Hast du mir nicht erzählt, du wüsstest nicht, wo Peter hingegangen ist?«

»Ja, und das entsprach auch den Tatsachen«, knurrte er verdrießlich.

»Hört sich an, als wäre er zurückgekommen.«

Mark verlieh seinen Gefühlen durch ein empörtes Schnauben und ein bitteres Lachen Ausdruck.

»Kannst du laut sagen«, empörte er sich. »Der Bursche hat es sich in meinem Lieblingssessel bequem gemacht, sich die Fernbedienung für den Fernseher geschnappt und sich durch meinen Kühlschrank gefressen.«

»Aha. Er hat dich also, mit anderen Worten, aus deinem eigenen Haus vertrieben.«

»Nicht ganz.«

»Wie darf ich das verstehen?«

»Okay, wenn du es unbedingt wissen willst: Ich bin gegangen, weil ich ihn sonst verdroschen hätte. Besitzt der Kerl doch glatt die Dreistigkeit, mir anzuschaffen, ihm ein Sixpack Bier zu besorgen. Er kann von Glück sagen, dass er nach wie vor alle Zähne im Mund hat.«

Ich unterdrückte ein Grinsen und wechselte das Thema. »Bist du an einer schönen Suppe mit frischen Zutaten aus dem Garten interessiert? Köchelt gerade vor sich hin und wartet darauf, gegessen zu werden.«

»Servierst du zu der Suppe irgendwas?«

»Was meinst du damit? Ein Sandwich? Plätzchen?«

»Nein, ein Verhör.«

Ich lächelte ihn beruhigend an. »Keine Sorge«, versicherte ich. »Du kannst die Suppe getrost essen – ich werde dich nicht mit Fragen bombardieren.«

Er musterte mich skeptisch, als würde er dem Braten nicht trauen.

»Was für eine Suppe ist es überhaupt?«

»Deine Lieblingssuppe.«

»Und woher willst du bitte wissen, welche das ist? Ich mag mehrere Arten von Suppen.«

»Du hast es mir verraten.«

»Wann?«

»Weiß ich nicht mehr. Lieber Himmel, jetzt mach nicht so ein Affentheater«, fuhr ich aus der Haut.

Als ich sah, wie ein zufriedenes, breites Grinsen sein Gesicht überzog, erkannte ich, dass ich ihm mal wieder auf den Leim gegangen war und er sich an meiner Aufgeregtheit weidete.

»Willst du nun die Suppe oder nicht?«, herrschte ich ihn ungeduldig an.

Sein Lächeln ließ ihn fast jungenhaft wirken. »Wenn ich das richtig sehe, gehen dir neugierige Fragen genauso auf den Geist wie mir«, erklärte er genüsslich.

Ein Punkt für ihn. »Touché.«

Damit war unsere Kabbelei beigelegt, und er folgte mir in die Küche, schnupperte genießerisch.

»Das ist diese Suppe mit Spinat und Fleischklößchen, stimmt's?«

»Richtig. Ich habe den Spinat und die Tomaten erst vor einer Stunde gepflückt, und das Ganze nennt sich italienische Hochzeitssuppe.«

»Ich weiß, nur mag ich den Namen nicht.«

»Das ist doch lächerlich.«

»Die Suppe ist wirklich großartig«, versicherte er, »aber sie mit Hochzeiten in Verbindung zu bringen dürfte jeden überzeugten Junggesellen in die Flucht schlagen.«

»O Mann.« Kopfschüttelnd nahm ich zwei tiefe Teller aus dem Schrank und schnitt dicke Scheiben von dem frischen italienischen Brot mit Asiago-Käse ab, das ich am Morgen aus der Bäckerei mitgenommen hatte und das eine optimale Ergänzung zu der Suppe darstellte.

»Wie wäre es, wenn wir draußen essen?«, schlug ich vor.

Zu Anfang des Sommers hatte ich einen kleinen Korbtisch und zwei passende Stühle für die hintere Terrasse gekauft und aß an den meisten Abenden dort, wenn nicht gerade Gäste den Platz beanspruchten. Ich genoss es immer wieder aufs Neue zu beobachten, wie die untergehende Sonne sich rot glühend im Wasser spiegelte, wie die Schatten länger wurden und wie sie endlich hinter den Bergen verschwand.

Mark sah mich an, als hätte ich etwas Anrüchiges vorgeschlagen. »Was ist denn mit dem Küchentisch nicht in Ordnung?«

»Der ist okay, doch warum sollten wir an einem so schönen Abend drinnen essen?«

Die Furchen auf seiner Stirn vertieften sich. »Willst du etwa noch eine Kerze anzünden und Musik auflegen?«, fragte er argwöhnisch.

»Wohl kaum.«

Der Mann hatte Nerven. Befürchtete er ernstlich, ein einfaches Essen, bestehend aus Brot und Suppe, könnte sich als romantisches Intermezzo entpuppen?

Als er nach wie vor zögerte, stellte ich ihn vor die Wahl. »Schön. Du kannst machen, was du willst. Entweder du isst allein in der Küche oder begleitest mich auf die Veranda«, erklärte ich, nahm meinen Teller samt Brot und ging nach draußen.

Ich hatte mich gerade gesetzt und zu meinem Löffel gegriffen, als Mark erschien.

»Schau nicht so ängstlich«, frotzelte ich. »Du hast nichts vor mir zu befürchten.«

Er brummte Unverständliches vor sich hin und machte sich über seine Suppe her. »Schmeckt gut«, lobte er.

»Danke.«

»Es ist wirklich erstaunlich, welch gute Köchin du bist.«

»Wieso?«, hakte ich argwöhnisch nach, denn wie so oft kam sein Kompliment merkwürdig rüber und war auch anders zu verstehen.

»Na, ich meine, du als ehemalige Bankerin und so«, bequemte er sich zu einer Erklärung.

Ich musste an mich halten, um nicht die Augen zu verdrehen.

»Was hat das denn damit zu tun?«

»Es ist schließlich eher so, dass Frauen in höheren Positionen keine oder kaum Zeit zum Kochen finden, oder nicht?«

»Mark.« Ich hob eine Hand. »Hör auf. Du weißt gar nicht, wovon du redest, und vergaloppierst dich bloß noch mehr.«

»Okay, schön. Ganz wie du willst.«

»Danke«, sagte ich mit unverhohlenem Sarkasmus und fragte mich mal wieder, weshalb ich Mark überhaupt als Freund betrachtete.

»Mary Smith«, wechselte er plötzlich völlig übergangslos das Thema, und ich brauchte eine Weile, um seinen sprunghaften Gedankengängen zu folgen.

»Was ist mit ihr? Falls du die Mary meinst, die im Frühjahr hier zu Gast war.«

Er nickte. »Ja, genau die. Sie war das typische Beispiel einer Karrierefrau. Gleich beim ersten Blick wusste ich, dass sie zu den Frauen gehört, die sich in einer Küche nicht mal mit einem Kompass zurechtfinden würden.« Offenbar entging ihm mein empörter Blick nicht, denn rasch fügte er hinzu: »War ja nur ein Beispiel, und jetzt halte ich lieber den Mund.«

»Eine kluge Entscheidung von dir«, erwiderte ich. »Was hast du eigentlich den Rest des Nachmittags gemacht?«

»Du meinst, nachdem ich das Holz abgeladen habe?«

Ich nickte und brach ein Stück Brot ab, um es in die Suppe zu tunken.

»Du weißt ja, dass ich nicht nach Hause konnte. Wegen Peter. So wie der über alles herfällt! Eine Heuschreckenplage würde mehr übrig lassen.«

»Es wäre vielleicht empfehlenswert, morgen früh das Silberbesteck nachzuzählen.«

»Müsste ich, wenn ich eines hätte«, stieg Mark auf meine spöttische Bemerkung ein. »Hast du etwas dagegen, wenn ich mir einen Nachschlag hole?«, fragte er im gleichen Atemzug.

»Nur zu«, ermunterte ich ihn und sah ihm nach, wie er in der Küche verschwand.

»Ich könnte den ganzen Topf leeren«, erklärte er, als er zurückkehrte.

»Dann nimm dir etwas mit nach Hause.«

»Damit dieser Peter sich drüber hermacht?« Erneut

stieß er ein unfrohes Lachen aus. »Glaub mir, morgen früh wäre nichts mehr da.«

»Richtig, das hatte ich vergessen«, räumte ich ein. »Dann hebe ich den Rest lieber hier für dich auf.«

»Das wäre nett«, meinte er und widmete sich wieder seiner Suppe. »Ich habe übrigens an der Wiege gearbeitet«, fügte er hinzu.

Ich muss ihn sehr verständnislos angeschaut haben, denn sogleich schob er eine Erklärung nach: »Du hast mich doch gefragt, was ich heute Nachmittag gemacht habe.«

»Du und diese Wiege«, meinte ich kopfschüttelnd.

Der Mann war und blieb mir ein Rätsel. Es gab Leute, die ihn anflehten, für gutes Geld einen Auftrag anzunehmen – und dennoch zog er es vor, sich mit einer Sache zu befassen, die sein Privatvergnügen oder was immer war. Kurz nachdem wir uns kennenlernten, hatte er mit der Arbeit an dieser Wiege begonnen.

Er drohte mir mit dem Zeigefinger. »Du hast schon wieder diesen Blick.«

»Welchen?«

»Den missbilligenden Blick, mit dem du mich immer bedenkst, sobald ich etwas sage oder tue, was dir nicht passt.«

»Das bildest du dir ein.«

»O nein. Ich kenne dich, und als ich die Wiege erwähnte, war dir anzumerken, dass dir irgendwas missfiel.«

»Okay, wenn du es so sehen willst.« Ich hatte nicht vor, mit ihm zu streiten.

»Für mich ist das eine sehr wichtige Arbeit, die ich unbedingt zu Ende bringen möchte.«

Er schien das Bedürfnis zu verspüren, sich vor mir zu rechtfertigen, obwohl es mich eigentlich nicht im Geringsten anging, wie er seine Zeit verbrachte.

»Ich habe einfach überlegt, ob du derzeit keine Jobs hast – solche, für die du auch bezahlt wirst?«, wandte ich zaghaft ein.

»Natürlich habe ich die. Warum?«

»Warten die Leute nicht darauf, dass du die Arbeiten pünktlich ablieferst?«

»Ich werde mit allem rechtzeitig fertig. Kein Grund also, sich Gedanken zu machen.«

»Es war nicht als Vorwurf gemeint.«

»War es sehr wohl. Du hast es vielleicht nicht laut gesagt, aber gedacht.«

Der Mann trieb mich an den Rand des Wahnsinns. »Kannst du etwa Gedanken lesen?«

»In dieser Hinsicht schon.«

Hätte er nicht recht gehabt, würde ich liebend gern weiter diskutiert haben. Doch es machte keinen Spaß, wenn man sich in der Defensive befand. Also auf verlorenem Posten stand.

»Die Wiege entspannt mich«, hörte ich ihn plötzlich sagen.

»Wie bitte?«

»Es mag dir nicht aufgefallen sein, aber selbst ich bin ab und an gestresst.«

»Nicht möglich«, erwiderte ich spöttisch.

»Ich meine es ernst, Jo Marie. Egal was mit dieser Wiege geschieht oder wer sie am Ende bekommt – es macht mir Spaß, an ihr zu arbeiten.«

In den letzten Monaten hatte ich ein paarmal den Fortgang der Arbeit bewundert und wusste, dass der Entwurf von Mark selbst stammte. Zweifellos ein schönes Stück, das mit seinem kunstvoll geschnitzten Kopfteil bestimmt einen Käufer finden würde. Falls Mark sich je von ihr trennte.

»Wie gesagt, es beruhigt meine Nerven, an der Wiege zu arbeiten. Und Ruhe brauche ich dringend, seitdem du mir mit deinen ständigen Fragen zusetzt. Und dass ich diesen Blutsauger Peter McConnell am Hals habe, erschwert die Sache zusätzlich.«

»Du hättest Peter ja nicht einladen müssen.«

Er brummte etwas vor sich hin, das ich nicht verstand.

»Was hast du gesagt?«, fragte ich.

»Nichts.«

»Doch, das hast du«, beharrte ich.

Er nahm sich Zeit mit seiner Antwort. »Ich traue McConnell einfach nicht, und die Vorstellung, dass er in deinem Haus übernachtet, behagte mir ganz und gar nicht.«

»Ich kann auf mich selbst aufpassen, Mark.«

»Aha.« Mehr kam nicht von ihm.

Ich legte eine Hand auf mein Herz. »Gelegentlich scheint dir tatsächlich etwas am Wohlergehen anderer zu liegen.«

»Mir liegt an vielen Dingen etwas.«

»Also auch an mir?« Der Disput begann mir Spaß zu machen.

»Natürlich«, erwiderte er mit gerunzelter Stirn. »Allerdings nicht auf die Art, die du andeutest.«

»Ich bin am Boden zerstört«, scherzte ich, weil ich nicht so recht wusste, wie er es gemeint hatte.

»Klar«, erwiderte er und hob seinen Zeigefinger. »Jetzt hast du einen ganz anderen Blick.«

»Inwiefern?«

»Er ist anders, weil ich ihn bislang nicht deuten kann. Ich grübele bereits seit einer Weile darüber nach.«

»Sobald du zu einem Ergebnis gekommen bist, sag mir Bescheid.«

Er nickte völlig ernsthaft, und mir dämmerte, dass keine von Marks Äußerungen an diesem Abend scherzhaft gemeint war.

Ich lehnte mich in meinem Korbstuhl zurück, seufzte und betrachtete die Landschaft. An Abenden wie diesem vermisste ich Paul am meisten. Mark war ebenfalls verstummt und blickte wie ich in die Ferne.

Ich fand, dass mal wieder eine Entschuldigung fällig war. »Das vorhin tut mir leid.«

»Ich weiß.«

»Das weißt du?«

»Dir tut vieles leid, Jo Marie. Glaubst du, ich merke das nicht?«

Seine Fähigkeit, mich zu durchschauen, wurde mir langsam unheimlich.

»Und vor allem leidest du darunter, was dir entgangen ist. Dass beispielsweise dein Mann nicht mehr bei dir ist.«

Da hatte er zweifellos recht.

»Und dass du keine Kinder haben wirst.«

Woher er das wusste, war mir allerdings schleierhaft.

»Sonst noch etwas?«, erkundigte ich mich fast trotzig.

Er nickte. »Schau in dein Herz, dann wirst du es erkennen. Wir Menschen reagieren so, wenn uns ein schwerer Verlust getroffen hat, weißt du.«

Eine kleine Ewigkeit schwiegen wir. Nur die Geräusche, die der Wind vom Wasser herübertrug, und die Rufe der Vögel über unseren Köpfen zerrissen die Stille. Ab und an erklang ein Schnarchen von Rover.

»Ich bin froh, dass du heute Abend vorbeigekommen bist«, sagte ich nach einer Weile.

Mark antwortete nicht sofort, aber dann erwiderte er leise: »Ich auch.«

Wir sahen uns über den Tisch hinweg an und lächelten.

12

Als Ellie Reynolds von ihrem Date zurückkehrte, schwebte sie wie auf Wolken, und ihr kam es vor, als würden ihre Füße kaum den Boden berühren. Während des Kinobesuchs hatte sie ihr Handy auf stumm geschaltet und damit die ewigen Einmischungen und Kontrollanrufe unterbunden. Sonst hätte sie womöglich dauernd verärgert an ihre Mutter gedacht, statt das Zusammensein mit Tom zu genießen, seine Küsse, seine zärtlichen Umarmungen.

Alles war so natürlich, so selbstverständlich gewesen. Keine Spur von Verlegenheit oder Peinlichkeit, wie sie das in anderen Beziehungen erlebt hatte. Zudem war es für Ellie einfach überwältigend, von einem Mann angebetet zu werden, als wäre man die schönste Frau der Welt.

Und das alles ohne Drängen und ohne Aufdringlichkeit.

Es war schon nach Mitternacht, als sie die Vordertür des Rose Harbor Inn aufsperrte. Alle anderen schienen zu schlafen, denn nirgendwo war ein Laut zu hören. Leise schloss Ellie die Tür hinter sich und ging auf Zehenspitzen die Treppe hoch in ihr Zimmer.

Die Stunden waren nur so verflogen, und der Abschied wurde lediglich versüßt durch das Wissen, dass vor ihnen ein ganzer langer Tag lag. Tom würde sie am Morgen gleich nach dem Frühstück abholen und mit ihr zu einer Segelpartie auf dem Puget Sound aufbrechen. Ellie freute sich auf den Ausflug, aber mehr noch auf das Wiedersehen.

Dieses Wochenende versprach ein einziges Fest zu werden.

Sie hatten sogar bereits darüber gesprochen, wie es weitergehen könnte mit ihnen. Sie wollten sich eine Probezeit mit gelegentlichen Treffen geben und dann eine Entscheidung treffen. Ellie zweifelte nicht daran, wie das bei ihr ausfallen würde, und auch bei Tom war sie sich ziemlich sicher. Nach wie vor kam ihr das Ganze unwirklich vor. Wie ein Traum, aus dem sie irgendwann erwachen würde.

Und dennoch war alles ganz real und kein Produkt ihrer Fantasie.

Sie setzte sich auf die Bettkante und schloss die Augen. Noch zwei volle wunderschöne, verzauberte Tage mit Tom, bevor sie nach Hause zurückkehren musste. Nach Hause.

Allein die beiden Worte reichten aus, um ihre Stimmung zu trüben. Ihre Mutter würde inzwischen außer sich vor Sorge sein, weil sie nichts von ihr gehört hatte, und malte sich bestimmt die schlimmsten Szenarien aus, unter denen Entführung noch zu den harmlosesten zählen dürfte.

So war Virginia Reynolds nun mal.

Ellie meinte sie förmlich hellwach in ihrem Bett sitzen und auf einen Anruf warten zu sehen. Auf die beruhigende Nachricht, dass Ellie allen Befürchtungen zum Trotz glücklich wieder in ihrem B&B gelandet war. Seufzend griff sie zu ihrem Handy.

Sosehr es ihr auch widerstrebte, am Ende dieses Abends ihrer Mutter Rede und Antwort stehen zu müssen, fühlte sie sich doch verpflichtet, sich zurückzumelden. Ein Blick auf das Display verriet, dass inzwischen bereits eine Anzahl eingegangener Anrufe und Nachrichten vermerkt waren. Sie machte sich nicht die Mühe, Letztere zu lesen – der Inhalt würde mit geringen Abweichungen stets derselbe sein.

Seufzend wählte sie die Nummer ihrer Mutter.

»Eleanor, bist du das?« Virginia meldete sich beim ersten Klingeln. »Gott sei Dank. Du hast ja keine Ahnung, welche Angst ich ausgestanden habe.«

»Ja, ich weiß«, erwiderte Ellie betont gleichmütig.

»Warum hast du nicht auf meine SMS geantwortet?«, fragte ihre Mutter, und ihre Stimme klang, als handele es sich um eine Angelegenheit auf Leben und Tod. »Ein einfaches ›Mir geht es gut‹ hätte als Beruhigung gereicht.«

»Tut mir leid, Mom«, antwortete Ellie, obwohl sie am liebsten widersprochen hätte, denn ihre Mutter pflegte sich niemals mit derart nichtssagenden Antworten zufriedenzugeben.

»Na schön, dann erzähl mal, wie dein Date gelaufen ist.« Virginia atmete geräuschvoll aus, als wäre ihr ein schwerer Stein vom Herzen gefallen. »Ist er so, wie du erwartet hast?«

»Ja.« Ellie hielt ihre Antworten absichtlich so knapp wie möglich.

»Süße, ich will Einzelheiten hören.«

»Ach Mom …« Ellie verspürte keine Lust, den Zauber des Abends zu zerstören, indem sie alles zerredete oder es, schlimmer noch, von ihrer Mutter zerpflücken ließ.

»Hat er dich geküsst?«, wollte ihre Mutter wissen und senkte verschwörerisch die Stimme.

»Mom! Ich bin dreiundzwanzig Jahre alt. Wenn man dich hört, könnte man hingegen meinen, ich sei dreizehn und gerade von meiner ersten Party zurückgekommen.«

»Ich weiß, ich weiß, entschuldige«, lenkte Virginia hastig ein. »Bloß wirst du in gewisser Weise immer mein kleines Mädchen bleiben, egal wie alt du bist.«

Damit war das Problem zwischen ihnen auf den Punkt gebracht: Ihre Mutter behandelte sie hartnäckig wie ein Kind, das Schutz und Fürsorge brauchte.

»Ich mag ihn, Mom, sogar sehr. Tom ist so lieb und aufmerksam und witzig.«

»Das alles traf ebenfalls auf deinen Vater zu«, entgegnete Virginia spitz.

Ellie verkrampfte sich. »Ich soll vorsichtig sein, willst du mir damit sagen. Stimmt's?«

»Nein«, protestierte ihre Mutter. »Na ja, vorsichtig sein sollte man natürlich bei jedem Mann. Was ich sagen wollte, ist etwas anderes. Dass man sich leicht in einen Mann mit solchen Eigenschaften verliebt.«

»Und dabei die Fehler übersieht«, murmelte Ellie, die keine weiteren Warnungen hören wollte. »Die dunkle Seite, die erst nach der Hochzeit zum Vorschein kommt. Das meinst du doch, oder?«

»Ellie, mein Schatz, hör auf, mir Worte in den Mund zu legen, die ich gar nicht gesagt habe.«

»Jetzt nicht, wohl aber vor einer Weile. Jetzt hast du es bloß gedacht.«

»Alle Menschen haben schließlich Fehler oder Charakterschwächen, und die verbirgt man anfangs. Das ist normal. Beim Kennenlernen zeigt sich jeder von seiner Schokoladenseite, du genauso wie Tom. Oder wolltet ihr etwa keinen möglichst guten Eindruck machen?« Sie schwieg eine Weile, bevor sie hinzufügte: »Die Fehler kommen erst später ans Licht …«

»Und dann bist du verheiratet und schwanger und in einer Beziehung gefangen, in der du dich elend fühlst. Weil er nicht versteht, was du brauchst, oder dich nicht so liebt, wie du es verdient hast. Und plötzlich bist du so unglücklich, dass du sterben möchtest«, leierte Ellie die Litanei herunter, die Virginia ihr ungezählte Male vorgebetet hatte.

Am anderen Ende der Leitung herrschte schockiertes Schweigen.

»Du unterstellst mir schon wieder Dinge, die ich so nicht gesagt habe.«

»Ich tue nichts anderes, als all die Warnungen zu wiederholen, die ich im Laufe der Jahre von dir gehört habe.«

»Das alles soll ich dir geraten haben?« Virginia klang, als könnte sie es selbst kaum glauben.

»Das und mehr«, bestätigte Ellie. »Egal. Wir sollten langsam Schluss machen, denn ich bin nämlich müde.«

»Ja natürlich«, erwiderte Virginia gekränkt. »Aber im

Grunde hast du keine meiner Fragen wirklich beantwortet.«

»Es ist spät, Mom.«

Ihre Mutter zögerte. »Gibt es etwas, das ich über Tom nicht wissen soll?«, fragte sie auf eine betont sanfte Art. »Ich bin deine Mutter, und es gibt nichts, was du mir nicht anvertrauen könntest. Hat er versucht, dich ins Bett zu bekommen?«

»Nein, Mom, das hat er nicht. So einer ist er nicht. Außerdem solltest du mich kennen und meinem Urteilsvermögen vertrauen.«

»Das tue ich ja. Trotzdem kann ich nicht vergessen, wie komplett ich meinen gesunden Menschenverstand damals bei deinem Vater ausgeschaltet habe.«

»Und dann war es zu spät, meinst du.«

»Eleanor, bitte lass das.«

Der Ton ihrer Mutter verriet ihr, dass Virginia zu keinem Zugeständnis bereit war. Sie allerdings genauso wenig. Diesmal würde sie es nicht zulassen, dass die Mutter ihr alles vermieste, indem sie ihr ständig die eigene unglückliche Vergangenheit warnend vor Augen hielt.

»Gute Nacht, Mom«, sagte sie, um zu signalisieren, dass sie das Gespräch als beendet betrachtete und ihre Pflichten als Tochter ebenfalls.

»Gute Nacht, mein Kind«, entgegnete Virginia zwar, hängte jedoch schnell noch eine Frage an. »Siehst du Tom morgen?«

Was glaubte ihre Mutter eigentlich? Dass sie das Wochenende allein in einem Pensionszimmer mit einem Liebesroman in der Hand verbringen würde?

»Ja, Mom, ich treffe mich Samstag mit Tom.« Und um eins draufzusetzen, fügte sie hinterhältig hinzu: »Er macht mit mir eine Segeltour auf dem Puget Sound.«

Virginia zog zischend den Atem ein, und Ellie wartete bereits auf einen Schwall düsterer Warnungen, doch nichts dergleichen geschah.

»Willst du mich nicht daran erinnern, wie viele Leute jedes Jahr ertrinken?«, hakte sie provokant nach.

»Nein. Ich hoffe bloß, dass Schwimmwesten an Bord sind.«

»Mom!«

»Okay, entschuldige, du bist erwachsen und in der Lage, selbst auf dich aufzupassen.«

»Danke, dass du mir wenigstens ein bisschen Intelligenz zubilligst.«

Ellie war nie eine Draufgängerin gewesen, und ihrer ironischen Selbsteinschätzung zufolge war das Gefährlichste, was sie je getan hatte, wahrscheinlich der Versuch gewesen, eine Konserve mit einem mechanischen Dosenöffner zu überlisten.

»Werdet ihr den ganzen Tag auf dem Wasser sein?«

»Nein. Am Nachmittag hat Tom eine Überraschung für mich.«

»Was für eine Überraschung?«

»Wenn ich das wüsste, wäre es ja keine Überraschung mehr, oder?«

Ihre Mutter gab ein leises, halbherziges Lachen von sich. »Da hast du sicher recht.«

»Noch einmal, Mom: Gute Nacht.«

»Das wünsche ich dir auch«, erwiderte ihre Mutter widerstrebend.

Ellie wollte gerade das Gespräch beenden, als ihr etwas Wichtiges einfiel. »Warte, Mom.«

»Ja, mein Kind?« Virginia klang, als würde sie auf eine sensationelle Mitteilung hoffen.

»Ich wollte dir noch sagen, dass ich morgen den ganzen Tag keinen Handyempfang haben werde.«

Wieder dieses gekünstelte Lachen. »Sehr komisch, Ellie.«

»Ich meine es ernst, Mom.«

»Okay, Botschaft angekommen. Ich werde auf deinen Anruf warten und dich nicht stören.«

»Das ist nett. Und jetzt zum letzten Mal gute Nacht.«

»Gute Nacht.«

Damit war das Gespräch definitiv beendet, aber als Ellie ihr Handy in das Ladegerät schob, bemerkte sie eine weitere SMS. Falls die von ihrer Mutter war, würde sie laut schreien. Es blieb ihr und den anderen im Haus erspart, denn die Nachricht kam von Tom.

Danke für einen wunderschönen Abend. Der nächste Morgen kann gar nicht schnell genug kommen.

Gleiches galt für Ellie. Erst konnte sie vor Glück und Aufregung gar nicht einschlafen, und als der Handywecker sie dann um sieben weckte, hatte sie das Gefühl, erst ein paar Minuten geschlafen zu haben. Automatisch zog sie die Decke über den Kopf. Bis ihr einfiel, welch besonderer Tag heute war. Wie elektrisiert sprang sie daraufhin aus dem Bett und begab sich ins Bad – Ellie brannte darauf, sich in den neuen Tag zu stürzen.

In einen weiteren Tag mit Tom.

Nachdem sie sich sorgfältig angekleidet und ihre Haare geföhnt hatte, schwebte sie förmlich die Treppe hinunter. Sie trug weiße Caprihosen, ein blau-weißes, locker sitzendes Tanktop und blaue Leinenschuhe. Um die Schultern hatte sie eine weiße Jacke gebunden, falls es auf dem Meer zu kühl wurde.

Sie traf Jo Marie in der Küche an.

»Bin ich zu früh dran?«

»Überhaupt nicht. Möchten Sie vorab eine Tasse Kaffee?«

»Sehr gerne sogar, ich fühle mich morgens erst wie ein Mensch, wenn ich einen Kaffee getrunken habe.«

»Auf dem Tisch im Frühstücksraum stehen schon frisch gepresster Orangensaft und Blaubeermuffins.«

»Meine Lieblingssorte«, schwärmte Ellie und hüpfte beschwingt in das Nebenzimmer.

»Ich mache jetzt noch French Toast mit Käsefüllung«, rief Jo Marie ihr nach.

»Saft und Muffins reichen mir.«

Ellie fand es besser, nicht mit übervollem Magen in den Sund hinauszusegeln. Immerhin wusste sie nichts über den Grad ihrer Seetüchtigkeit.

Nach ein paar Minuten gesellte sich Jo Marie zu ihr. »Ist gestern Abend alles gut gelaufen?«, erkundigte sie sich.

Ellie strahlte sie an. »Es war fantastisch. Nach dem Essen sind wir erst ins Kino gegangen, dann am Wasser entlanggelaufen und haben im Pancake Palace einen Kaffee getrunken und geredet und geredet und geredet.

Und das, obwohl wir uns ja ganz regelmäßig täglich ausgetauscht haben. Da sollte man eigentlich meinen, dass alles ausdiskutiert sei.«

»Und dem war nicht so?«

»Nein, die Zeit verging wie im Flug, und plötzlich war es Mitternacht.«

Ein abwesender Ausdruck trat auf Jo Maries Gesicht. »Genauso war es, als Paul und ich uns kennenlernten.«

Ellie erinnerte sich, von irgendwem gehört zu haben, dass die junge Frau verwitwet war, wusste aber nicht mehr, von wem. Vielleicht von Tom oder von jemandem im Friseursalon.

»Dann wissen Sie ja, wie es ist, jemandem zu begegnen und auf Anhieb zu wissen, dieser Mensch könnte der Richtige sein.«

Jo Marie nickte. »Paul und ich sind uns bei einem Spiel der Seahawks begegnet.«

»Schauen Sie sich gerne Footballspiele an?«

Sie selbst hatte sich nie sonderlich für diesen Sport begeistert, was sich allerdings durch Tom bereits etwas geändert hatte. Immerhin hatte er auf der Highschool dem Footballteam angehört. Da verstand es sich von selbst, dass sie, wenn ihre Beziehung andauerte, mehr Interesse an den Tag legen musste.

»Paul und ich mochten eigentlich Soccer lieber als Football«, erklärte Jo Marie. »In Seattle geht man traditionell zu den Spielen der Sounders.«

Die Sounders. Davon hatte Tom gestern Abend beim Kaffee gesprochen und gemeint, dass sie sich eines Tages mal gemeinsam ein Spiel anschauen würden. Ellie, die noch nie ein großes Sportereignis live miterlebt hatte, war bereit, es auf einen Versuch ankommen zu lassen.

»Tom ist sehr sportlich.« Sie biss in ihren Blaubeermuffin. »Wow, die sind einfach toll. Besser als alles, was ich je probiert habe.«

»Das Rezept stammt von meiner Freundin Peggy, die Blaubeeren sind aus ihrem Garten. Wobei mir einfällt, dass ich heute auf dem Bauernmarkt noch welche kaufen muss.«

Ellie, die Märkte liebte, ließ sich erklären, wo er stattfand. Vielleicht blieb ja nach dem Segeltörn noch Zeit genug für einen kurzen Bummel. Jetzt aber musste sie sich beeilen, denn schon näherte sich Toms Wagen dem Haus. Dass er ein paar Minuten zu früh war, betrachtete sie als gutes Zeichen. Offensichtlich fieberte er ihrem Wiedersehen nicht weniger entgegen als sie.

»Das ist Tom«, erklärte Ellie, als Rover zur Tür lief. »Er ist ein bisschen früh dran.«

»Laden Sie ihn zu einem eiligen Frühstück ein«, schlug Jo Marie vor. »Es ist genug da.«

»Nett von Ihnen, danke.«

Kaum war Tom die Stufen hochgestiegen, öffnete Ellie bereits die Tür. Einen Moment lang standen sie wortlos da und starrten sich an, als könnten sie es nach wie vor nicht fassen, sich wiederzusehen.

»Komm rein«, sagte sie. »Jo Marie hat dich zu Kaffee und Blaubeermuffins eingeladen. Sie sind köstlich.«

»Prima, das passt gut. Ich habe mir nämlich zu Hause vor lauter Aufregung keine Zeit zum Frühstücken genommen.«

Sie hatte sich also in ihrer Einschätzung nicht getäuscht, dachte Ellie zufrieden. Und genau wie sie schien er kaum geschlafen zu haben, wie ihr die Schatten unter seinen Augen verrieten.

»Hast du gut geschlafen?«, fragte sie dennoch.

»Nein«, gab er zu. »Ich war praktisch die ganze Nacht wach.«

»Bedrückt dich etwas?«

Sein Lächeln wirkte gezwungen, als er seine Hand um ihren Nacken legte und ihren Kopf zu sich heranzog, um seine Stirn gegen die ihre zu drücken.

»Nein, überhaupt nichts.«

Irgendetwas hatte er auf dem Herzen, das spürte Ellie. Etwas, das er ihr nicht sagen wollte. Nur hatte sie nicht die geringste Ahnung, was das sein mochte.

13

Roy schlief noch, als Maggie am Samstagmorgen aufwachte. Die gestrige Auseinandersetzung ging ihr nicht aus dem Kopf. Vor Jahren hatte Roy ihr einmal einen Liebesbrief geschrieben, den sie seitdem aufbewahrte und von Zeit zu Zeit immer wieder mal las.

Es war ein Wendepunkt in ihrer Beziehung gewesen.

Zu jener Zeit auf dem College war ihre Beziehung längst über das Stadium der Vorläufigkeit hinaus. Sie waren ein Paar, und Maggie träumte sogar schon von einer Hochzeit. Sie lernte seine Eltern kennen und er ihre. Die Zukunft schien für sie beide klar vorgezeichnet.

Bis zu jenem Abend, als Roy mit ein paar Freunden aus seiner Verbindung ausgegangen war.

Er brauche ein bisschen Zeit mit den Jungs, erklärte er. Nur handelte es sich nicht wie angekündigt um eine Pokerrunde. Vielmehr frönten die Studenten erheblich frivoleren Freuden.

Die Geschichte flog auf, als Fotos von Roy mit ein paar halb nackten Mädchen im Internet auftauchten. Und um dem Ganzen die Krone aufzusetzen, wollte die Gerüchteküche überdies wissen, dass das Treffen in dem örtlichen Stripclub stattgefunden hatte. Und zwar nicht zum ersten Mal.

Für Maggie ein Anlass, ihre Zukunftspläne zu überdenken.

Roy war in ihren Augen nicht mehr der, für den sie
ihn gehalten hatte, und kam folglich für sie als Ehemann
nicht länger ernsthaft in Betracht. So einfach war das.
Traurig, empört und gekränkt und zusätzlich gedemü-
tigt, weil die Internetfotos auf dem Campus die Runde
machten, zog sie sich zurück. Sie und ein Mann, der sich
seinen Kick in einem Stripschuppen holte?

Es verletzte ihr moralisches Empfinden, war unter ihrer Würde und damit indiskutabel.

Natürlich spielte Roy das Ganze herunter. Behauptete, es sei lediglich ein bedeutungsloser Spaß gewesen, ein
Studentenulk. Und dass er ihr vorher nichts davon gesagt habe, sei schließlich selbstverständlich, oder nicht?
Klar, dass ihr das nicht passte, aber sei es wirklich so ver-
werflich, im Prüfungsstress mal ein bisschen Dampf ab-
zulassen?

Am Ende klang alles, als würde sie unnötig Theater
machen. Sie als Einzige, denn angeblich bekamen die
anderen mit ihren Freundinnen keine Probleme. Natürlich seien die Fotos peinlich, doch der ganze Wirbel würde sich bestimmt bald legen.

Alles halb so schlimm also?

Was Roy ihr da servierte, fand Maggie fast schlimmer als die sprichwörtlich nackten Tatsachen selbst. Er
begriff einfach nichts, hatte seinem Verständnis nach
nichts Falsches getan. Ein kleiner Joke, na und? Ein
Schuft, wer schlecht darüber denkt. So argumentierte
er und bemerkte nicht, was er damit bei ihr anrichtete.

Mit der Folge, dass sie mit Tränen in den Augen die Beziehung nach ein paar Tagen endgültig beendete.

Es war die bis dahin schwerste Entscheidung ihres Lebens gewesen.

Zuerst glaubte er nicht, dass sie es ernst meinte. Schickte ihr Blumen, passte sie nach den Kursen ab, brachte ihr in aller Öffentlichkeit ein Ständchen dar und schenkte ihr einen riesigen Teddy. Er brauchte fast einen Monat, um einzusehen, dass alles vergeblich war. Zwar brach es ihr das Herz, aber sie glaubte, keine andere Wahl zu haben. Roy hatte ihr eine Seite von sich gezeigt, die sie nie gutheißen und nicht einmal stillschweigend dulden konnte.

Dann traf sein Brief ein. Er bediente sich darin keiner blumigen Sprache, versuchte auch nicht, sie umzustimmen. Im Grunde handelte es sich um einen tieftraurigen Abschiedsbrief.

Liebe Maggie,

ich hoffe, du wirst diesen Brief lesen. Es hat mich fast einen Monat gekostet, ihn zu schreiben. Ich weiß nicht, die wievielte Fassung dies ist, und es ist auch egal. Wichtig ist für mich nur eines: Bitte glaube mir, dass ich jedes Wort ernst meine.

Als du mit mir Schluss gemacht hast, konnte ich es nicht begreifen. Du warst wütend, mit Recht. Offen gestanden war ich selbst wütend. Diese Bilder waren mir peinlich, wenngleich ich es mir nicht anmerken ließ. Ich wollte schließlich cool sein. Also tat ich so, als wäre es keine große Sache, doch es war eine.

Eine sehr große sogar.

Ich brauchte einige Wochen, um zu begreifen, dass es dir mit der Trennung ernst und unsere Beziehung zu Ende war. Das hat mich erst wütend und dann traurig und elend gemacht, weil ich genau wusste, was ich verloren hatte. Während dieser Zeit war es nicht leicht, mit mir auszukommen. Wenn ich nicht so kurz vor meinem Abschluss gestanden hätte, wäre ich vielleicht sogar aus meiner Studentenverbindung ausgeschlossen worden. Du weißt, dass ich nichts unversucht gelassen habe, deine Meinung zu ändern. Leider vergeblich. Du bist bei deiner Entscheidung geblieben. Zunächst hielt ich es für eine Art Trotz, bis ich realisierte, wie viel Mut und Entschlossenheit es dich gekostet haben muss.

Und dass viel mehr im Spiel war als bloß verletzter Stolz. Als all meine Bemühungen, dich zurückzugewinnen, scheiterten, wusste ich nicht mehr weiter. Es war Zeit für ein bisschen Seelenforschung. Ich habe viel Zeit in meinem Zimmer verbracht und mich hauptsächlich selbst bemitleidet, bevor mir klar wurde, was du so verzweifelt in meinen Dickschädel hämmern wolltest.

Du liebst mich – hast mich geliebt, Vergangenheitsform. Ich habe alles vermasselt und trage ganz alleine die Schuld daran. Ich weiß, dass du jetzt nach vorne schaust, dich mit anderen Männern triffst – ich akzeptiere das. Ich verdiene es nicht besser.

Der Zweck dieses Briefes ist, dir zu sagen, dass ich inzwischen verstanden habe, warum du diese Entscheidung getroffen hast. Außerdem habe ich dich belogen. Nicht bloß hinsichtlich dieses Abends, sondern viel öfter. Auch dem maß ich leider keine Bedeutung bei. Was du nicht weißt, macht dich nicht heiß.

Jungs sind schließlich so, dachte ich. Dumm von mir, wie ich inzwischen weiß.

Vor allem kapierte ich nicht, dass die Sache bei dir tiefer ging, dass du von meinem Charakter insgesamt enttäuscht warst. Du hattest einfach mehr von mir erwartet.

In ein paar Tagen werde ich meinen Abschluss machen und die Washington State verlassen, um in die Baufirma meines Vaters einzutreten.

Danke für alles, Maggie, und das meine ich ernst.

Du hast mich dazu gebracht, ein besserer Mensch zu werden – ein Mann, dem Integrität und Prinzipien etwas bedeuten und der einen guten Ehemann und Vater abgeben würde. Einen Mann, wie du ihn dir gewünscht hast und wie du ihn verdienst.

Leider habe ich es versäumt, dir das rechtzeitig zu beweisen.

Für diesen Fehler muss ich einen hohen Preis zahlen. Ich allein bin schuld, dass du mich verlassen hast. Völlig zu Recht, zumindest aus der damaligen Situation heraus.

Obwohl wir uns wahrscheinlich nie mehr sehen werden und es mir nach wie vor schwerfällt, deine Entscheidung zu akzeptieren, möchte ich dir danken und dir sagen, dass ich dich wirklich liebe.

Es mag dir im Moment nichts bedeuten, aber es ist mir wichtig, dass du es weißt. Ich werde dich immer lieben. Solltest du irgendwann Hilfe brauchen, werde ich da sein. Du kannst dich auf mich verlassen.

Und ich danke dir, dass du diesen Brief gelesen hast.

Leb wohl, meine Liebste.
Immer der deine
Roy

Als der Brief damals bei ihr eintraf, hatte Maggie ihn vier- oder fünfmal gelesen und jedes Wort in ihr Herz einsickern lassen.

Anschließend begann sie zu weinen. Ihr Entschluss, den sie selbst guten Freunden noch nicht mitgeteilt hatte, geriet ins Wanken. Nach langem Nachdenken und Abwägen setzte sie sich mit Roy in Verbindung und traf sich mit ihm in einem Starbucks. Zwei Stunden redeten sie unentwegt, und am Ende gelangte sie zu der Überzeugung, dass Roy alles, was er gesagt und ihr zuvor in diesem Brief geschrieben hatte, wirklich ehrlich meinte.

Doch reichte das für eine Versöhnung?

Maggie erbat sich eine Bedenkzeit, aber kaum hatte sie sich von Roy verabschiedet, fällte sie bereits ihre Entscheidung. Sie liebte Roy, und er liebte sie. War es da nicht folgerichtig, es noch einmal zu versuchen? Sie machte auf dem Absatz kehrt und lief hinter ihm her. Als sie bei ihm ankam, standen Tränen in seinen Augen. Keiner von ihnen sagte ein Wort. Von Gefühlen überwältigt, sanken sie einander weinend in die Arme.

Am Ende des Sommers, nach der Abschlussprüfung, waren sie verlobt.

Roys Brief hatte damals alles verändert. Und weil sie jetzt erneut eine Bestätigung brauchte, dass er sie liebte, hatte sie ihn eingepackt.

Neben ihr regte sich ihr Mann, rollte sich auf den Rücken und starrte zur Decke hoch.

»Guten Morgen«, flüsterte Maggie und beugte sich zu ihm, um ihn zu küssen.

Sie zuckte zurück, als er den Kopf wegdrehte und ihre Lippen nur seine Wange streiften, und eine Zentnerlast legte sich auf ihre Brust. War es das, was sie in Zukunft von ihrem Zusammenleben erwarten durfte?

Dennoch beschloss sie, den Stier bei den Hörnern zu packen.

»Du hast mir gestern gesagt, dass du über das, was vorgefallen ist, nicht sprechen willst.«

»Ganz recht, das will ich nicht«, erwiderte er knapp, und sein Tonfall ließ keinen Zweifel daran, dass er darüber nicht zu diskutieren wünschte.

»Ich eigentlich auch nicht …«

»Gut, dann ist das Thema ja vom Tisch.« Er rollte sich zur Seite und kehrte ihr den Rücken zu.

Während Maggie noch überlegte, ob sie diese Abfuhr hinnehmen oder einen neuen Vorstoß wagen sollte, warf Roy die Decke weg und setzte sich auf die Bettkante.

»Wann gibt es Frühstück?«, fragte er, ohne sich zu ihr umzudrehen.

»Ab acht, glaube ich.«

»Dann sollten wir hinuntergehen, findest du nicht?«

Jetzt oder nie, dachte Maggie. »Nein«, sagte sie mit

leiser, jedoch fester Stimme. »Ich denke, wir sollten diese Sache ein für alle Mal klären.«

Roy ignorierte ihren Einwand. »Hast du eine Idee, was du heute unternehmen möchtest? Was hältst du von einem Ausflug zum Mount Saint Helens? Um zu sehen, inwieweit sich die Landschaft seit dem großen Ausbruch wieder erholt hat.«

»Lenk bitte nicht ständig ab«, warf sie ungehalten ein. »Weißt du eigentlich, dass ich den Brief aufgehoben habe, den du mir auf dem College nach unserer Trennung geschrieben hast?«

Roy blinzelte über die Schulter hinweg zu ihr hinüber.

»Ich habe ihn sogar mitgebracht«, fügte sie hinzu.

»Hierhin?« Er runzelte die Stirn. »Warum das denn?«

Sie erhob sich und ging um das Bett herum. »Ich lese ihn ab und zu, wenn wir mal wieder eine schwierige Phase durchmachen, und halte mich an deinen Worten in der Hoffnung fest, dass sie nach wie vor Geltung haben und du mich noch liebst.«

Insgeheim wünschte sie sich sogar, ihn mit diesem Hinweis zu einer Wiederholung seiner Liebeserklärung bewegen zu können und ihm vor Augen zu führen, dass sie es schließlich damals auch geschafft hatten. Warum dann heute nicht?

Roys Reaktion jedoch verwies solche Erwartungen ins Reich der Fantasie.

»Den Brief habe ich vor Jahren geschrieben«, erklärte er unwirsch, und es klang, als hätten seine Worte von früher inzwischen jede Bedeutung verloren.

»Heißt das, nichts von dem allem hat mehr Geltung?«, hakte sie nach. »Weil zur Abwechslung ich mich mal vergessen habe? Liebst du mich überhaupt noch?«

Sein kurzes Zögern sagte mehr als genug – daran vermochte selbst seine hastig nachgeschobene Beteuerung nichts zu ändern: »Natürlich tue ich das. Ich bin schließlich hier, oder?«

Bis ins Mark getroffen, ließ sie sich neben ihm auf das Bett fallen und schlug die Hände vors Gesicht.

»Maggie, bitte nicht.« Zaghaft berührte er ihre Schulter. »Es zerreißt mir das Herz, dich weinen zu sehen. Ich habe das, was in diesem Brief steht, ernst gemeint, und das hat sich nicht geändert. Allerdings fällt es mir schwer, mich damit abzufinden, dass du mit einem anderen Mann zusammen warst.«

Maggie holte tief Luft und zwang sich zur Ruhe. »Und deshalb willst du nicht darüber sprechen.«

»Was tun wir denn gerade?«, gab er gereizt zurück.

»Lass uns noch einmal konkret auf diese Nacht zurückkommen, bitte. Nur dieses eine Mal, um reinen Tisch zu machen … Es muss sein, Roy.«

»Nein.« Seine Stimme überschlug sich fast. »Ich will, dass wir die Sache auf sich beruhen lassen.«

»Wenn wir das tun«, murmelte sie, »wird es uns eines Tages einholen, und ich schätze, das dürfte nicht mehr lange dauern. Man kann seinen Schmerz und seine verletzten Gefühle nicht ewig in sich hineinfressen – daran geht zwangsläufig jede Beziehung kaputt. Wir sind es Jaxon und Collin schuldig, nichts unversucht zu lassen, um unsere Ehe zu retten. Sie brauchen uns beide und müssen erkennen können, dass wir uns lieben.«

Roy erhob sich und trat ans Fenster.

»Die Schuld für diese verfahrene Situation liegt vor allem bei dir, obwohl du das gerne anders siehst und immer wieder Katherine ins Feld führst. Aber ich war nicht derjenige, der sich sinnlos betrunken hat und mit einer Barbekannschaft im Bett gelandet ist. Das warst ganz allein du, meine Süße. Kein anderer. Du bist zu weit gegangen. Erheblich zu weit sogar.«

»Tatsächlich?« Sie machte sich nicht die Mühe, ihren Sarkasmus zu verbergen. »Ich ganz alleine? Interessant, das ausgerechnet aus dem Mund eines Mannes zu hören, der seine alte Jugendliebe gründlich wieder aufgewärmt hat.«

»Zumindest habe ich nicht mit ihr geschlafen.«

»Nein, doch das hätte keinen großen Unterschied gemacht. Du hast zu ihr eine emotionale Bindung aufgebaut, wie sie lediglich mir als deiner Ehefrau zusteht. Insofern bist du sehr wohl untreu geworden. Mehr vielleicht als ich.«

»Siehst du, was ich meine?« Er spie die Worte angewidert aus. »Unser kleines Gespräch ist für dich lediglich ein Vorwand, um mir den Schwarzen Peter zuzuschieben.«

Schlagartig wurde Maggie die Ruhe selbst, denn Brüllen und Streiten brachten sie nicht weiter.

»Nachdem ich die Sache mit Katherine herausgefunden hatte, die sich immerhin eine ganze Weile hinzog, dachte ich irgendwann, unsere Ehe sei ohnehin am Ende. Und an diesem Abend schien es egal zu sein, was ich tat oder nicht. Außerdem, das immerhin solltest du mir zugutehalten, war ich wegen Katherine und dir am Boden zerstört.« Maggie machte eine kurze Pause. »Ich bin die Erste, die zugibt, dass ich mich sträflich dumm benommen und einen schrecklichen Fehler begangen habe. Dass ich sturzbetrunken war, mag als Erklärung, nicht aber als Entschuldigung gelten. Und ich denke, du weißt genau, dass so etwas nicht unbedingt typisch für mich ist. Weder das Betrinken noch das Fremdgehen.«

Roy gab keine Antwort.

»Er hat mir damals das Gefühl gegeben, attraktiv und begehrenswert zu sein.«

»Klar, schließlich hatte er bloß eines im Kopf: dich ins Bett zu kriegen«, warf er ihr mit vor Zynismus triefender Stimme vor.

Maggie wusste nicht, wie lange sie die Diskussion, die keine war, ertragen konnte.

»Verständlich, dass du mir die Schuld geben willst – trotzdem solltest du mal in dich gehen und deine Position überdenken.«

Als Roy schwieg, erkannte sie, dass er die Geschichte völlig anders bewertete als sie. Da er nicht mit Katherine im Bett gewesen war, hatte er sich letztlich nichts zuschulden kommen lassen. So sah er das. Punkt.

In Maggies Augen hingegen war es trotzdem ein Seitensprung gewesen, denn alles zwischen ihm und Katherine steuerte nicht bloß auf eine vorübergehende Affäre, sondern auf eine feste Beziehung zu, die ihre Ehe zerstören würde. Dass es, aus welchen Gründen auch immer, nicht zum Sex kam, erschien ihr da zweitrangig.

Und aus diesem Grund musste Roy ihrer Meinung nach mehr tun, als sie mit einer lahmen Entschuldigung abzuspeisen. Schließlich hatte er sie durch sein Verhalten erst zu ihrem Fehltritt getrieben, weshalb sie sich dagegen verwehrte, plötzlich als Alleinschuldige dazustehen.

»Ich brauche keine Kristallkugel, um in die Zukunft zu schauen, Roy«, ergriff Maggie erneut das Wort. »Jedes Mal wenn wir eine Meinungsverschiedenheit haben, reibst du mir diese Nacht unter die Nase.«

»Machst du es mit Katherine etwa anders?«

»Zugegebenermaßen nein«, erwiderte sie ehrlich.

»Was sollen wir also tun?«, fragte er und fuhr sich mit den Fingern durch sein zerzaustes Haar.

»Ich liebe dich, Roy. Von ganzem Herzen. Diese Sache darf nicht unsere Familie und unsere Zukunft zerstören. Wir müssen lernen, uns zu verzeihen.«

Es dauerte einen Moment, bis er zustimmend nickte. »Das ist allerdings nicht leicht.«

»Nein, ist es nicht«, entgegnete sie. »Wir fühlen uns beide zutiefst verletzt.«

Schweigend drehte er sich von ihr weg, wandte ihr jedoch kurz darauf das Gesicht wieder zu und suchte ihren Blick.

»Es tut mir leid, Maggie, ehrlich. Ich hätte nie gedacht, dass die Sache mit Katherine eine so unheilvolle Lawine auslösen würde. Es kam mir anfangs so harmlos vor. Verzeih mir bitte.«

»Mir tut es ebenfalls unendlich leid. Meinst du, du kannst über deinen Schatten springen und mir verzeihen?«

Ihr Mann durchquerte den Raum, streckte die Arme nach ihr aus und zog sie eng an sich.

»Ich liebe dich, habe dich immer geliebt und werde dich bis zu meinem Ende lieben.«

Maggie war nach Weinen zumute, aber sie hielt die Tränen zurück.

»Du bist ein guter Ehemann und ein wundervoller Vater, und Gott weiß, wie sehr ich dich liebe.«

Beiden schien ein Stein vom Herzen zu fallen, weil dieses Gespräch, das so ungut begonnen hatte, zu einem hoffentlich glücklichen Ende gekommen war.

»Ich habe Hunger«, verkündete Roy plötzlich und verschwand im Bad, um zu duschen.

Maggie lächelte. Sie freute sich ebenfalls auf das Frühstück und setzte große Hoffnungen in den neuen Tag. Er war so etwas wie ein Neuanfang. Leicht würde es nicht werden, doch indem sie einander verziehen und gleichzeitig einen Teil der Schuld eingestanden, war zumindest ein Schritt in die richtige Richtung getan.

»Was hältst du davon, zum Mount Saint Helens zu fahren?«, wiederholte Roy seinen Vorschlag.

Maggie zuckte die Achseln. Sie war nicht sonderlich begeistert, die Stätte des Vulkanausbruchs von vor über dreißig Jahren erneut zu besichtigen.

»Waren wir nicht schon mal dort?«

»Stimmt, aber inzwischen sieht es bestimmt ganz anders aus.«

»Mag alles sein. Trotzdem würde ich mir lieber etwas ansehen, das wir noch nicht kennen, oder nach Seattle fahren.«

»In Ordnung, soll mir recht sein. Lass uns Jo Marie fragen, ob sie irgendwelche Tipps hat.«

Als sie das Frühstückszimmer betraten, fanden sie einen reich gedeckten Tisch vor: selbst gebackene Muffins, French Toast, Speck mit Eiern, dazu Kaffee und Orangensaft. Während sie aßen, notierte Jo Marie ein paar Touristenattraktionen für sie. Ebenso in Seattle wie am Puget Sound.

»Dann ist da noch der Olympic National Forest. Wussten Sie, dass es hier in Washington den einzigen Regenwald des amerikanischen Festlands gibt?«

»Nein.« Und das, obwohl Maggie ihr ganzes Leben in diesem Staat verbracht hatte.

»Auf einigen der Wege wird es Ihnen den Atem verschlagen.«

Roy warf Maggie einen Blick zu, der sein Interesse an einer kleinen Wanderung erkennen ließ.

»Was Museen angeht«, fuhr Jo Marie fort, »so gibt es in Tacona ein Glasmuseum, das die Arbeiten von Dale Chihuly ausstellt. Soll überwältigend sein. Ich selbst war bislang nicht da, werde das jedoch bald nachholen. Alle schwärmen davon. Und in der Nähe befindet sich das weltberühmte Automuseum.«

Maggie entging nicht, dass Roys Augen aufleuchteten. Kein Wunder bei einem solch ausgemachten Autonarren.

»Da haben wir ja die Qual der Wahl«, meinte Roy und nahm sich eine weitere Scheibe Speck.

»Vergessen Sie nicht, einen leichten Pullover ins

Auto zu legen«, riet Jo Marie, als sie Roy Kaffee nachschenkte. »Laut Wetterbericht könnte es später regnen.«

In diesem Moment verspürte Maggie erneut ein flaues Gefühl im Magen. Schnell erhob sie sich.

»Ich hole unsere Jacken«, erklärte sie und eilte die Treppe hoch, um schnell alles zusammenzusuchen, was sie brauchten, um anschließend im Bad ihr Frühstück wieder von sich zu geben.

Sie erstarrte, als ein Verdacht zunehmend Gestalt annahm, und sank kraftlos aufs Bett.

Lieber Gott, betete sie inbrünstig, *bitte lass mich nicht schwanger sein.*

14

Sobald Roy und Maggie losgezogen waren, um sich einen schönen Tag zu machen, trug ich das Geschirr und das übrig gebliebene Essen in die Küche zurück. Rover saß neben seinem Futternapf und erinnerte mich daran, dass ich ihn über meinen Gästen vernachlässigt hatte. Das kam vor, zu seinem Glück jedoch nicht allzu oft.

»Sorry, Rover.«

Ich bückte mich, um seinen Kopf zu tätscheln. Er genoss die Aufmerksamkeit und hob die Schnauze. Ein Zeichen, dass ich gefälligst weitermachen sollte, denn an Kinn und Hals gekrault zu werden war seine höchste Wonne. Manchmal meinte ich ihn sogar wohlig seufzen zu hören.

Um ihn nicht zu enttäuschen, holte ich die Tüte mit Trockenfutter aus der Speisekammer und füllte seinen Napf. Rover machte sich sofort gierig darüber her – er schien zu fürchten, dass ihm jemand sein Futter streitig machte, wenn er es nicht sofort verschlang.

Kaum hatte ich die Tüte zurückgestellt, als das Telefon klingelte. Es war der Festnetzanschluss, nicht mein Handy, und folglich handelte es sich um etwas Geschäftliches.

Dachte ich zumindest.

Voller Erstaunen aber hörte ich die Stimme meiner Mutter. »Jo Marie?«

»Hallo Mom. Warum rufst du auf der Geschäftsnummer an?«

»Habe ich? Ich kann mir scheinbar nicht merken, welches dein privater Anschluss ist. Es bringt mich zur Verzweiflung, dass meine zwei Kinder zusammen sechs oder sieben Telefonnummern haben. Und ich weiß wirklich nicht, ob ich das für einen Fortschritt halten soll oder nicht.«

Ich musste lachen, zumal sie nicht ganz unrecht hatte. Mein Bruder Todd besaß genau wie ich drei Telefonnummern, nur dass bei ihm noch die seiner Frau Jennifer hinzukam. Wenn dann noch seine beiden Kinder in absehbarer Zeit Handys bekamen, würde meine Mutter durchdrehen.

»Ich rufe wegen Sonntagnachmittag an«, kam sie zur Sache. »Du hast nicht zufällig ein bisschen Zeit, oder?«

»Lass mich mal sehen.« Ich ging an den Computer und rief meinen Kalender auf. »Mittags stehen bei mir sechs Gäste ins Haus. Was hast du denn vor?«

»Ich finde einfach, es ist ziemlich lange her, seit wir dich zuletzt gesehen haben.«

So lange war das nun wieder nicht, einen Monat vielleicht. Seit Pauls Tod kreuzten meine Eltern nämlich mit ziemlicher Regelmäßigkeit bei mir auf.

»Kannst du dir nicht den Nachmittag freinehmen und zum Dinner zu uns nach Seattle kommen?«

Ich zögerte. Wenn die einen Gäste abreisten und neue eintrafen, war es nahezu unmöglich, das Haus zu verlassen. Als Pensionswirtin war man nicht gerade mit viel Freizeit gesegnet. Peggy Beldon hatte mich gleich zu Anfang davor gewarnt und mir empfohlen, vorsorglich einen Notfallplan für Engpässe bereitzuhalten. Seitdem sprangen ein paar Mädchen aus dem Ort gelegentlich als Aushilfen ein. Obwohl sie ihre Sache gut machten, war ich nicht sicher, ob sie wirklich alleine klarkommen würden. Vor allem wenn so viele neue Gäste erwartet wurden.

»Ich fürchte, dass sich das nicht einrichten lässt«, sagte ich und fügte schnell hinzu: »Tut mir leid, ich wäre gern gekommen.«

Ich hasste es nämlich, meine Familie zu enttäuschen.

»Oh, das ist aber schade.«

Plötzlich kam mir eine Idee. »Und wie wäre es, wenn ihr zum Essen nach Cedar Cove kommen würdet? Ließe sich das einrichten?«

»Vermutlich schon«, erwiderte sie nach kurzem Zögern. »Todd und Jennifer haben meines Wissens Zeit, was schon an ein Wunder grenzt. Brian ist ständig in Sachen Soccer unterwegs, und Shauna ist ebenfalls dauernd verplant.«

Ich lachte. Wie die meisten Kinder und Jugendlichen hatten meine Nichte und mein Neffe einen ziemlich vollen Terminkalender. Beide waren bei den Pfadfindern, gehörten kirchlichen Jugendgruppen ein, trieben Sport, spielten Instrumente … Alles neben der Schule, versteht sich.

»Was ist?«, hakte ich nach. »Soll ich ein Dinner vorbereiten?«

»Jo Marie, das ist ein Haufen Arbeit, und du hast ohnehin genug um die Ohren.«

»Mom, bitte. Ich koche jeden Tag, damit ich meinen Gästen bei Bedarf etwas anbieten kann. Es würde mir echt Spaß machen, zur Abwechslung mal die Familie zu bewirten. Außerdem wäre es eine Gelegenheit für mich, dir zu beweisen, welch beachtliche Fähigkeiten ich inzwischen auf diesem Gebiet entwickelt habe.«

»Bist du sicher?«

»Ganz sicher.«

Wieder einmal fragte ich mich, was ich nach Ansicht meiner Mutter den ganzen Tag lang machte. Allein in den letzten zwölf Monaten hatte ich mehr über Kochen, Braten und Backen gelernt als in meinen ersten achtunddreißig Lebensjahren.

Sie rang nach wie vor mit sich und nagte wahrscheinlich unschlüssig an ihrer Unterlippe, wie sie es in solchen Situationen zu tun pflegte.

»Vergiss nicht, es geht um ein Dinner, nicht um ein Frühstück oder einen kleinen Imbiss«, gab sie schließlich zu bedenken.

»Okay, ich verstehe den Wink mit dem Zaunpfahl. Zwar mag ich, was Dinner angeht, weniger versiert sein als bei schlichteren Mahlzeiten, doch ich werde meine Kochbücher durchackern und etwas ganz Wunderbares zaubern.«

»Ich staune über dich, Jo Marie«, erklärte meine Mutter und kicherte wie ein Schulmädchen.

»Heißt das, ihr seid bereit, zu mir zu kommen?«

Jetzt, wo die Sache abgemacht war, kamen mir leise

Bedenken, ob ich den hohen Erwartungen, die meine Mutter an ein perfektes Dinner mit allem Drum und Dran stellte, erfüllen konnte. In meinem früheren Leben hätte ich die Familie einfach in ein Restaurant geschleppt oder einen Caterer bestellt.

»Ich muss das mit Todd und Jennifer absprechen, aber ja, ich gehe davon aus, dass es klappt. Ist schließlich die einzige Möglichkeit, dich zu Gesicht zu kriegen.«

Sofort begann ich über die Speisenfolge nachzudenken. Auf jeden Fall würde es frischen Fisch geben. Am besten Lachs, den mein Vater so liebte. Im Ofen gebacken, dazu Salat und Gemüse aus meinem Garten, frisches Brot und natürlich Reis mit Rosinen und Pinienkernen nach einem alten Rezept aus Dads Familie. Innerhalb von wenigen Minuten stand das Menü.

»Wir wären dann insgesamt sieben Personen«, erinnerte meine Mutter mich.

»Kein Problem. Platz ist bei mir in Hülle und Fülle.« In diesem Moment kam mir ein Gedanke. »Wäre es euch recht, wenn ich jemanden zum Dinner dazubitte?«

»Wen denn, Liebes?«

Vielleicht stach ich in ein Wespennest, aber sei's drum. »Ich dachte an Mark Taylor.«

»Wen?«

»An Mark, meinen Allroundhandwerker, ohne den ich hier aufgeschmissen wäre.«

»Der Mann, der den Rosengarten angelegt hat? Und hat dieser Mark nicht auch das neue Schild entworfen und angefertigt?«

»Genau der.«

Warum ich ihn einladen wollte, verriet ich ihr allerdings nicht. Ich hoffte, durch sie mehr über Mark zu erfahren, denn meine Mutter besaß die unbezahlbare Gabe, Menschen zu durchschauen und ihnen Informationen zu entlocken, ohne dass sie es merkten. Wenn jemand das bei meiner verschlossenen Auster schaffte, dann sie.

Warum war mir diese Idee nicht bereits früher gekommen?

Meine Mutter wurde verdächtig still.

»Du hättest doch nichts dagegen?«, hakte ich nach und wunderte mich über ihre ungewohnt zurückhaltende Reaktion, die so gar nicht zu ihr passte.

»Magst du Mark?«, fragte sie nach einer Weile vorsichtig.

»Mögen?« Ich begann zu begreifen. »Mom, ich mag ihn, aber es handelt sich um freundschaftliche und nicht um romantische Gefühle.«

»Habt ihr was miteinander?«

»Nein«, erwiderte ich mit Nachdruck. »Ganz gewiss nicht.«

Wie blöd war ich eigentlich? Mit meinem Wunsch, Mark einzuladen, hatte ich meine Mutter auf eine völlig falsche Fährte gesetzt.

»Nun, dafür sprichst du sehr viel von ihm, Jo Marie.«

Tat ich das? Wenngleich mir das bislang nicht aufgefallen war, schwor ich mir, darauf zu achten und Mark in Zukunft lediglich in Zusammenhang mit den Arbeiten zu erwähnen, die er für mich erledigte.

Ich hätte es dabei belassen können, entschloss mich jedoch, meine Mutter ins Vertrauen zu ziehen.

»Es gibt einen speziellen Grund, weshalb ich ihn einladen möchte.«

»Da bin ich aber gespannt«, erklärte sie, und ich meinte zu sehen, wie sie die Ohren spitzte.

»Ich sehe Mark ziemlich oft«, begann ich und fügte schnell hinzu: »Das meine ich jetzt anders, als es klingt. Du weißt ja, dass er ständig bei mir herumwerkelt, und da läuft man sich zwangsläufig über den Weg.«

»Ich finde, der Rosengarten ist sehr hübsch geworden. Sollte er nicht auch noch einen Pavillon bauen?«

»Ja, damit beginnt er gerade. Deswegen will ich ihn allerdings nicht einladen. Es geht mir um etwas anderes: Der Mann ist ein einziges Rätsel. Trotz der Tatsache, dass wir uns nahezu täglich sehen, kenne ich ihn letztlich nicht.«

»Wie meinst du das?«

»Mark spricht so gut wie nie über sich selbst, und das macht mich neugierig. Da dachte ich mir, ob du ihm nicht seine Geheimnisse entlocken kannst – ich bin nämlich sicher, dass er welche hat. Du kommst bestimmt leicht mit ihm ins Gespräch und könntest ihn vielleicht … Du weißt schon.«

»Zum Reden bringen …«

»Ja, auf eine ganz ungezwungene Art, ohne dass er misstrauisch wird. Außerdem schließt du vieles aus dem Verhalten eines Menschen, selbst wenn er nichts sagt.«

»Und warum interessiert dich das so brennend, Jo Marie?«

Oha, meine Mutter wurde jetzt sehr direkt und würde, wenn ich nicht aufpasste, bei mir Seelenforschung zu betreiben beginnen.

»Weil …« Ich suchte nach den richtigen Worten. »Er ist ein Freund, und trotzdem weiß ich praktisch nichts über ihn. Es wurmt mich, dass ich nichts aus ihm herauskriege, und manchmal kränkt es mich sogar. So unter Freunden …«

»T-j-a-a.« Sie zog das Wort in die Länge. »In diesem Fall solltest du ihn tatsächlich einladen. Sag ihm einfach, dass ich mich freuen würde, ihn kennenzulernen. Was im Übrigen der Wahrheit entspricht, und Gleiches gilt für deinen Vater. Immerhin hören wir ständig seinen Namen …«

Nachdem wir das geklärt hatten, besprachen wir noch, um welche Uhrzeit das Dinner stattfinden sollte und dass sie sich bei meinem Bruder vergewissern wollte, ob es bei ihm ebenfalls klappte.

Rovers Kratzen an der Küchentür veranlasste mich hinauszuschauen. Als ob ich es mir nicht beinahe gedacht hätte: Mark war schon wieder dabei, Holz für den Pavillon abzuladen.

»Guten Morgen«, rief ich ihm zu, während Rover durch den Garten trottete und sorgsam ein Grasbüschel auswählte, an dem er sein Bein zu heben gedachte.

»Morgen«, gab er zurück.

Er musste bereits eine Weile hier sein, denn die Ladefläche seines Pick-ups war fast leer.

»Lust auf eine Tasse Kaffee?«, fragte ich.

Er zögerte, als bedürfe es eines überzeugenderen Arguments, um ihn von seiner Tätigkeit loszueisen.

»Ich habe frische Blaubeermuffins nach Peggys Rezept anzubieten.«

Er blieb stehen, und das lange Brett auf seiner Schulter schwankte.

»Kommen die Blaubeeren aus Peggys Garten?«

»Ja.«

Er nickte, wenngleich ohne große Begeisterung. »Okay, dann könnte ich dir vielleicht aus der Patsche helfen und ein paar Muffins essen.«

Mir aus der Patsche helfen?

»Deine Großzügigkeit kennt mal wieder keine Grenzen«, spottete ich und verdrehte die Augen.

Während er weiter Holz ablud, kehrte ich ins Haus zurück, schenkte jedem von uns eine Tasse Kaffee ein und legte zwei Muffins auf einen Teller. Dann trug ich beides nach draußen, und wir setzten uns wie üblich nebeneinander auf die oberste Stufe der Verandatreppe, Rover zwischen uns.

Ich reichte ihm den Teller mit den Muffins. »Hier. Und außerdem wollte ich dich einladen.«

»Oh?«

»Wie wäre es, wenn du Sonntagabend zu mir zum Dinner kämst?«

Dass meine Familie anwesend sein würde, verschwieg ich lieber fürs Erste.

Wie immer dachte er gründlich nach. »Was gibt es denn?«, erkundigte er sich schließlich.

»Lachs, denke ich. Ich will runter zum Bauernmarkt und schauen, was die Fischer so anbieten.«

»Letzte Woche gab's guten Thunfisch.«

»Ja, ich weiß. Leider kam ich zu spät, um noch welchen zu ergattern.«

»Zu dieser Jahreszeit sind auch die Shrimps hervorragend.«

Ich nickte. Die Saison für Schalentiere war in unserer Region kurz, und entsprechend teuer waren sie. Allerdings traf das ebenso auf andere Meeresbewohner zu. Die seltenen beziehungsweise hier selten vorkommenden Arten hatten ihren Preis. Wie etwa der Copper-River-Lachs, den es nur im Frühjahr gab.

»Lachs«, wiederholte Mark. »Ich mag Lachs, aber ich dachte, es sei nicht unbedingt dein Lieblingsessen.«

»Stimmt, dafür mag mein Vater ihn umso lieber.«

Mist, jetzt war mir etwas herausgerutscht, was ich lieber länger für mich behalten hätte.

Prompt musterte er mich prüfend, seine Hand mit dem Muffin verharrte auf dem Weg zu seinem Mund.

»Dein Vater ist bei dem Dinner anwesend?«

»Vielleicht, sicher ist es bislang nicht«, schwindelte ich.

»Und mit wem muss ich sonst rechnen?«, fragte er und biss in seinen Muffin.

Die herunterfallenden Krümel leckte Rover auf, und seine Augen bettelten treuherzig um mehr.

»Weiß ich noch nicht«, wich ich aus.

»Okay, lass es mich anders formulieren«, meinte Mark. »Wie viele Leute hast du eingeladen?«

Ich würde einen miserablen Ermittler abgeben, schimpfte ich mit mir selbst. Platzte einfach unbedacht heraus, und jetzt hatte ich den Salat.

»Jo Marie?«

»Sechs Leute, genau gesagt meine Familie.«

Mark trank einen Schluck Kaffee, griff nach dem zweiten Muffin, brach ein kleines Stück ab und fütterte Rover damit.

»Warum möchtest du mich bei diesem Familientreffen dabeihaben?«

»Warum nicht? Sie bewundern die Arbeit, die du hier geleistet hast. Ich dachte, es wäre an der Zeit, dass sie dich kennenlernen.«

»Warum?«, bohrte er nach.

»Einfach so.« Ich spürte, wie mir das Blut ins Gesicht stieg und meine Wangen rot färbte.

Er starrte mich an, als hätte ich chinesisch gesprochen.

»Möchtest du meine Familie nicht mal kennenlernen?«, drehte ich den Spieß um.

»Nicht unbedingt.«

Ich schüttelte lachend den Kopf. »Erklär mir bitte, was du dagegen einzuwenden hast.«

Mark runzelte die Stirn. »Solcher gesellschaftliche Kram ist nicht mein Ding.«

»Das ist kein offizieller Anlass, sondern ein zwangloses Familientreffen.«

»Deiner Familie«, erinnerte er mich.

Ich überging die Bemerkung. »Du warst ja sogar bei meinem Tag der offenen Tür.«

Er kniff die Augen zusammen, als hätte seine Teilnahme an diesem Event, das im Frühjahr stattgefunden hatte, nichts mit unserem momentanen Gespräch zu tun.

»Falls du es vergessen haben solltest«, erwiderte er steif, »ich hatte mir gerade das Bein gebrochen und stand unter dem Einfluss starker Schmerzmittel. Ich war nicht ich selbst.«

»Das ist einfach lächerlich.« Allmählich verlor ich die Geduld mit ihm. »Nimmst du nun die Einladung an oder nicht?«

»Nein«, antwortete er wie aus der Pistole geschossen. Ich musste angesichts dieser Abfuhr schlucken und schaffte es kaum, meine Enttäuschung und meinen Ärger zu verbergen. Die Zurückweisung der Einladung empfand ich wie eine Zurückweisung meiner Person, und das verletzte mich. So behandelte man Freunde nicht. Aber vielleicht war das ja die ganze Zeit eine einseitige Sichtweise gewesen, dachte ich verbittert. Für ihn war ich ein Auftraggeber und dazu ein Lieferant für kostenlose Plätzchen und Muffins.

»Nimm es nicht persönlich.«

»Tue ich auch nicht«, gab ich schnippisch zurück, doch dass ich gekränkt war, ließ sich nicht überhören.

»Wie gesagt, ich gehe derartigen Veranstaltungen nach Möglichkeit aus dem Weg.«

Ich wandte den Blick von ihm ab und nickte. »Schon gut, ich verstehe.«

»So was ist nicht mein Ding, Jo Marie«, wiederholte er.

»Kein Problem.« Ich tat mein Bestes, um so gelassen wie möglich zu klingen, stand auf und klopfte die Krümel von meiner Hose. »Ich gehe wohl besser wieder an die Arbeit.«

»Yeah, ich ebenfalls«, sagte Mark, machte indes keine Anstalten, sich von der Stelle zu rühren.

Rover folgte seinem Beispiel, blieb bei ihm, während ich ins Haus zurückging. Als ich die Fliegengittertür schloss, hörte ich, wie Mark Rover etwas zuraunte.

»Das Problem ist, dass ich nicht weiß, ob ich zu Jo Maries Familie passen würde.«

Am liebsten wäre ich umgekehrt, um ihm seine Bedenken auszutreiben, zögerte aber. In diesem Moment kam mir nämlich zu Bewusstsein, dass es nicht gerade nett von mir gewesen war, Mark aus dermaßen eigensüchtigen Gründen zum Dinner einzuladen.

15

Ich weiß es zu schätzen, dass du dich mir zuliebe so weit aus deinem Wohlfühlbereich herausgewagt hast«, scherzte Tom lächelnd, als sie zu ihrem Schiffsausflug aufbrachen. Der frische Wind blähte die Segel und sorgte dafür, dass sie rasch Fahrt aufnahmen. Während sie Blake Island umrundeten, erklärte er ihr die Grundbegriffe des Segelns und nannte ihr die Namen der anderen Inseln, die sich hier im oberen Teil des weit ins Land reichenden Puget Sound befanden.

Für Ellie war das alles neu und aufregend.

Und anfangs auch unbehaglich, denn es hatte eine Weile gedauert, bis sie sich daran gewöhnt hatte, in einem kleinen Boot pfeilschnell über die schier unendliche Wasserfläche zu gleiten. Doch schnell entspannte sie sich und genoss in vollen Zügen die Sonne, den Wind, das Geräusch der flatternden Segel und das Plätschern der Wellen.

»Ich kann kaum glauben, dass wir tatsächlich segeln«, rief sie Tom zu. »Es ist einfach toll. Ich kann gut verstehen, dass du so gerne hinausfährst.«

Es war ein rundum perfekter Tag. Und er wurde noch schöner, als Tom sie aufforderte, sich neben sie zu setzen, obwohl er das Boot steuern musste. Allzu gern folgte sie seinem Wunsch und schmiegte sich in seine Arme, zumal die Sonne gerade hinter einer Wolke verschwand und es schlagartig kühler wurde.

»Erzählst du mir jetzt von deiner Überraschung?«, fragte sie.

»Noch nicht«, erklärte er und küsste sie zärtlich und verlangend zugleich, bevor sie weitere Fragen stellen konnte.

Ellie meinte, ihr Herz würde stehen bleiben, und vermochte kaum zu glauben, dass dies nicht bloß ein schöner Traum war, aus dem sie irgendwann erwachen würde.

»Danke«, hauchte sie und lehnte den Kopf wieder an seine Schulter.

»Für den Kuss?«

»Ja«, erwiderte sie mit strahlendem Gesicht. »Eigentlich für alles.«

»Ich hoffe, dass ich dich nicht enttäuschen werde.«

Er sprach die Worte so leise aus, dass Ellie nicht sicher war, ob sie ihn richtig verstanden hatte.

»Mich enttäuschen?«, hakte sie nach. »Das ist unmöglich. Du bist alles, was ich mir je erhofft habe, und noch viel mehr.«

»Ich sehe besser aus als erwartet, stimmt's?«, erkundigte er sich mit einem verschmitzten Grinsen.

»Du bist in der Tat ein höchst vorzeigbarer Mann.«

Er lachte. »So einen Satz hätte auch eine wohlerzogene junge Lady aus einem englischen Gesellschaftsroman des neunzehnten Jahrhunderts von sich geben können.«

»Vermutlich bin ich ein ziemlich altmodisches Mädchen.«

Tom rieb sein Kinn an ihrem Kopf. »Zumindest hast du ein sehr behütetes Leben geführt.«

Ellie nickte. »Meine Mutter und meine Großeltern haben dafür gesorgt.«

»Hast du dich je gefragt, warum sie das für so wichtig hielten?«

»Nein, eigentlich habe ich nie darüber nachgedacht und es nie hinterfragt. Es war einfach so.«

»Und als du älter wurdest?«

Er klang irgendwie verwundert, als würde er das nicht verstehen, und so sah sie sich zu einer weiteren Erklärung genötigt.

»Ich war das einzige Kind und Enkelkind und von klein auf daran gewöhnt, wie ein kostbarer Schatz gehütet zu werden. Meine Mutter und meine Großmutter lebten in ständiger Angst, dass mir etwas zustoßen könnte. Und irgendwie haben sie es geschafft, dass ich diese übertriebene Fürsorge akzeptierte und sie ganz normal fand.«

»Wovor konkret hatten sie Angst?«

Ellie seufzte und kuschelte sich enger an ihn. »Ich weiß es nicht wirklich, vermute aber, dass es mit meinem Vater zusammenhing. Vielleicht wollten sie verhindern, dass ich so werde wie er.«

»Machst du Witze?«

»O nein«, versicherte Ellie. »Ich habe oft mitgekriegt, wie sie leise über ihn redeten und dann mich anschauten.«

»Großer Gott, was war denn so schlecht an ihm? Was haben sie ihm unterstellt?«, rief Tom aus, und es klang, als würde ihn das persönlich kränken.

»Wie gesagt, ich weiß es nicht. Schließlich passten sie

auf, dass ich nicht zu viel mitbekam, sprachen in Andeutungen oder verstummten, sobald ich das Zimmer betrat. Im Nachhinein erscheint mir das alles jedoch reichlich merkwürdig.«

»Allerdings. Könnten sie möglicherweise sogar gefürchtet haben, dein Vater würde seine Besuchsrechte geltend machen? Oder dich ihnen wegnehmen? Das würde auch erklären, warum du eine Weile zu Hause unterrichtet wurdest.«

Ellie schüttelte den Kopf. »Dafür gab es andere Gründe.«

»Und die wären?«

»Meine Großmutter war sehr krankheitsanfällig, und immer wenn ich aus der Schule einen Infekt mitbrachte, steckte sie sich an. Einmal so schlimm, dass sie ins Krankenhaus musste. Was dann den Ausschlag für den Privatunterricht gab.«

»Und du fühltest dich schuldig?«

»Schon, immerhin war sie meinetwegen krank geworden, und das belastete mich. Damals wusste ich nicht, dass manche Kinderkrankheiten für Erwachsene sehr gefährlich werden können.«

»Also war der Unterricht zu Hause eine Schutzmaßnahme, damit du nicht einen Virus einschlepptest?«

»Ja, gewissermaßen. Meine Grandma unterrichtete mich, weil meine Mom ja den ganzen Tag arbeitete. Oft machten wir Ausflüge, und ich übte Lesen, Schreiben und Rechnen im Freien. Für mich war das damals ein Riesenspaß.«

»Und sie hatte keine Angst davor, sich auf diesen Ausflügen bei anderen Menschen anzustecken? Oder dachte sie, deine Gesellschaft würde Bazillen fernhalten?«

»Du bist albern.«

»Nein, ich meine es ernst. Schließlich fängt man sich nirgendwo so schnell etwas ein wie in vollbesetzten Bahnen und Bussen.«

Ellie schaute ihn mit großen Augen an. »Wenn man es genau betrachtet, ergibt das wirklich keinen Sinn, und hinter dem Hausunterricht könnte doch was anderes gesteckt haben«, erwiderte sie nachdenklich.

»Außerdem ist es für die soziale Entwicklung eines Kindes nicht gut, wenn man es so abschottet«, fuhr Tom fort. »Durftest du Freundinnen einladen?«

»Ein paar schon, nicht viele, zugegeben. Trotzdem kam ich mir ganz und gar nicht wie im Gefängnis vor, wie es bei dir klingt. So war das nicht.«

»Und was passierte, als du alt genug für Dates warst?«

»Meine Großeltern waren zu diesem Zeitpunkt bereits tot, und allein mit meiner Mutter war es ein wenig einfacher. Zumindest hat sie mir Dates nicht rundheraus verboten, wenngleich du es nicht zu glauben scheinst«, erwiderte sie mit leicht ironischem Unterton.

»Aber bestimmt hat sie eine Liste aufgestellt, welcher Junge genehm war und welcher nicht«, gab er spöttisch zurück, und sie meinte sogar einen Anflug von Missbilligung herauszuhören.

Eindeutig verurteilte er die Art und Weise ihrer Erziehung, schien sie als eine endlose Folge von Zwängen zu betrachten. Was Ellie nicht ganz fair fand, weil alles schließlich aus Liebe geschah.

So zumindest hatten es Mutter und Großeltern gesehen, und sie letztlich ebenfalls.

»Erzähl mir von deinem ersten Date.«

Ellie lachte. »Was ist daran so komisch?«, wollte er wissen.

»Nichts.«

»Dann also los«, drängte er.

»Ich trug eine Zahnspange, und meine Mutter bestand darauf, dass ich ein Kleid anziehe, in dem ich mich nicht wohlfühlte. Außerdem war ich damals furchtbar schüchtern und habe den ganzen Abend lang kaum ein Wort gesagt. Zum Glück saßen wir im Kino, da fiel das weniger auf.«

»Wie alt warst du? Dreizehn? Vierzehn?«

»Sechzehn.«

Sie spürte, wie sich sein Arm ein wenig fester um sie schloss.

»Sechzehn«, wiederholte er.

»Mit fünfzehn war ich mal auf einer Tanzveranstaltung, und keiner forderte mich auf. Ich kann dir gar nicht sagen, wie peinlich mir das war.«

»Sind die Jungs in Oregon etwa blind?«

Ellie lächelte über seinen empörten Tonfall und freute sich darüber. Dennoch fand sie, dass langsam genug in ihrer Vergangenheit gekramt worden war.

»Nun zu dir«, erklärte sie resolut. »Ich würde gerne wissen, was deine früheste Erinnerung ist.«

»Meine früheste Erinnerung«, wiederholte Tom langsam. »Lass mich überlegen. Ach ja.« Er küsste sie auf die Schläfe, bevor er fortfuhr: »Meine Eltern machten

mit mir ein Picknick. Mom hatte einen Lunch vorbe-
reitet und das Essen auf der mitgebrachten Tischdecke
verteilt. Ich bin mit einer Tasse zu einem ziemlich träge
dahinfließenden Fluss in der Nähe gegangen, um Elrit-
zen zu fangen.«

»Mit einer Tasse?«, fragte sie ungläubig.

»Das ist die beste Methode«, versicherte er.

»Wie alt warst du?«

Tom zuckte die Achseln. »Drei oder vier schätzungsweise. Jedenfalls weiß ich es noch wie heute: Als ich
einen kleinen Fisch entdeckte, wollte ich ihn mit der
Tasse fangen, um meinem Dad zu beweisen, was für ein
toller Bursche ich war. Leider machte ich den Fehler, ins
Wasser zu steigen.«

»Und bist ausgerutscht?«

Er nickte. »Die Strömung war sicher nicht stark,
reichte jedoch, ein kleines Kind von den Füßen zu reißen und unter Wasser zu ziehen. Ich erinnere mich,
dass meine Mutter schrie und mein Dad zum Wasser
rannte. Er sprang hinein, packte mich und holte mich
raus.«

»Und der Fisch? Hast du ihn verloren?«, neckte sie
ihn.

»Ja, und meine Lieblingstasse dazu. Darüber habe ich
mich mehr aufgeregt als über alles andere.« Er küsste sie
erneut. »Und was ist deine früheste Erinnerung?«

»Ich habe mal gelesen, dass frühe Erinnerungen sich
zumeist auf etwas beziehen, das uns Angst gemacht hat.«

»War das bei dir so?«

»Ja, aber es handelte sich um nichts Gefährliches wie

bei dir. Meine Mutter hatte mich zum Mittagsschlaf ins Bett gelegt ...«

»Wie alt warst du?«

»Das weiß ich nicht genau. Ziemlich klein wahrscheinlich, denn ich schlief noch in einem Gitterbett.«

»Was ist passiert?«

Ellie schloss die Augen und kehrte in Gedanken zu jenem Tag in ihrer Kindheit zurück, sah die Szene so klar und deutlich vor sich, als wäre es gestern gewesen.

»Aus irgendeinem Grund hatte meine Mutter ein Foto von meinem Vater auf ihrer Frisierkommode stehen. Heute erscheint mir das höchst sonderbar angesichts der Tatsache, dass sie nur schlecht über ihn geredet hat.«

»Glaubst du, sie hat ihn trotz allem geliebt?«

»Ja, auf ihre Weise schon – gleichzeitig hatte sie schätzungsweise Angst.«

»Wovor?«

»Lenk mich nicht ab, ich liege noch in meinem Kinderbett«, mahnte sie lächelnd.

»Richtig. Tut mir leid.«

Ellie fand Gefallen an der Plänkelei. Anscheinend gab es nichts, worüber sie mit Tom nicht sprechen konnte.

»Also: Weil ich mir das Bild meines Vaters ansehen wollte, zog ich an der Häkeldecke, die auf der Kommode lag – eine Handarbeit meiner Großmutter übrigens. Auf diese Weise hoffte ich wohl, an den Bilderrahmen heranzukommen.«

»Und dann?«

»Auf der Kommode stand nicht allein das Foto, sondern auch anderer Kram. Unter anderem eine wertvolle Vase, eine echte Antiquität, was mir damals naturgemäß nichts bedeutete. Meine Mutter hatte mir allerdings immer eingeschärft, sie nicht anzurühren …«

Tom fiel ihr ins Wort. »Die Vase fiel herunter und zerbrach in tausend Stücke.«

»Hallo, das ist meine Geschichte.« Sie versetzte ihm einen Rippenstoß.

»Aber genau so war es doch, oder?«

»Ja.« Bis zum heutigen Tag konnte sich Ellie daran erinnern, wie sie durch die Gitterstäbe ihres Kinderbetts die Scherben angestarrt hatte und dass ihr Missgeschick sie noch lange bis in ihre Träume verfolgte.

»Hattest du Angst, ausgeschimpft oder bestraft zu werden?«

»Daran kann ich mich nicht mehr erinnern.«

»Also trifft für dich wie für mich zu, was du gelesen hast: Wir erinnern uns im Grunde lediglich an die Angstsituation und daran, was dazu geführt hat. Das Danach hingegen haben wir nicht gespeichert.«

Ellie nickte.

»Konntest du wenigstens das Foto deines Vaters anschauen?«

»Nein. Ich traute mich nicht, noch einmal an der Decke zu ziehen. Schließlich hätte ja ein weiteres Stück herunterfallen und kaputtgehen können.«

»Für ein so kleines Mädchen scheinst du ein sehr helles Köpfchen gehabt zu haben«, meinte Tom, während er eine Wende segelte und das Boot wieder in Richtung Heimathafen steuerte.

»Gestern Nacht habe ich übrigens mit meiner Mom telefoniert.«

Sie bemühte sich, lässig zu klingen, als wäre es das Normalste von der Welt, zur Geisterstunde die Mutter im fernen Oregon anzurufen.

»Braves Mädchen, ich wette, sie hat sich Sorgen gemacht.«

»Verständlicherweise«, konterte sie streng und nahm damit erneut Virginia gegen den Sarkasmus in Schutz, der bei Tom immer wieder durchklang. Es waren eben zwei Paar Stiefel, sich selbst aufzuregen oder einem Außenstehenden das Recht zuzugestehen, die eigene Mutter zu kritisieren.

»Aus ihrer Sicht schon. Schließlich hast du Verwerfliches getan«, spottete Tom unverdrossen weiter. »Triffst dich mit einem Mann, der nicht auf der Liste der geprüften und akzeptierten Kandidaten steht und den sie darüber hinaus nicht kennt.«

»Lassen wir das«, bat Ellie. »So schwierig sie sein mag – ich möchte nicht, dass du schlecht von ihr denkst. Sie war eine gute Mutter.«

»Aber eine überängstliche?«

»Ja.«

»Und eine tyrannische dazu?«

»Bis zu einem gewissen Grad, jedoch auf eine sanfte, liebevolle Weise.«

Tom schüttelte den Kopf. »Sie hat dich an sich gebunden, Ellie, dir deine Eigenständigkeit vorenthalten.«

Tom hatte recht, sosehr sie darauf beharren mochte, dass Virginia lediglich aus Liebe handelte. De facto war sie an eine Leine gelegt worden, durfte keine Entscheidung treffen, ohne dass ihre Mutter sich einmischte und ihr Vorschriften zu machen versuchte.

»Hast du abgesehen von diesem Treffen mit mir jemals etwas gegen den Willen deiner Mutter getan?«

»Klar habe ich das«, erwiderte Ellie mit Nachdruck.

Er grinste skeptisch, als fiele es ihm schwer, das zu glauben.

»Zum Beispiel?«

»Sie verlangte, dass ich zu meinem ersten Date ein weißes Kleid anzog, während ich auf einem pinkfarbenen beharrte.«

»Warum nicht das weiße?«

»Weil ich darin aussah, als sollte ich bei einer Hochzeit mitwirken.«

Tom lachte schallend. »Wer ist aus der Auseinandersetzung als Sieger hervorgegangen?«

Ellie seufzte. Die Frage hatte ja kommen müssen.

»Meine Mutter«, erwiderte sie kleinlaut.

»Also warst du bei deinem ersten Date als Brautjungfer verkleidet.«

»Nicht ganz«, korrigierte sie ihn. »Ich ähnelte eher dem Blumenmädchen als der Brautjungfer.«

Sobald die Marina in Sicht kam, erhob Tom sich.

»Meinst du, du könntest das Steuer für ein paar Minuten übernehmen?«

»Ich?«

»Keine Angst, das klappt schon. Ich muss die Segel einholen, bin aber zurück, bevor du überhaupt merkst, dass ich weg war.«

»Okay«, willigte sie zögernd ein, obwohl sie jetzt wirklich ihre Wohlfühlzone verließ, und packte die Pinne mit beiden Händen.

Zum Glück hielt Tom Wort und kehrte innerhalb weniger Minuten zurück. Die letzten Meter zum Jachthafen legten sie mithilfe des kleinen Hilfsmotors zurück.

Auf der Uferpromenade und im Park herrschte geschäftiges Treiben, was nicht zuletzt dem Bauernmarkt zu verdanken war, der dort stattfand.

Tom manövrierte das Boot an seinen Liegeplatz, sprang auf das Dock, vertäute es und sicherte sorgfältig die Segel, damit sein Freund keinen Grund zur Klage hatte.

Dann drehte er sich zu ihr um. »Bist du bereit für deine Überraschung?«

»Klar.«

Irritiert sah sie ihn an, denn wieder lag in seinen Augen dieser merkwürdige Ausdruck, den sie nicht zu deuten wusste und der mit dieser Überraschung zu tun hatte.

War es vielleicht Unsicherheit?

Nun, sie würde es bald erfahren.

Er half ihr vom Boot und zog sie hinüber zum Park.

»Jemand wartet auf uns, und ich möchte, dass du ihn kennenlernst«, sagte er und schloss seine Hand fester um ihre.

»Wer?«

Tom schaute zur Seite. »Mein Dad.«

Ein Mann mittleren Alters kam auf sie zu, und Ellie bekam eine Gänsehaut.

»Das ist mein Vater«, stellte Tom vor. »Mein Stiefvater, genau genommen«, fügte er hinzu.

»Hallo.« Ellie lächelte den Mann an. Er sah gut aus, und die silbernen Schläfen verstärkten seine Attraktivität noch. Aus dunklen Augen musterte er sie ernst und ebenfalls ein wenig unsicher. »Ich bin Eleanor.«

»Du bist Ellie«, entgegnete der Fremde. »Und ich bin dein Vater.«

16

Maggie befand sich in einem absoluten Gefühlschaos. So etwas durfte einfach nicht passieren. Eine Schwangerschaft zu diesem Zeitpunkt würde ihr Leben, ihre Ehe und ihre Zukunft zerstören.

»Bist du okay?«, fragte Roy, als sie Cedar Cove verließen und um die Bucht herumfuhren. Sie hatten beschlossen, in Bremerton die Fähre nach Seattle zu nehmen und den Tag dort zu verbringen. Es war schon einige Jahre her, seit sie den Pike Place Market und andere Sehenswürdigkeiten dieser vom Wasser umspülten Stadt besichtigt hatten.

»Mir geht es gut«, versicherte Maggie ihrem Mann und zwang ein Lächeln auf ihr Gesicht, das jedoch ziemlich gequält ausfiel.

Sie wusste nicht, wie lange sie imstande sein würde, ihre Angst und ihr Entsetzen vor ihrem Mann zu verbergen. Eines aber stand fest: Sie durfte ihn auf keinen Fall mit dieser Neuigkeit überfahren. Das hatte sie seinerzeit getan, als sie ohne Vorbereitung damit herausplatzte, dass sie mit einem Fremden im Bett gelandet war. Ein ebenso fataler wie folgenschwerer Fehler, der bis heute nachwirkte.

Einen weiteren Schlag würde ihre Ehe kaum verkraften, und damit meinte sie ganz konkret eine Schwangerschaft.

Noch war Roy in vergnügter Stimmung und pfiff fröhlich einen Katy-Perry-Song im Radio mit. Seitdem sie sich ausgesprochen hatten, wirkte er wie ausgewechselt, geradezu erleichtert und glücklich. Maggie konnte sich nicht erinnern, wann er zum letzten Mal so unbekümmert gewesen war. Er wirkte, als würde ihn keine einzige Sorge quälen. Private Probleme und berufliche Überlastung schienen wie weggeblasen.

Was sich von Maggie nicht behaupten ließ. Arme und Beine fühlten sich schwer an, tonnenschwer. Unsicherheit und Angst behinderten ihre Atmung. Ihr Herz raste, ihr Magen krampfte sich zusammen. Panik stieg in ihr auf.

Sie musste Gewissheit haben, bevor sie verrückt wurde.

»Würdest du bitte beim nächsten Drugstore, an dem wir vorbeikommen, anhalten?«, bat sie und hoffte, dass Roy keinen Verdacht schöpfte. »Dummerweise habe ich die Magentabletten, die wir gestern gekauft haben, in der Pension vergessen.«

Besorgt musterte er sie. »Hast du wieder Beschwerden?«

»Ja, mir ist ein bisschen flau.«

Allerdings nicht aus den Gründen, die er vermutete, fügte sie im Stillen hinzu und presste eine Hand auf den Bauch.

»Sollen wir lieber umkehren, damit du dich hinlegen kannst?«, bot er ihr an. »Nicht dass es schlimmer wird.«

»Nein, nein, ich freue mich auf Seattle. Bestimmt lenkt mich das ein wenig ab«, erklärte sie und meinte es so, wie sie es sagte – wenngleich sie nicht ihre physischen Beschwerden meinte, die sie zu vergessen hoffte, sondern den psychischen Albtraum, in dem sie gefangen war.

Roy nickte. »Die Fahrt mit der Fähre wird bestimmt herrlich werden.«

»O ja, vor allem bei solchem Wetter. Es hätte nicht besser sein können.«

»Ich glaube, da vorne, an der nächsten Ecke, ist ein Drugstore«, warf Roy ein und verlangsamte das Tempo.

»Sehr gut.«

Kaum waren sie auf den Parkplatz eingebogen, löste Maggie ihren Sicherheitsgurt und öffnete die Tür.

»Ich laufe schnell los und bin im Handumdrehen wieder da«, sagte sie und sprang aus dem Wagen.

»Ich kann auch gehen, wenn du möchtest.«

»Nein, nein, das macht mir keine Mühe. Such du derweil eine Parklücke.«

Natürlich war das mit den Magentabletten eine Lüge. Was Maggie kaufen wollte, war ein Schwangerschaftstest. Sie musste Bescheid wissen, sonst würde sie den Verstand verlieren. Aber all das durfte Roy nicht erfahren. Zumindest vorerst nicht.

Sie hatte schon den halben Weg zum Eingang zurückgelegt, als er sein Fenster herunterließ und ihr nachrief, sie solle doch bitte ein paar Flaschen Wasser mitbringen.

»Mache ich«, versprach sie und verschwand durch die Automatiktür.

Drinnen brauchte sie eine Weile, bis sie das Regal mit den Schwangerschaftstests fand, griff nach dem erstbesten, schnappte sich im Vorübergehen zwei Plastikflaschen Wasser und vergaß in ihrer Eile um ein Haar die Magentabletten. Die Packung mit dem Test versenkte sie nach dem Bezahlen sogleich in den Tiefen ihrer überdimensionalen Handtasche.

Da sie für den gesamten Einkauf gerade mal fünf Minuten gebraucht hatte, kamen sie trotzdem rechtzeitig in Bremerton an.

Roy kaufte die Tickets, und sie reihten sich ein in die lange Schlange der Autos, die alle nach Seattle übersetzen wollten. Kurz darauf bog die Fähre in die kleine Bucht ein, die der Puget Sound hier bildete. Über ihnen am wolkengesprenkelten Himmel zog ein Adler mit ausgebreiteten Schwingen träge seine Kreise.

Roy entdeckte ihn als Erster, während Maggie ihn von alleine vermutlich überhaupt nicht bemerkt hätte. Nicht heute, wo sie mit ihren Gedanken ganz woanders war.

»Siehst du ihn?« Roy stieß sie an und deutete nach oben.

Maggie legte schützend eine Hand vor die Augen und blinzelte in die Sonne, die den majestätischen Vogel mit seinem weißen Kopf und der mächtigen Flügelspannweite in ein goldenes Licht tauchte.

»Eigentlich sollte man ihn nicht Weißkopfseeadler nennen«, sagte Roy. »Richtiger wäre es, von einem Weißschopf zu reden. Mich erinnern diese Vögel immer an jene Männer, die im Alter ein dichter schlohweißer Haarschopf ziert.«

Maggie nickte unbeteiligt. Ihr stand nicht der Sinn nach zoologischen Spitzfindigkeiten.

»Wow, sieh dir das an.« Ihr Mann beschrieb eine weite Armbewegung. »Dieser blaugrüne Farbton des Wassers. Er erinnert an einen Smaragd. Etwas Schöneres kann es kaum geben, oder?«

Die Szenerie war in der Tat atemberaubend, doch Maggie vermochte Roys Begeisterung nicht zu teilen. Sie dachte lediglich an eine mögliche Schwangerschaft, wagte sich gar nicht auszumalen, welche Auswirkungen das für ihre Ehe hätte und wie Roy auf eine solche Eröffnung reagieren würde. Lange konnte sie es ihm nicht verheimlichen, falls sich ihr Verdacht bestätigte.

Das Schlimmste bei der ganzen Sache war, dass sie nicht einmal wusste, wer der Vater war.

Immerhin bestand die nicht geringe Möglichkeit, dass es sich bei diesem Kind um eine Folge ihres unglückseligen One-Night-Stands handelte. Guter Gott, sie griff den Ereignissen vor. Vielleicht war es ja falscher Alarm, und sie hatte sich irgendwo einen Mageninfekt eingefangen.

Nein, dachte sie trostlos.

In ihrem Herzen kannte sie die Wahrheit.

Warum eigentlich hatte sie nicht bereits früher an diese Möglichkeit gedacht? Zumindest hätte sie damit rechnen müssen, denn in Anbetracht ihres unregelmäßigen Liebeslebens war sie nachlässig geworden, was die Einnahme der Pille betraf. Grundsätzlich und unter anderen Umständen wäre nichts gegen ein drittes Kind einzuwenden, obwohl sie nie mit Roy über eine Familienerweiterung gesprochen hatte und nicht wusste, wie er darüber dachte.

Ein Baby.

Was um Himmels willen sollte sie tun? Als sie mit den Jungs schwanger wurde, waren sie beide vor lauter Freude aus dem Häuschen gewesen. Wie sonst, wo es sich doch um Wunschkinder gehandelt hatte.

Roy war so lieb und so zärtlich gewesen.

Maggie erinnerte sich noch genau an seine Reaktion, als sie ihm beim ersten Mal erzählte, dass sie ein Kind bekämen. Er hatte sie hochgehoben und lachend durch die Luft geschwungen. Seine Freude war förmlich mit Händen zu greifen gewesen, und er konnte es nicht erwarten, seinen Eltern die bevorstehende Geburt ihres ersten Enkelkinds mitzuteilen.

Nur fünfzehn Monate nach Jaxons Ankunft kündigte sich Collin an. Zwar war diese zweite Schwangerschaft nicht geplant, aber dennoch nicht weniger willkommen gewesen. Und wenngleich sich Roy insgeheim ein kleines Mädchen gewünscht hatte, vermochte nichts seine Freude über die Geburt des zweiten Sohnes zu trüben.

Diesmal würde nichts mehr so sein wie damals.

Das Anlegemanöver der Fähre riss Maggie aus ihren Gedanken. Bald würden die Autos auf das Parkdeck fahren dürfen, und sie konnte endlich auf der Toilette ihren Test machen. Entweder war sie dann ihre gröbsten Sorgen los, oder sie musste überlegen, wie sie es Roy beibringen sollte.

Am liebsten wäre sie davongelaufen oder hätte sich in ihrem Bett verkrochen und sich eine Decke über die Ohren gezogen. Sie verfluchte sich für ihre Sorglosigkeit im Umgang mit der Pille, für ihren Seitensprung und für ihre Naivität, nicht einmal entfernt an die Möglichkeit einer Schwangerschaft gedacht zu haben.

Wie blöd konnte man eigentlich sein?

Jeder, der sie kannte, wäre schockiert, wenn er wüsste, in was sie sich da reingeritten hatte. Maggie war immer perfekt gewesen. Erhaben über jeden Tadel bis zu jener verhängnisvollen Nacht. Niemand hätte ihr so etwas je zugetraut. Maggie und Ehebruch? Undenkbar. Und genauso sah sie das im Grunde ihres Herzens auch. Nur dass es leider nicht stimmte.

Wenn sie doch die Zeit zurückdrehen und diesen Abend aus ihrem Gedächtnis löschen könnte. Diesen entsetzlichen Streit, diese vielen hasserfüllten Worte. Diese vorsätzlichen, gemeinen Kränkungen und Verletzungen, die wie Messerstiche schmerzten. Am Ende fühlte Maggie sich, als wäre ihr, ebenso wie ihrer Ehe, alles Lebensblut entzogen worden, und floh aus dem Haus. Fuhr haltlos schluchzend ohne Ziel davon, Hauptsache weg. Ein Zurück schien es nicht zu geben.

Wohin sollte sie sich wenden?

Auf keinen Fall an ihre Eltern, die sollten vorerst nichts von ihrem Scheitern erfahren. Das Naheliegendste wäre eine Freundin gewesen, und im Nachhinein verwünschte Maggie sich, dass sie das nicht getan hatte. Aber an jenem Abend schien ihr das ebenfalls zu peinlich. Niemand sollte wissen, dass sie von ihrem Mann hintergangen worden war und vermutlich wegen einer anderen sitzen gelassen würde.

Nachdem sie eine rote Ampel überfahren und fast einen Unfall verursacht hatte, lenkte sie ihren Wagen auf den Parkplatz einer Bar. Zum einen, weil sie nicht wirklich fahrtüchtig war, und zum anderen, weil sie einen Drink zur Beruhigung ihrer Nerven gut gebrauchen konnte.

Warum auch nicht?

Es blieb nicht bei einem, und sie kippte die Cocktails runter wie Johannisbeersaft. Bald begann sich alles um sie herum zu drehen, und sie überlegte, ob es nicht besser wäre aufzuhören.

Doch dann spendierte ihr ein Typ namens Steve einen weiteren Drink und überhäufte sie mit Komplimenten. Es war Balsam für ihre Seele. Sie redeten und redeten, er saß neben ihr und sagte all das, was sie von ihrem Mann hören wollte, aber seit Langem nicht mehr gehört hatte.

Je mehr sie trank, desto lockerer wurde sie und ließ sich von Steve – Steve ohne Nachname – küssen. Es war ein sanfter, liebevoller Kuss, der ihr das Gefühl vermittelte, etwas ganz Kostbares und Besonderes zu sein. Um ein Haar wäre sie in Tränen ausgebrochen, weil sie daran denken musste, wie sehr sie sich all das in den letzten Monaten vergeblich von Roy gewünscht hatte.

Und so ließ sie sich von Steve verwöhnen, ließ sich von ihm auf die Tanzfläche führen und nach ein paar langsamen, eng umschlungenen Tänzen auch woandershin. Sie waren beide einsame und von ihren Partnern zutiefst verletzte Menschen. Obwohl sie wusste, dass es keine gute Idee war, widersprach sie nur halbherzig, als er anregte, einen ruhigeren Ort aufzusuchen. Um einen Kaffee zu trinken, der ihren Kopf wieder klar machte.

Bloß kamen sie nicht bis zu diesem Lokal.

Kaum hatten sie die Bar verlassen, küsste Steve sie erneut, diesmal dringender und fordernder. Er könne ihr einfach nicht widerstehen, schmeichelte er, und kurz darauf standen sie in einer dunklen Ecke. Maggie berauschte sich an dem Gefühl, dass jemand sie begehrte und ihr versicherte, wunderschön und anbetungswürdig zu sein. Sie war es leid, im Leben ihres Mannes die zweite Geige zu spielen.

Es kam, wie es kommen musste.

Sie verbrachte die Nacht mit Steve in einem Hotelzimmer und wachte am nächsten Morgen alleine auf. In ihrem Kopf hämmerte es, ihr Magen rebellierte, und zu den Folgen übermäßigen Alkoholgenusses kam der moralische Kater. Maggie ekelte sich vor sich selbst.

Nachdem sie sich unter der heißen Dusche die Haut so lange geschrubbt hatte, bis sie krebsrot war, schaltete sie ihr Handy an und fand zehn Textnachrichten und Voicemails von Roy vor. Wo sie stecke, wollte er wissen. Er habe die Jungs zu seiner Schwester gebracht, schrieb er, und es tue ihm leid. Ob sie nicht reden könnten? Bitte, bitte melde dich, hatte er hinzugefügt.

Sie willigte ein, sich mit ihm zu treffen.

Als sie einander gegenübersaßen, flüchtete Maggie sich in die Rolle der betrogenen Ehefrau, spielte die Gekränkte, die alles Recht der Welt hatte, wütend zu sein. Roy hingegen gab sich zerknirscht, bereute alles und schwor, jeglichen Kontakt zu Katherine abzubrechen. Schließlich bat er sie mit Tränen in den Augen, ihm zu verzeihen und zu versprechen, nie wieder einfach so davonzulaufen und ihn in Ungewissheit zu lassen.

Warum um alles in der Welt war sie nicht an ihr Handy gegangen, wollte er wissen.

Ursprünglich hatte Maggie keine Sekunde lang die Absicht gehabt, Roy von ihrem Fehltritt zu erzählen, änderte jedoch spontan ihre Meinung unter dem Eindruck seiner tränenreichen Entschuldigungen. Das ließ sie weich werden und löste Schuldgefühle aus. Immerhin war ihr eigenes Verhalten alles andere als untadelig gewesen. Und so geschah es, dass sie unter tausend Versicherungen, wie sehr sie das alles bedaure, ihr nächtliches Abenteuer beichtete.

Roy war wie vor den Kopf geschlagen.

Lange Zeit sagte er nichts. Kein einziges Wort. Saß bloß da und starrte sie an. Es kam ihr vor, als würde er sich weigern, ihrem Geständnis Glauben zu schenken. Wer konnte ihm das verdenken? Niemand. Maggie und ein One-Night-Stand, das passte einfach nicht zusammen. Und bis zum heutigen Morgen hatte er sich geweigert, auch nur ansatzweise über diese Nacht zu sprechen.

Als Roy den Motor anließ, kehrte sie in die Gegenwart zurück.

Sie wurden auf das zweite Parkdeck dirigiert und stellten den Wagen in der Nähe der Treppe ab, die zum Passagierbereich und zur Cafeteria führte.

»Du wirkst irgendwie abwesend«, meinte Roy. »Oder täusche ich mich?«

Sie lächelte gezwungen, doch er ließ sich nicht täuschen.

»Ich wollte über das, was passiert ist, nicht sprechen«, sagte er und nahm ihre Hand. »Aber ich habe nachgedacht und denke, du hast recht, dass man Probleme nicht einfach unter den Teppich kehren kann.«

Sie senkte den Kopf. »Ach, weißt du, im Grunde hätte ich gerne dasselbe getan.«

»Letztendlich wären wir daran zerbrochen«, erwiderte er. »Jetzt hingegen fühle ich mich befreit und so gut wie seit Wochen nicht mehr.«

Erneut rang Maggie sich ein Lächeln ab. Sie sehnte sich mit jeder Faser ihres Herzens danach, ihm versichern zu können, dass sie ebenfalls ein Gefühl von Frieden empfinde, doch das wäre eine Lüge. Eine sehr große sogar, denn in Wahrheit wusste sie weder ein noch aus, war verzweifelt und einer Panik nahe.

»Lass uns nach oben gehen«, schlug Roy vor.

Maggie nickte und nahm die steile Treppe in Angriff, obwohl ihre Beine sie kaum trugen. Oben angekommen, suchten sie sich einen Platz im Freien.

Draußen wehte ihnen ein frischer Wind entgegen und blies Maggie die Haare ins Gesicht, aber die Sonne war hinter den Wolken hervorgekommen und wärmte sie. Ein lautes Hupen ertönte, und die Fähre löste sich vom Anleger und glitt auf Seattle zu, gefolgt von Möwen, die auf Leckerbissen hofften. Ein Mädchen hielt ihnen Pommes frites hin, und zum Entzücken der Passagiere stieß eine große Möwe vom Himmel herab und riss ihm das frittierte Kartoffelstäbchen aus den Fingern.

Maggie trat an die Reling und blickte auf die Wellen hinunter, die mit sanftem Klatschen gegen den Schiffsrumpf schlugen. Das dunkelgrüne Wasser hypnotisierte sie geradezu. Wie einfach wäre es, über Bord zu springen und in den Tiefen des Puget Sound zu versinken. Und mit ihr alle Probleme, alle Ängste, alle Schuldgefühle. Das ganze Elend, das über sie hereingebrochen war. Nie mehr würde sie sich um die Zukunft ihrer Ehe sorgen und nie mehr unter den Folgen ihres Fehltritts leiden müssen. Obwohl sie nicht ohne Schuld war – das hier hatte sie nicht verdient.

Insgeheim haderte sie mit Gott und ihrem Schicksal.

Roy trat hinter sie, legte ihr die Hände auf die Schultern und schützte sie vor dem Wind. Dann beugte er sich zu ihr herunter, und sein Mund näherte sich ihrem Ohr.

»Ich liebe dich, Maggie«, flüsterte er. »Von ganzem Herzen.«

Sie lehnte sich gegen ihn und schloss die Augen. Würde er das auch noch sagen, wenn eintrat, was sie befürchtete, und sie es ihm gestehen musste?

»Du hast mich gefragt, ob das, was in diesem Brief steht, nach wie vor gilt«, fuhr Roy fort. »Es war falsch, mit der Antwort zu zögern. Ich wusste damals wie heute, dass wir füreinander bestimmt sind. Du bist meine Seelengefährtin.«

Maggie drehte sich um und barg das Gesicht an der Brust ihres Mannes, um ihre aufsteigenden Tränen zu verbergen.

Nach einer Weile machte sie sich los. »Ich gehe schnell auf die Toilette.«

»Okay, dann besorge ich unterdessen etwas zu trinken. Möchtest du einen Kaffee?«

»Lieber Tee.« Gut, dass er beschäftigt war, falls der Test mehr Zeit in Anspruch nahm als erwartet. »Du weißt ja, wie ich ihn trinke.«

»Ja, alles klar. Ich warte hier draußen auf dich.«

»Es dauert nicht lange«, versprach sie.

Zum Glück war die Damentoilette leer. Maggie zwängte sich in die enge Kabine, nahm den Schwangerschaftstest aus der Tasche und überflog rasch die Gebrauchsanweisung. Fünf Minuten. Dann durfte sie entweder aufatmen oder ihre Welt würde zusammenstürzen.

Fünf kurze Minuten.

Nur kamen sie ihr alles andere als kurz vor, verstrichen vielmehr quälend langsam. Sekunden schienen sich zu Stunden zu dehnen. Eine nach der anderen, bis sie meinte, über der Warterei den Verstand zu verlieren.

Dabei musste sie nicht einmal die ganze Zeit ausharren. Noch bevor fünf Minuten verstrichen waren, bestätigte der Teststreifen ihren Verdacht und leuchtete blau.

Sie war schwanger.

17

»Das ist wirklich mein Vater?«, stammelte Ellie, sobald sie sich einigermaßen gefasst hatte, und starrte den Fremden, der vor ihr stand, ungläubig an.

Dann wandte sie sich zu Tom um und wartete auf eine Erklärung, ob das nun die versprochene Überraschung sein sollte. Nichts von alldem schien einen Sinn zu ergeben.

»Hallo Ellie«, sagte der Mann, der angeblich Scott Reynolds war. Er schien genauso wenig wie sie zu wissen, wie er mit dieser Situation umgehen sollte.

Statt seinen Gruß zu erwidern und ein Gespräch mit ihm zu beginnen, sah sie bloß verwirrt zu Tom hinüber.

»Ich verstehe nicht …«

»Verständlich, wenn das ein kleiner Schock für dich war …«

»Ein kleiner?«, unterbrach sie ihn. »Machst du Witze?«

»Okay, dann lass es dir erklären«, lenkte Tom ein und deutete auf eine der Bänke, die samt Tischen in der Grünanlage standen. »Wollen wir uns nicht setzen?«

Ellie schüttelte den Kopf. »Nein, nein …«

War das hier etwa eine Familienzusammenführung, bei der sich alle umarmten und anschließend zur Feier des Wiedersehens gemeinsam ein Picknick veranstalteten, bei dem sie den Tisch deckte und er Würstchen grillte?

Während sie noch grübelte, drang die Stimme des fremden Vaters an ihr Ohr. »Nachdem deine Mutter und ich uns haben scheiden lassen, heiratete ich Toms Mutter.«

Abwehrend hob Ellie einen Arm, als wollte sie ihn zum Schweigen bringen.

»Ich habe Tom gefragt. Von ihm möchte ich wissen, was hier eigentlich vor sich geht.«

»Ursprünglich wollte ich für meinen Stiefvater seine Tochter ausfindig machen«, gestand er mit gepresster Stimme.

»Mich ausfindig machen?«, wiederholte sie und erstarrte.

Mit einem Mal fügte sich alles zusammen, all die Einzelteile ergaben ein Bild. Der Buchklub, über den er sie gefunden hatte. Seine Kontaktaufnahme über die sozialen Netzwerke. Seine E-Mails, die ihr Interesse erregten, sie neugierig machten. Die sie schließlich umwarben und umschmeichelten.

Tag für Tag ein bisschen mehr mit dem Ziel, ihr Vertrauen zu erringen.

Ihr Treffen war kein Zufall oder eine Laune des Schicksals gewesen, sondern eine sorgfältige Inszenierung. Er hatte sie erst aufgespürt und dann in seinem Sinne manipuliert. Oder richtiger: im Sinne von Scott Reynolds.

Ellie wich zwei Schritte zurück. »Du hast das von Anfang an geplant … Du hast verschwiegen, warum du wirklich Kontakt zu mir aufgenommen hast, und du hast mich benutzt. Gemeinsam mit ihm«, brach es verbittert aus ihr heraus, und dabei deutete sie anklagend auf ihren Vater.

»Nein, so war es nicht. Für mich ist das alles ebenso überraschend wie für dich«, murmelte Scott Reynolds. »Bis vor Kurzem wusste ich nichts davon … Bis heute Morgen, um genau zu sein.«

Deshalb wirkte er so unsicher und schien sich nicht wohl in seiner Haut zu fühlen, schoss es Ellie durch den Kopf.

Was zugleich bedeutete, dass er von sich aus nie die Absicht gehabt hatte, sie zu suchen, sich mit ihr in Verbindung zu setzen, und das wiederum versetzte ihr einen Stich. Hatte er überhaupt je an seine Tochter gedacht, die er als Kleinkind verlassen hatte? Oder war er ganz in seiner neuen Familie aufgegangen? Vermutlich, wenn man an Toms enge Bindung zu seinem Stiefvater dachte.

Dad hier, Dad da.

Tom war von ihrem Vater großgezogen worden. Ihn liebte er, als wäre es sein eigener. Ihm wollte er einen Gefallen erweisen. Um sie ging es nie wirklich. Ihr hatte er etwas vorgemacht, um sein Ziel zu erreichen.

Ellie hätte heulen können.

»Ich fand es auch für dich wichtig, den Mann kennenzulernen, dem du dein Leben verdankst«, verteidigte sich Tom. »Du hast selbst erzählt, dass du darunter gelitten hast, ihn nicht einmal zu kennen. Bitte, Ellie, lass es mich dir erklären, und tu nicht alles von vornherein ab.«

»Was gibt es da noch zu erklären?«

In ihrem Kopf schien sich ein Hubschrauberrotor zu

drehen, nur dass sie sich nicht vom Boden lösen und davonschweben konnte. Vielmehr war sie gezwungen, sich der Situation zu stellen, was ihr im Moment völlig gegen den Strich ging.

»Dein Vater ist ein großartiger Mann, du wirst sehen ...«

Ellie schüttelte nachdrücklich den Kopf. »Und selbst wenn es so ist, will ich es nicht wissen.« Ihre Stimme bebte vor unterdrückten Emotionen. »Du hast mich benutzt, allein das zählt für mich.«

»Nein«, widersprach er. »So darfst du das nicht sehen.«

Aber so wollte sie es sehen und reagierte, gekränkt, wie sie war, mit Trotz und Abwehr.

»Es war kein Zufall, dass du im Internet auf mich gestoßen bist, gib's zu«, hielt sie ihm vor. »Du hast ganz gezielt alle möglichen sozialen Netzwerke nach mir durchsucht.«

»Okay, am Anfang war das so. Dad tat mir leid. Er hat ständig von dir gesprochen und wirkte dann immer so traurig. Und ich fand, er hatte es verdient, seine Tochter zu kennen. Es war nicht richtig, dass man dich völlig von ihm ferngehalten hat.«

Angriffslustig schaute sie ihn an, war nicht gewillt, überhaupt eine Entschuldigung gelten zu lassen. Weder diese noch eine andere.

»Ich finde es interessant, dass du dich auf die Suche nach mir gemacht hast und nicht er.« Sie deutete auf ihren Vater und funkelte ihn finster an. »So groß kann sein Interesse an mir also nicht gewesen sein, oder sehe ich das falsch?«

Ja, sie hatte darunter gelitten, von ihrem Vater nichts zu wissen, nicht einmal einen Brief zu bekommen. Kein Lebenszeichen, kein Foto, kein Geschenk. All die Jahre hatte Funkstille geherrscht.

Wären da nicht zumindest jetzt ein paar Worte des Bedauerns angebracht?

Nicht nur das. Es schien ihm schon schwerzufallen, ihr ins Gesicht zu sehen. Vermutlich schämte er sich. Mit Recht, wie sie fand. Immerhin hatte er seine eigene Tochter im Stich gelassen, während er anderen Kindern ein liebevoller Dad gewesen war.

Nun gut, mit alldem könnte sie sich zur Not arrangieren – nicht aber damit, dass sie für Tom letztlich ein Mittel zum Zweck gewesen war. Um seinem Stiefvater eine Freude zu machen. Und da dieser nicht eingeweiht war, musste er sie irgendwie nach Cedar Cove locken. Deshalb hatte er sie umgarnt und verliebt getan. Alles war Teil seines Plans gewesen. Und sie war darauf reingefallen.

Sie wich erneut ein Stück zurück, als brauchte sie diese Distanz, um klar denken zu können.

Unter falschen Voraussetzungen hatte Tom ihr Herz und ihr Vertrauen gewonnen und beides missbraucht. Zugegeben: Selbstsüchtig war sein Verhalten nicht, jedoch in höchstem Maße unehrlich und verletzend. Spielte ihr Liebe vor und machte sich eigentlich nichts aus ihr. So etwas war einfach schäbig.

Fast alles, wovor ihre Mutter sie gewarnt hatte, war eingetreten. Diese erste und einzige Demonstration von Unabhängigkeit, dieser Versuch, ihr Schicksal endlich in die eigenen Hände zu nehmen, war gründlich gescheitert, hatte sich als verheerender Rückschlag erwiesen.

Ihre Augen füllten sich mit Tränen. »Ich glaube es einfach nicht …«

»Ellie, bitte. Hör mir einmal zu …«

»Nein.« Sie durchbohrte erst Tom und dann ihren Vater mit zornigen Blicken. »Ich will keinen von euch je wiedersehen. Niemals.«

Mit diesen Worten wandte sie sich ab und hastete davon. Es konnte ihr gar nicht schnell genug gehen, von den beiden Männern fortzukommen.

Tom lief ihr nach. »Es ist nicht so, wie du denkst, Ellie. Okay, okay, zunächst ging es allein darum, dich für meinen Stiefvater ausfindig zu machen. Aber dann kam alles anders, und ich habe mich in dich verliebt. Ganz ehrlich. Und von dem Moment an war das die Hauptsache für mich.«

Sie stieß ein bitteres Lachen aus. »Erwartest du ernsthaft von mir, dass ich dir das abnehme?«

»Ja, zumindest hoffe ich es. Es stimmt nämlich. Je näher wir uns kennenlernten, desto mehr merkte ich, wie viel du mir inzwischen bedeutest. Da wollte ich dich bloß noch für mich.«

Durch den Tränenschleier vermochte sie sein Gesicht kaum zu erkennen. »Dann hättest du mir die Wahrheit sagen müssen.«

»Ja, das hätte ich. Dass ich es versäumt habe, war ein schwerer Fehler. Trotzdem glaub mir bitte, dass ich dich liebe, und gib mir und uns beiden noch eine Chance. Bitte.«

Ellie schlang die Arme um ihren Oberkörper, als würde sie frieren.

»Ich muss darüber nachdenken. Und jetzt möchte ich, dass du gehst.«

»Das kann ich nicht«, beschwor er sie. »Ich will das nicht so auf sich beruhen lassen.«

»Ich brauche Zeit, um das hier zu verarbeiten«, erwiderte sie müde.

Er zögerte. »Wie viel Zeit? Eine Stunde, einen Tag, eine Woche, einen Monat?«

Sie zuckte die Schultern. »Keine Ahnung. Machen wir es so, dass ich mich bei dir melde.«

»Nein, geh nicht einfach weg.« Tom hielt sie an den Schultern zurück und suchte ihren Blick. »Ich habe das Ganze falsch angepackt, und dafür entschuldige ich mich. Doch ich wollte dich niemals kränken.«

Was sollte sie tun?

Einerseits meinte Ellie, keine andere Wahl zu haben, als ihn wegzustoßen und zu gehen. Andererseits sehnte sich ihr Herz verzweifelt danach, dass es so sein möge, wie er sagte. Durfte sie ihm Glauben schenken? Oder machte sie sich dadurch womöglich endgültig zum Narren?

»Ich habe mich wirklich in dich verliebt, Ellie.« Eindringlich blickte er sie an. »Das ist kein leerer Spruch, sondern kommt von Herzen.«

Hin- und hergerissen zwischen Angst und Hoffnung, wusste sie nicht, wie sie sich entscheiden sollte, und schwieg.

»Mal ganz von meinen Gefühlen für dich abgesehen«,

versuchte er es anders, »solltest du einsehen, dass dein Vater dich liebt, und dich mit ihm aussprechen.«

Ein Reizthema, das bei Ellie nicht gut ankam.

»Mein Vater hat mich so sehr geliebt, dass er ständig an mich denken musste, stimmt's? Er konnte gar nicht aufhören, von mir zu sprechen«, höhnte sie. »Aber offensichtlich ist es beim Reden geblieben.«

Hilflos schüttelte Tom den Kopf. Was auch immer er sagte, wie auch immer er es anpackte – sie drehte ihm das Wort im Munde um. So langsam wusste er nicht mehr, wie er sie überzeugen sollte.

»Muss das sein, dass du so zynisch wirst. Natürlich hat er nicht dauernd von dir geredet, schon gar nicht solange mein Bruder und ich Kinder waren.«

»Da geht es mir ja gleich besser«, murmelte sie.

»Meine Mutter kannte natürlich seine Vorgeschichte – ich hingegen erfuhr erst nach ihrem Tod davon. Damals sagte Dad zu mir, dass er vieles in seinem Leben bereue, doch am meisten quäle es ihn, dass er nichts unternommen habe, seine Tochter kennenzulernen.«

»Das kam ein bisschen spät, findest du nicht?«

»Mag sein. Trotzdem hat er dich nie vergessen. Er trägt nach wie vor ein Foto in seiner Brieftasche, das dich als Baby zeigt.«

»Wie rührend«, meinte sie sarkastisch. »Er hätte mich anrufen oder mir schreiben können. Schließlich lebten wir nach wie vor unter der ihm bekannten Adresse.«

»Er hat verschiedentlich versucht, dich zu erreichen, aber deine Großeltern haben es verhindert«, erklärte Tom. »Wenn du mir nicht glaubst, frag deine Mutter.«

»Genau das habe ich vor.«

»Sprich mit ihm, Ellie«, bat Tom. »Gib ihm wenigstens eine Chance, dir seine Sicht der Dinge zu erzählen.«

»Nein.«

»Glaubst du, es war leicht für ihn, sich dieser Begegnung zu stellen? Glaubst du nicht, dass das alles für ihn genauso schwer ist wie für dich?«

Sie schüttelte den Kopf. »Wenn es ihn ehrlich geschmerzt hat, keinen Kontakt zu mir zu haben, wieso sollte es dann heute ein Angang für ihn sein? Jemand, der quasi zu diesem Treffen gezerrt werden musste, kann selbst keinen besonders starken Drang verspürt haben.«

»Ich musste ihn nicht herzerren, und dennoch war es für ihn aufgrund der Vorgeschichte und, ja, auch aufgrund seiner Schuldgefühle nicht leicht. Lass dir dennoch erneut versichern, dass dein Vater dich liebt.«

Sie gab einen Protestlaut von sich, der gleichermaßen Trotz wie Ungläubigkeit signalisierte.

Tom ließ die Hände sinken und gab sie frei.

»Weißt du, er hat geahnt, dass es so enden könnte. Er wusste schließlich, dass deine Mutter und deine Großeltern kein gutes Haar an ihm gelassen haben dürften.«

»Es ist nicht fair, die Menschen schlechtzumachen, die stets für mich da waren. Wie meine Mutter und meine Großeltern. Sie haben alles in ihrer Macht Stehende für mich getan, und zwar aus Liebe.«

»Sie haben dich mit ihrer Fürsorge erstickt und dir jeden Schritt vorgeschrieben, den du getan hast«, versetzte er barsch. »Mach endlich die Augen auf, und sieh der Wirklichkeit ins Gesicht.«

»Du weißt ja nicht, wovon du redest«, entgegnete Ellie gleichermaßen verwirrt wie gekränkt und wich vor
ihm zurück.

»Nur zu«, sagte Tom mit vor Enttäuschung bebender
Stimme. »Lauf weg. Wende dich von deinem Vater und
mir ab. Du sagst, du brauchst Zeit – also gut, nimm sie
dir. Falls du reden willst, werden wir beide für dich da
sein. Von mir aus hasse mich, wenn es dir dann besser
geht, und betrachte mich als einen Vertreter der Sorte
Mann, vor der deine Mutter dich gewarnt hat. Aber eines garantiere ich dir: Solltest du jetzt vor deinem Vater
davonlaufen, dann wirst du es für den Rest deines Lebens bereuen.«

Mit diesen Worten drehte er sich um, ließ sie stehen
und kehrte zu ihrem Vater zurück, der, als drücke ihn
eine gewaltige Last nieder, mit hängenden Schultern auf
einer Parkbank saß.

Ellie hingegen eilte den steilen Hügel hinauf zum Rose
Harbor Inn, wo sie am ganzen Körper zitternd ankam. Da
sie nicht wollte, dass Jo Marie sie in dieser Gemütsverfassung sah, setzte sie sich auf die Veranda in einen der
Korbsessel und blickte gedankenverloren über den Hafen und die Bucht. Sogar den Park konnte sie von hier
aus sehen, doch sie zog es vor, ihre Blicke woandershin
zu wenden.

Eine Träne rann ihr über die Wange, dann eine weitere und noch eine.

Bald saß sie tränenüberströmt da und überdachte das
Geschehen der letzten Stunde. Sie wollte ja zu gerne

glauben, dass Tom etwas an ihr lag, dass er ihr nichts vorgemacht hatte, fürchtete aber, enttäuscht zu werden. Als sie nach ihrer Tasche griff, um nach einem Taschentuch zu suchen, stellte sie überrascht fest, dass Rover zu ihr gekommen war und sich neben ihr ausgestreckt hatte.

»Du wirst nicht glauben, was mir passiert ist«, flüsterte sie.

Kurz darauf tauchte Jo Marie auf, die ihren Hund suchte.

»Lieber Gott, was ist denn passiert?«

Da Ellie im Moment weder darüber reden konnte noch wollte, schüttelte sie nur den Kopf. Die andere verstand sie auch ohne Worte und legte ihr den Arm um die Schulter.

»Da habe ich genau das Richtige«, sagte sie und verschwand wieder im Haus, während Rover ihr tröstend die Schnauze auf die Füße legte.

»Hast du schon einmal jemanden geliebt, der dich bitter enttäuscht hat?«, fragte sie den Hund.

Ein paar Minuten später war Jo Marie zurück. Sie trug ein Tablett, auf dem eine große Teekanne, Tassen und ein kleiner Teller mit Gebäck standen, und stellte alles auf den Tisch.

»Ich kann mir nichts Beruhigenderes vorstellen als Tee und Plätzchen.«

Ellie rang sich trotz ihres Elends ein Lächeln ab und beobachtete, wie Jo Marie dampfenden Tee eingoss.

»Milch oder Zucker?«

»Danke, beides nicht.« Ellie nahm die Tasse entgegen und blies auf die heiße Flüssigkeit. »Ich habe meinen Vater nie gekannt«, begann sie unvermittelt mit belegter Stimme zu sprechen. »Meine Eltern haben sich scheiden lassen, bevor ich Erinnerungen an ihn speichern konnte.«

»Sie hatten keinerlei Kontakt zu ihm? Nie?«

»Nein, bis jetzt nicht … Heute habe ich ihn gesehen: Er war unten am Hafen …«

»Hier in Cedar Cove?«

»Ja.« Ellie nickte. »Er ist Toms Dad.«

Jo Marie schnappte unwillkürlich nach Luft. »Tom ist also Ihr Halbbruder?«

»Nein, nein. Er ist der Stiefsohn. Mein Vater hat seine Mutter geheiratet und Tom und seinen Bruder wie seine eigenen Söhne aufgezogen. Der einzige Grund, warum Tom …« Sie brach ab, vermochte die harten Worte nicht auszusprechen, die ihr auf der Zunge lagen, und suchte nach einer unverfänglicheren Formulierung. »Er wollte mich mit meinem Vater zusammenbringen«, stieß sie endlich hervor.

»O Ellie, ich glaube nicht, dass das der einzige Grund für ihn war, Sie näher kennenzulernen«, wandte Jo Marie ein. »Mir ist nicht entgangen, wie er Sie heute Morgen angesehen hat«, fuhr sie sanft fort. »Tom ist verrückt nach Ihnen.«

Erneut schüttelte Ellie den Kopf, tat die Worte als untauglichen Trostversuch ab.

»Lediglich um meinem Vater eine Freude zu machen, hat er im Internet nach Kontaktmöglichkeiten gesucht. Mich anzurufen, das war ihm vermutlich zu riskant. Mein Vater ahnte übrigens nichts von seinem Plan. Ich weiß nicht, was ich von ihm halten soll«, flüsterte sie. »Einerseits konnte er mir kaum in die Augen sehen – andererseits beharrt Tom darauf, mein Vater habe während all der Jahre Kontakt mit mir aufzunehmen versucht, was speziell meine Großeltern verhindert hätten. Und was war mit dem Rechtsweg, frage ich mich. Wenn er ernsthaft gewollt hätte, dass ich Teil seines Lebens werde, würde er da nicht Himmel und Hölle in Bewegung gesetzt haben?«

»Schon«, stimmte Jo Marie zu. »Aber tragen wir nicht alle irgendwelche Dinge mit uns herum, die wir zutiefst bedauern?«, gab sie dann zu bedenken. »Ich könnte mir vorstellen, dass Sie ebenfalls gerne Ihren Vater kennengelernt hätten.«

»Als kleines Mädchen bestimmt. Da hätte ich alles dafür gegeben, von ihm zu hören und mit ihm zu reden. Jedes Kind wünscht sich schließlich einen Vater und versteht nicht, warum er sich fernhält. Da betrachtet man sich als unerwünscht, als Störenfried.«

Jo Marie trank von ihrem Tee. »Manche Dinge bekommen bisweilen eine Eigendynamik. Gerade nach Trennungen. Jetzt jedenfalls will er Sie wohl treffen. Selbst wenn es spät kommt, ist es vielleicht noch nicht zu spät.«

»Wie meinen Sie das?«, wollte Ellie wissen.

»Ich denke, dass es ihn viel Mut und Überwindung gekostet haben dürfte, Ihnen als junger erwachsener Frau gegenüberzutreten. Immerhin wird er wissen, wie enttäuscht Sie von ihm sind.«

Jo Marie argumentierte im Wesentlichen wie Tom,

überlegte Ellie, und redete ihr ins Gewissen, diese Gelegenheit nicht ungenutzt verstreichen zu lassen.

»Meinen Sie nicht, dass Sie ihm eine Chance geben sollten?«, hörte sie sie wie zur Bestätigung fragen.

»Aber Tom …«

»Mit Tom können Sie sich später auseinandersetzen.«

»Meine Mutter hat mich vor ihm gewarnt – ich solle ihm nicht trauen, meinte sie.«

»Ach, Ellie, Ihre Mutter ist als junge Frau zutiefst verletzt worden, und das ließ sie ungerecht werden. Leider hat sie Sie mit ihrer negativen Einstellung den Männern und dem Leben gegenüber stark beeinflusst. Unangemessen stark. Trotzdem möchte ich nicht schlecht über sie reden, und ich hoffe, ich habe mir nicht zu viel herausgenommen.«

»Ganz und gar nicht«, erwiderte Ellie leise. »Wenn ich ehrlich bin, stimmt alles, was Sie über meine Mutter sagen, und vermutlich sollte ich meinem Vater wirklich die Möglichkeit geben, mir seine Sicht der Dinge darzulegen.«

Jo Marie griff nach ihrer Hand. »Ich denke, Sie werden es nicht bereuen.«

Ellie nickte und zog ihr Handy aus der Tasche, um Tom eine SMS zu schicken.

Habe es mir überlegt und möchte mit meinem Vater sprechen. Mach einen Vorschlag, wo ich mich mit ihm treffen kann. Dich allerdings will ich auf keinen Fall dabeihaben.

18

Arme Ellie. Ich hätte sie liebend gern in die Arme genommen und ihr versichert, dass bestimmt alles gut werde. Noch mehr stand mir allerdings der Sinn danach, Tom ordentlich die Meinung zu geigen, weil er ihr, wenngleich nicht mit böser Absicht, einen üblen Streich gespielt hatte. Aber vermutlich wusste er das inzwischen selbst und bereute seine Unbesonnenheit zutiefst. Zudem zweifelte ich keine Sekunde daran, dass ihm ehrlich an Ellie etwas lag – diesen Eindruck hatte er mir eindeutig vermittelt.

Darüber hinaus sprach für ihn, dass er seinem Stiefvater, an dem er sehr hing, einen Gefallen tun wollte, wenngleich er sich dabei fragwürdiger Methoden bediente und sich unweigerlich in Lügengespinste verstrickte, die Ellie verständlicherweise kränkten und irritierten. Ich hoffte, dass meine Worte geholfen hatten, die Sache ein wenig zurechtzurücken.

Als ich aus dem Fenster schaute, fiel mir auf, dass Mark nicht an dem Pavillon arbeitete, und fragte mich beinahe zwangsläufig, ob ich ihn mit der Einladung zum Dinner vergrault hatte. Wie es aussah, ging jeder meiner Versuche, an ihn heranzukommen und ihm seine Geheimnisse zu entlocken, als Schuss nach hinten los.

Das Einzige, was ich bewirkte, war, dass er sich permanent in die Enge getrieben fühlte und ein generelles Misstrauen entwickelte. Dabei wünschte ich mir allem voran ein offenes, ungezwungenes Verhältnis zu diesem Mann, den ich ungeachtet all seiner Ecken und Kanten als Freund betrachtete.

Bis zu diesem Morgen war mir nicht klar gewesen, wie nah ich mich Mark fühlte.

Nicht auf eine romantische Weise, nein, das nicht, sondern auf eine vertrauensvolle. Warum sonst hätte ich ihm wohl von Paul erzählt und von meinem Kummer, dass die Erinnerungen an ihn mir allmählich entglitten?

Als ich ihm das anvertraut hatte, war ein seltsamer Ausdruck über sein Gesicht gehuscht, als wäre mein Geständnis ihm peinlich oder zumindest unangenehm.

Zu viel Nähe, zu privat, schien seine Miene auszudrücken.

Kein Wunder bei einem Menschen, der von sich nichts preisgab, der stets Distanz wahrte. Wie sollte einer wie er damit umgehen, wenn jemand seine Sorgen und Seelenqualen vor ihm ausbreitete?

Ich schüttelte den Kopf. Wieso musste ich neuerdings ständig über Mark Taylor nachdenken? Obwohl ich es nicht offen zugab, beunruhigte mich das.

Zum Glück nahte Ablenkung in Gestalt von Ellie, die mit ihrer Teetasse von der Veranda ins Haus zurückkam.

»Fühlen Sie sich besser?«, fragte ich sie.

Sie nickte. »Viel besser. Danke, dass Sie mir zugehört haben, Jo Marie.«

»Jederzeit.«

Obwohl Ellie nach wie vor schutzbedürftig wirkte, erkannte ich, dass sie genau das nicht brauchte. Für sie wurde es Zeit, selbstständig zu werden. Sie musste alleine aus dieser Situation herausfinden, anstatt sich in die Arme von jemandem zu flüchten, der sie wie ein unglückliches Kind tröstete. Das hatten Mutter und Großmutter schließlich im Übermaß besorgt und sie damit bevormundet. Nein, es war besser, sie die Entscheidung, wie sie mit ihrem Vater und mit Tom umgehen wollte, unbeeinflusst treffen zu lassen.

»Ich gehe in mein Zimmer«, sagte Ellie. »Irgendwie sind Kopfschmerzen im Anzug, und da tut es bestimmt gut, wenn ich mich ein paar Minuten hinlege.«

»Rufen Sie mich, wenn Sie etwas brauchen«, erwiderte ich.

»Okay. Und noch einmal danke.«

Während Ellie nach oben ging, verspürte ich einmal mehr den Drang, mich körperlich zu betätigen, und beschloss, den Dachboden zu inspizieren, der bereits seit einiger Zeit auf meiner To-do-Liste stand. Eigentlich eine unwillkommene Arbeit, die ich immer wieder vor mir hergeschoben hatte. Jetzt hingegen war es mir gerade recht, weil es mich mit Glück von Paul und meinen sich verflüchtigenden Erinnerungen ablenkte.

Seit ich das B&B erworben hatte, war ich noch nie auf dem Dachboden gewesen. Von den Frelingers wusste ich lediglich, dass dort oben ein paar kleinere Möbelstücke und andere Sachen gelagert waren. Vielleicht ließ sich ja das, was ich nicht gebrauchen konnte, auf einem Flohmarkt verkaufen.

Bevor ich es mir anders überlegte, stieg ich die Treppe hinauf in den zweiten Stock, wo drei der kleineren Pensionszimmer lagen und von wo aus man über eine ausziehbare Leiter auf den Dachboden gelangte.

Vorsichtig schob ich mich in die staubige Dunkelheit und stellte fest, dass ich mich dort oben trotz meiner eher bescheidenen Größe nur gebückt bewegen konnte. Misstrauisch spähte ich unter die Schrägen und hoffte, nicht auf Ratten oder Mäuse zu stoßen.

Zum Glück hatten die Frelingers alles ordentlich hinterlassen. Ich fand ein paar Nachtschränkchen aus Eichenholz, einige Lampen, eine leere Truhe und drei oder vier Ölgemälde, die ich nicht schlecht fand. Vage erinnerte ich mich daran, dass Mrs. Frelinger von einem Malkurs erzählt hatte, und fragte mich, ob es sich um ihre eigenen künstlerischen Versuche handelte. Doch im schwachen Schein der einzigen, von den Deckenbalken herabhängenden Glühbirne erkannte ich, dass zumindest auf der Meereslandschaft nicht ihr Name prangte.

Während ich für die Möbel aktuell keine Verwendung hatte, war das mit den Bildern eine andere Sache. Sie gefielen mir, insbesondere die Meereslandschaft. Aber wohin damit? Sämtliche Wände des Hauses waren bereits bedeckt mit Werken einheimischer Künstler. Viele stammten noch von den Frelingers, doch ich hatte die Sammlung sukzessive erweitert, sodass für die Meereslandschaft beim besten Willen kein Platz mehr war. Zu schade, denn das Bild war sehr hübsch und verdiente es, irgendwo als Blickfang aufgehängt zu werden.

Plötzlich kam mir eine zündende Idee.

Bei Mark waren die Wände kahl und unpersönlich wie das ganze Haus, in dem es an jeglicher Dekoration und an allen Hinweisen auf den Geschmack des Bewohners fehlte. Schon ein einziges Bild könnte Wunder wirken, dachte ich und nahm mir vor, ihm das Gemälde anzubieten. Als Geschenk von Freund zu Freund, ohne Hintergedanken und ohne Gegenleistung.

Mühsam schleppte ich es die Leiter vom Dachboden herunter. Eine echte Herausforderung, die mir lediglich unter Schwierigkeiten gelang. Unten wartete Rover bereits auf mich. Ungeduldig lag er da und blickte zu mir hoch, sprang schließlich auf und bellte, als wollte er sein Missfallen kundtun, dass ich in diesem Loch in der Decke verschwunden war.

»Das Bild ist für Mark«, sagte ich.

Zumindest Mark verstand er und lief augenblicklich die Treppe hinunter, setzte sich vor die Tür, wo seine Leine hing.

Um das gute Stück womöglich nicht umsonst die Straße hinauf bis zu Mark zu schleppen, rief ich bei ihm an, um mich zu vergewissern, dass er zu Hause war.

Er antwortete nach dem vierten Klingeln, kurz bevor sich die Mailbox seines Handys eingeschaltet hätte.

»Du bist es«, sagte er. »Und ehe du fragst: Nein, ich habe meine Meinung bezüglich des Dinners nicht geändert.«

»Okay, kein Problem. Deswegen rufe ich ohnehin nicht an. Dafür gibt es einen ganz anderen Grund.«

»Der da wäre?«

»Ich habe etwas für dich.«

Er zögerte. »Ist es wirklich okay für dich, wenn ich deine Familie nicht treffen möchte?«

Mir kam es vor, als würde er mir nicht glauben und wäre auf eine Auseinandersetzung gefasst gewesen.

»Das geht in Ordnung«, versicherte ich ihm und tat mein Bestes, verständnisvoll zu wirken. Meine Stimme klang bestimmt zuckersüß – noch eine winzige Steigerung, und Mark würde den Eindruck gewinnen, in einen Honigtopf gefallen zu sein.

»Was willst du dann von mir?«, erkundigte er sich mit unverhohlenem Misstrauen.

Obwohl ich seine kurz angebundene Art des Telefonierens inzwischen kannte, ärgerte ich mich jedes Mal aufs Neue darüber.

»Das sagte ich dir bereits«, erklärte ich leicht gereizt. »Ich habe etwas für dich.«

»Was denn?«

»Ein Ölgemälde, das ich auf dem Dachboden gefunden habe.« Ich machte Anstalten, es ihm zu beschreiben, aber er schnitt mir das Wort ab.

»Ein was?«

»Ehrlich, Mark, hast du es mit den Ohren?«, fegte ich ihn an. Von zuckersüß und Honigtopf konnte keine Rede mehr sein.

»Wozu brauche ich ein Bild?«

»Weil du keines hast.«

»Ich will auch keins.«

»Es ist ein Geschenk«, erwiderte ich jetzt mit unverkennbarem Unmut.

Man könnte glatt denken, ich würde ihm etwas völlig Unzumutbares anbieten, schoss es mir durch den Kopf. Seinem Tonfall nach zu urteilen, würde er mich am liebsten aus der Stadt schleifen und teeren und federn lassen.

Er verstummte, als würde er überlegen, ob er Probleme riskieren wollte oder nicht.

»Schön, wenn du das Bild nicht willst, soll es mir ebenfalls recht sein«, erklärte ich betont kühl, denn seine Abfuhr empfand ich als verletzend.

Einen Moment herrschte Stille.

»Was ist das überhaupt für ein Bild?«

Vor Kurzem noch hätte ich es ihm gern ausführlich und schwärmerisch beschrieben, jetzt beschränkte ich mich auf zwei dürre Worte. »Eine Meereslandschaft.«

»Hm …«

»Was soll das heißen?«

Rover, der an der Tür wartete, hob ungeduldig den Kopf, fixierte seine Leine und fieberte unserem Spaziergang entgegen.

»Hör zu.« Ich gab mir Mühe, meine Gereiztheit zu verbergen. »Ich gehe jetzt mit Rover Gassi und komme bei dir vorbei. Dann kannst du einen Blick auf das Bild werfen, und falls du es haben möchtest, gehört es dir. Ansonsten nehme ich es einfach wieder mit. Beides kein Problem.«

»Wie groß ist es?«, erkundigte er sich.

»Na ja, nicht groß und nicht klein. So mittelschwer. Bist du zu Hause?«

»Ich werde da sein.«

»Gut, dann sind Rover und ich in ein paar Minuten bei dir.«

Inzwischen wollte ich das Gespräch nur noch beenden. Zur Hölle mit dem Mann, fügte ich im Stillen hinzu.

»Das ist wirklich nicht nötig, weißt du.«

»Entschuldige, was meinst du jetzt damit?«, fragte ich zähneknirschend und ärgerte mich, überhaupt mit ihm diskutiert zu haben.

Er stieß den Atem aus. »Ich wollte mich bloß vergewissern, dass du das mit meiner Absage wegen des Dinners richtig verstanden hast.«

»Mark, wirklich, ich habe das Bild auf dem Dachboden gefunden und gedacht, es könnte dir gefallen. Mit dem Dinner und meiner Familie hat das nicht das Geringste zu tun. Ich wollte dich nicht bestechen.«

»Wie hast du es eigentlich vom Dachboden heruntergekommen?«, fragte er trügerisch ruhig.

Ich verdrehte die Augen. Fing er etwa wieder mit seinen Vorhaltungen an, nicht auf Leitern zu steigen?

»Ich habe es heruntergetragen. Natürlich, was sonst«, erwiderte ich sarkastisch. »Doch keine Sorge, mir ist nichts passiert.«

»Okay, gut.«

Ein paar Minuten später verließ ich mit dem Bild unter dem Arm die Pension. Eindeutig hatte ich sein Gewicht unterschätzt, und zudem war es ziemlich unbequem, es unter den Arm geklemmt zu tragen. Bereits einen Block weiter wünschte ich, ich hätte das Auto genommen, zumal mein an ein schnelleres Tempo gewöhnter Hund ungeduldig an seiner Leine zerrte.

»Langsam«, mahnte ich und versuchte, das Bild anders festzuhalten, aber es blieb eine beschwerliche Angelegenheit.

Nach ein paar Schritten musste ich erneut stehen bleiben, weil die Leine mir die Finger abschnürte und ich schon fürchtete, das Bild nicht mehr halten zu können.

»Jo Marie ...«

Ich spähte über den Rahmen hinweg und sah Mark schnellen Schrittes auf mich zukommen.

»Was um alles in der Welt hast du dir dabei gedacht, dich mit so etwas abzuschleppen?«

Diesmal widersprach ich nicht einmal und verzichtete sogar darauf, mir seine Einmischung zu verbitten, sosehr es mir auch gegen den Strich gehen mochte. Hauptsache, er nahm mir das sperrige Bild ab.

»Danke«, murmelte ich ein bisschen beschämt.

»Ich bin eigentlich davon ausgegangen, dass du mit dem Auto kommst, bis mir eingefallen ist, dass du irgendetwas von Gassi gehen mit Rover gesagt hast.«

Rührung überkam mich. Das also hatte ihn bewogen, mir weit mehr als die Hälfte des Weges entgegenzukommen.

»Willst du es dir nicht ansehen?«, fragte ich. »Bei Tageslicht wirkt das Spiel der Farben noch hübscher. Die Sonne, der Sand, die sich am Ufer brechenden Wellen und die weißen Möwen vor einem strahlend blauen Himmel.«

»Habe ich schon getan.«

»Und wie gefällt es dir?«

»Es ist okay.«

Wie bei den Plätzchen und den Muffins ließ er es so klingen, als würde er mir einen Gefallen tun, dass er mich von etwas befreite. Es war schier unmöglich, aus dem Mann schlau zu werden.

»Wo willst du es aufhängen?«, fragte ich, während ich mich anstrengte, mit ihm Schritt zu halten.

»Weiß ich noch nicht.«

»Legst du Wert auf einen Vorschlag?«

Er lachte leise. »Ich habe das Gefühl, den kriege ich sowieso zu hören, ob ich nun will oder nicht.«

»Stimmt. Wie wär's mit dem Wohnzimmer?«

»Warum gerade da?«

»Es würde dem Raum eine gewisse Atmosphäre verleihen und signalisieren: Dies ist ein Zuhause. Das Zimmer sieht so öde und kahl aus wie die Wüste Sahara. Wie das ganze Haus übrigens.«

Er machte aus seiner Belustigung keinen Hehl. »Du machst Witze, oder?«

»Nein, das ist mein voller Ernst«, erwiderte ich mit Nachdruck und einer Absolutheit, die Widerspruch ausschloss.

Eigentlich, denn Mark ließ es sich nicht nehmen, mir Kontra zu geben.

»Vermutlich rätst du mir gleich, einen Raumgestalter zu engagieren.«

»Nein, das tue ich nicht. Aber Zimmer sollten widerspiegeln, dass sie ein Zuhause sind. Dein Zuhause, Mark. Stattdessen ...«

»Ich brauche keinen Krimskrams.«

»Gut.«

»Solches Zeug fesselt einen an einen Ort.«

»Hast du vor, in der nächsten Zeit wegzuziehen?«, fragte ich nach und empfand augenblicklich ein Gefühl des Verlusts. Falls Mark Cedar Cove verließ, würde ich ihn vermissen. Trotz allem Frust, trotz aller Differenzen – er würde mir fehlen. Vor allem seit er sich das Bein gebrochen hatte, war er für mich zu einer wichtigen Bezugsperson geworden, wie ich mehr und mehr spürte. Fast war ich sogar geneigt, von Abhängigkeit zu sprechen, was meine Überzeugungen, alles alleine stemmen zu können, ganz schön erschütterte.

»Ich gehe vorerst nirgendwohin.«

Gott sei Dank, dachte ich, hakte jedoch nach. »Irgendwann schon?«

»Wahrscheinlich. Ich fange normalerweise nach einiger Zeit an, mich in einer Stadt zu langweilen.«

»Oh«, hauchte ich mit ehrlicher Verwunderung über diese mir bis dahin unbekannte Facette von Mark Taylors Wesen.

Er blieb stehen und maß mich mit einem eigenartigen Blick. »Alles in Ordnung?«

»Natürlich«, tat ich seine Frage sofort ab.

»Du hast eben so komisch ausgesehen. Wie dem auch sei, ich bin zu dem Schluss gekommen, dass Cedar Cove ein guter Ort ist, um sich eine Weile dort niederzulassen.«

Ich grinste. »Sehe ich genauso.«

Den Rest des Weges zu seinem Haus legten wir schweigend zurück. Mark führte mich durch die Hintertür, die er anscheinend nie abschloss, in die Küche, dann durch einen kleinen Flur ins Wohnzimmer. Hier sah es mehr oder weniger so aus wie bei meinem letzten Besuch. Ein Sofa, ein Sessel, ein kleiner Tisch und ein Fernseher, sonst nichts.

»Ich nehme an, Peter McConnell ist wieder in seinem eigenen Haus?«

»Ja. Dem Himmel sei Dank, denn ich hatte die Nase gestrichen voll.«

Ich konnte mir ein Lächeln nicht verkneifen.

»Das findest du lustig?«

»Nein. Du?«

»Sehr witzig.«

Die Hände in die Hüften gestemmt, begutachtete ich die kahlen Wände, wenngleich es eigentlich außer Frage stand, wo das Bild hingehörte. Die Wand gegenüber vom Fernseher war perfekt.

»Was meinst du?«, fragte Mark.

»Da.« Ich deutete auf die Stelle über dem Sofa.

Er zuckte die Achseln. Ob er derselben Meinung war oder nicht, ließ sich nicht erkennen.

»Soll ich dir helfen, es aufzuhängen?«, fragte ich.

»Jetzt sofort, meinst du?« Bei ihm hörte sich das an, als hätte ich einen ausgesprochen absurden Vorschlag gemacht.

»Ja«, beharrte ich. »Sonst schiebst du es Monate vor dir her.«

Ich konnte mir gut vorstellen, dass es Weihnachten nach wie vor an der Wand lehnte, ohne je bewegt worden zu sein.

»Wahrscheinlich«, gab er zu und verschwand.

Kurz darauf hörte ich, wie die Hintertür zugeschlagen und wenige Minuten später wieder geöffnet wurde. Mark war zurück mit einem Hammer und ein paar Nägeln, und im Nu hing das Bild an der Wand.

Ich trat ein paar Schritte zurück, um es auf mich wirken zu lassen.

»Macht sich echt gut dort, findest du nicht?«

Er hob die Schultern.

»Ach, komm schon, Mark, gib es zu. Das Bild verleiht dem Raum Atmosphäre.«

»Okay, okay, du hast recht.«

Es wunderte mich, dass er bereit war, das umstandslos zuzugeben.

»Es gefällt mir, Jo Marie.«

Jetzt war ich noch überraschter, denn seine Worte klangen wie ein Dank. Er musste es mir angesehen haben, denn er fing an zu lachen.

»Was ist so komisch?«, erkundigte ich mich.

»Du.« Er grinste und verkniff sich einen neuen Heiterkeitsausbruch. »Du hättest sehen sollen, was für ein Gesicht du eben gezogen hast«, sagte er und versuchte meine Miene zu imitieren.

»Sehr witzig.«

Plötzlich wurde er wieder ernst. »Ich schätze, du wirst verlangen, dass ich mich erkenntlich zeige.«

»Inwiefern?«, fragte ich perplex.

»Du möchtest, dass ich deine Familie kennenlerne.«

»Nicht dieses Mal«, beruhigte ich ihn, und das war die Wahrheit. »Früher oder später wird es ohnehin dazu kommen.«

Seine Augen verengten sich leicht, als wäre er nicht sicher, ob er mir glauben konnte.

»Du bist eine außergewöhnliche Frau, Jo Marie. Manchmal frage ich mich, ob mir bewusst ist, was ich an dir habe.«

19

Nachdem die Fähre im Hafen von Seattle angelegt hatte, folgte Roy der Autoschlange, die sich vom Schiff herunterbewegte, und hielt Ausschau nach einem Parkplatz. Nur wenige Minuten später fand er einen in einer Straße nicht weit entfernt von den Docks.

Maggie war wie gelähmt, seit der Test ihre schlimmsten Befürchtungen bestätigt hatte. Ihr Geheimnis lastete wie ein bleischweres Joch auf ihr. Sie wusste nicht, wie sie den Tag überstehen sollte und den Rest des Wochenendes, das doch eigentlich die Ehekrise überwinden sollte.

Ganz zu schweigen von den Monaten, die sich wie eine Ewigkeit vor ihr erstreckten.

Roy zahlte den Parkschein mit seiner Kreditkarte, legte ihn auf das Armaturenbrett und griff liebevoll nach ihrer Hand. Wie lange hatte er das nicht mehr getan? Und er würde es auch jetzt nicht tun, wenn er wüsste, was Maggie ihm noch verschwieg.

»Was wollen wir zuerst machen?«, fragte er.

»Ich weiß nicht. Was würde dich denn interessieren?«

Sie lächelte ihn an in der Hoffnung, dass er nichts bemerkte, obwohl ihr zitternder Mund verriet, wie krampfhaft sie sich bemühte, glücklich und unbekümmert zu wirken.

»Lass uns auf den Markt gehen«, schlug er vor.

Maggie nickte. Der Pike Place Market war neben der Space Needle, Seattles Aussichtsturm, dem Hafen und dem Aquarium sowie einer Fahrt durch das historische Zentrum mit der Monorail, einer Einspurbahn, ein Muss für jeden Besucher der Stadt.

»Ich hoffe, die Fischhändler produzieren sich gerade, indem sie ihren Fang wie ein Jongleur in die Luft werfen«, sagte Roy und drückte ihre Hand.

Sie erklommen die steilen Stufen, die vom Hafen zur First Avenue führten und gesäumt wurden von Verkaufsständen, auf denen alles Mögliche feilgeboten wurde: neben frischem Fisch etwa Obst und Gemüse, diverse landwirtschaftliche Erzeugnisse, Bauernsträuße und aus der Lava des Mount Saint Helen gefertigte Figürchen.

Roy kaufte ein Glas Honig, und Maggie entdeckte ein Foto, auf dem die Space Needle gerade von einem Blitz getroffen wurde. Das Bild kam ihr vor wie eine Spiegelung ihrer eigenen Gefühlslage. Und zugleich als Ausdruck der Hoffnung, dass sie ihren symbolischen Blitzeinschlag ebenso unbeschadet überstehen würde wie Seattles Wahrzeichen seinerzeit den realen.

Auf dem eigentlichen Markt angekommen, steuerten sie als Erstes ein Starbucks an, um eine Latte Macchiato zu trinken, kauften anschließend ein großes Stück Käse von einem Milchbauern, dazu an anderen Ständen Brot und helle Trauben.

»Das gibt später ein Festmahl«, freute sich Roy, als sie die Sachen im Auto verstauten. »Okay, was jetzt?«

»Ich weiß nicht«, stammelte Maggie, die mit ihren Gedanken ganz woanders war, unschlüssig.

»Es gibt so viele Möglichkeiten.« Roy legte ihr einen Arm um die Schultern. »Würdest du zum Lunch gern ins Restaurant oben auf der Space Needle gehen?«

»Glaubst du, wir bekommen da ohne Reservierung einen Tisch?«, wandte sie zögernd ein, zumal sie ohnehin fürchtete, keinen Bissen bei sich behalten zu können.

»Da hast du wahrscheinlich recht.« Roy drehte sich zum Wasser um.

Der Tag war herrlich, die Sonne schien, und entsprechend lebhaft ging es im Hafen sowie auf dem Wasser zu. Interessiert beobachtete Roy ein Boot, das einen Paraglider mit einem Schirm in den Farben der amerikanischen Flagge hinter sich herzog. Segelschiffe durchschnitten das smaragdfarbene Wasser des Puget Sound, die weißgrünen Fähren der Washington State Ferries schwärmten mit Ausflüglern zu den zahllosen Inseln im Sund aus. Die neueste Attraktion, die sie noch nicht kannten, war ein Riesenrad, vor dem eine lange Schlange von Touristen geduldig wartete.

»Wie wäre es mit einer Exkursion durch den Untergrund von Seattle?«, meinte Roy.

»Seattle hat einen Untergrund?«

»Ja, auf der Fähre war ein Prospekt ausgelegt. Anscheinend gab es Ende des neunzehnten Jahrhunderts in Seattle einen Großbrand, der die meisten Gebäude bis auf die Grundmauern zerstörte. Als die Stadt neu aufgebaut wurde, beschloss man, wegen der ständigen Überschwemmungen die küstennahen Regionen aufzuschütten und die unteren Stadtteile praktisch höher zu legen.«

Maggie erinnerte sich dunkel daran, in ihrem Geschichtskurs auf der Highschool Derartiges gehört zu haben.

»Und deshalb hat Seattle jetzt einen Untergrund, den man besichtigen kann?«

»So steht es zumindest im Prospekt.«

»Gibt es da überhaupt etwas zu sehen?«, wandte Maggie zweifelnd ein. »Ich meine, wenn die Stadt abgebrannt ist, was ist dann übrig geblieben?«

»Keine Ahnung, aber es könnte sich lohnen, sich selbst ein Bild zu machen, meinst du nicht?«

»Sicher«, willigte sie schnell ein.

Im Moment war sie bereit, auf alles einzugehen, was Roy wünschte und anregte. Hauptsache, er konzentrierte sich nicht allzu sehr auf sie. Da er in ihr wie in einem Buch zu lesen vermochte, würde es ansonsten nämlich nicht lange dauern, bis er merkte, dass etwas ganz und gar nicht in Ordnung war.

Sobald sie ihre Zustimmung zu einem Ausflug in den Untergrund gegeben hatte, zog er den Prospekt aus der Hosentasche und breitete ihn auf der Motorhaube des Wagens aus.

»Hier steht, dass wir die Tickets am Pioneer Square kaufen können, und dort sind die Zeiten der Führungen aufgelistet. Schau.« Roy sah auf die Uhr. »Wir haben reichlich Zeit und könnten bis zur nächsten Tour ein bisschen durch die Stadt bummeln.«

Erneut nickte Maggie und folgte Roy, der derartig

gut gelaunt und redselig zu sein schien, dass ihm ihre Schweigsamkeit gar nicht auffiel. Wofür sie dem lieben Gott von Herzen dankte, verschaffte es ihr doch eine Schonfrist und damit Zeit zu überlegen, wie und wann sie ihm die Schwangerschaft am besten gestand.

Was war besser, fragte sie sich. Gleich mit der Wahrheit rauszurücken oder lieber zu warten. Letzteres hatte den Vorteil, dass ihnen noch ein paar unbeschwerte Tage blieben, um ihre Beziehung zu festigen, aber zugleich den Nachteil, dass Roy ihr das am Ende als zusätzlichen Verrat auslegte. Eigentlich war es egal, wie sie sich entschied.

So oder so durfte sie nicht damit rechnen, dass der neue vertrauensvolle Umgang Bestand hatte.

So oder so würde ihr Geständnis eine neue Krise gewaltigen Ausmaßes heraufbeschwören.

Und davor fürchtete Maggie sich, denn nach den wochenlangen, nervenzermürbenden Spannungen sehnte sie sich nach Frieden und Harmonie. Selbst wenn beides trügerisch war.

»Was hältst du davon?«, fragte Roy.

Wovon? Offenbar hatte sie etwas nicht mitbekommen.

»Tut mir leid, ich habe nicht richtig zugehört.«

»Meine Güte, Maggie, du wirkst irgendwie komplett geistesabwesend. Ist wirklich alles in Ordnung mit dir?«

»Ja. Alles bestens.« Sie setzte ein weiteres breites Lächeln auf, das ihn diesmal allerdings nicht zu überzeugen schien.

»Dir ist wieder übel, oder?«

»Überhaupt nicht.«

»Dann ist es ja gut.«

Er hauchte ihr einen Kuss auf die Stirn, nahm ihre Hand und zog sie mit sich in Richtung Pioneer Square, dem ehemaligen Herzstück des alten Seattle. Zwar säumten Cafés und Restaurants den Platz, aber es ging hier nicht annähernd so belebt zu wie auf dem Pike Place Market oder im Hafenviertel.

»Ganz in der Nähe müssen die Seahawks spielen.« Roy deutete in Richtung des Century Link Field. »Ich hoffe, dass ich dieses Jahr Karten für ein Spiel ergattern kann.«

»Das wäre schön«, murmelte Maggie nicht ganz ehrlich.

»Und wir könnten die Jungs mitnehmen.«

»Warte damit lieber noch ein paar Jahre, bis sie es richtig zu schätzen wissen.«

Sie fand, dass es schade wäre um das viele Geld, das ein solcher Wochenendausflug kosten würde, behielt das jedoch für sich.

»Ach was«, widersprach Roy. »Sie werden bereits jetzt begeistert sein. Sie sind schließlich keine Babys mehr. Jaxon ist in der Vorschule, Collin kommt in den Kindergarten.«

»Trotzdem sollten wir nichts übereilen.«

Maggie fiel es überhaupt schwer, in dieser Weise zu planen. Zumindest sie würde in näherer Zukunft die Prioritäten anders setzen müssen. Kurz überlegte sie, ob das nicht ein guter Aufhänger für ein Geständnis wäre, ließ aber die Gelegenheit ungenutzt verstreichen und behielt ihr Geheimnis weiter für sich.

»Du hast neulich erwähnt, dass du irgendwann an eine teilweise Rückkehr ins Berufsleben denkst.«

Schon wieder so ein verfängliches Thema, dachte Maggie, denn auch in dieser Hinsicht war nichts mehr so wie zuvor. »Ja, irgendwann«, erwiderte sie deshalb vage.

Es sei denn natürlich, fiel ihr siedend heiß ein, ihre ganze Lebenssituation würde sich ändern und sie müsste für sich alleine aufkommen. Schließlich waren es zwei Paar Schuhe, seinen Mann darum zu bitten, einen Fehltritt zu verzeihen, als ihm zuzumuten, ein Kind zu akzeptieren, es zu lieben und großzuziehen, von dem er nicht einmal sicher wusste, ob es seins war.

Bei dem Gedanken, ihr Mann könnte sie verlassen, durchlief sie ein Schauder, und sie unterdrückte ein Schluchzen.

»Was ist los, Schatz?«, erkundigte sich Roy alarmiert.

Zum wiederholten Mal an diesem Morgen rang sie sich ein aufgesetztes Lächeln ab und fragte sich gleichzeitig, wie sie diesen Tag über die Runden bringen sollte, ohne sich zu verraten.

»Bist du sicher, dass dir nichts fehlt?«, insistierte ihr Mann besorgt.

»Vielleicht sind die Eindrücke der Großstadt einfach ein bisschen viel für mich.«

Roy runzelte die Stirn, und sie merkte, dass er ihr diese abwegige Begründung nicht abnahm.

Nachdem sie die Tickets für die »Beneath-the-streets«-Tour gekauft hatten, blieb ihnen fast eine Stunde bis zur

Führung, und Roy schlug vor, die Wartezeit mit einem Lunch zu überbrücken.

»Fish and Chips sind allerdings für dich gestrichen«, sagte er mit liebevollem Spott.

»Ich hätte ohnehin eher Appetit auf Suppe«, meinte sie.

»Suppe?«, wiederholte Roy sichtlich überrascht.

O Gott, was hatte sie da gesagt!

Suppe war das Einzige gewesen, was Maggie während der ersten Monate ihrer Schwangerschaften ohne Probleme hatte essen können, und daran hatte Roy sich offenbar erinnert. Da dürfte es nicht mehr lange dauern, bis er eins und eins zusammenzuzählen begann.

Rasch relativierte sie ihre Suppenvorliebe. »Wenn ich es mir recht überlege, klingen die Krabbenpuffer ebenfalls sehr verlockend«, erklärte sie. »Ja, die werde ich nehmen«, beschloss sie und hoffte, dass sie sie irgendwie runterbrachte. Krabben!

Kaum weniger schlimm war für sie Roys Wahl, der ein French-Dip-Sandwich bestellte. Grundgütiger, gebratenes Fleisch! Allein der Geruch hatte ihr immer heftige Übelkeit verursacht, und wenn es einer weiteren Bestätigung ihrer Schwangerschaft bedurfte, dann würde sie diese bald bekommen.

Der Kellner hingegen nickte zufrieden, kritzelte etwas auf seinen Block und zog sich zurück.

Als Roys Telefon klingelte, erstarrte Maggie. Fürchtete, obwohl sie weiß Gott genug andere Probleme hatte, es könnte Katherine sein, die ihr Roy streitig zu machen versuchte.

»Wer ist das?«, fragte sie.

Ihre Blicke trafen sich, und seine Miene verriet, dass ihr Verdacht durchaus begründet war.

»Keine Sorge, ich gehe nicht ran.«

»Ich dachte, du hättest ihre Nummer blockiert?«

»Habe ich auch, aber sie ruft von einem anderen Anschluss aus an. Vermutlich von ihrem Festnetz.« Er kniff verstimmt die Lippen zusammen. »Ich weiß nicht, wann sie endlich einsieht, dass es vorbei ist. Es tut mir leid, Schatz – ich hoffe, du weißt es wenigstens, oder?«

Maggie nickte, doch zugleich schoss ihr die bange Frage durch den Kopf, ob ihre unwillkommene Überraschung ihn wohl erneut in Katherines weit ausgebreitete Arme treiben würde.

Nachdem sich die Mailbox eingeschaltet hatte, beschäftigte sich Roy ein paar Minuten damit, die Nummer, von der der Anruf kam, ebenfalls zu blockieren.

»Du siehst, ich tue alles, um auch die letzten Zweifel bei dir auszuräumen.« Er griff über den Tisch hinweg nach ihrer Hand. »Für mich gibt es nur dich, und ich habe, was uns beide angeht, ein so gutes Gefühl wie seit Monaten nicht mehr. Inzwischen frage ich mich selbst, warum ich mich jemals mit Katherine eingelassen habe.«

Maggie wandte den Blick ab. »Danke, dass du mich liebst«, wisperte sie.

»Das habe ich von Anfang getan, Maggie, und werde es weiterhin tun. Es ist gut, dass du diesen Brief all die Jahre aufbewahrt hast.«

»Ich liebe dich ebenfalls und werde dich immer lieben, Roy. Immer. Egal was die Zukunft bringt. Vergiss das

246

nicht, okay?« Ihre Augen schwammen in Tränen, die sie mühsam zurückhielt. »Schau mich an, ich werde richtig rührselig«, sagte sie in dem Versuch, der Sache eine heitere Note zu geben.

Bevor Roy dazu etwas sagen konnte, brachte der Kellner ihnen ihre Gerichte. »Guten Appetit«, wünschte er.

Maggie warf einen Blick auf Roys Teller und hätte beinahe gewürgt, was Roy indes zu entgehen schien, denn hungrig fiel er über sein Sandwich her. Sie selbst hingegen stocherte bloß lustlos in ihren Krabbenpuffern herum.

»War etwas nicht in Ordnung?«, fragte prompt der Kellner, als er den Tisch abräumte.

Rasch schüttelte sie den Kopf. »Alles bestens. Ich hatte lediglich weniger Hunger als gedacht«, versicherte sie und schaute ostentativ auf ihre Uhr. »Zeit für die Führung«, verkündete sie mehr als dankbar für die Ablenkung.

Roy erhob sich daraufhin sofort, um die Rechnung zu begleichen und mit ihr zu dem Treffpunkt zu gehen, wo sich bereits eine kleine Touristengruppe versammelt hatte.

Entgegen ihren Erwartungen genoss Maggie die Tour durch Seattles Untergrund, zumal der Guide nicht bloß eine Menge Interessantes über die Geschichte der Stadt zu erzählen wusste, sondern seine sachkundigen Ausführungen zusätzlich mit unterhaltsamen Anekdoten auflockerte.

»Das war fantastisch«, hörte Maggie eine Frau schwärmen.

»Wirklich aufschlussreich«, pflichtete jemand anders ihr bei.

»Wie fandest du es?«, wandte Maggie sich an ihren Mann.

»Es war okay.«

»Roy, es war einfach toll, spannend und vergnüglich zugleich.«

Wie die anderen hatte Maggie viel gelacht und gleichzeitig vieles Unbekannte erfahren. Vor allem war sie für eine kurze Zeit abgelenkt worden von ihren quälenden Gedanken und dem flauen Gefühl im Magen.

»Ich denke, es ist Zeit zurückzufahren«, schlug Roy zu ihrer Überraschung vor.

»Bist du sicher? Wir hätten noch Zeit für andere Dinge.«

»Ein andermal«, sagte er. »Bist du damit einverstanden?«

»Ja, gut, wie du willst.«

Ohnehin wusste sie nicht, warum sie überhaupt Einwände erhoben hatte. Im Grunde entsprach eine Rückkehr nach Cedar Cove, in ihr Pensionszimmer mit dem gemütlichen Bett, genau ihren Wünschen, denn sie war müde und hoffte zudem, ein kurzer Schlaf würde ihre Beschwerden lindern. Bis dahin musste sie sich allerdings zusammenreißen und durfte nicht im Auto einschlafen. Das würde bei Roy Verdacht erregen, weil es bei ihr ebenfalls ein Schwangerschaftssymptom war.

Auf dem Weg zurück zum Parkplatz griff er erneut nach ihrer Hand. Dankbar, dass er bislang nicht misstrauisch geworden war, schenkte sie ihm ein zaghaftes

Lächeln, das er erwiderte. Sie nahm es als Wink, ihm ihr Geheimnis noch nicht zu gestehen.

»Wie wäre es, wenn ich uns eine Flasche Wein besorge?«, schlug Roy vor. »Wir können auf dem Rasen neben dem Rose Harbor Inn ein Picknick mit Käse, Brot und Trauben veranstalten und ein Glas Wein dazu trinken. Es wäre der perfekte Abschluss des Nachmittags, findest du nicht?«

»Eine gute Idee«, bestätigte Maggie und grübelte sogleich über eine Ausrede nach, warum sie lieber auf den Wein verzichten wollte.

»Sollen wir wie geplant mit dem Auto zurückfahren, oder möchtest du lieber die Fähre nehmen?«

»Nein, lass uns um die Bucht herumfahren.«

Roys Augen leuchteten auf. »Dann könnten wir doch beim Automuseum in Tacoma einen Zwischenstopp einlegen, oder?«

Maggie nickte lächelnd, wenngleich sie sich nicht sonderlich für Autos interessierte, wollte aber ihrem Mann den Spaß nicht verderben.

Während sie sich durch den dichten Stadtverkehr zur Autobahn vorarbeiteten, döste Maggie trotz aller Vorsätze ein und schrak erst aus dem Schlummer, als sie die Stimme ihres Mannes hörte.

»Lieber Himmel, was ist los mit dir?«, fragte er besorgt. »Du hast dieses Wochenende mehr geschlafen als die Jahre zuvor. Die letzten Wochen waren ziemlich stressig, oder?«

»Allerdings«, erwiderte sie einsilbig.

»Na, jetzt hast du die Möglichkeit, dich zu erholen.

Wir haben den Sturm überstanden, Maggie-Mädchen, und unsere Ehe ist gefestigter denn je daraus hervorgegangen. Meinst du nicht?«

O Gott. Wenn Roy wüsste, welch verheerende Unwetter sie noch zu bestehen hatten.

Er hatte ja nicht die geringste Ahnung, dass der Sturm, von dem er sprach, eine leichte Brise war im Vergleich zu dem Orkan, der ihnen bevorstand und der sie in gefährliche Untiefen treiben konnte, von denen das Schiff ihrer Ehe womöglich verschlungen wurde.

20

Ollie eilte zu dem vereinbarten Treffpunkt mit ihrem Vater. In ihrem Kopf drehte sich alles, und die Fragen, die sie ihm stellen wollte, reihten sich in einer so endlosen Folge aneinander, dass sie sich kaum merken konnte, was wirklich wichtig war. Wie in Trance setzte sie einen Fuß vor den anderen, und zu ihrer verständlichen Aufregung gesellte sich mehr und mehr eine unbestimmte Angst vor dieser Begegnung.

Schließlich handelte es sich im Grunde genommen um einen Fremden.

Nachdem sie Tom gesimst hatte, dass sie ihren Vater sehen möchte, war von ihm der Vorschlag gekommen, sich im Pot Belly Deli zu treffen, einem Delikatessengeschäft mit angegliedertem Restaurant. Als sie auf den Stadtplan schaute, sah sie, dass es sich unmittelbar neben Marilyns Friseursalon befand. Erinnerungen stiegen in ihr auf, was sie alles unternommen hatte, Tom zu gefallen und zu beeindrucken. Um jetzt mit Bitterkeit festzustellen, dass sie vielleicht nicht nur, aber doch zu einem guten Teil für ihn ein Mittel zum Zweck gewesen war.

Oder, um es anders auszudrücken, ein Geschenk für Scott Reynolds, seinen geliebten Dad und ihren fremden Vater.

Sie fand das Restaurant ziemlich leer vor, da die Lunchzeit bereits vorüber war. Sie würde also weitgehend ungestört sein bei dieser Begegnung mit dem Mann, dem sie ihr Leben verdankte. Eine merkwürdige Vorstellung, zum ersten Mal mit ihm zu reden und seine Version zu hören, warum die Ehe ihrer Eltern so schnell in die Brüche gegangen war.

Suchend blickte sie sich zum.

Da saß er, allein. Blickte ihr mit einem zaghaften und irgendwie schuldbewussten Lächeln entgegen und erhob sich höflich. Tom war nicht zu sehen – er hatte zu ihrer großen Erleichterung ihren Wunsch respektiert. Dem unbekannten Vater entgegenzutreten war bereits schwer genug. Sich gleichzeitig noch mit Tom über sein fragwürdiges Verhalten auseinanderzusetzen würde über ihre Kräfte gehen. Schon jetzt waren ihre Nerven zum Zerreißen gespannt.

»Danke, dass du gekommen bist«, sagte er.

Wie am Vortag wirkte er nervös und schien nicht zu wissen, wohin mit seinen Händen. Genau wie Ellie. Während seine Finger unruhig über die Tischdecke strichen, griff sie nach einer Gabel und spielte damit herum, bevor sie sie verlegen wieder beiseitelegte. Ihr Mund war strohtrocken.

Keiner von ihnen sprach ein Wort.

Scott musterte Ellie lange und so eindringlich, dass sie die Augen niederschlug.

»Du siehst aus wie deine Mutter«, sagte er schließlich.

Mehr nicht, denn in diesem Moment trat die Kellnerin an ihren Tisch und fragte nach ihren Wünschen. Beide bestellten Kaffee.

Sobald die Frau außer Hörweite war, wandte Scott sich wieder Ellie zu. »Wie geht es deiner Mutter?«

»Gut.«

»Ich nehme an, du bist böse auf mich.«

War sie das?

Sie wusste es nicht zu sagen. Einerseits hatte sie sich immer nach ihrem Vater gesehnt, und dieser Teil von ihr wünschte sich, ihn endlich in die Arme zu schließen. Andererseits hatte sich viel Bitterkeit und Enttäuschung angesammelt, weil er nichts oder zumindest nicht genug unternommen hatte, um mit ihr in Kontakt zu treten, und das hielt sie von einer solch versöhnlichen Geste ab.

»Verrate mir eines«, gab sie mit gepresster Stimme zurück, die emotionslos klingen sollte und dennoch die Sehnsüchte und Verletzungen der vergangenen Jahre widerspiegelte. »Hast du in der ganzen Zeit, seit du aus meinem Leben verschwunden bist, jemals an mich gedacht?«

Es war die erste der vielen Fragen, die sie sich zurechtgelegt hatte, und vielleicht die wichtigste, die alles entscheidende, auf die sie eine Antwort brauchte.

»Jeden einzelnen Tag.« Er suchte ihren Blick und hielt ihn fest. »Kein Tag ist vergangen, an dem ich nicht an dich denken musste. Trotz unserer Trennung hast du immer in meinem Herzen gelebt, Ellie. Immer. Ich habe an deinem Geburtstag und zu Weihnachten an dich gedacht, habe mich gefragt, wie gut du in der Schule bist und ob du wie deine Mutter und deine Großmutter Klavier spielst. Nachts, wenn ich wach lag, versuchte ich mir all das bildlich vorzustellen, und wenn ich schlief, träumte ich von dem kleinen Mädchen, das ich kaum kennenlernen durfte. Dennoch, ich schwöre es, haben meine Gedanken dich ständig begleitet, und ich habe nie aufgehört, dich zu lieben.«

Ellie hätte ihm so gerne geglaubt, bloß sprachen ihre Erfahrungen dagegen. Wenn es sich tatsächlich so verhalten haben sollte, begriff sie erst recht nicht, warum er sich bis auf den heutigen Tag nicht bei ihr gemeldet hatte.

»Aber du hast mir nie, kein einziges Mal, geschrieben, mich nie angerufen oder versucht, auf andere Weise mit mir in Verbindung zu treten.«

»Nein.« Er ließ den Kopf sinken, als drücke ihn eine schwere Last nieder. »Als deine Mutter und ich uns trennten, da habe ich allerdings alles in meiner Macht Stehende getan, um ein Besuchsrecht zu erwirken.«

»Vermutlich wirst du gleich behaupten, meine Mutter habe das verhindert.«

Scott schüttelte den Kopf. »Nein. Ich glaube, sie hätte nichts dagegen gehabt. Es waren deine Großeltern. Ihnen war ich von Anfang an ein Dorn im Auge. Sie verfolgten andere Pläne mit ihrer Tochter. Sie sollte irgendeinen reichen Burschen heiraten, den Sohn einer befreundeten Familie.« Er presste die Lippen zusammen, und noch nach so vielen Jahren glomm Zorn in seinen Augen auf. »Es ist nicht gut, alte Wunden aufzureißen«, fuhr er schließlich fort. »Ich erwähne das nur, damit du verstehst, wie das damals gelaufen ist. Leider konnte ich mir keinen Anwalt leisten, um meine Rechte durchzusetzen. Deine Großeltern dagegen scheuten keine Kosten, um mich von dir fernzuhalten, und das ist ihnen bekanntlich ja gelungen.«

»Grandma und Grandpa sind schon lange tot«, erwiderte Ellie.

»Ja, das habe ich mir gedacht«, warf er ein.

»Du hättest also irgendwann einen neuen Versuch starten können, mit mir Kontakt aufzunehmen«, entgegnete sie mit unüberhörbarem Vorwurf. »Spätestens, als ich erwachsen war und über mein Leben selbst bestimmen durfte.«

Er widersprach nicht. »Da hast du natürlich recht.«

»Warum hast du es also nicht getan?«, hakte sie nach und registrierte nebenbei, dass er die Papierserviette inzwischen in kleine Fetzen gerissen hatte.

»Ich vermag keine einleuchtende Entschuldigung vorzubringen«, erklärte er und sah sie ebenso ratlos wie verlegen an. »Vermutlich hatte ich Angst.«

»Angst wovor?«

Scott brauchte lange, bis er antwortete. »Vor dir«, flüsterte er nach einer Weile.

Verwundert riss Ellie die Augen auf und legte eine Hand auf ihr Herz.

»Vor mir?«, wiederholte sie fassungslos. »Warum denn das?«

»Ich bin davon ausgegangen, dass du mich wegen meiner Versäumnisse hassen würdest.«

Nachdenklich schaute sie ihn an. »Hass ist ein großes Wort. Nein, gehasst habe ich dich nie. Enttäuscht war ich, das ja. Und manchmal vielleicht sogar wütend. Zumindest hätte ich mir eine Erklärung gewünscht, warum ich dich nicht kennenlernen konnte.«

Der Kaffee unterbrach die Diskussion.

Ellie griff nach zwei Tütchen Zucker – Scott griff nach zwei Tütchen Zucker.

Ellie nahm sich zwei Milchdöschen – Scott nahm sich zwei Milchdöschen.

Ellie hielt den Löffel mit links und rührte gegen den Uhrzeigersinn – Scott griff ebenfalls mit seiner Linken nach dem Löffel und rührte den Kaffee wie seine Tochter in die falsche Richtung.

Fasziniert beobachtete Ellie ihn.

»Trinkst du deinen Kaffee immer mit zwei Zucker und zwei Milch?«, wollte sie wissen.

»Rührst du deinen Kaffee immer gegen den Uhrzeigersinn?«, gab er zurück.

Ellie nickte. »Du auch?«

Scott bejahte, und ein entspanntes Lächeln breitete sich auf seinem Gesicht aus, und zum ersten Mal hoben sich die bislang kummervoll nach unten gerichteten Mundwinkel und deuteten so etwas wie Freude an.

»Verrate mir, warum du Angst vor mir hattest«, bat sie jetzt beinahe weich.

Die Ähnlichkeit ihrer Angewohnheiten hatte sie angerührt und ihr unmissverständlich vor Augen geführt, dass sie bei aller Fremdheit Vater und Tochter waren.

Er brauchte eine Weile, um seine Antwort zu formulieren. »Du musstest ja beinahe zwangsläufig denken, dass ich dich böswillig oder zumindest leichtfertig im Stich gelassen habe. Ich ging davon aus, dass deine Großeltern kein gutes Haar an mir lassen würden. Falls sie mich überhaupt erwähnt haben. Ähnliches galt für deine Mutter, die sehr stark unter ihrem Einfluss stand.« Er trank einen Schluck Kaffee, bevor er resigniert hinzufügte: »Egal was du über mich gehört hast, es kann nicht sehr schmeichelhaft gewesen sein.«

»Eigentlich habe ich die ersten Jahre, in meiner Kindheit also, so gut wie nichts über dich gehört. Dieses Thema wurde sozusagen totgeschwiegen, und meine Fragen nach dir blieben mehr oder weniger unbeantwortet.«

»Anders ausgedrückt: Ich war, was dich betrifft, nicht existent.« Ein gequälter Ausdruck huschte über sein Gesicht.

»Nein«, widersprach sie. »So war es nicht. Ich habe sogar öfter nach dir gefragt und Mom außerdem zweimal direkt gebeten, dich ausfindig zu machen. Da sie aber nicht gut darauf reagierte, ließ ich es lieber, um keinen Ärger zu kriegen.«

»Wie alt warst du da?«

»Beim ersten Mal ungefähr fünf, glaube ich. Ich hatte mir zum Geburtstag eine ganz besondere Puppe gewünscht und gehofft, du würdest sie mir vielleicht schenken.«

»Hast du deine Mutter gebeten, mir einen Brief zu schreiben?«, fragte er und beugte sich vor.

»Das weiß ich nicht mehr so genau, ich wollte einfach, dass sie dich findet. Die Puppe bekam ich übrigens – jedoch nicht von dir, sondern von Grandpa.«

Ellie erinnerte sich zudem ganz deutlich an die Empörung der Großmutter, als sie verkündete, jemand müsse für sie ihren Daddy suchen. Und sie würde nie die Tränen in den Augen ihrer Mutter vergessen, als diese sie am Abend ins Bett brachte und sie mit ihrer kleinen Kinderhand die feuchten Spuren von Virginias Wange wischte. Warum sie denn weine, wollte sie wissen. Woraufhin ihre Mom sie umarmte und ihr erklärte, dass sie traurig sei.

An diesem Abend hatte sie zum ersten Mal begriffen, dass ihre Mutter kein glückliches Leben führte.

»Und das zweite Mal, dass ich sie nach deiner Adresse und deinem Verbleib fragte, war nach meinem Highschoolabschluss«, fuhr sie fort.

»Aber deine Mutter hat dir das ausgeredet?«, erkundigte er sich mit bekümmertem Blick.

»Sie behauptete, nicht zu wissen, wo oder wie ich dich erreichen konnte, und ich war noch nicht so unabhängig, eigene Nachforschungen anzustellen.«

»Zu der Zeit hatte ich Oregon längst verlassen und war nach Cedar Cove gezogen.« Er umschloss den Kaffeebecher mit beiden Händen und starrte in die milchige Flüssigkeit. »Als du ungefähr drei warst, habe ich erneut geheiratet. Ich fühlte mich einsam, und Deana stand nach dem Tod ihres Mannes mit zwei kleinen Jungen alleine da.«

»Mit Tom und seinem Bruder.«

»Ja.«

»Wussten sie von mir?«

»Die Kinder nicht, nein. Mit ihnen über die Tochter zu sprechen, die mir entzogen wurde, hätte ich zu schmerzlich gefunden. Trotzdem feierten sie jedes Jahr, ohne es zu wissen, deinen Geburtstag. Dann brachte ich nämlich immer einen Kuchen mit. Sie fanden nie heraus, warum.«

»Später hast du es Tom erzählt.«

»Als Deana, die natürlich Bescheid gewusst hatte, so plötzlich starb, begriff ich, dass im Leben alles flüchtig ist. Da habe ich Tom von dir und von meinen Schuldgefühlen erzählt. Und ihm gestanden, dass ich nichts bitterer bereue als mein Versäumnis, nicht genug um dich gekämpft zu haben.«

»Und das hat Tom wiederum bewogen, die Angelegenheit in die Hand zu nehmen ...«

»Nicht sofort«, unterbrach Scott sie. »Erst nachdem er nicht mehr auf einem U-Boot Dienst tat und wir häufiger und erneut immer öfter darüber redeten, wie sehr mich das bedrückte. Wenn ich allerdings seinen Plan gekannt hätte, wäre ich eingeschritten«, versicherte Scott. »Was er vermutlich ahnte, denn bis zur letzten Minute hat er die Geschichte vor mir geheim gehalten.«

»Vor mir ebenfalls«, murmelte sie, und er hörte, wie enttäuscht sie klang.

»Sei Tom nicht böse«, bat ihr Vater. »Ihm liegt nämlich ehrlich viel an dir.«

Ellie schüttelte den Kopf. Noch war sie nicht imstande, die ganze Sache etwas vorurteilsfreier zu sehen.

Scott hob abwehrend die Hände. »Okay, okay. Das müsst ihr zwei untereinander ausmachen, ohne dass ich mich einmische.« Er schwieg eine Weile und fügte dann hinzu: »Auch wenn du verärgert und gekränkt bist – lass mich dir eines zu erklären versuchen. Tom wählte diesen Weg, weil er mir nicht den Mut zutraute, mich aus eigener Initiative mit dir in Verbindung zu setzen. Und so traurig es ist, das zugeben zu müssen – er hatte wahrscheinlich recht.« Ihr Vater schluckte krampfhaft und sah ihr in die Augen. »Kannst du mir verzeihen, dass ich all die Jahre nichts von mir hören ließ, Ellie?«

»Ich fände es schön, wenn mein Vater Teil meines Lebens wäre«, antwortete sie schließlich nach kurzem Zögern.

»Deine Worte machen mich glücklich, und ich meinerseits würde mich unbeschreiblich freuen, meine Tochter endlich richtig kennenlernen zu dürfen«, erwiderte er mit einem aufrichtigen, von Herzen kommenden Lächeln. »Und jetzt erzähl mir alles.«

»Alles?«

»Na ja, was du beruflich machst. Was du so liest und ob du Klavier spielst. Lauter solche Dinge eben. Alles, was ich früher bereits gerne von dir gewusst hätte.«

Ellie erkannte, dass er es ehrlich meinte und sie tatsächlich nie vergessen hatte. Also holte sie tief Luft und begann, ihm eine Kurzfassung ihres Lebens zu geben.

»Ich bin an einem Unternehmen beteiligt, das Leuten hilft, Ordnung in ihre Häuser, ihre Geschäfte und manchmal auch in ihre privaten Belange zu bringen. Und ja, ich liebe Romane, lese viel und spiele Klavier.«

Scott nickte zufrieden. »Wer war deine erste Liebe?«

»Ein Junge namens Dusty. Er küsste mich, als wir beide vier Jahre alt waren, und versprach, mich zu heiraten, ging dann aber den Weg aller meiner Liebeleien«, erklärte sie mit einem ironischen Lächeln.

»Hast du die Schule als Jahrgangsbeste abgeschlossen?«

»Ja«, bestätigte sie.

»Wusste ich es doch. Deine Mutter war genauso und hat an ihrer Highschool sogar die Abschlussrede gehalten. Natürlich ist das nichts Neues für dich. Sie hat zwar nie mit ihrem hohen IQ geprahlt, dein Großvater hingegen ließ es in jedes Gespräch einfließen. So stolz war er auf seine Tochter.«

Sie unterhielten sich noch eine geschlagene Stunde und tranken zwei weitere Tassen Kaffee.

»Ich fände es schön, wenn wir unser Wiedersehen ein wenig verlängern könnten«, sagte Scott, als es ans Abschiednehmen ging. »Vielleicht heute Abend bei einem Dinner?«

»Ja gerne«, entgegnete Ellie und fügte hinzu: »Soll ich Mom etwas von dir ausrichten? Bestimmt werde ich mit ihr telefonieren und sie von unserer Begegnung in Kenntnis setzen.«

Scotts Augen leuchteten für den Bruchteil einer Sekunde auf, dann schüttelte er jedoch den Kopf. »Nein. nichts.«

»Sie hat nie wieder geheiratet, weißt du.«

Seine Überraschung war nicht zu übersehen. »Nie?«

»Nein, sie war aber jahrelang mit Wally zusammen.«

»Walter Keller.« Scott runzelte die Stirn. »War das nicht der Mann, den sie nach dem Willen ihrer Eltern heiraten sollte?«

»Ja, er ist vor ein paar Jahren ganz plötzlich an einem Herzinfarkt gestorben. Es war ein herber Schlag für sie.«

»Warum hat sie ihn eigentlich nicht geheiratet? Für mich war das so sicher wie das Amen in der Kirche.«

Ellie zuckte die Schultern. »Ich kenne die Antwort nicht. Allerdings hatte ich immer den Eindruck, dass Wally gern gewollt hätte, während sie an einer neuerlichen Ehe nicht interessiert zu sein schien.«

Die Auskunft gab Scott sichtlich zu denken, wie Ellie bemerkte, ohne dass er sich dazu äußerte.

»Parkst du hier in der Nähe?«, fragte er stattdessen.

»Nein. Ich bin zu Fuß gekommen.«

»Vom Rose Harbor Inn? Tom hat erwähnt, dass du dich dort eingemietet hast.«

Als seine Tochter bei der Nennung dieses Namens unwillkürlich zusammenzuckte, legte er ihr eine Hand auf den Arm.

»Gib Tom eine Chance, Ellie. Hör ihn wenigstens an. Er hat das Herz auf dem rechten Fleck.«

»Vielleicht tue ich das«, erwiderte sie leise, »aber nicht sofort. Ich muss erst über alles nachdenken.«

Dankbar, dass ihr Vater es dabei bewenden ließ, verabredete sie mit ihm noch Zeit und Ort für die Fortsetzung ihres Kennenlernens und trat an seiner Seite auf die Straße hinaus. Sie sah nicht sogleich, dass Tom draußen wartete.

»Ellie.«

»Können wir reden?«, flehte er inständig. »Bitte lass mich alles erklären.«

Unschlüssig schielte Ellie zu ihrem Vater hinüber,

wusste nicht, was sie tun sollte. Doch sein Gesicht blieb ausdruckslos. Seinem Versprechen gemäß schien er sich nicht einmischen zu wollen. Hin- und hergerissen zwischen ihrem Wunsch nach Harmonie und ihrer Furcht vor einer neuerlichen Enttäuschung, folgte sie jener inneren Stimme, die sie seit ihrer Kindheit stets zu Wachsamkeit und vorsichtigem Abwarten mahnte.

»Nein«, flüsterte sie. »Ich glaube nicht, dass das eine gute Idee wäre. Ich habe alles gesagt, was ich zu sagen habe. Und dabei sollten wir es bewenden lassen.«

21

Ich verließ Marks Haus und ging den Hügel hinunter, um auf dem Bauernmarkt Blaubeeren, Backwaren sowie all das zu besorgen, was ich für das sonntägliche Familiendinner brauchte. So langsam wurde es Zeit, alle Zutaten einzukaufen, damit mir am nächsten Tag nichts fehlte.

Rover liebte Marktbesuche, boten sie ihm doch die Möglichkeit, ein paar seiner Hundefreunde zu treffen. Nicht nur weil etliche Händler ihre Hunde dabeihatten, sondern auch weil das hiesige Tierheim auf dem Samstagsmarkt einen Stand unterhielt und einige seiner zu vermittelnden Schützlinge dort präsentierte.

Regelmäßig ein Freudenfest und eine Schnüffelorgie für Rover und die anderen Vierbeiner.

Entsprechend ungeduldig zerrte er mich mit aufgestellten Ohren hinunter zum Parkgelände beim Hafen, wo der Markt stattfand. Auf den ersten Blick entdeckte ich, dass die Fischhändler diese Woche neben den in der Gegend begehrten Hood-Canal-Shrimps ebenfalls Muscheln und Austern anboten.

In Anbetracht meiner Schwäche für Muscheln warf ich kurzerhand die Speisefolge durcheinander und beschloss, mir und meiner Familie diese köstlichen Meeresfrüchte zu gönnen. Aus dem Sud konnte ich zudem später noch eine sämige Muschelsuppe kochen und hätte damit zwei Fliegen mit einer Klappe geschlagen. Dennoch wollte ich auf das Lachsgericht, das Leibgericht meines Vaters, nicht verzichten und kaufte auch dafür entsprechend ein. Völlig auf das morgige Abendessen konzentriert, übersah ich glatt Grace Harding, die Bibliothekarin von Cedar Cove, und wäre um ein Haar achtlos an ihr vorbeigelaufen.

»Jo Marie«, hielt sie mich auf.

»Meine Güte. Entschuldige bitte, ich war völlig in Gedanken.«

»Wie geht es dir?«, fragte Grace, die mit Lebensmitteln und frischen Blumen beladen war.

»Danke, gut«, erwiderte ich ziemlich floskelhaft.

Wir sahen uns ein- oder zweimal in der Woche im Vorbeigehen oder wenn ich Bücher auslieh. Richtig miteinander geredet hatten wir allerdings zuletzt, nachdem ich die Nachricht erhalten hatte, dass Pauls sterbliche Überreste gefunden und eindeutig identifiziert worden seien. Damals wandte ich mich in meiner Trauer und Verzweiflung an Grace, die ebenfalls lange Zeit nicht gewusst hatte, was mit ihrem ersten Mann, der plötzlich verschwand, geschehen war. Sie half mir letztlich, die Situation halbwegs zu akzeptieren und mich in einem Leben ohne Paul einzurichten.

Rover forderte bellend Graces Aufmerksamkeit ein. In ihrer Freizeit arbeitete sie nämlich ehrenamtlich im Tierheim und war verantwortlich dafür, dass ich diesen Hund zu mir genommen hatte. Zu Rovers Enttäuschung war Beau, ihr Golden Retriever, diesmal nicht mit von der Partie.

»Ich meine, wie geht es dir wirklich?«, hakte sie nach.

»Nun, ich komme zunehmend besser klar«, gab ich zur Antwort, ohne genau zu wissen, worauf sie abzielte.

Ob sie mir glaubte, bezweifelte ich.

Grace wusste schließlich aus eigener Erfahrung, in welchem gefühlsmäßigen Auf und Ab ich vermutlich nach wie vor lebte. Es brauchte eben seine Zeit, sich mit dem Verlust zu arrangieren und den Schmerz hinzunehmen. Und obwohl ich inzwischen merkte, dass die Erinnerungen an Paul nicht mehr so lebendig waren wie noch vor einem halben Jahr, verging kein Tag, ohne dass er auf die eine oder andere Weise bei mir war. Und nach wie vor ertappte ich mich gelegentlich dabei, dass ich mit ihm redete und ihm die kleinen und großen Sorgen vortrug, die mich bewegten.

Grace bohrte nicht weiter nach, sondern wandte sich an meinen vierbeinigen Gefährten. »Und wie geht es unserem Streuner?«

Rover setzte sich auf die Hinterbeine und ließ sich genüsslich von Grace Ohren und Kinn kraulen.

»Ich habe kürzlich einen interessanten Artikel über Therapiehunde gelesen«, sagte sie ganz nebenbei.

»Blindenhunde?«

»Auch, aber hauptsächlich ging es um Hunde, die Menschen zur Seite gestellt werden, die mit traumatischen physischen und psychischen Verletzungen aus dem Irak und Afghanistan zurückgekehrt sind.«

Ich nickte. Bestimmt half es, denn Rover hatte bei mir ebenfalls so manches bewirkt.

»In dem Artikel stand, dass diese Hunde den betroffenen Männern und Frauen sehr geholfen haben«, fuhr Grace fort. »Allein durch ihre Gesellschaft, ihre Anhänglichkeit. Der Autor bezeichnete sie als Trosthunde.« Grace sah mich unverwandt an. »Ich weiß noch, wie du damals gesagt hast, Rover hätte dich ausgesucht.«

»Ja, er ist in der Tat mein Trosthund«, bestätigte ich. »Bei mir war es Buttercup«, erwiderte Grace, und ihre Augen wirkten mit einem Mal verschattet und traurig.

Ich erinnerte mich, dass sie mir von dieser Golden-Retriever-Hündin erzählt hatte, die nach dem Verschwinden ihres ersten Ehemanns neben den Töchtern ihr ganzer Trost gewesen war. Inzwischen lebte sie nicht mehr, und Beau war an ihre Stelle getreten.

»Herrje.« Grace schaute auf ihre Uhr. »Ich bin spät dran. Mein Mann und ich passen heute Nachmittag auf die Enkel auf. Da sollte ich mich schicken. War schön, dich zu sehen«, sagte sie, umarmte mich kurz und stürmte davon in Richtung der Bücherei, wo ihr Auto stand.

Während ich ihr nachschaute, entdeckte ich aus dem Augenwinkel Mark, der sich gerade angeregt mit Bob Beldon unterhielt. Ich überlegte, ob ich zu ihnen hinübergehen sollte oder nicht, und neigte eher dazu, es nicht tun.

Also steuerte ich auf den Obststand zu und erstand einen reichlichen Vorrat an frisch gepflückten Blaubeeren. Sie waren reif, riesengroß und süß, und am liebsten hätte ich gleich einen Teil davon an Ort und Stelle verputzt.

Doch ich unterdrückte diesen Drang, so schwer es mir fiel. Sonst würden die Beeren nicht reichen, wenn ich außer Muffins noch eine Blaubeerpastete backen wollte, die mein Bruder so liebte.

Als ich mich zum Gehen anschickte, kam Corrie McAfee auf mich zu.

»Jo Marie«, sagte sie ein bisschen atemlos. »Du bist genau diejenige, die ich zu treffen hoffte.«

»Wie das?«

»Ich habe heute Morgen kurz mit Peggy Beldon geplaudert.«

Aha, dachte ich und ahnte, was als Nächstes kommen würde, denn die beiden Frauen waren sehr gute Freundinnen.

»Peggy erzählte mir, du hättest dich eingehend nach Mark Taylor erkundigt und sehr großes Interesse an seiner Vergangenheit gezeigt.«

Ein Kloß bildete sich in meiner Kehle, und ich bereute es bereits, meine Neugier so offen zu erkennen gegeben zu haben. Wie peinlich, wenn die Sache in Cedar Cove die Runde machte.

»Das ist wohl ein bisschen übertrieben«, erwiderte ich reserviert und runzelte die Stirn.

»Oh, entschuldige, ich dachte …«

»Schon gut, ich habe ihr ein paar Fragen gestellt, das ja. Mark tut immer so geheimnisvoll und weckt damit automatisch Neugier bei anderen, aber es ist im Grunde nicht weiter wichtig.«

Ich hoffte, mich einigermaßen aus der Affäre ziehen

zu können, bevor Corrie anfing, viel Wind um die Sache zu machen. Zugleich beschloss ich, mich in Zukunft stärker zurückzuhalten.

»Also, ich kann dir nämlich etwas verraten, das ich ziemlich bemerkenswert finde«, flüsterte Corrie verschwörerisch.

»Ja?« Augenblicklich warf ich alle guten Vorsätze sowie mein demonstrativ zur Schau gestelltes Desinteresse an Mark wieder über Bord und beugte mich zu Corrie hinüber.

»Peggy und ich erinnern uns beide gut daran, wie er in die Stadt kam. Ein Freund, der im Immobiliengeschäft tätig ist, vertraute uns unter dem Siegel der Verschwiegenheit an, Mark habe das Haus im Internet gesehen und nach einer kurzen Besichtigung gekauft. Und es zudem bar bezahlt, stell dir das vor.«

»Er hat bar bezahlt?«, stieß ich ungläubig hervor. »Ich kenne niemanden, der über so viel Bargeld verfügt.«

»Ich auch nicht. Und besonders seltsam finde ich es, dass ein Mann, der ein Haus bar bezahlen kann, Gelegenheitsjobs annimmt.«

Ich nickte zustimmend. Genau diesen Eindruck hatte ich ebenfalls gewonnen. Zwar war mir das mit dem Haus nicht bekannt gewesen, aber dass er sich wegen Geld keine großen Sorgen machen musste, war unübersehbar.

»Nicht nur das hat mich gewundert«, fuhr Corrie fort. »Irgendwann hat er bei uns auf Bobs Empfehlung hin das Fundament der Veranda ausgebessert – hervorragend übrigens und zu einem sehr fairen Preis –, und bei dieser Gelegenheit haben wir eine Entdeckung gemacht ...«

»Und?«, fragte ich verdächtig rasch, als Corrie inne-hielt.

Sie schien mit sich zu ringen, ob sie mit weiteren In-formationen herausrücken sollte oder nicht, und ent-schied sich nach kurzem Zögern dafür.

»Er könnte beim Militär gewesen sein.«

»War er«, entgegnete ich enttäuscht. »Er hat es bei-läufig mal erwähnt. Bloß verstehe ich nicht, was daran aufregend sein soll. Schließlich sind viele beim Militär gewesen. Warum hältst du das also für erwähnenswert.«

»Ich glaube, er war kein normaler Soldat«, fügte Corrie erklärend hinzu.

»Nein?«

Das allerdings wäre etwas anderes, dachte ich, und meine Neugier erwachte aufs Neue.

»Vor einiger Zeit habe ich ein skandinavisches Bü-cherregal bestellt«, fuhr Corrie fort, »und als es gelie-fert wurde, war die Montageanleitung auf Schwedisch, sodass wir völlig aufgeschmissen waren. Völlig frustriert haben wir Mark angerufen und ihn um Hilfe gebeten. Bei ihm ging das natürlich ruckzuck. Eigentlich brauch-te er die Anleitung gar nicht, aber irgendwie hatte ich den Eindruck, dass sie lesen konnte. Schwedisch, stell dir das vor.«

Jetzt hatte sie mich. Wenn Mark in der Tat eine so ausgefallene Sprache beherrschte, fragte ich mich schon, wieso.

»Und du meinst, das habe etwas mit dem Militär zu tun?«, fragte ich Corrie.

»Es scheint mir zumindest nicht undenkbar.« Sie zuckte die Achseln. »Schließlich braucht die Army nicht nur kämpfende Truppen. Im Übrigen haben wir bemerkt, dass Mark außerdem fließend Deutsch spricht. Roy kann ein paar Brocken und hat das ihm gegenüber erwähnt – ja, und dann haben sie sich spaßeshalber unterhalten. Also, mir kam das schon ziemlich ungewöhnlich vor, und da dachte ich, dass er vielleicht irgendwelchen speziellen Abteilungen beim Militär angehört hat.«

Jetzt verschlug es mir ernstlich die Sprache.

Zwar hatte ich eine Menge Szenarien hinsichtlich Marks Vergangenheit entworfen, aber Corries Überlegungen waren nicht dabei gewesen. Ich fragte mich, ob ich auf diese Idee gekommen wäre, wenn ich von seinem Sprachtalent gewusst hätte. Aber wie so vieles andere wollte mein Freund das geflissentlich vor mir verbergen.

Erneut fühlte ich mich gekränkt und zurückgewiesen.

»Falls du mehr über Mark herausfinden möchtest«, ergriff Corrie wieder das Wort, »könnte Roy dir helfen.«

Ich verstand auf der Stelle, was sie damit meinte. Ihr Mann, ein pensionierter Polizist aus Seattle, betätigte sich gelegentlich als Privatdetektiv. Sollte ich ihn etwa engagieren, damit er Nachforschungen über Mark anstellte? Ein unmöglicher Vorschlag und für mich völlig indiskutabel.

Bevor ich ihr das schonend beibringen konnte, sprach sie bereits weiter: »Roy kennt Leute, die wiederum Leute kennen, die alles für dich in Erfahrung bringen, was du zu wissen wünschst ... Du musst es bloß sagen, und er lässt seine Kontakte spielen.«

An diesem Punkt schüttelte ich energisch den Kopf. »Danke für das Angebot, aber das lassen wir lieber.«

Es ging mir, wie ich plötzlich begriff, nicht so sehr darum, möglichst viel über Mark zu wissen. Woran mir wirklich lag, war sein Vertrauen zu gewinnen. Ich wollte, dass er mir freiwillig von sich erzählte – so wie das eben unter Freunden üblich war.

Bei ihm allerdings nicht.

Und das kränkte mich. Weil ich es als Beweis betrachtete, dass ihm unsere Freundschaft weniger wichtig war als mir. Daran würden alle Informationen, die Roy womöglich beschaffen konnte, nichts ändern.

Mit dem Hinweis, dass Rover unruhig wurde, verabschiedete ich mich von Corrie, wünschte ihr noch einen schönen Tag und erledigte den Rest meiner Einkäufe.

Anschließend strebte ich schwer beladen, dazu einen großen Strauß pinkfarbener Dahlien im Arm, heimwärts, wobei Rover sich leider in keinster Weise kooperativ zeigte, sondern es für seine Pflicht zu halten schien, jeden einzelnen Grashalm am Wegesrand zu markieren.

»Komm schon, Rover«, drängte ich. »Meine Arme werden langsam lahm.«

»Sieht aus, als könntest du eine zusätzliche Hand brauchen«, vernahm ich eine Stimme hinter mir.

Ich spähte über meine Schulter und entdeckte Mark, der schnellen Schrittes hinter mir herging. Unwillkürlich fürchtete ich sogleich, er könnte mein Gespräch mit Corrie McAfee belauscht haben. Eine Horrorvorstellung.

»O hallo«, brachte ich verlegen hervor.

»Soll ich dir beim Tragen helfen?«

Meine Wangen glühten, und ich schaffte es nicht, ihm zu antworten.

»Geht es dir nicht gut?«, erkundigte er sich stirnrunzelnd.

»Äh, warum sollte es mir nicht gut gehen?«, erwiderte ich und klang dabei ungewollt abweisend.

»Ich weiß nicht«, meinte er ausweichend. »Sag du es mir.«

»Da gibt es nichts zu sagen.«

»Egal. Willst du dir nun helfen lassen oder nicht?«

Obwohl meine Arme inzwischen so sehr schmerzten, dass die Muskeln vibrierten, schwieg ich.

»Deine Entscheidung«, erklärte Mark und marschierte im Eiltempo an mir vorbei.

»Okay«, rief ich ihm nach. »Bitte ja, hilf mir.«

Er drehte sich um und grinste, als hätte er ein Wortgefecht gewonnen.

»Du hast heute Nachmittag vielleicht eine komische Laune.«

»Sorry.«

Er nahm mir die schwersten Tüten mit Kartoffeln und Gemüse ab, sodass ich lediglich die Blaubeeren und das französische Brot tragen musste.

Trotzdem rang ich auf dem steilsten Stück des Hügels nach Luft, während Mark die Steigung offensichtlich nicht das Geringste ausmachte.

»Ich habe gesehen, wie du dich mit Corrie McAfee unterhalten hast«, bemerkte er beiläufig. »Ihr habt beide sehr … konzentriert gewirkt.«

Ich schluckte. O Gott, meine schlimmsten Befürchtungen schienen wahr zu werden. Wollte er wissen, worüber wir geredet hatten? Oder war es ihm gar gelungen, unser Gespräch heimlich zu belauschen? Nicht auszudenken, wenn es so wäre. Vorsichtshalber schwieg ich beharrlich – genau wie er es hielt, wenn man ihm eine unangenehme Frage stellte.

»Ist bei Corrie und Roy alles in Ordnung?«, erkundigte er sich stattdessen betont harmlos.

»Ich denke schon«, gab ich knapp zur Antwort und hoffte, er möge begreifen, dass er mir lediglich unter Folter mehr entlocken konnte.

»Sie sind ein nettes Paar.«

»Ja, finde ich auch«, stimmte ich zu. »Weißt du eigentlich, dass Roy früher Polizist war?«

Mark nickte. »Und jetzt bietet er unter anderem Personenchecks für alle möglichen Zwecke an. Geschäftliche wie private.«

Ein paar Sekunden hatte ich den Eindruck, meine Stimmbänder seien gelähmt, denn mehr als ein »Oh« brachte ich nicht heraus.

»Du wusstest es, Jo Marie, gib es zu.«

Ich täuschte Ahnungslosigkeit vor und zuckte gleichmütig die Achseln.

»Bist du etwa versucht, ihn zu engagieren?«

»Muss ich denn Nachforschungen über irgendjemanden anstellen?«, wich ich aus.

Mark lachte – lachte tatsächlich, und ich hatte das Gefühl, dass er mit mir spielte wie eine Katze mit der Maus. Mir blieb nur die Flucht nach vorne gemäß dem Motto, dass Angriff die beste Verteidigung sei.

»Was verbirgst du vor anderen, Mark?«

»Verbergen?«, wiederholte er. »Glaubst du wirklich, ich würde bewusst irgendetwas verbergen? Wovor? Vor wem?«

»Ich weiß es nicht. Deshalb frage ich ja.«

»Es gibt nichts zu enthüllen.«

»Du meinst wohl eher, es gibt nichts, was du enthüllen *willst*.«

Seine Augen wurden dunkel und ernst. »Ganz recht. So ist es. Ich will nichts preisgeben, nichts enthüllen, nichts erzählen. Belass es dabei, Jo Marie.«

22

$\mathcal{M}$aggie hatte Mühe, die Augen offen zu halten, als Roy über die Interstate 5 in südlicher Richtung nach Tacoma fuhr. Zwei- oder dreimal war sie eingenickt, aber sogleich wieder hochgeschreckt.

»Lieber Himmel, bist du eine Schlafmütze«, meinte Roy mit liebevollem Spott und schaute kurz zu ihr hinüber.

Noch schien ihre Schläfrigkeit ihn zu amüsieren. Was sich dramatisch ändern würde, wenn er den wahren Grund wüsste, und so gab Maggie sich alle Mühe, damit erst gar kein Verdacht aufkam.

»Ich weiß auch nicht«, erwiderte sie und bot ihm andere Erklärungen an. »Vielleicht liegt es ja an der Wärme oder an der Musik, die mich einlullt.«

»Dann sollte ich vielleicht lieber einen Heavy-Metal-Sender suchen«, scherzte Roy.

»Keine schlechte Idee«, ging Maggie auf das Spiel ein und startete den Suchlauf.

Noch schien es ihr zu gelingen, ihren Mann zu täusche, vor allem als sie einen Sender fand, der klassischen Rock brachte.

»Erinnerst du dich? Unsere Zeit«, wandte sie sich an ihn, doch ihr strahlendes Lächeln kostete sie eine schier übermenschliche Anstrengung.

Roy nickte, war in Gedanken aber bereits bei den Oldtimern.

»Wirklich lieb von dir, dass du mit ins Museum gehen willst«, sagte er dankbar und streichelte kurz ihre Wange.

»Schließlich kann ich einen Autonarren wie dich nicht enttäuschen«, scherzte sie. »Außerdem bin ich dir etwas schuldig für deine Geduld in dem Trödelladen, als ich nach schönen alten Knöpfen gesucht habe«, fügte sie hinzu und hoffte inständig, dieses Prinzip des Sich-einander-verpflichtet-Fühlens würde ebenfalls gelten, wenn sie ihm die Wahrheit gestehen musste.

Im Augenblick jedenfalls lebten sie danach.

Auf der Hinreise nach Cedar Cove etwa hatte er mit keiner Silbe den Wunsch geäußert, das Oldtimermuseum in Tacoma zu besuchen, obwohl sie praktisch daran vorbeigefahren waren. Damals hatte zwischen ihnen Funkstille geherrscht. Sie redeten nur über das Nötigste und schon gar nicht über irgendwelche Wünsche. Dass er sie jetzt darum bat, war ein Riesenfortschritt, zumal er sehr wohl wusste, dass sie Autos lediglich als Fortbewegungsmittel betrachtete.

Roy hingegen begeisterte sich für alles, was vier Räder hatte. So war beispielsweise bei der Anschaffung des letzten Wagens die Liste mit den in seinen Augen erforderlichen Extras so lang gewesen wie Jaxons und Collins Briefe an den Weihnachtsmann. Sie selbst hatte sich lediglich die Farbe Blau gewünscht. Dass es dann am Ende ein weißes Modell wurde, war dem Umstand geschuldet, dass im Umkreis von drei benachbarten Bundesstaaten nur dieses Auto als einziges sämtlichen Sonderwünschen ihres Mannes entsprach.

»Erinnerst du dich, was ich kurz nach Collins Geburt zu dir gesagt habe?«, fragte Roy mit leisem Lachen.

»Als ob ich das je vergessen könnte.«

Von stundenlangen Wehen erschöpft, war Maggie in einen verdienten Schlaf gefallen. Währenddessen hatte Roy zugeschaut, wie sein Jüngster gebadet, gewogen und gemessen wurde, hatte die Großeltern von dem jüngsten Familienzuwachs in Kenntnis gesetzt und es sich anschließend in Maggies Krankenhauszimmer mit einem Automagazin bequem gemacht. Sobald sie erwachte, sprach er begeistert davon, wie er eines Tages seinen Söhnen das Autofahren beibringen würde.

Ja, sie erinnerte sich ganz genau.

»Bis zum Museum ist es nicht mehr weit weg«, hörte sie ihren Mann voller Vorfreude sagen, als in der Ferne die Silhouette des Tacoma Dome auftauchte, einer weit über den Staat Washington hinaus bekannten Arena für Sportveranstaltungen und andere Events.

Maggie hingegen freute sich weniger auf die Autoschau als darauf, endlich aussteigen zu können.

Die Krabbenpuffer lagen ihr nämlich schwer im Magen, obwohl sie kaum etwas davon gegessen hatte. Eigentlich war ihr sogar richtig übel und schwindlig dazu. Typische Schwangerschaftsbeschwerden, die durch ihre angespannten Nerven noch verstärkt wurden. Verstohlen wischte sie sich die Schweißperlen von der Stirn, presste eine Hand auf den Bauch und betete, dass man ihr nichts anmerkte.

Zum Glück war es bald geschafft.

Sie erreichten Tacoma, verließen die Interstate und suchten einen Parkplatz nahe dem Museum. Erleichtert stieg Maggie aus und sog die frische Luft in tiefen Zügen ein. Ein Blick in den Seitenspiegel verriet ihr, dass sie geisterhaft bleich aussah. Einfach verheerend. Sie war dankbar, dass Roy es in seiner Vorfreude nicht bemerkte. Jedenfalls blieben ihr besorgte Fragen und kritische Blicke erspart.

Nachdem sie Eintrittskarten gekauft und das Museum betreten hatten, griff sie nach dem Arm ihres Mannes.

»Entschuldigst du mich bitte für einen Moment, ich brauche eine Toilette.«

»Soll ich auf dich warten?«, fragte er abwesend.

Seine Augen und Gedanken waren bereits bei den zigtausend Exponaten, die in diesem weltweit wohl größten Automuseum zu sehen waren.

»Nein, nein, es dauert nur ein paar Minuten. Geh ruhig vor, und schau dich um. Ich finde dich schon.«

Roy ließ sich das nicht zweimal sagen.

Sobald er ihren Blicken entschwunden war, eilte sie in Richtung der Toiletten, wäre um ein Haar hingefallen und schaffte es mit letzter Not in eine der Kabinen, wo sie würgend ihren Lunch erbrach. Anschließend lehnte sie sich zitternd und mit geschlossenen Augen gegen die kühlen Kacheln des Waschraums und wartete darauf, dass ihr aufgewühlter Magen sich beruhigte und Übelkeit und Schwindel abflauten.

»Alles in Ordnung?«, hörte sie jemanden fragen.

Maggie blinzelte und sah sich einer großmütterlich wirkenden Frau gegenüber.

»Mir geht es gut, danke«, hauchte sie schwach und legte eine Hand auf die Stirn.

»So sehen Sie aber nicht aus, Liebes. Wollen Sie sich nicht setzen?«

»Alles bestens«, beteuerte Maggie.

Sie wünschte kein Aufheben und keine Aufmerksamkeit. Nichts, was die Leute veranlassen könnte, womöglich ihren Mann ausrufen zu lassen. Sie griff nach einem Papierhandtuch und wischte sich damit übers Gesicht.

»Ich schaue mal, ob ich Ihnen ein Mineralwasser holen kann«, erbot sich die Frau.

»Danke«, flüsterte Maggie.

Bestimmt tat es gut, den ekligen Geschmack im Mund loszuwerden. Und noch besser wäre es, sich anschließend in ein schönes, weiches Bett zu flüchten, sich unter der Decke zu verkriechen und sich wie ein Baby zusammenzurollen.

Als die nette Großmutter zurückkehrte, brachte sie nicht bloß einen Pappbecher Wasser mit, sondern zudem eine Dame von der Museumsaufsicht.

»Kann ich irgendetwas für Sie tun?«, fragte sie hilfsbereit.

Maggie schüttelte den Kopf. »Bitte … ich möchte keine Umstände machen.«

»Das macht keine Umstände«, versicherte ihr die Museumsangestellte. »Sagen Sie getrost, wie ich Ihnen helfen kann. Soll ich jemanden anrufen?«

»Nein, nein, mein Mann ist hier und schaut sich die Autos an, und ich will ihm den Spaß nicht verderben.«

»Das verstehe ich gut«, warf die großmütterliche Frau

ein. »Mein Henry ist ebenfalls ganz versessen auf Oldtimer. Nur deswegen hat er mich den ganzen Weg von
Olympia nach Tacoma geschleift.«

»Beim Eingang stehen bequeme Sessel. Vielleicht
sollten Sie sich dort eine Weile hinsetzen«, meinte die
Dame von der Aufsicht, zog sich jedoch zurück, als Maggie auch diesen Vorschlag ablehnte.

Die ältere Frau musterte sie forschend. »Ich hatte dieselben Probleme, als ich schwanger war.« Sie dämpfte
ihre Stimme. »Die ersten drei Monate waren eine Tortur
für mich. Ich konnte absolut nichts bei mir behalten. Ist
schon lange her und trotzdem unvergessen.«

Maggie hatte nicht vor, mit einer Fremden über ihren
Zustand zu reden. Bei ihrem Glück würde sie der Frau bestimmt später erneut über den Weg laufen, und die gab
ihr dann in Roys Gegenwart womöglich irgendwelche
gut gemeinten Schwangerschaftstipps. Oder gratulierte
ihm sogar, wenn es ganz schlimm kam.

»Es ist nicht, wie Sie denken«, widersprach sie mit allem Nachdruck, zu dem sie fähig war. »Ich hatte Krabbenpuffer zum Lunch, und die sind mir zusammen mit
der Autofahrt offenbar nicht bekommen«, behauptete
sie.

Ihre Hoffnung, den Verdacht der Frau damit zerstreut
zu haben, erfüllte sich nicht.

»Meine Liebe, ich habe fast dreißig Jahre lang als
Arzthelferin bei einem Gynäkologen gearbeitet«, erklärte sie resolut. »Mir können Sie kein X für ein U vormachen. Ich kenne die Symptome, und bei Ihnen treten sie
in massiver Form auf. Wenn Sie mir nicht glauben, ver-

einbaren Sie einen Termin bei Ihrem Arzt, oder holen Sie sich einen dieser Schwangerschaftstests.«

Maggie heuchelte Überraschung – etwas anderes blieb ihr nicht.

»Vielleicht tue ich das wirklich«, murmelte sie, ohne der anderen in die Augen zu sehen. »Und jetzt sollte ich besser meinen Mann suchen«, fügte sie hinzu, da sie so schnell wie möglich das Weite suchen wollte.

Sie brauchte bloß ein paar Minuten, um Roy zu finden. Er bewunderte gerade einen Mercedes 540 K, Baujahr 1936, und ging in gebührendem Abstand um den Wagen herum. Die Hände tief in den Hosentaschen versenkt, erweckte er den Eindruck, als würde er fürchten, das Auto könnte bei einer zufälligen Berührung Schaden nehmen.

»Er ist in einem erstklassigen Zustand«, sagte er so leise und ehrfürchtig wie in einer Kirche, sobald er ihre Anwesenheit bemerkte.

Mühsam folgte sie ihm von einem Oldtimer zum anderen, doch bald merkte sie, dass es ihr wieder schlechter ging und sie sich kaum noch auf den Beinen zu halten vermochte.

»Hättest du etwas dagegen, wenn ich mich irgendwo hinsetze und auf dich warte?«, fragte sie schließlich.

Falls sie gehofft hatte, Roy würde nicht stutzig werden, sah sie sich getäuscht. Denn obwohl er gerade fasziniert den Innenraum einer leuchtend gelben Corvette aus den Sechzigern inspizierte, richtete er sofort seine ganze Aufmerksamkeit auf sie.

»Maggie, dir geht es eindeutig nicht gut, oder?«

»Doch, doch. Mach dir keine Sorgen, und frag nicht ständig«, beschied sie ihn fast brüsk. »Meine Füße tun weh vom vielen Laufen, das ist alles, und deshalb würde ich ihnen gerne eine Ruhepause gönnen.«

»Oder möchtest du lieber gleich zurückfahren?«, fragte er und musterte sie weiterhin besorgt.

»Ganz und gar nicht«, log sie. »Dreh du weiter deine Runden. Ich warte auf dich in einem der Sessel beim Eingang.«

Roy zögerte. »Ich beeile mich mit der Besichtigung.«

»Nein, bitte nicht. Nicht meinetwegen. Ich bin ganz zufrieden, wenn ich erst sitze. Amüsier dich, und schau dir in Ruhe alles an.«

Sie spürte, dass er irritiert war und an ihren Erklärungen zweifelte.

»Das sieht dir gar nicht ähnlich«, wandte er nach längerem Schweigen ein.

»Was sieht mir nicht ähnlich?«, erkundigte sie sich mit einem gezwungenen Lachen.

»So viel Geduld aufzubringen.«

»Roy, das ist unfair. Selbst wenn es stimmen würde – findest du nicht, dass du dann meine derzeitige Großzügigkeit ausnutzen und dich darüber freuen solltest?«

»Okay, okay, du hast recht. Geh und mach es dir bequem, und ich schaue mir den Rest der Ausstellung an.«

»Und lass dir ruhig Zeit«, wiederholte sie.

Wieder verriet sein Blick deutlichen Argwohn, aber das war ihr egal. Hauptsache, er ging seiner Wege, und sie durfte in einen der weichen Sessel sinken, den Kopf zurücklehnen und die Augen schließen. Es war die reinste Wohltat, und bereits nach ein paar Minuten fühlte sie sich besser als den ganzen Tag über. So gut, dass sie in einen erholsamen Halbschlaf sank.

Wie lange sie so gesessen hatte, wusste sie nicht.

»Diese Sammlung ist einfach umwerfend«, hörte sie plötzlich Roys Stimme. »Danke, dass du so lange gewartet hast.«

Sie brauchte ein paar Minuten, um zu sich zu kommen.

»Gern geschehen«, erwiderte sie und amüsierte sich insgeheim über seine aufgeregte Freude, die sie an ihre kleinen Söhne erinnerte.

»Ich verspreche im Gegenzug, mich nicht zu beschweren, wenn du mich das nächste Mal zu einer Liebesschnulze ins Kino schleppst.«

»Das ist ein fairer Deal«, erklärte sie, erhob sich und hakte sich bei ihm ein.

Sie steuerten gerade auf den Ausgang zu, als sie auf die großmütterliche Frau aus der Damentoilette stießen. Hatte sie es nicht geahnt? Jetzt blieb ihr nichts anderes übrig, als zu beten und zu hoffen, dass die Frau nichts Falsches, richtiger: nichts Verdächtiges sagte.

»Da sind Sie ja wieder«, rief sie und steuerte direkt auf sie zu.

In diesem Moment fand Maggie die Frau gar nicht mehr nett.

»Hallo«, erwiderte sie kurz angebunden und wollte rasch vorbei, doch die andere heftete sich unverdrossen an ihre Fersen.

»Geht es Ihnen besser?«

»Viel besser, danke.«

Sie war einer Ohnmacht nahe und beruhigte sich erst, als die Verfolgerin samt Mann draußen in der entgegengesetzten Richtung verschwand. Aber die Szene hatte erneut Roys Misstrauen geweckt.

»Was war denn das?«, fragte er. »Dir ging es also doch nicht gut? Genau wie ich vermutet habe.«

»Nicht der Rede wert«, wiegelte sie ab. »Die alte Dame übertreibt gerne ein bisschen. Ich bin okay.«

»So siehst du allerdings nicht aus, ehrlich gesagt. So bleich, wie du bist.«

Maggie warf im Vorübergehen einen Blick in den Außenspiegel eines Autos. »Findest du?«

»Ja. Siehst du es nicht selbst?«

»Vielleicht habe ich ja eine leichte Grippe.«

Es war die falsche Erklärung, denn sie brachte Roy auf eine neue Idee.

»Dann sollten wir vielleicht besser bei einer Notfallambulanz vorbeifahren, damit du gründlich durchgecheckt wirst.«

»Mach dich nicht lächerlich«, wies sie seinen Vorschlag lachend zurück.

»Mich stört die Vorstellung, dass du krank sein könntest. Nicht allein wegen des Wochenendes, sondern generell. Noch dazu, wenn wir nicht zu Hause sind.«

»Lass es gut sein, es geht mir bereits besser. Ehrlich.«

Obwohl er ihren Beteuerungen keinen Glauben schenkte, insistierte er wenigstens nicht weiter auf einem Arztbesuch.

»Okay«, sagte er mit einem resignierten Seufzen.

»Dann fahren wir auf direktem Weg nach Cedar Cove, und du legst dich hin.«

Genau das, wonach Maggie sich sehnte. Trotzdem tat sie, als wäre es für sie nicht unbedingt wichtig.

»Es ist zwar schade um den schönen Tag, aber wenn du darauf bestehst … Außer du möchtest noch irgendwas anderes in der Gegend anschauen.«

»Meinst du das Glasmuseum? Das war allerdings mehr dein Wunsch.«

Er hatte recht. Unter anderen Umständen wäre sie liebend gern in das berühmte Museum gegangen. Allein schon wegen der angeschlossenen Geschenkboutique, in der man bestimmt hervorragend herumstöbern konnte. Aber jetzt?

Ihr Zögern verriet Roy alles, was er wissen musste.

»Du möchtest lieber zurück.«

Sosehr sie es auch hasste, durch ihre Unpässlichkeit die Planungen über den Haufen zu werfen, nickte sie zerknirscht. »Vielleicht wäre es tatsächlich besser.«

»Gib endlich zu, dass es dir nicht gut geht, selbst wenn du Gegenteiliges behauptest.«

Hilflos zuckte sie die Schultern. »Ich bin einfach nicht ganz auf dem Damm.«

Eine Weile redeten sie nicht mehr darüber, doch als sie im Auto saßen und Richtung Cedar Cove fuhren, war es vorbei mit Maggies Hinhaltetaktik.

»Wenn ich es nicht besser wüsste, würde ich denken, du bist schwanger«, sagte Roy plötzlich ohne jede Vorwarnung.

Dann erstarrte er, weil ihm mit einem Mal die ganze Tragweite dieses Verdachts zu Bewusstsein kam, und trat so heftig auf die Bremse, dass der Wagen zu schlingern begann und beinahe im Straßengraben gelandet wäre.

Ein paar Sekunden lang herrschte angespanntes Schweigen.

»Du nimmst doch die Pille, oder?«, fragte Roy mit gepresster, fremd klingender Stimme.

»Natürlich«, versicherte sie so ruhig und zuversichtlich wie möglich.

»Jeden Tag?«, bohrte er weiter.

»Na ja, vielleicht habe ich sie ein paarmal vergessen«, gestand sie.

Eine reine Beschönigung, denn in Wirklichkeit hatte Maggie die Pille überwiegend nicht genommen, sodass ihre Wirkung gleich null war. Sie hatte einfach keine Notwendigkeit gesehen angesichts ihres brachliegenden Geschlechtslebens. Mit einem verhängnisvollen Ausrutscher, wie er ihr dann unterlief, war schließlich nicht zu rechnen gewesen.

»Maggie«, flüsterte Roy kaum verständlich, und die nächsten Worte bereiteten ihm sichtlich Mühe. »Ich warte bislang vergeblich auf deine Versicherung, dass meine Vermutungen jeglicher Basis entbehren. Also: Bist du nun schwanger oder nicht?«

Die Spannung zwischen ihnen schien mit Händen greifbar.

»Bist du schwanger?«, wiederholte er, und diesmal klang es laut und drohend in ihren Ohren.

Maggie senkte den Kopf und schwieg. Was sollte sie

sagen? Inzwischen bereute sie es, ihm nicht früher die Wahrheit gestanden zu haben. Freiwillig. Aus eigenem Antrieb. Jetzt war er ihr auf die Schliche gekommen und entsprechend wütend.

So heftig, wie er vorher gebremst hatte, gab er jetzt Gas.

»Ich schätze, das beantwortet meine Frage. Und ich gehe zudem davon aus, dass du keine Ahnung hast, wer der Vater dieses Kindes ist.«

23

»Es tut mir leid, Ellie. Nichts hat sich so entwickelt, wie ich es dachte.«

Tom eilte ihr nach, als sie sich von dem Restaurant entfernte. Offenbar weigerte er sich zu akzeptieren, dass sie nichts mehr mit ihm zu tun haben wollte. Was hieß wollte? Im Grunde ihres Herzens würde sie ihm gern vertrauen, wagte es jedoch nicht aus Angst vor einer weiteren Enttäuschung. Dabei wäre es gar nicht so weit gekommen, wenn er ihr alles rechtzeitig gestanden hätte. Dann könnte sie jetzt darüber hinwegsehen. Vergeben und vergessen.

So hingegen nicht, denn er hatte sie ins offene Messer laufen lassen.

Wenigstens war das Gespräch mit ihrem Vater besser verlaufen als erwartet, wenngleich sie noch viele Fragen hatte. Jedenfalls war ihr klar geworden, dass sich manches nicht so verhielt, wie man es sie glauben machen wollte. Und ganz eindeutig schienen ihre Großeltern zumindest eine Mitschuld am Scheitern der Ehe ihrer Tochter getragen zu haben, daran zweifelte Ellie nach dem Gespräch mit ihrem Vater nicht mehr. Die Rolle der Mutter allerdings vermochte sie bislang nicht zu entschlüsseln.

»Ellie.« Tom passte seine Schritte den ihren an. »Sag bitte etwas.«

Sie sah ihn an und überlegte, wie sie ihm das Gefühlswirrwarr, in dem sie sich befand, vermitteln sollte. Sofern sie es überhaupt versuchte. Hilflos gestikulierte sie mit den Händen.

»Was hast du denn gedacht, was passieren würde?«, rief sie, und es klang, als würde sie von ihm eine Antwort erwarten, die sie selbst nicht zu geben vermochte.

»Nachdem du uns da unten am Wasser hast stehen lassen, habe ich mich schrecklich gefühlt«, begann Tom, doch sie unterbrach ihn, bevor er weiterreden konnte.

»Bestimmt nicht schlechter als ich mich«, warf sie giftig ein. »Wie konntest du mich so benutzen, Tom? Wie konntest du nur?«

»Ich wollte dir nie wehtun«, verteidigte er sich lahm.

»Das hättest du dir entschieden früher überlegen sollen.«

Trotz aller vorsichtigen Mahnungen von Scott Reynolds und Jo Marie, die Sache nicht allein aus ihrer Perspektive zu betrachten, kam Ellie immer wieder darauf zurück, dass sie sich getäuscht und ausgenutzt fühlte. Mildernde Umstände, dass er seinem Stiefvater einen Dienst erweisen wollte, gestand sie ihm nicht zu. Die erlittene Kränkung machte sie ungerecht, der verletzte Stolz hart. Und das, obwohl sie im Grunde ihres Herzens wusste, dass Tom nicht planvoll, sondern unbedacht gehandelt hatte.

Bloß war es eine ganz andere Sache, das auch zuzugeben.

»Der Ausdruck in deinen Augen hat mir das Herz gebrochen. Ich kann die Dinge nicht einfach auf sich beruhen lassen – das bringe ich nicht fertig«, beschwor Tom
sie und fügte, da Ellie schwieg, hinzu: »Ich wollte dir alles
vor der Begegnung mit deinem Vater erzählen, habe es
dann jedoch immer wieder hinausgeschoben. Du warst
so hübsch, und ich genoss das Zusammensein mit dir so
sehr. Da fürchtete ich einfach, alles zu zerstören. Die gute
Stimmung. Unsere wachsende Zuneigung. Dein Vertrau-
en in mich. Im Nachhinein weiß ich, dass es falsch war,
und es tut mir aufrichtig leid.«

»Du hättest mich in deine Pläne einweihen sollen,
statt mich völlig unverhofft vor vollendete Tatsachen
zu stellen.«

Zwar war Ellie sich nicht sicher, ob sie dann wirklich besser mit der Neuigkeit umgegangen wäre, aber
sie hätte wenigstens die Chance gehabt. Und vor allem Zeit, sich darauf vorzubereiten. So hingegen war es
ein Schock gewesen. Insbesondere nach diesem verzau-
berten gemeinsamen Abend, nach diesem wundervollen
Tag auf dem Sund, als Ellie sich wie im siebten Himmel
und am Ziel ihrer Wünsche fühlte.

Das alles machte seinen Verrat – so sah sie das nun
mal – umso schmerzhafter.

»Glaub mir, das Ganze tut mir unendlich leid«, beteuerte er erneut. »Kannst du nicht verstehen, dass ich ge-
schwiegen habe, um unser Zusammensein nicht zu trüben? Es war so schön mit dir – und ich hatte einfach
Angst, du würdest nichts mehr mit mir zu tun haben wollen. Deshalb habe ich Stunde um Stunde gezögert und

Zeit zu gewinnen versucht. Ich hoffte, wenn du mich näher kennst, wärst du bereit … Himmel, ich weiß nicht, was ich erwartet und wie ich mir diese Begegnung zwischen dir und deinem Vater vorgestellt habe. Eines allerdings weiß ich genau: Obwohl ich es ursprünglich für ihn tat, erkannte ich schnell, dass es um dich und mich ging. Ich habe mich in dich verliebt, Ellie. Das ist keine Übertreibung und keine verlogene Rechtfertigung, sondern die reine Wahrheit. Und deshalb wünsche ich mir auch, dass du mir noch eine Chance gibst. Wenn du mir sonst nichts glaubst, dann glaub wenigstens das. Ich liebe dich.«

Ellie schüttelte den Kopf, als wollte sie seine Worte von sich wegschleudern.

Sie musste zunächst alles auf die Reihe bringen. Insbesondere ihre widersprüchlichen Emotionen, die wie golfballgroße Hagelkörner auf sie einprasselten. Und außerdem ihre Gefühle Scott Reynolds gegenüber. Es war schließlich nicht einfach, als Erwachsene mit einem Vater konfrontiert zu werden, den sie als Kind dringend gebraucht hätte und der letztlich ein Fremder war. Doch wie es aussah, würden sie zueinanderfinden, und insofern musste sie Tom wenigstens in dieser Hinsicht dankbar sein.

Als er Anstalten machte weiterzusprechen, hob Ellie die Hand.

»Ich brauche Zeit.«

»Wie viel?«

»Ich weiß es nicht.«

»Aber du wirst mit mir reden, ja? Irgendwann … bald.«

292

Nickend willigte sie ein und wandte sich dann ab. Gab ihm durch eine abwehrende Geste zu verstehen, dass sie keine weitere Begleitung wünschte, und stieg allein den Hügel hinauf. Oben angekommen, blickte sie zurück und sah Tom mit hängenden Schultern auf dem Gehweg stehen. Er bot ein Bild des Jammers, denn er wirkte, als wäre die ganze Welt über ihm zusammengestürzt.

Obwohl es an Ellies Herz rührte, setzte sie ihren Weg fort. Hinter ihren Schläfen pochte es. Kopfschmerzen kündigten sich an, und sie brauchte dringend Aspirin und ein wenig Schlaf. Kaum lag sie jedoch in ihrem Bett, klingelte das Telefon, das sie in weiser Voraussicht auf dem Nachtkästchen deponiert hatte.

Ein rascher Blick aufs Display bestätigte ihre Vermutung. Ihre Mutter, wer sonst?

»Hallo«, meldete sie sich.

»Ellie?« Virginia Reynolds klang überrascht, weil ihre Tochter den Anruf nicht unterdrückt hatte. »Du willst tatsächlich mit mir reden?«

»Ja.«

Ihre Mutter spürte sofort, dass etwas passiert war. »Schatz, was ist los?«

»Ach Mom.«

»Erzähl es mir. Ich höre es an deiner Stimme, dass dich etwas bedrückt. Etwas Schlimmes, richtig? Du weißt, dass du mir alles sagen kannst. Herr im Himmel, das ist genau das, was ich befürchtet habe. Du weißt ...«

»Mom, hör auf«, unterbrach Ellie sie, setzte sich auf

und presste die Fingerspitzen gegen ihre hämmernden Schläfen.

Virginia sog zischend den Atem ein. »Erzähl es mir«, drängte sie. »Los, mach schon.«

Ellie gab sich einen Ruck und holte ebenfalls tief Luft, indes bedeutend geräuschloser als ihre Mutter.

»Ich habe meinen Vater getroffen.«

Stille, absolute Stille.

»Mom, hast du mich gehört?«

»Ja.« Virginias Stimme war kaum mehr als ein Flüstern. »Wie ist es dazu gekommen?«

Wo sollte sie anfangen, überlegte Ellie blitzschnell und entschied sich für eine Kurzfassung.

»Tom ist sein Stiefsohn.«

Sie meinte die Empörung ihrer Mutter förmlich spüren zu können – und zur Abwechslung teilte sie sie.

»Du wurdest ausgetrickst.«

»Ja, so könnte man das sagen.«

»Pack deine Koffer«, drängte Virginia, »und reise umgehend ab. Ich kann nicht fassen, dass das wirklich passiert ist ... So ein schäbiges, hinterhältiges Komplott!«

»Mom, stopp. Ganz so einfach ist es nicht ...«

»Ist es nicht?«, wiederholte ihre Mutter, und es war zu hören, dass sie sich vor weiteren Eröffnungen fürchtete.

»Nein, denn wir haben soeben eigentlich ganz nett miteinander geredet. Und für heute Abend sind wir zum Dinner verabredet.«

»Eleanor, nein. Du wirst nicht hingehen. Ich erlaube es nicht.«

Die Stimme ihrer Mutter zitterte. Ein Unterton

schwang mit, den Ellie nicht deuten konnte. Etwas wie ein Flehen. Oder wie Furcht. Vielleicht auch Bedauern. Ähnliches hatte sie bei ihrem Vater erlebt, als die Rede auf seine ehemalige Frau, auf Virginia, gekommen war.

»Warum nicht?«, wehrte sie sich.

»Kind, du kannst doch nicht ernsthaft in Erwägung ziehen, den Rest des Wochenendes dortzubleiben. Nicht nach dem, was geschehen ist. Dieser Tom hat dir verschwiegen, dass er Scotts Stiefsohn ist, hat dich in die Irre geführt, und es scheint mir ziemlich wahrscheinlich zu sein, dass Scott die Hände im Spiel hatte. Deshalb solltest du abreisen, bevor einer der beiden dir noch mehr wehtut.«

»Mom, ich habe Fragen an meinen Vater, die allein er beantworten kann.«

Ein Geräusch, das verdächtig nach einem Schluchzen klang, drang an ihr Ohr.

»Oh, Ellie, ich habe solche Angst, dass du dir weiteren Kummer einhandelst.«

»Da könntest du allerdings recht haben.«

Jetzt schluchzte Virginia ganz offen. »Ich habe ihn geliebt, weißt du«, flüsterte sie. »Mehr als mein Leben. Wir waren beide so jung und so stolz. Wie hat er ausgesehen, geht es ihm gut?«

Ellie konnte sich nur wundern. Sie hatte mit gehässigen Angriffen oder Verunglimpfungen gerechnet, nicht aber mit der Frage, wie er aussah.

»Er ist ein attraktiver Mann«, gab sie zur Antwort. »Erkannt hätte ich ihn allerdings nicht. Wie sollte ich auch? Das einzige Foto, an das ich mich dunkel erinnern kann, hast du ja irgendwann weggeräumt.«

Virginia überging den Seitenhieb. »Wann triffst du ihn?«

»Mom, bitte. Wann und wo ich ihn treffe, ist wohl unerheblich.«

»Für mich nicht.«

In den drei dürren Worten schwangen Emotionen mit, die Ellie plötzlich eine ganz neue Sichtweise auf ihre Mutter eröffneten. Auf ihr Leben, auf ihre Bitterkeit, ihre unerfüllten Sehnsüchte.

Sie erschrak. »Mom, warum weinst du?«

»Ich weine nicht wirklich. Das Ganze erschüttert mich bloß. Erinnerungen kehren zurück an deinen Vater und mich … Das alles ist so viele Jahre her.«

Ellie wusste nicht, was sie von der Reaktion ihrer Mutter halten sollte. Der Name ihres Vaters war seit Jahren nicht mehr gefallen. Und jetzt dieser Gefühlsausbruch. Wie passte das zusammen?

»Wenn du dich mit ihm triffst, kannst du ihm dann etwas von mir ausrichten?«

»Natürlich.«

»Nein.« Virginia änderte abrupt ihre Meinung. »Erwähn mich gar nicht, okay?«

»Bist du sicher?«

»Ganz sicher. Verlier kein Wort über mich. Oder warte … Sag ihm … Nein, sag ihm nichts.«

»Mom …«

»Ruf mich nach eurem Dinner an«, bat sie – es war in der Tat eine Bitte und keiner der sonst üblichen Befehle.

Der ungewohnte Umgangston verschlug der Tochter geradezu die Sprache.

»Ellie?«, flüsterte Virginia. »Bist du noch da?«

»Ja«, gab sie leise zurück und erinnerte sich daran, wie sehr sie früher als Kind ihre Mutter gebraucht hatte. Vor allem wenn etwas passiert war. Wie damals in der Vorschule die Sache mit dem gebrochenen Arm. Es tat bloß noch halb so weh, als Virginia endlich auftauchte und sie in die Arme schloss. Alles war besser, wenn ihre Mutter bei ihr war.

Und im Moment empfand Ellie ganz ähnlich.

»Ich hätte auf dich hören und nie nach Cedar Cove fahren sollen«, erklärte sie kleinlaut. »Das Ganze war ein riesengroßer Fehler – du hast recht, ich werde abreisen.«

»Nein, tu das nicht«, erwiderte Virginia leise.

»Nicht? Hast du mir das nicht gerade selbst geraten?«

»Ja. Trotzdem war es falsch. Du hast deinem Vater versprochen, mit ihm essen zu gehen, und ich denke, das solltest du tun. Es ist bestimmt für euch beide gut. Wenn du jetzt abreist, wirst du es immer bereuen, die Gelegenheit nicht genutzt zu haben. Du verdienst Antworten. Frag ihn, was du von ihm wissen willst, und lass dich nicht von meinen schlechten Erfahrungen beeinflussen. Sie dürfen die Beziehung zu deinem Vater nicht länger beeinträchtigen, Ellie.«

Sichtlich irritiert über die neuen Töne, hakte sie nach: »Bist du sicher?«

»Ja. Und ich komme zu dir.«

»Mom, das ist lieb, aber es gibt nicht viele Flüge von

Bend nach Seattle, und mit dem Auto brauchst du gut und gerne fünf bis sechs Stunden.«

Am anderen Ende der Leitung wurde es verdächtig still, bis schließlich die Stimme der Mutter erklang: »So lange wird es nicht dauern.«

»Nicht?«

»Ich bin bereits hier.«

Wie von der Tarantel gestochen, sprang Ellie auf.

»Du bist hier? In Cedar Cove?«, fragte sie ungläubig.

Virginia gab einen leisen, undefinierbaren Laut von sich, bevor sie antwortete.

»Wenn du es genau wissen willst, ich habe in Tacoma übernachtet.«

»Du hast was?«

»Du solltest es eigentlich nie erfahren. Ich habe mir schreckliche Sorgen gemacht, dass dir etwas zustoßen könnte oder dass du eine schlimme Enttäuschung erlebst, und da wollte ich mich für alle Fälle bereithalten. Ich weiß, dass du deshalb wahrscheinlich wütend auf mich bist, und kann dir das nicht verübeln. Doch wenn du die Dinge einmal von meinem Standpunkt aus betrachtest, verstehst du mich vielleicht ein wenig. Immerhin wusstest du so gut wie nichts über diesen Mann.«

Ellie konnte kaum glauben, was sie da hörte. Normalerweise wäre sie außer sich gewesen über diese neuerliche Einmischung, im Moment indes war sie einfach dankbar.

»Wie schnell kannst du hier sein?«, fragte sie atemlos.

»Es dauert nicht lange«, versprach Virginia. »Gib mir eine Stunde.«

Ellie nutzte die nächsten sechzig Minuten, um sich zumindest ein wenig auszuruhen, denn an Schlaf war nicht mehr zu denken angesichts der neuen Entwicklung. Und als sie unten ein Auto vorfahren hörte, sprang sie sogleich auf und eilte nach unten, um ihre Mutter zu begrüßen. Mittlerweile konnte sie es kaum erwarten, die Ereignisse des Tages mit ihr zu besprechen.

Dann lagen sie sich in den Armen. Virginia strich stumm der Tochter übers Haar, ohne ein Wort über die neue Frisur zu verlieren.

»Wie du dir sicher denken kannst, habe ich letzte Nacht kein Auge zugemacht.«

Ellie lächelte angesichts der Übertreibung. »Deshalb habe ich dich ja auch so spät noch angerufen, wenn du dich erinnerst.«

Eine Tatsache, die ihre Schuldgefühle der Mutter gegenüber deutlich relativierte.

»Nun ja, es lag nicht allein an dir – ich hatte ebenfalls einen meiner üblen Migräneanfälle«, räumte Virginia ein. »Aber das steht auf einem anderen Blatt.«

»Wollen wir uns nicht auf die Veranda setzen«, schlug Ellie vor und führte die Mutter zu jenem Platz, der den atemberaubenden Blick über die Bucht hinüber nach Bremerton und zu den Olympic Mountains bot.

»Okay, Mom, tu dir keinen Zwang an«, forderte sie Virginia auf, sobald sie sich gesetzt hatten.

»Ich soll mir keinen Zwang antun«, wiederholte ihre Mutter indigniert.

»Du möchtest doch sicher all die Gründe auflisten, weshalb es eine schlechte Idee von mir war, nach Cedar

Cove zu reisen und Tom zu treffen«, meinte sie und überlegte einmal mehr, ob die mütterlichen Befürchtungen
nicht berechtigt gewesen waren.

»Vielleicht war es ja keine schlechte Idee«, hörte sie
Virginia zu ihrer nicht geringen Verwunderung nachdenklich sagen. »Ich habe versucht, dich vor den gleichen schlechten Erfahrungen zu warnen, die ich machen
musste«, fuhr sie melancholisch fort. »Aber das funktioniert nicht. Jeder muss vermutlich selbst durch solche
Tiefen. Deshalb hat diese Reise auch ihr Gutes: Du hast
am eigenen Leibe zu spüren bekommen, wie es gehen
kann.« Sie legte eine Pause ein und wartete auf eine Reaktion der Tochter. »Dein Vater hat mir das Herz gebrochen, wie du weißt«, fuhr sie schließlich fort. »Ich habe
ihn geliebt ...«

»Und dennoch hat er dich verlassen«, beendete Ellie,
die diese Worte im Laufe der Jahre unzählige Male gehört hatte, den Satz für sie.

»Er hat uns verlassen«, berichtigte Virginia. »Und
jetzt hat er mit Tom gemeinsame Sache gemacht, nicht
wahr?«

»Nein, er war lediglich darüber informiert, dass Tom
online jemanden kennengelernt hatte, mehr nicht. Er
und ich wurden gleichermaßen im Ungewissen gelassen.«

In diesem Moment wurde ihr bewusst, dass Tom nicht
nur sie getäuscht hatte, sondern ebenfalls Scott, und das
ließ sie die Angelegenheit in einem etwas anderen Licht
sehen. Eben nicht länger als gegen sie gerichtetes Komplott. Zugleich fiel ihr der besorgte Ausdruck auf Toms

Gesicht ein, wenn er von seiner Überraschung für sie sprach.

Arglistige Täuschung sah anders aus.

Plötzlich fügte sich alles zusammen.

Wobei sie sich dadurch nicht unbedingt besser fühlte und Tom nicht von jeder Schuld freisprach. Selbst wenn man ihm gute Absichten zubilligte, hatte er ihre Leichtgläubigkeit und ihr Vertrauen ausgenutzt. Und es sogar geschafft, dass sie einem Treffen in Cedar Cove zustimmte. Jetzt erst verstand sie, warum das so wichtig für ihn gewesen war. Doch alles verstehen bedeutete noch lange nicht, alles zu verzeihen.

»Mach nicht denselben Fehler wie ich, Ellie«, unterbrach die Mutter ihre Grübelei. »Sei nicht naiv, und lass dich nicht überreden. Wie willst du dich in Zukunft auf jemanden verlassen, der dir auf diese Weise mitgespielt hat. Ich möchte nicht, dass du dieselben Verletzungen erfährst wie ich. Deshalb bitte ich dich, diese Beziehung nicht fortzusetzen.«

»Ich bin alt genug, um meine eigenen Entscheidungen zu treffen. Vertrau mir, ja?«

»Siehst du nicht, wohin Vertrauen führen kann?«

»Mom, bitte …«

Virginia richtete sich auf und straffte die Schultern. »Und was deinen Vater angeht, so finde ich es nicht fair, dass er zu diesem späten Zeitpunkt in dein Leben tritt. Er hat kein Recht dazu.«

Schmerz klang aus ihrer Stimme und diese vertraute Bitterkeit. Virginia fiel wirklich von einem Extrem ins andere, dachte Ellie. Erst vor Kurzem ihre Ermunterung, die Chance, den fremden Vater kennenzulernen, nicht ungenutzt zu lassen – jetzt die eigensüchtige Klage, dass er ihr etwas wegnehme. Egal was sie vorbrachte: In dieser Hinsicht würde sie sich nicht beeinflussen lassen.

Prompt bekam sie die nächste Kostprobe mütterlicher Wankelmütigkeit, als ein abwesender Ausdruck über Virginias Gesicht huschte.

»Ich werde dir etwas erzählen, das ich bislang keiner Menschenseele anvertraut habe.« Sie sprach so leise, dass sie kaum zu verstehen war. »Kurz nach dem Auszug deines Vaters, also noch vor der Scheidung, habe ich ihm geschrieben. Ein Freund hatte mir seine Adresse beschafft.« Ihre Stimme schwankte wie ein kleines Boot im Sturm. »In diesem Brief sagte ich ihm, dass ich mich geirrt hätte, und bat ihn, die Sache dir und mir zuliebe zu überdenken und unserer Ehe eine zweite Chance zu geben. Ich sei bereit, alles zu tun, um die Frau zu werden, die er sich wünschte.«

»Warum hast du nie etwas davon gesagt?«, hakte Ellie nach, die nicht wusste, was sie von der plötzlichen Offenheit der Mutter halten sollte.

»Damals ging es vor allem darum, dass meine Eltern keinen Wind davon bekamen. Schließlich waren sie strikt gegen jede Versöhnung. Und später war es nicht mehr wichtig. In den ersten Wochen nach der Trennung jedoch wollte ich es deshalb versuchen, weil ich deinen Vater trotz aller Schwierigkeiten nach wie vor liebte.«

»Und was geschah dann?«

Virginia blickte eine Weile über die Bucht hinweg, bevor sie erwiderte: »Er hat nie geantwortet.«

»Vielleicht hat er den Brief nicht bekommen«, suchte Ellie den Vater zu entlasten. »Weil er umgezogen war und die Post ihm nicht nachgeschickt wurde. Oder vermutest du, Grandma und Grandpa haben den Brief gefunden? Und ehrlich, Mom, wenn du Dad erreichen wolltest, warum hast du ihn nicht einfach angerufen und ihm das alles persönlich gesagt, was in dem Brief stand?«

»Das hätte ich getan, aber ich hatte seine Nummer nicht«, erklärte ihre Mutter. »Damals war alles anders. Man fand Telefonnummern nicht so einfach heraus wie heute. Und außerdem kontrollierten meine Eltern mich auf Schritt und Tritt – wir lebten schließlich bei ihnen.«

Ellie verspürte ein leises Unbehagen bei dieser Geschichte und beschloss, ihren Vater nach dem Brief zu fragen. Würde er ihr ehrlich Auskunft geben? Und wie mochte diese Antwort lauten? Dass er Virginia nicht mehr liebte und mit seiner Familie nichts mehr zu tun haben wollte? Wenn sie Toms Worten Glauben schenkte, hatte es sich nicht so verhalten. Sie hoffte, dass es stimmte.

»Später«, redete ihre Mutter weiter, »unternahm ich einen zweiten Versuch.«

»Wann?«

»Du warst fünf und hast angefangen, Fragen nach deinem Dad zu stellen.«

»Ja, das habe ich nie vergessen«, warf Ellie ein. »Es war in dem Jahr, als ich mir zum Geburtstag diese Puppe wünschte.«

»Ganz genau«, gab ihre Mutter zurück. »Ich konnte es einfach nicht ertragen, dass du nichts von deinem Vater wusstest. Da habe ich ihn gesucht und mit einiger Mühe auch gefunden.«

»Hat er eigentlich Unterhalt für mich gezahlt?«

Virginia senkte den Kopf, vermied es, der Tochter in die Augen zu sehen.

»Ja, regelmäßig.«

»Du hast mir früher etwas ganz anderes erzählt«, erwiderte Ellie vorwurfsvoll.

»Ich wollte nicht, dass du …«

»Du wolltest mir ein schlechtes Bild von meinem Vater einimpfen«, rief sie sichtlich aufgebracht. »Du hast mich belogen! Wie oft musste ich mir anhören, mein Vater schere sich keinen Deut um mein Wohlergehen.«

»Ja, ich habe dir die Wahrheit vorenthalten.«

»Und warum bitte?«

»Es gibt keine Entschuldigung dafür«, murmelte sie beschämt. »Ich rechtfertigte es vor mir selbst damit, dass ich dich schützen wollte. Davor, dass Scott dich genauso enttäuschen würde wie mich. Deshalb fand ich es besser, wenn du schlecht von ihm dachtest und gar keinen Kontakt zu ihm wünschtest.«

»Mom, wie konntest du bloß?«

»Ich weiß, und es tut mir ehrlich leid.«

»Du erwähntest einen weiteren Versuch, dich mit ihm in Verbindung zu setzen«, kam sie auf das eigentliche Thema zurück. »Was wurde daraus?«

»Ja, das war wie gesagt um deinen fünften Geburtstag herum.« Sie schluckte, bevor sie weiterredete. »Meine Eltern verwöhnten dich zwar nach Strich und Faden, aber ich merkte, dass du eine Vaterfigur brauchtest.

Grandpa vermochte das nicht leisten, dazu war er zu alt. Das Zusammenleben mit den Großeltern gestaltete sich ohnehin zunehmend schwieriger, und dann fingst du auch noch an, nach deinem Daddy zu fragen. In dieser Situation beschloss ich, ihn zu suchen und ihn zu fragen, ob er nicht zurückkommen wolle.«

»Warum hat es nicht funktioniert?«, flüsterte Ellie mit gedämpfter Stimme, als würde sie fürchten, ein lautes Geräusch könnte ihre Mutter für alle Zeiten davon abhalten, ihr die Wahrheit zu gestehen.

Virginia rang die Hände. »Nachdem ich seine Adresse gefunden hatte, fuhr ich hierher nach Cedar Cove, um ihn aufzusuchen.«

»Wussten die Großeltern, was du vorhattest?«

»Nein, um Himmels willen. Sie hätten sofort versucht, die Sache im Keim zu ersticken. Erst hinterher, als …« Sie brach ab, als hätte sie nicht die Kraft, die Worte laut auszusprechen. »Nach meiner Rückkehr habe ich ihnen dann erzählt, was passiert ist. Meine Mutter regte sich fürchterlich über meine Eigenmächtigkeit auf. Hielt mir vor, dass sie mich wieder und wieder vor Scott gewarnt habe, und nun das … Mein Vater war ebenfalls außer sich.«

»Und was ist schiefgelaufen? Hast du ihn gesehen?«

»Ja«, erwiderte Virginia tonlos, während ihre Schultern nach vorne sackten, als würde eine schwere Bürde auf ihr lasten.

»Was hat er gesagt?«, fragte Ellie behutsam, als sie bemerkte, wie sehr das alles ihre Mutter mitnahm.

Jetzt kämpfte Virginia mit den Tränen. »Ich habe nicht mit ihm gesprochen.«

Voller Mitleid griff die Tochter nach ihrer Hand. »Warum denn nicht, Mom? Nachdem du schon so weit gekommen warst.«

Blitzschnell ging sie alle möglichen Szenerien durch, warum der Versöhnungsversuch gescheitert sein konnte, obwohl Virginia bereit gewesen war, über ihren Schatten zu springen. Etwas Schreckliches musste sich ereignet haben, so ihre Spekulationen, aber so war es ganz und gar nicht gewesen.

»Nun, Scott hatte eine neue Frau und eine neue Familie«, erwiderte ihre Mutter mit gepresster Stimme. »Ich habe sie alle zusammen gesehen … Sie waren glücklich, lachten und alberten herum. Scott war im Vorgarten und warf zwei kleinen Jungs einen Baseball zu. Ich saß in meinem Auto und beobachtete sie.«

Ellie vermochte sich die Szene gut vorzustellen. Ihre Mutter parkte am Bordstein, sammelte all ihren Mut, um an die Haustür zu klopfen, und musste am Ende mit ansehen, dass der Mann, den sie zurückholen wollte, Mittelpunkt einer neuen Familie geworden war.

»Ich weiß nicht, wie lange ich im Auto gesessen habe«, fuhr Virginia fort. »Irgendwann kam eine Frau mit einem Tablett heraus, auf dem Limonadegläser und Teller mit Plätzchen standen.«

Kein Wunder, dachte Ellie, dass ihrer Mutter beim Anblick dieser Familienidylle das Herz schwer geworden war und sie einen Rückzieher machte.

»Dann«, fuhr ihre Mutter monoton fort, »legte Scott dieser anderen Frau den Arm um die Taille und küsste sie. Er hatte eine neue Liebe gefunden. Die Jungen nannten ihn Dad, und das sagte mir alles, was ich wissen musste. Ich war zu spät gekommen. Da noch zu ihm zu gehen und ihn um ein Gespräch zu bitten wäre eine einzige Peinlichkeit gewesen.«

Die Geschichte erklärte einiges.

Von diesem Augenblick an war die Liebe ihrer Mutter zu ihrem Vater umgeschlagen, hatte negativen Gefühlen Raum gegeben: Enttäuschung, Verbitterung und selbst Hass. Nur so konnte sie mit dem Verlust, den sie als Zurückweisung umdeutete, leben. Scott fernzuhalten wurde gemäß ihrer eigenen Logik somit zur Schutzmaßnahme. Für sie selbst wie für Ellie. Trotz dieser verqueren Denkweise schien Virginia indes tief innen gewusst zu haben, dass ihr Handeln falsch war und Ellie ein Recht auf ihren Vater hatte.

»Ich kann verstehen, warum du weggefahren bist, ohne mit ihm zu sprechen«, tröstete sie ihre Mutter.

Und das meinte sie ehrlich.

Virginia war einsam und unglücklich gewesen, dazu gefangen in einer hoffnungslosen Situation mit tyrannischen Eltern und einem Kind, das nach seinem Vater verlangte. Wie sollte sie da nicht bitter und ungerecht werden bei dem Gedanken, dass ihr Exmann alles hatte, was sie vermisste. Der Anblick dieser Familie hatte zusätzlich Salz in ihre Wunden gestreut, indem er ihr scheinbar das eigene Versagen vor Augen führte. Schließlich war es ihr nicht gelungen, Scott glücklich zu machen.

»Ich habe es nicht über mich gebracht«, flüsterte Virginia. »Ich bin zurückgefahren und habe auf dem ganzen

Weg geweint, und zu Hause gestand ich meinen Eltern, was ich getan hatte. Diesmal versuchte Grandma mich immerhin zu trösten, während Grandpa meinte, das sei mir recht geschehen. Was müsse ich auch diesem Taugenichts hinterherlaufen.«

»Und dann hat er mir die Puppe gekauft, die ich mir von Dad gewünscht hatte.«

»Ja.«

»Und ich habe sie geliebt.«

Ihre Mutter sah sie verblüfft an. »O nein, das hast du ganz und gar nicht.«

»Wie meinst du das?« Ellie meinte sich an ihre Freude zu erinnern, als sie dieses heiß ersehnte Geschenk auf ihrem Gabentisch fand. »Ich war doch total aufgeregt, als ich das Päckchen öffnete.«

»Ja, das schon. Aber sobald du erfuhrst, dass es kein Geschenk von deinem Daddy war, hast du so gut wie nicht mehr mit dieser Puppe gespielt.«

»Ehrlich? Das habe ich ganz anders in Erinnerung.«

»Ich habe dir die Puppe sogar weggenommen, weil du auf ihr herumgetrampelt bist und geweint hast.«

Ellie konnte es kaum glauben. »Geht die Geschichte noch weiter?«

Ihre Mutter lächelte traurig. »Ja, das tut sie, ohne Happy End allerdings. Als ich dir die Puppe nach einer Weile zurückgab, hast du sie, ehe ich dich daran hindern konnte, gegen die Wand geschleudert und geschrien, dass du sie hassen würdest.«

»Das gibt es ja nicht.« Ellie vermochte sich nicht vorzustellen, dass sie ein solch zorniges Kind gewesen war.

»Du hast geweint und geweint und gesagt, du wolltest sie nicht mehr haben. Anfangs war ich überzeugt,
du würdest dich beruhigen und deine Meinung ändern,
doch das geschah nicht, und so verschwand die schöne
Puppe auf Nimmerwiedersehen.«

»Was hast du mit ihr gemacht?«

»Ein paar Jahre lag sie im Schrank herum, dann ging
sie als Spende an einen Wohltätigkeitsverein.«

»Komisch.« Ellie schüttelte den Kopf. »Wie sehr Erinnerungen trügen können.«

Während sie noch ganz genau wusste, wie unbedingt
sie diese Puppe gewollt hatte, war ihr von ihrer Enttäuschung und ihrer Wut nichts im Gedächtnis geblieben.
Jetzt, wo sie die komplette Geschichte kannte, begriff
sie, dass sie sich im Grunde ihres Herzens nicht diese
spezielle Puppe gewünscht hatte, sondern den Vater, den
sie nie kennenlernen durfte.

24

Sowie ich zu Hause ankam, packte ich meine Marktein-
käufe aus und verstaute Muscheln und Lachs im Kühlschrank. Und wie konnte es anders sein, dachte ich über
mein Gespräch mit Corrie McAfee nach.

Wenngleich ich definitiv keine Nachforschungen seitens ihres Mannes wünschte, fand ich ihre Informationen doch aufschlussreich. Dumm nur, dass Mark mich
mit Corrie beobachtet und seine Schlüsse gezogen hatte.
Seine Warnung, meine Nase nicht weiter in seine An-
gelegenheiten zu stecken, ließ an Deutlichkeit nichts zu
wünschen übrig. Ich wäre besser beraten gewesen, das
Thema erst gar nicht aufs Tapet zu bringen.

Belass es dabei, hatte er zu mir gesagt.

»Belass es dabei«, murmelte ich und fügte verärgert
hinzu: »Was genau sollte das heißen?«

»Wie bitte?« Mark, der mir geholfen hatte, meine Einkäufe nach Hause zu tragen, war unversehens wieder in
die Küche getreten.

»Du kannst nicht erwarten, dass ich deine Warnung, ich soll es dabei belassen, widerspruchslos hin-
nehme.«

Eine tiefe Furche bildete sich auf seiner Stirn. »Ich
weiß nicht, wovon du redest.«

»O doch, das tust du sehr wohl«, gab ich zurück. »Du hast mich mehr oder weniger gewarnt.«

Er schüttelte den Kopf, als würde ich kompletten Unsinn reden. »Nein, habe ich nicht.«

Es glatt abzustreiten war nun wirklich dreist. So kam er mir nicht davon.

»Ich sollte vielleicht wirklich Roy McAfee anrufen«, sagte ich und durchbohrte ihn mit meinen Blicken. »Und ihn dafür bezahlen, dass er Nachforschungen über dich anstellt.«

»Nur zu.« Mark wirkte nicht im Geringsten eingeschüchtert oder besorgt, schien unser seltsames Wortgefecht sogar zu genießen. »Er wird nichts finden, aber wenn du dein Geld zum Fenster hinauswerfen willst, bitte schön.«

Ich funkelte ihn an, rechnete halb damit, dass er lachte, doch zu meiner Enttäuschung blieb sein Gesicht unbewegt.

»Ich hoffe, du weißt, wie sehr du an meinen Nerven zerrst«, giftete ich ihn an.

»Ich zerre an deinen Nerven?«, fragte er mit gespielter Unschuld. »Du bist schließlich diejenige, die immer wieder auf demselben Mist herumreitet.«

»Das tue ich ganz sicher nicht. Wenn du ehrlich wärst, müsstest du zugeben, dass dir selten oder nie eine so ausgeglichene, umgängliche Frau begegnet ist wie ich«, erklärte ich und wusste selbst, dass ich ziemlich übertrieb.

Trotzdem: Würde er endlich mit dieser elenden Geheimniskrämerei aufhören, müsste ich ihm nicht mehr

Stückchen für Stückchen Informationsfetzen aus der Nase ziehen.

Aus einer Laune heraus oder aus Frust machte ich ihm einen Vorschlag, von dem ich nicht wusste, ob ich ihn wirklich ernst meinte.

»Weißt du was?«, sagte ich. »Vielleicht würde es uns beiden guttun, wenn wir uns eine Weile nicht sehen.«

Er zuckte die Achseln, als wäre ihm das völlig gleichgültig.

»Von mir aus. Soll ich mit der Arbeit an dem Pavillon aufhören? Denk ja nicht, ich hätte nicht genug andere Aufträge. Wenn du mich nicht sehen willst, kein Problem. Ich dränge mich nicht auf und gehe zu niemandem, bei dem ich nicht willkommen bin.«

Wie aus heiterem Himmel gab Rover ein durchdringendes Heulen von sich, das uns beide zusammenschrecken ließ. Es hörte sich an wie ein Klagelaut. Überrascht schnappte ich nach Luft, und Mark schaute verdutzt drein, während Rover sich auf die Hinterläufe setzte und zu uns hochstarrte. Zweifellos fand er es an der Zeit, dass wir unsere Meinungsverschiedenheit beendeten.

»Scheint so, dass er uns nicht gerne streiten hört«, sagte ich ein wenig zerknirscht.

»Wahrscheinlich nicht.«

Mark blickte verlegen zu Boden und scharrte mit den Stiefeln über den Holzboden.

Vielleicht war ich ja im Recht, wenn ich mich über Marks brüskierende Verschlossenheit ärgerte, aber dennoch war ich mit meiner aufdringlichen Fragerei mal wieder zu weit gegangen, und somit war mal wieder eine Entschuldigung fällig.

»Rover hat recht«, begann ich. »Du bist ein guter Freund, und wenn du Teile deiner Vergangenheit geheim halten willst, ist das deine Sache und geht mich nichts an.«

Seine Brauen zogen sich zusammen. »Wer sagt denn, dass ich das will?«

Ich schwieg. Da wir offenbar Geheimhaltung unterschiedlich definierten, hielt ich es für ratsam, die Diskussion zu beenden.

Mark seufzte. »Schätzungsweise bin ich ebenfalls zu weit gegangen. Ich nehme an, dass ich an dem Pavillon weiterarbeiten soll.«

Ich nickte. Was ich ganz und gar nicht wünschte, war eine erneute monatelange Verzögerung wie bei der Anlage des Rosengartens.

Er akzeptierte mein Friedensangebot, nicht jedoch ohne aus meinem Nachgeben Kapital zu schlagen.

»Falls du Wiedergutmachung leisten willst, wären ein paar von den Plätzchen, die du heute Morgen gebacken hast, ein guter Weg.«

»Ich werde sehen, wie viel du überhaupt übrig gelassen hast«, erwiderte ich grinsend und amüsierte mich im Stillen über Marks Gier.

»Jo Marie?«

»Ja?« Ich drehte mich um und sah, dass er mich eindringlich musterte. Mir schien, dass er etwas auf dem Herzen hatte, aber nicht damit rausrückte. »Was ist denn?«, hakte ich nach.

»Mir ist etwas an dir aufgefallen.«

»So?«

»Du hast dich in der letzten Zeit ein bisschen eigenartig verhalten«, erklärte er nach längerem Zögern.

»Habe ich das?« Beinahe hätte ich laut aufgelacht. Obwohl ich sicher war, dass er übertrieb, wollte ich seine Behauptung fairerweise nicht gleich abschmettern. »Inwiefern?«

Er zuckte die Achseln, als würde das Gespräch ihm Unbehagen bereiten, bequemte sich dann doch zu einer Antwort. »Erstens hast du in meinem Leben herumgeschnüffelt.«

Touché, sagte ich stumm und zog es vor zu schweigen.

»Und du warst ziemlich launisch.«

»Ganz und gar nicht«, widersprach ich vehement.

»Und ein bisschen sonderbar«, fügte Mark hinzu, um dem Ganzen die Krone aufzusetzen.

»Sonderbar?«, empörte ich mich. »Langsam gehst du zu weit, mein Lieber.«

Mark schob die Hände in die Hosentaschen. »Na ja, letztens hast du beispielsweise ganz plötzlich von Pauls Sweatshirt angefangen, und einen Moment lang dachte ich, du würdest zu weinen beginnen.«

Ich erstarrte.

»Dabei hatten wir über etwas ganz anderes gesprochen … Solche Dinge verstehe ich bei dir nicht.«

Offenbar wartete er auf eine Erklärung, die ich ihm allerdings nicht geben konnte.

»Ist das alles?«, fragte ich stattdessen in einem Ton, der spöttisch klingen sollte.

»Nein, da ist noch etwas.«

»Und was bitte?«

»Deine hektischen Aktivitäten im Haushalt. Wie eine Besessene hast du völlig unnötig Schränke umgeräumt, Schrankpapier ausgewechselt und Sachen vom Dachboden geholt – und das ist lediglich das, was ich mitbekommen habe. Außerdem brennt bei dir des Öfteren bis weit nach Mitternacht Licht. Was mir sagt, dass du schlecht schläfst. Sehe ich das richtig?«

Zutreffend beobachtet, dachte ich, mochte es aber nicht offen zugeben.

»Soweit ich es beurteilen kann, fing dieses seltsame Benehmen um die Zeit herum an, als Pauls Brief eintraf.«

»Oh«, stieß ich hervor. Mehr nicht.

Es abzustreiten, dazu war ich nicht in der Lage. Noch weniger indes sah ich mich imstande, es zuzugeben. Das fiel vermutlich allen schwer, die sich in einer ähnlichen Lage befanden.

Er sah mich an, und seine Augen wurden schmal. »Bist du okay?«

»Natürlich«, beteuerte ich, ohne dass ich überzeugend klang.

»Du siehst ganz und gar nicht so aus.«

»Mir geht es gut«, wiederholte ich kurz angebunden, um ihm zu signalisieren, dass ich keine weiteren Fragen wünschte, und reichte ihm seine Portion Plätzchen.

»Wenn du das sagst.«

Er zuckte die Achseln und ging hinüber zu Rovers Wassernapf, um ihn neu zu füllen und ihn meinem durstigen Trosthund hinzustellen.

Nachdem er fort war, wanderte ich plan- und ziellos von Raum zu Raum. Ich war vollkommen durcheinander, und es wurde immer schlimmer, je länger ich über Marks Worte nachdachte.

Er hatte ja so recht.

Verzweifelt schlang ich die Arme um meinen Oberkörper und kämpfte gegen die Tränen an. Mein Mann war tot. Ich hatte gesehen, wie sein Sarg mit militärischen Ehren in die Erde hinabgelassen worden war. Paul würde nicht wieder nach Hause kommen. Nie mehr. Obwohl ich mich bemühte, diese neue Realität zu akzeptieren, gelang es mir nur langsam. Wenn überhaupt.

Da ich nichts mit mir anzufangen wusste, griff ich zum Telefon und rief meine Mutter an. Ich brauchte Ablenkung und wollte vor allem Marks Bemerkungen aus meinem Kopf verdrängen.

»Hallo, mein Kind«, begrüßte mich meine Mutter vergnügt, um dann nach kurzer Pause wachsam zu fragen: »Stimmt etwas nicht?«

Offenbar hatte sie meine desolate Gemütsverfassung bemerkt. Ohnehin war es nahezu unmöglich, vor ihr etwas zu verbergen. Sie konnte in den Menschen lesen wie in einem Buch und ließ sich nichts vormachen.

Diesmal allerdings tippte sie falsch. »Das mit dem Dinner klappt doch, oder gibt's Probleme?«, erkundigte sie sich besorgt. »Dein Vater und ich freuen uns schon sehr, mal wieder etwas Zeit mit dir zu verbringen.«

»Ja, keine Bange. Das mit dem Dinner läuft. Ich rufe dich lediglich an, um dir zu sagen, dass Mark Taylor nicht kommen wird.« Ich hielt kurz inne und überlegte, dass diese Information irgendwie seltsam klang. »Du weißt schon, das ist der, den du unauffällig aushorchen solltest«, fügte ich deshalb hastig hinzu.

»Wie schade. Ich hätte ihn gerne kennengelernt.«

»Vielleicht ein andermal. Du weißt ja, dass er ein bisschen eigen und nicht gerade ein Ausbund an Geselligkeit ist. Dafür allerdings ein brillanter Handwerker.«

»Und ein guter Freund«, ergänzte sie.

»Richtig«, gab ich widerstrebend zu.

»Nun mal raus mit der Sprache, meine Süße«, hörte ich meine Mutter energisch sagen. »Was ist los mit dir?«

»Nichts«, versicherte ich erneut, denn obwohl ich sie angerufen hatte, verspürte ich keine Lust, mit ihr über meine diversen Probleme zu sprechen. Und schon gar nicht über meine Rückschläge bei der Trauerbewältigung. Nicht einmal das Geständnis, wie sehr ich Paul vermisste, brachte ich über die Lippen.

Nachdem sie aus mir nichts herausbekam, tastete sie sich selbst vor.

»Dich scheint Marks Absage zu kränken. Oder geht es darum, dass ich ihn jetzt nicht unter die Lupe nehmen kann? Eigentlich glaube ich sowieso, du vermagst dir ein besseres Bild von ihm zu machen, als mir möglich wäre.«

»Das bezweifle ich. Bislang zumindest habe ich nichts als Schiffbruch erlitten«, entgegnete ich frustriert.

»Er scheint dir ja sehr wichtig zu sein …«

»Mark? Mir wichtig?«, unterbrach ich sie. »Du beliebst zu scherzen. Ich will mehr über ihn wissen, weil ich ihn absolut nicht einschätzen kann, und das raubt mir den letzten Nerv. Immerhin sehe ich ihn fast täglich, weil bei mir dauernd irgendwelche Arbeiten anfallen. Ich kann diese Art von Stress in meinem Leben nicht gebrauchen, und sobald der Pavillon fertig ist, werden sich unsere Wege wohl trennen.«

»Wenn du das sagst, Liebes.«

»Das sage ich und meine es auch so.«

Von der Tür her hörte ich in diesem Augenblick ein Geräusch, und als ich mich umdrehte, sah ich eine Frau dort stehen. Zunächst erschrak ich, denn ich hatte keine Ahnung, dass außer mir jemand im Haus war. Und schon gar nicht eine wildfremde Person. Wie war sie überhaupt hereingekommen ohne Schlüssel?

»Bleib einen Moment dran, Mom«, sagte ich und wandte mich der Unbekannten zu.

»Kann ich Ihnen helfen?«

»Ich wollte Ihr Gespräch nicht unterbrechen«, sagte die Frau. »Ich bin Virginia Reynolds. Ellies Mutter.«

»Ellies Mutter«, wiederholte ich und unwillkürlich schoss mir durch den Kopf, dass dies vermutlich nichts Gutes verhieß.

»Ich wüsste gern, ob ich für eine Nacht ein Zimmer bekommen kann«, fragte mein neuer Gast.

25

Seitdem er von Maggies Schwangerschaft erfahren hatte, war Roy in eisiges Schweigen verfallen. Ihre Versuche, einen Blickkontakt zu ihm herzustellen, ignorierte er, starrte stur und mit unbewegter Miene auf die Straße vor ihm. Seine Hände umklammerten das Lenkrad so fest, dass die Knöchel weiß hervortraten.

Maggie hätte das Schweigen gerne gebrochen, aber was gab es schon zu sagen?

Bei den beiden ersten Schwangerschaften war es so ganz anders gewesen. Als sich ihre Vermutungen bestätigten, löste das bei allen Aufregung, Glück und freudige Erwartung aus. Bei ihr, bei Roy, bei der ganzen Familie. Was sie betraf, so empfand sie jetzt nichts als Furcht, während bei ihm offensichtlich Ärger vorherrschte.

»Wie konntest du zulassen, dass so etwas passiert?«, fragte er schroff.

Wie unter einem Schlag zuckte sie zusammen und hätte ihn am liebsten daran erinnert, dass er an diesem Fiasko nicht ganz unschuldig war. Ohne seine Affäre mit Katherine wäre dieser verhängnisvolle Fehltritt schließlich nie geschehen. Dann wäre sie nie einsam in jener Bar gelandet, wo sie zu viel trank und sich am Ende abschleppen ließ. Natürlich hatte Roy ein Recht, verletzt zu sein, doch er durfte nicht alles nur auf sie schieben.

»Ich ziehe es vor, so zu tun, als hättest du diese Frage nicht gestellt«, erwiderte sie mit so viel Würde, wie sie aufbringen konnte.

Ihre zu Fäusten geballten Hände lagen in ihrem Schoß, während sie gegen ihre latente Übelkeit und die aufsteigende Panik ankämpfte.

Eine Ewigkeit verging, bevor Roy wieder das Wort ergriff. »Was wirst du deswegen unternehmen?«

»Weswegen? Was meinst du damit?«

»Wegen dieser Schwangerschaft, Maggie. Spiel nicht die Naive.«

»Ein Kind ist keine Sache«, erinnerte sie ihn.

In diesem Punkt war sie empfindlich. Wie immer es gelaufen sein mochte, jetzt war da ein Baby, ein menschliches Wesen, ein Leben, das in ihr heranwuchs.

»Im vorliegenden Fall sehe ich das anders«, erwiderte Roy hart. »Und ich will dieses Kind nicht.«

»Im Klartext: Du erwartest, dass ich eine Abtreibung vornehmen lasse.«

Es fiel ihr schon schwer, das Wort über die Lippen zu bringen, und sie konnte kaum glauben, dass ihr Mann, der ihre Einstellung kannte und sie normalerweise teilte, Derartiges überhaupt verlangte. Ihr Herz klopfte laut und heftig und klang in ihren Ohren wie der Trommlertrupp einer Marschkapelle.

»So konkret habe ich das nicht ausgedrückt.«

»Ist es denn nicht das, was du willst«, gab sie voll Bitterkeit zurück. »Eine Abtreibung würde alle Probleme lösen. Weg mit dem Baby, dann wäre alles wieder wie früher. So denkst du doch, gib es zu, Roy.«

»Okay, ja. Es würde alle Probleme lösen.«

Sie drehte den Kopf nach rechts und sah zum Seitenfenster hinaus.

»Obwohl wir inzwischen viele Jahre zusammen sind, scheinst du mich nicht wirklich zu kennen«, flüsterte sie nahezu unhörbar. »Glaubst du ernsthaft, ich würde die Schwangerschaft abbrechen lassen? Außerdem wage ich zu bezweifeln, dass sich dadurch an unserer Situation irgendetwas ändern würde.«

Er ließ sich Zeit mit seiner Antwort.

»Nein, du hast recht«, sagte er nach einer Weile zögernd. »Das würde nichts bringen. Weil du mit dieser Entscheidung nicht leben und sie dir nie verzeihen könntest.«

»Danke«, flüsterte sie.

Seine Worte erschienen ihr wie ein Hoffnungsstrahl, dass es vielleicht für sie eine Lösung, einen Ausweg gab, aber seine nächste Äußerung versetzte ihr sogleich einen gewaltigen Dämpfer.

»Das ändert nichts an meinen Gefühlen bezüglich dieses Kindes. Ich will nichts mit ihm und der Schwangerschaft zu tun haben. Absolut nichts.«

»Und mit mir ebenfalls nicht.«

Erneut schwieg er. Die Stille tat nicht weniger weh, als wenn er sie angebrüllt hätte. Was möglicherweise sogar leichter zu ertragen gewesen wäre als dieses Nichts.

Er wollte also nichts mehr mit ihr zu tun haben.

Erst nach und nach sickerten die Worte in ihr Bewusstsein, und selbst dann war sie nicht ganz sicher, was sie bedeuteten. Wünschte Roy eine Trennung, ein Ende ihrer Ehe? Bei dem bloßen Gedanken gefror ihr das Blut in den Adern.

»Aber vielleicht ist das Baby ja von dir«, wandte sie mit zitternder Stimme ein. »Unmöglich ist es immerhin nicht.«

»Das reicht mir nicht, Maggie«, schmetterte er ihren Einwand ab. »Ich gehe kein Risiko ein und bin unter keinen Umständen bereit, das Kind eines anderen aufzuziehen. Das kannst du dir abschminken.«

Bevor sie auf diese Zurückweisung reagieren konnte, hörte sie das Geräusch einer Polizeisirene. Als sie sich umdrehte, entdeckte sie einen Streifenwagen, der sich ihnen mit Blaulicht näherte. Roy fluchte und steuerte den Wagen an den Straßenrand.

»Bist du zu schnell gefahren?«, erkundigte sie sich. »Ich habe das gar nicht bemerkt.«

»Blöde Frage«, knurrte er und funkelte sie finster an, als wäre auch das allein ihre Schuld.

Dann schnallte er sich ab, griff nach seiner Brieftasche und zog seinen Führerschein heraus, während Maggie die Fahrzeugpapiere sowie die Versicherungskarte aus dem Handschuhfach holte.

Als der Officer auf sie zukam, ließ Roy das Fenster herunter.

»Guten Tag«, grüßte der Mann.

Roy deutete ein Nicken an.

»Wissen Sie, wie schnell Sie gefahren sind?«

Wieder blieb Roy stumm, reichte dem Officer lediglich die Papiere.

»Ich habe zweiundachtzig Meilen pro Stunde gemessen. Und mehr als Tempo sechzig ist auf dieser Strecke nicht erlaubt.«

O je, das würde nicht billig werden, dachte Maggie.

Der Beamte ging mit den Papieren zu seinem Wagen, kehrte ein paar Minuten später zurück, um Roy einen Strafzettel zu präsentieren und eine Liste von Belehrungen herunterzuleiern, von denen er vermutlich nichts wahrnahm. Maggie sah ihm an, dass dieser Zwischenfall seine Wut auf sie und die ganze Welt noch gesteigert hatte.

Sowie der Mann sich entfernt hatte, schloss Roy das Fenster und fädelte sich erneut in den Verkehr ein, um die nächsten Meilen schweigend zurückzulegen. Es war eine absolut scheußliche Atmosphäre, und Maggie hatte das Gefühl, in einem Sumpf zu stecken, der sie unaufhaltsam in die Tiefe zog.

»Was gedenkst du also zu tun?«, kam Roy plötzlich auf das alte Thema zurück.

»Ist es nicht an dir, diese Frage zu beantworten? Immerhin bist du derjenige, der entscheidet, wie es weitergeht. Meine Einstellung kennst du ja – ich werde dieses Kind, das keinerlei Schuld trägt, zur Welt bringen.«

Sein neuerliches verärgertes Schweigen verriet ihr alles, was sie wissen musste: Er wollte aus dieser Ehe heraus.

Maggie wandte sich ab, schaute aus dem Fenster und schloss die Augen. Dieses Wochenende hätte eine Wende sein können. Immerhin war von Verzeihen und einem Neuanfang die Rede gewesen, und nun das. Ein Gefühl der Hoffnungslosigkeit drohte sie zu überwältigen. Noch an diesem Morgen, vor wenigen Stunden, war sie zuversichtlich gewesen, dass sie trotz allem eine Chance hatten. Danach sah es inzwischen nicht mehr aus … Jetzt schien alles verloren zu sein.

Seine nächsten Worte bestätigten klar und deutlich ihre schlimmsten Befürchtungen.

»Um es offen zu sagen: Es ist aus zwischen uns. Ich bin fertig mit dir, Maggie. Fertig. Tut mir leid, aber mit dieser Sache komme ich einfach nicht klar.«

»Du willst die Scheidung?«

Insgeheim betete sie, dass er nicht bis zum Äußersten gehen würde, und wusste doch, dass dem so war.

»Ja, es macht keinen Sinn mehr«, bestätigte er. »Ich lasse mich nicht in eine solche Lage manövrieren«, fügte er aggressiv hinzu. »Klar?«

Schmerz und Trauer erfassten Maggie mit Macht. Unfähig zu sprechen, nickte sie bloß, während ihre Augen sich mit Tränen füllten.

»Ich werde keinesfalls das Kind eines anderen Mannes großziehen.«

Warum musste er immer weiter darauf herumhacken und sie quälen?

»Das hast du mittlerweile ausreichend klargestellt«, flüsterte sie tonlos.

»Mir scheint, du baust darauf, dass ich wegen ein paar Tränen meine Meinung ändere. Das kannst du vergessen. Mir war niemals etwas so ernst.« Er hielt kurz inne, bevor er noch eins draufsetzte. »Und bilde dir ja nicht ein, dass ich für dieses Kuckuckskind Unterhalt zahle. Verstanden?«

»Verstanden. Allerdings hättest du dir diese Bemerkung sparen können. Du solltest wissen, dass ich so etwas nie verlangen würde«, wies sie die Kränkung mit einigermaßen fester Stimme zurück.

Nur das Beben ihrer Hände verriet, wie es in ihrem Inneren wirklich aussah.

»Was hast du sonst vorzubringen?«, fragte Roy.

»Nichts«, entgegnete Maggie leise. »Das war's dann wohl.«

»Gut.«

Obwohl seine Kälte sie frieren ließ und mutlos machte, fühlte sie sich mit einem Mal zu einem letzten Vermittlungsversuch verpflichtet.

»Vielleicht sollte ich noch einmal daran erinnern, dass es sehr gut dein Kind sein könnte.«

»Das ist unerheblich.«

Maggie schnappte nach Luft. »Das findest du unerheblich?«

»Ja, ich brauche Sicherheit, und die gibt es nicht. Außerdem würde der Zweifel immer zwischen uns stehen. Nein, durch dieses Kind, durch diese Schwangerschaft haben sich alle Hoffnungen in Schall und Rauch aufgelöst.«

»Wenn das so ist … Zumindest zeigen mir deine raschen Entschlüsse, dass dir an der Rettung unserer Ehe ohnehin nicht viel gelegen zu haben scheint«, hielt sie ihm vor. »Sonst würdest du nicht so überstürzt handeln.«

Er stritt es nicht ab und stimmte auch nicht zu.

»Damals, als ich weggelaufen bin, sagtest du später, du seist halb verrückt vor Sorge gewesen, hättest jedes

Krankenhaus in der Stadt angerufen und die Polizei verständigt.«

»Na und? Natürlich habe ich mir Sorgen gemacht, dass du etwas Dummes tust oder dass dir was passiert.«

»Beinahe wäre tatsächlich etwas passiert: nämlich ein Zusammenstoß mit einem anderen Auto. Deshalb habe ich überhaupt beschlossen, nicht weiterzufahren, und bin dann in der Bar gelandet. Vielleicht wäre es besser gewesen, wenn ich einen Unfall verursacht und den Crash nicht überlebt hätte.«

Roy nahm Gas weg und fuhr, ungeachtet wilden Hupens hinter ihm, fast im Schritttempo.

»Sag so was nicht.«

»Es wäre leichter, als diese Hölle zu durchleben.«

»Maggie.«

»Keine Angst, Roy, ich mache keine Dummheiten und nehme mir nicht das Leben.«

Nein, so etwas würde sie bestimmt nicht tun. Die eine Dummheit reichte. Aber genauso wenig würde sie um Roy kämpfen. Insgeheim hatte sie gehofft, er würde mehr Verständnis aufbringen und die Bereitschaft, die Probleme gemeinsam mit ihr durchzustehen. Dass er es nicht tat, enttäuschte sie zutiefst.

Alle Schwüre von ewiger Liebe und festem Zusammenstehen schienen ihren Wert verloren zu haben.

Der Rest der Fahrt verlief schweigend. Maggie war überrascht, als Roy auf den Parkplatz des Rose Harbor Inn einbog. Sie hatte seit dem Zwischenfall mit dem Polizeiwagen gar nicht mehr darauf geachtet, wo sie sich gerade befanden.

Jetzt riss sie die Beifahrertür auf und stieg aus, ohne auf Roy zu warten. Nichts wie weg und die Sachen packen. Unter keinen Umständen würde sie mit ihm nach Yakima zurückfahren.

Als sie blind vor Tränen die Verandastufen hochstolperte und das Haus betrat, kam ihr Jo Marie entgegen.

»Maggie, um Himmels willen, was ist los? Sie sind ja weiß wie die Wand.«

Sie rang sich ein schwaches Lächeln ab und schüttelte abwehrend den Kopf.

»Sind Sie krank? Brauchen Sie einen Arzt? Soll ich einen für Sie rufen?«

»Nein, nein, schon gut.«

»Wo ist Roy?«

»Weiß ich nicht.«

Gleichgültig zuckte Maggie die Schultern. Vielleicht saß er nach wie vor im Auto, konnte jedoch genauso gut weggefahren sein.

Langsam stieg sie die Treppe hoch, nahm jede Stufe einzeln und atmete mühsam. Jo Marie beobachtete sie von der Diele aus mit unverhohlener Besorgnis.

In ihrem Zimmer angekommen, legte Maggie ihren Koffer aufs Bett und warf rasch ihre Sachen hinein. Da sie nicht viel dabeihatte, war es eine Sache von Minuten.

Unschlüssig blieb sie im Zimmer stehen. Sie musste fort von hier, bloß wohin? Nach Yakima zu ihren Kindern oder erst mal woandershin, wo sie in Ruhe über die Zukunft nachdenken konnte? Es kam ihr vor, als würden sich die Wände immer enger um sie schließen, als würde der Raum mit jedem ihrer Atemzüge kleiner, bis sie es nicht mehr aushalten konnte.

Erst mal weg, beschloss sie. Alles Weitere würde sich finden.

Mit zitternden Händen griff Maggie nach ihrer Handtasche, nahm den Zimmerschlüssel heraus und warf ihn auf die Bettdecke. Dann zog sie ihren Ehering ab und legte ihn auf das Nachtschränkchen neben Roys Buch. Ebenso den alten Liebesbrief. Was sollte sie damit, nachdem sich Roys Beteuerungen, er werde sie immer lieben, bei der ersten großen Bewährungsprobe wie eine Fata Morgana in nichts aufgelöst hatten.

Anschließend machte sie sich im Bad ein wenig frisch und verließ das Zimmer. Jo Marie stand nach wie vor am Fuß der Treppe.

»Maggie, kann ich nicht doch irgendetwas für Sie tun?«

»Leider nein, ich bin schwanger«, sagte sie leise.

Jo Marie umarmte sie. »Ich habe das Gefühl, dass das in diesem Fall keine frohe Botschaft ist.«

»Nein, vor allem nicht für meinen Mann.«

»Er ist weggefahren.«

»Ich dachte mir schon, dass er mich nicht mehr sehen wollte«, erwiderte Maggie bedrückt und wandte sich zur Tür.

Jo Marie folgte ihr. »Wo wollen Sie hin?«, fragte sie. »Was soll ich Roy sagen?«

»Sagen Sie ihm gar nichts. Er weiß, dass ich nicht zurückkomme.« Wieder rang sie sich ein müdes Lächeln ab. »Danke für alles. Sie sind sehr nett. Schade, dass wir Ihr gastliches Haus nicht unter anderen Umständen erleben konnten.«

Mit diesen Worten drehte sie sich um und verschwand nach draußen.

26

Mir wurde das Herz schwer, als ich Maggie mit hängenden Schultern davongehen sah – wie sie den Koffer hinter sich herzerrte, als wäre jeder Schritt eine schwere Last für sie. Sie wirkte so einsam und so verzweifelt.

Kurzentschlossen lief ich hinterher, fragte sie, ob sie eine Mitfahrgelegenheit brauche. Sie schüttelte den Kopf, aber ich ließ sie nicht weg.

Wo sie denn hinwolle, wenigstens das solle sie mir verraten, drängte ich sie.

Sie wusste keine Antwort darauf, sagte, sie sei noch unentschlossen. Erfolglos versuchte ich sie zum Bleiben zu überreden. Mir war nicht wohl, sie mutterseelenallein losziehen zu sehen, konnte es jedoch nicht verhindern. Unglücklicherweise hatte ich nicht einmal Roys Handynummer. Sonst hätte ich ihn verständigt und ihn gebeten, möglichst umgehend herzukommen.

So blieb mir nichts anderes übrig, als untätig zu warten.

Maggie war schwanger und das Kind schätzungsweise nicht von ihrem Mann. Anders ließ sich die dramatische Entwicklung nicht erklären. Wie gerne würde ich helfen. Aber war das in einer so heiklen Situation überhaupt möglich? Vermutlich nicht, denn damit mussten die beiden alleine klarkommen, da wäre jede Einmischung fehl am Platz. Höchstens Trost und moralische Unterstützung konnten Außenstehende spenden. Sofern es gewünscht würde, doch Maggie hatte es vorgezogen zu fliehen.

Allerdings machte ich mir nicht nur Sorgen um Maggie und Roy, sondern ebenfalls um Ellie.

Ich hatte aus der Ferne beobachtet, wie Mutter und Tochter sich auf der Veranda unterhielten. Die Atmosphäre wirkte angespannt auf mich, und obwohl ich nichts von dem Gespräch mitbekam, vermutete ich, dass es um Tom ging und um das überraschende Auftauchen ihres Vaters. Jedenfalls verriet mir ihre Körpersprache, dass sie auf keinen Fall gestört werden wollten.

Und so hielt ich mich wohlweislich fern, bot nicht einmal wie sonst Getränke oder Gebäck an.

Ich überlegte kurz, mich in die Laube am Rand des Gartens zu setzen, wohin ich mich bevorzugt an kühlen Abenden zurückzog. Eigentlich war es mehr ein zur Bucht hin offener Unterstand, der früher als Schuppen gedient hatte und Teil der Wirtschaftsgebäude einer Farm gewesen war, die sich hier einst befand. Die Vorbesitzer des B&B hatten ihn zu einer gemütlichen Laube mit Sitzecke und offenem Kamin umgestaltet, dabei die alten Bohlenwände und das Schindeldach erhalten. Hier hatte ich von Anfang an oft gesessen und an Paul gedacht oder stumme Zwiesprache mit ihm gehalten.

Bevor ich mein Vorhaben aber in die Tat umsetzen konnte, tauchte Mark auf und machte sich draußen mit dem Holz für den Pavillon zu schaffen. Anstalten, ins

Haus zu kommen, machte er nicht. Sollte mir recht sein, denn nach dem Disput vom Vormittag stand mir nicht der Sinn nach einer Neuauflage. Und so blieb ich im Haus, statt mich in die Laube zu verziehen.

Ehrlich gesagt gab es noch einen weiteren Grund, warum ich ihm nicht über den Weg laufen wollte. Er hatte nämlich recht gehabt mit dem, was er über mein sonderbares Benehmen gesagt hatte, so ungern ich das auch zugab. Ja, meine Putz- und Räumaktionen waren hirnrissig und reine Beschäftigungstherapien gewesen. Und ja, diese Rastlosigkeit hing zusammen mit Pauls letztem Brief und mit der definitiven Todeserklärung seitens der Army.

Dadurch war ich erneut in ein tiefes Loch gefallen, in ein Meer der Trostlosigkeit.

Das alles hatte ich mit hektischem Aktionismus zu überspielen versucht und so getan, als wäre alles in schönster Ordnung. Und wer weiß, vielleicht hatte ich sogar bloß deshalb so eifrig nach Hinweisen auf Marks Vergangenheit gesucht, weil mich das ebenfalls ablenkte von dem, was mich wirklich beschäftigte. Und das war der Tod meines Mannes.

Nachdem ich mich durch einen Blick durchs Küchenfenster davon überzeugt hatte, dass Mark weg war, erfasste mich erneut Unruhe. Die Idee, in meinem Zimmer weiter an der Tagesdecke für einen der Gasträume zu stricken, gab ich schnell auf. Zu heiß. Auch mein Versuch, mich durch Lesen abzulenken, scheiterte jämmerlich. Ich wusste absolut nichts mit mir anzufangen, schaffte es nicht, mich zu entspannen, und fühlte mich weder wohl in meiner Haut noch in meinem Haus.

Meine Gedanken wanderten wie Nomaden von einer Beschäftigungsmöglichkeit zur nächsten.

Was war mit der Spülmaschine? Nein, die hatte ich bereits ausgeräumt. Dann vielleicht Wäsche waschen? Nein, war ebenfalls erledigt. Blieb Backen, das beruhigte mich immer und war praktisch mein Allheilmittel. Aber bei der Nachmittagshitze? Ich kam mir vor wie ein Kind, das kästchenhüpfend Himmel und Hölle spielt.

Ich sprang so abrupt aus meinem Sessel, dass Rover, der zu meinen Füßen gelegen hatte, jaulend aufschrak.

»Sorry, Junge«, entschuldigte ich mich. »Ich weiß nicht, was mit mir los ist.«

Doch, eigentlich wusste ich es sehr wohl.

Es war Marks scharfsinnige Analyse meines befremdlichen Verhaltens und meiner wirren Gefühlslage, die an mir nagte. Zum einen, weil ich das eigentlich nicht wahrhaben wollte, und zum anderen, weil er mühelos meine Geheimnisse entdeckte, seine hingegen hartnäckig vor mir verbarg. Das schien mir irgendwie nicht fair.

Rover erhob sich von seinem Läufer und streckte sich, sah mich auffordernd an, als wollte er mir etwas Wichtiges mitteilen.

»Was ist denn?«, fragte ich ungeduldig. »Du kannst kaum schon wieder rausmüssen.«

Ich fragte ihn so etwas, als würde er antworten können. Natürlich nicht, aber dessen ungeachtet hatte ich gelernt, seine Bewegungen, seine Blicke, seine Laute zu deuten, und vermochte mir meistens zusammenzureimen, was er meinte.

Jetzt allerdings stand ich ein wenig auf dem Schlauch, denn Rover begann das Nachtschränkchen zu fixieren. Warum, überlegte ich, denn Leckerlis waren dort keine versteckt. Trotzdem ging ich hinüber, zog die Schublade auf und erstarrte.

Pauls letzter Brief an mich lag dort. Der, den er für den Fall seines Todes geschrieben hatte. Ein Liebesbrief aus dem Grab sozusagen. Als ich ihn auf dem Umweg über einen Kameraden erhielt, weigerte ich mich, ihn zu lesen. Zu diesem Zeitpunkt nämlich galt Paul nach wie vor lediglich als vermisst, und ich klammerte mich an die Hoffnung, er könnte den Absturz des Hubschraubers wie durch ein Wunder überlebt haben und sich vielleicht in Gefangenschaft befinden. Mehr als ein Jahr lang hielt ich daran fest. Bis mich die Nachricht erreichte, man habe nunmehr die letzten Leichen geborgen und Paul sei einwandfrei identifiziert worden.

Danach erst zwang ich mich, den Brief zu lesen.

Blind vor Kummer und Tränen, saß ich damals auf meinem Bett und starrte auf seine liebevollen Worte. Ich weiß noch, dass es genau das war, was ich von ihm erwartet hatte. So typisch Paul. Sei glücklich über die Zeit, die wir zusammen hatten, und leb dein Leben weiter. An Einzelheiten erinnerte ich mich nicht und nahm den Brief auch nie wieder zur Hand. Offenbar hatte ich sogar verdrängt, wo er sich befand.

Und jetzt erinnerte Rover mich daran.

Forderte er mich etwa auf, den Brief zu lesen? Meine Angst, er würde mehr schmerzen als trösten, zu überwinden und endlich zu akzeptieren? Vielleicht hatte er recht. Ich griff nach dem schlichten weißen Umschlag und zog die handgeschriebenen Bögen heraus. Meine Muskeln verkrampften sich, meine Finger zitterten, meine Kehle war wie zugeschnürt, und das Atmen fiel mir schwer. Trotzdem begann ich zu lesen.

Meine liebste Jo Marie, begann das Schreiben. Paul hatte mich nie zuvor seine Liebste genannt, und ich hielt inne, um diese Tatsache und ihre Bedeutung auf mich wirken zu lassen, bevor ich weiterlas.
Wenn du diesen Brief erhältst, ist der schlimmste Fall eingetreten: Ich bin im Kampf gefallen.
Bevor wir uns kennenlernten und heirateten, habe ich mir keine großen Gedanken um die Zukunft gemacht. Ich kannte die Risiken, als ich beschloss, Soldat zu werden, und nur mein Vater und ein paar Freunde hätten um mich getrauert oder sich dafür interessiert, ob ich lebe oder sterbe.
Für mich lag darin eine gewisse Freiheit – es war nicht wichtig, für die Zukunft zu planen. Ich konzentrierte mich auf meine Pflicht und war bereit, alles hinzunehmen, ohne mir im Voraus groß den Kopf zu zerbrechen. Dann traf ich dich und verliebte mich in dich. Ich hätte nie damit gerechnet, eine Frau so lieben zu können. Mit dir eröffnete sich mir eine ganz neue Welt – eine Welt voller Möglichkeiten und Versprechen.
Zum ersten Mal seit Langem dachte ich wieder daran, ein Heim zu haben, ein richtiges Zuhause, und, so Gott will, zwei oder drei Kinder. Die Liebe zu dir hat mir gestattet, zu träumen und nicht bloß von einem Tag zum

anderen zu leben und zu hoffen, dass das Leben mehr
für mich bereithält als Krieg und ein Soldatendasein.
Du warst ein Geschenk für mich, Jo Marie. Ein uner-
wartetes, wunderschönes Geschenk, das ich wie einen
Schatz gehütet habe. Das mir heilig war, mehr als Worte
es auszudrücken vermögen. Du hast Lachen und Freude
in mein Leben gebracht, und dafür werde ich dir ewig
dankbar sein.

Kurz nach unserer Hochzeit hatten Paul und ich
davon gesprochen, eine Familie zu gründen. Wir
hatten gehofft, ich würde sofort schwanger werden.
Es hatte nicht sein sollen.

Ich schluckte, um den Kloß in meiner Kehle zu lösen, und zwang mich weiterzulesen.

Unsere gemeinsamen Träume werden, wenn dieser Brief
dich erreicht hat, mit mir gestorben sein. Als wir uns das
Jawort gaben, versprach ich dir, dich zu lieben, und bei
allem, was mir heilig ist – ich liebe dich, Jo Marie, von
ganzem Herzen und mit all meiner Kraft. Ich schwor,
auf dich achtzugeben und dir eine Stütze zu sein und
alles zu tun, was in meiner Macht steht, um für dich zu
sorgen.

Ich habe Menschen sterben sehen, habe einem Freund
in den letzten Momenten seines Lebens Trost gespen-
det, aber obwohl ich Erfahrung mit dem Tod auf dem
Schlachtfeld habe, weiß ich nicht, was danach kommt.
Doch das eine sage ich dir: Wenn es irgendwie möglich
ist, werde ich bei dir sein.

Ich werde dir auf jede mir zur Verfügung stehende Weise
beistehen und dich lieben, während du den Rest deines

Lebens lebst. Und wenn Gott es zulässt, werde ich die Hand nach dir ausstrecken. Auch wenn ich nicht mehr körperlich bei dir sein kann, wird meine Liebe dich nie verlassen.

Halt nach mir Ausschau, Jo Marie. Ich werde zu dir kommen und dich beschützen und hoffentlich vom Grab aus einen Weg zu dir finden.

Da ich dich kenne und liebe, möchte ich dich um etwas bitten, das mir sehr wichtig ist. Hör zu und versteh mich. Verbring nicht den Rest deines Lebens damit, um das zu trauern, was wir vielleicht hätten haben können. Halt dein Herz offen. Leb für uns beide. Bewirk etwas. Verlieb dich in das Leben. Verlieb dich in einen anderen. Du hast so viel zu geben. Es wäre eine Verschwendung, in der Vergangenheit zu verharren, wenn die Zukunft mit offenen Armen auf dich wartet.

Es fällt mir schwer, die richtigen Worte zu finden, dir zu vermitteln, wie es in meinem Herzen aussieht. Ich bin nicht sonderlich wortgewandt, aber eines möchte ich noch hinzufügen. Wenn du an mich denkst, erinnere dich daran, wie dankbar ich dafür war, von dir geliebt worden zu sein und dich geliebt zu haben, wenngleich uns nur eine so kurze Zeit vergönnt war.

Vergiss nie, was ich dir gesagt habe.

Paul

Ich wischte mir die Tränen aus den Augen und atmete tief durch, bis ich meine Gefühle wieder unter Kontrolle hatte. Rover kam zu mir und legte mir das Kinn auf die Knie, als wüsste er um meinen Kummer. Ich war von Anfang an überzeugt, dass Paul mir diesen Hund geschickt hatte. Zwar hatte ich ihn vor dem Tierheim gerettet, doch in anderer Weise war er mein Retter. Mein treuer Gefährte und Tröster. Ein Trosthund, wie Grace letzthin so treffend bemerkte.

»Ich bin froh, dass ich Pauls Brief noch einmal gelesen habe«, flüsterte ich und griff nach einem Taschentuch, um mir die Nase zu putzen.

Es hatte unendlich gutgetan zu hören, wie sehr ich von ihm geliebt worden war, und zu wissen, dass er immer bei mir sein würde. Nicht um mich festzuhalten, sondern um mich zu einem eigenständigen Leben anzuhalten. Paul wünschte nicht, dass ich bis ans Ende meiner Tage um ihn trauerte. Ich sollte leben und auch ohne ihn glücklich werden. Das war sein Vermächtnis an mich. Wie weit ich es erfüllen würde und konnte, war eine andere Sache.

Einen ersten Schritt hatte ich mit dem Kauf der Pension getan, und ich hoffte, das Rose Harbor Inn würde ein Ort der Heilung sein. Nicht allein für mich, sondern ebenfalls für meine Gäste. Bei einigen durfte ich bereits erleben, dass sie gebrochen und gebeutelt bei mir eintrafen und hier wirklich so etwas wie einen schützenden Hafen fanden, in dem sie neue Kraft sammelten und mit neuem Mut wieder abreisten. Bei meinen derzeitigen Gästen allerdings hatte ich so meine Zweifel.

Rover fuhr herum und tappte zur Tür. Ich öffnete sie. Er schoss hinaus, verharrte und blickte zurück. Wo bleibst du, hieß das. Also setzte ich mich in Bewegung und folgte ihm. Wollte er mich zu Ellie und ihrer Mutter locken, die inzwischen von draußen hereingekommen waren und im Aufenthaltsraum saßen?

Sie steckten die Köpfe zusammen, und Virginias Hand lag auf Ellies Schulter. Ich beschloss, unbemerkt weiterzugehen, um sie nicht zu stören, doch die beiden blickten auf.

»Wäre es möglich, eine Kanne Tee zu bekommen?«, fragte die Mutter, bevor sie sich weiter mit ihrer Tochter unterhielt. Diesmal kam ich nicht umhin, alles mit anzuhören.

»Mein Vater hat Entschuldigungen für Tom vorgebracht, aber ich habe mich geweigert, das zu akzeptieren. Ich habe meine Lektion gelernt.«

»Und was hat er dir selbst erzählt?«

»Was sollte er schon sagen?« Ellie klang entsetzlich traurig. »Dass er nie vorhatte, mir wehzutun. Dass er seinem Stiefvater einen Gefallen erweisen wollte und dabei leider gedankenlos vorgegangen sei.«

Virginia neigte sich zu ihrer Tochter hinüber und umarmte sie kurz. »Ach, Ellie, es tut mir so leid.«

»Wirklich, Mom? Tut es das wirklich? Ist es nicht das, was du mir die ganze Zeit prophezeit hast? Mein Problem besteht darin, dass ich überzeugt war, du würdest dich irren und ich könnte dir das Gegenteil beweisen. Mit einem guten, netten Mann, der mich ehrlich liebt.« Sie unterdrückte ein Schluchzen. »Und jetzt bin ich die Dumme.«

»Ellie, es tut mir deshalb leid, weil ich dir ein falsches Bild von den Männern vermittelt habe. Ohne meine

Beeinflussungen hättest du die Geschichte mit Tom vermutlich weniger dramatisch gesehen.«

»Ach Mom, ich möchte am liebsten auf schnellstem Weg nach Hause. Diese ganze Reise war von Anfang bis Ende eine einzige Katastrophe.«

»Und dein Vater? Was ist mit ihm? Willst du ihn nicht ein weiteres Mal treffen?«

Sie verstummten, als die Haustür so heftig aufgestoßen wurde, dass sie krachend gegen die Wand schlug. Bellend rannte Rover, der zu Ellies Füßen gelegen hatte, nach draußen.

Roy Porter war es, der die Tür beinahe aus den Angeln gerissen hätte, er blickte wild um sich und stürmte sogleich die Treppe hinauf.

Virginia sah mich mit großen Augen an. »Wo liegt sein Problem?«

Da ich nicht wusste, was ich antworten sollte, zuckte ich die Achseln.

Keine zwei Minuten später war er zurück.

»Wo ist Maggie?«, schrie er mich an, als hätte ich sie höchstpersönlich versteckt.

»Ich habe keine Ahnung.«

»Ihr Koffer ist weg.«

»Ja, ich weiß. Kurz nachdem Sie sie abgesetzt haben, hat sie das Haus verlassen.«

Roy runzelte die Stirn. »Sie hat Ihnen nicht gesagt, wohin sie will?«

»Nein, allerdings hatte ich den Eindruck, dass sie das selbst nicht wusste.«

»Dieses idiotische Weib. Sie ist so was von unvernünftig und …«

»Schwanger«, beendete ich den Satz für ihn.

Seine Augen verengten sich. »Sie hat es Ihnen erzählt?«

»Die Tatsache als solche schon, nichts hingegen über die näheren Umstände.«

Roy ballte die Fäuste und öffnete sie wieder, als würde er Fingerübungen machen.

»Weit kann sie noch nicht sein.«

»Nein, das glaube ich auch nicht.«

»Ich werde sie finden«, erklärte er mit finsterer Entschlossenheit. »Und dann werden wir abreisen.«

Angesichts seiner momentanen Laune würde ich das nicht als Verlust betrachten, fühlte mich jedoch verpflichtet, ihn darauf aufmerksam zu machen, dass trotz vorzeitiger Abreise der volle Preis zu bezahlen sei.

»Ist mir egal«, fauchte er. »Behalten Sie das Geld.«

Komisch, dachte ich. Er will sie zurückholen und strahlt trotzdem weder Liebe noch echte Sorge über ihr Verschwinden aus. Oder war das seine Art, mit Verlustangst umzugehen? »Wissen Sie, welche Richtung sie eingeschlagen hat?«, fragte er, während er seine Autoschlüssel aus der Tasche zog.

Bedauernd schüttelte ich den Kopf. »Leider habe ich sie hinter der Auffahrt aus den Augen verloren.«

Er nickte und eilte nach draußen.

Erleichtert, mich wenigstens für den Moment nicht mehr mit Roy abgeben zu müssen, kehrte ich in die Küche zurück, um endlich den versprochenen Tee aufzugießen. Gerade als ich alles auf ein Tablett stellte, klingelte es an der Vordertür.

Ich öffnete und stand einem attraktiven Mann mittleren Alters mit vollem grau meliertem Haar gegenüber. Er blickte zu mir hoch und schien einen Moment lang nicht zu wissen, was er sagen sollte.

»Ich möchte zu Ellie Reynolds«, erklärte er schließlich. »Ich bin ihr Vater.«

27

In dem Moment, da Scott Reynolds das Wohnzimmer betrat, sprang Virginia auf und schob sich hinter das Sofa, als wollte sie eine Barriere zwischen sich und dem Mann errichten, den sie einmal geliebt hatte. Ellie sah erst ihre Mutter, dann ihren Vater an.

Sie wartete darauf, dass er etwas sagte, aber zu ihrer Überraschung fasste ihre Mutter sich als Erste.

»Scott«, stieß sie hervor.

»Ginny«, stammelte er.

Ginny? Ellie hatte nie gehört, dass ihre Mutter anders als Virginia gerufen worden war. Ihre Großmutter duldete keine Kosenamen.

Die beiden standen da und starrten sich an wie Schulkinder, die darauf warteten, dass einer von ihnen die Initiative ergriff.

Das Gesicht ihres Vaters wurde merklich weicher.

»Die Jahre konnten dir nichts anhaben«, sagte er und räusperte sich verlegen.

»Du siehst wirklich, wirklich gut aus«, erwiderte sie wie in Trance.

Scott strich sich mit der Hand über den Kopf.

»Na ja, die Haare sind wesentlich dünner geworden – du hingegen siehst genauso aus wie in meiner Erinnerung.«

Ellie schaute verwundert von einem zum anderen, doch bevor sie einen spöttischen Kommentar vom Stapel lassen konnte, brachte die Mutter das Gespräch auf sie.

»Wie ich hörte, hast du heute Nachmittag unsere Tochter getroffen.«

Scotts Blick wanderte zu Ellie. Als kleines Mädchen und sogar später als Teenager hatte sie sich ein Wunschbild von ihrem Vater geschaffen. Hatte sich ausgemalt, wie er wohl sein mochte, und sich vorgestellt, dass er ihr beim Klavierspielen zuhörte und ihre Fortschritte lobte, sie zu Tanzveranstaltungen begleitete und sie auch mal über die Tanzfläche wirbelte. Und wie er vor einem Date einen Verehrer nach allen Regeln der Kunst ausfragen und den Beschützer herauskehren würde. Leider war keine ihrer Fantasien je Wirklichkeit geworden. Ihr Vater hatte in ihrem Leben durch Abwesenheit geglänzt. Bis jetzt.

»Ellie ist ein großartiges Mädchen, besser gesagt: eine bezaubernde, kluge junge Frau.«

War sie das? So oder so genoss sie die Schmeichelei und fühlte sich bestätigt.

»Tom hält große Stücke auf sie. Er redet von nichts anderem mehr, und es erinnert mich an die Zeit, als wir uns kennenlernten, und daran, wie verrückt wir einmal nacheinander waren.«

»Tom ist dein Stiefsohn?«, erkundigte sich Virginia, obwohl sie die Familienverhältnisse ziemlich genau kannte.

Scott nickte. »Er ist ein guter Kerl.«

»Ich finde ihn gar nicht mehr so wundervoll«, warf Ellie spitz ein.

Sowohl ihre Mutter als auch ihr Vater sahen sie an, als hätten sie völlig vergessen, dass sie sich im Zimmer befand.

»Tom hat mich getäuscht«, fügte sie erklärend hinzu. »Er hat gelogen und meine Zuneigung für seine Zwecke ausgenutzt.«

»Das tat er meinetwegen«, brachte Scott vor. »Tom wusste, wie sehr ich darunter litt, dass ich keinen Kontakt zu dir hatte – und dass ich nicht der Vater gewesen bin, den du verdient hättest.«

»Trotzdem war es nicht richtig, mich dermaßen hinters Licht zu führen. Das kränkt mich und gibt mir das Gefühl, benutzt worden zu sein. Das muss einmal gesagt werden.«

Ihr Vater nickte und trat einen Schritt näher. »Ich verstehe dich … Er meinte es gut, aber er hat es falsch angepackt.«

Danach breitete sich Schweigen aus.

Ellie verstand die Welt nicht mehr. Ihre Eltern schienen zu nichts anderem fähig zu sein, als sich anzustarren. Was sollte das? Schließlich bot sich für ihre Mutter endlich eine Gelegenheit, ihrem Exmann alles an den Kopf zu werfen, was sich in den langen Jahren in ihr aufgestaut hatte und was die Tochter sich an Anklagen und Beschimpfungen stellvertretend anhören musste. Und jetzt nichts dergleichen. Kein Wort von gebrochenem Herzen, von ruiniertem Leben, von vertanen Chancen.

Vielleicht brauchte sie ja einen kleinen Anstoß.

»Du schuldest uns einige Erklärungen«, wandte sie sich an ihren Vater.

»Da hast du vollkommen recht«, pflichtete er ihr bei. »Ich werde sie dir geben, so gut ich es vermag. Dein Anblick hat bei mir eine Flut von Erinnerungen ausgelöst.«

»Ich habe Fragen, auf die ich Antworten brauche«, wiederholte Ellie. »Ich muss wissen, warum du Mom und mich einfach hast sitzenlassen und weggegangen bist.«

Ihre Worte trafen ihn, und er suchte Virginias Blick. »Ich wollte keinen von euch sitzenlassen.«

»Hast du aber getan. Mom sagte ...« Ellie hielt inne und sah ihre Mutter an, doch die hielt beharrlich den Kopf gesenkt. »Mom ...«

»Mir wurde ein Ultimatum gestellt«, erklärte ihr Vater. »Deine Mutter wollte, dass ich Geld von ihrer Familie annehme. Als ich mich weigerte, nach der Pfeife deines Großvaters zu tanzen, sorgte er dafür, dass ich meinen Job verlor, und machte mir das Leben zur Hölle.«

»Dad wollte nur helfen«, verteidigte Virginia ihren Vater.

»Genau das wollte er nicht«, widersprach Scott hitzig. »Ihm ging es um Kontrolle, vor allem über mich. Du hast dich ja sowieso nicht gegen ihn gewehrt. Meine Hoffnung, du würdest dich für mich entscheiden, war vergeblich. Du warst einfach nicht stark genug, dich gegen deine Familie zu stellen.«

»Wir wären alleine nie über die Runden gekommen.«

»Ginny, um Himmels willen, wir wären schon nicht verhungert. Und wir hätten uns beide gehabt, aber dir war das anscheinend nicht genug.«

»Man kann nicht von Luft und Liebe leben«, hielt Virginia dagegen.

Genau das hatten bestimmt auch die Großeltern gesagt, schoss es Ellie durch den Kopf.

»Viel mehr hatten wir in den ersten beiden Jahren ebenfalls nicht, und da waren wir trotzdem glücklich.«

»Wir haben es gerade so überstanden, würde ich sagen«, erwiderte ihre Mutter. »Aber es war schwer, Scott. Du bist dauernd Taxi gefahren, und ich bekam dich kaum zu Gesicht. Und das mit einem Kleinkind ... Du solltest doch bloß von Dad ein Darlehen annehmen.«

»Zu Bedingungen, die mir die Luft zum Atmen genommen hätten. Er wollte mich kaufen, Ginny.«

»Nein, dein Stolz war schuld.«

Ellie sah ihrem Vater an, dass er des alten Streites überdrüssig war.

»Was zählt das heute noch?«, sagte er resigniert. »Es ist alles Schnee von gestern.«

»Ja«, stimmte Virginia zu. »Lange vorbei und nicht mehr zu ändern.«

Wann würde sie endlich den Brief zur Sprache bringen, auf den sie keine Antwort erhalten hatte?

Plötzlich fiel es Ellie wie Schuppen von den Augen. Nie im Leben würde Virginia zugeben, dass sie damals auf Scott zugehen und ihn bitten wollte, zu ihnen zurückzukommen. Das ließ ihr Stolz nicht zu. Zumal sie sich später zusätzlich zurückgewiesen fühlte, als sie von der neuen Familie erfuhr.

»Noch eine Frage«, warf Ellie ein und durchbrach damit das lastende Schweigen.

»Ja?« Ihr Vater sah sie erwartungsvoll an.

»Eigentlich habe ich eine ganze Liste von Fragen …«

Scott unterbrach sie grinsend. »In diesem Moment klingst du genau wie deine Mutter.«

»Sag, was du wissen willst, Ellie«, lenkte Virginia ab. »Vielleicht sollten wir uns allerdings erst mal setzen und den Tee trinken, bevor er kalt wird.«

Scott wählte den großen Ohrensessel, während Ellie und ihre Mutter es sich auf dem Sofa bequem machten. Das Tablett mit den Teetassen stand bereits wartend auf dem Couchtisch, nur eine dritte Tasse fehlte, die Virginia aus der Küche holte. Dann goss sie allen ein.

»Zuallererst«, begann Ellie, »möchte ich wissen, warum du Moms Brief nicht beantwortet hast.«

»Ellie«, warnte ihre Mutter leise, stellte die Tasse auf die Untertasse zurück und verschränkte die Arme.

Scott runzelte die Stirn. »Welchen Brief?«

»Den, den sie dir schrieb, kurz nachdem du uns im Stich gelassen hast.«

»Du meinst, nachdem ich ausgezogen bin?«

»Wie immer du es nennen willst.«

Virginia legte Ellie begütigend eine Hand aufs Knie.

»Du hast mir geschrieben, Ginny? Wann?« Scott schaute sie mit zusammengezogenen Brauen verwundert an.

»Ungefähr einen Monat nach deinem Weggang«, antwortete Virginia leise und schlang die Arme fest um sich, als müsste sie sich schützen.

»Was wolltest du mir sagen?«, erkundigte Scott sich mit weicher Stimme.

»Wen interessiert das jetzt noch? Es ist alles längst Geschichte, oder?«

»Nein«, widersprach er. »Für mich ist es wichtig.«

Als Ellie bemerkte, dass ihre Mutter die Lippen zusammenpresste und keine weitere Auskunft geben würde, antwortete sie an ihrer Stelle.

»Mom hat mir erst heute davon erzählt«, erklärte sie. »Sie hat dir geschrieben, dass sie alles bedaure, und dich gebeten, zu uns zurückzukommen.«

»Verräterin«, flüsterte Virginia.

»Das hast du mir geschrieben, Ginny?«

Scott wirkte ehrlich betroffen. Schockiert. Verwirrt. Seine Augen weiteten sich. Niemand konnte so etwas spielen.

»Deine Telefonnummer hatte ich leider nicht.«

»Du wolltest dich nicht scheiden lassen?«

»Nein. Und ich war außer mir vor Kummer, weil von dir keine Antwort kam. Als ich daraufhin meinen Eltern gestand, was ich getan hatte, versicherten sie mir, eine Scheidung sei das Beste. Das könne ich schon daran erkennen, dass du es nicht für nötig halten würdest, auf meinen Brief zu reagieren. Damit haben sie mich praktisch überredet, die Scheidung durchzuziehen.«

Scott richtete sich in seinem Sessel auf. »Ich habe nie einen Brief erhalten, Ginny«, sagte er mit fester Stimme, »und nie wieder etwas von dir gehört, nachdem ich das Haus verlassen hatte.«

»Aber ich habe ihn sogar vorsichtshalber in Mrs. Mullins Postkasten geworfen und nicht in unseren …«

»Mein Gott, Ginny, deine Mutter und Mrs. Mullin

waren dick befreundet. Vermutlich hat sie dich beobachtet, den Brief wieder herausgefischt und ihn deiner Mutter gegeben, oder sie hat am nächsten Tag den Postboten, der die Kästen leerte, abgepasst und ihn sich aushändigen lassen. Ich jedenfalls habe ihn nie erhalten. Gott ist mein Zeuge.«

»Hätte es denn überhaupt eine Rolle gespielt?«, fragte Virginia.

Scott zögerte nicht. »O ja, eine große sogar. Ohne dich und Ellie habe ich mich jämmerlich gefühlt. Als du meinen Brief zurückgeschickt hast ...«

»Welchen Brief?«, unterbrach sie ihn.

»Meinen ersten, den du mit dem Vermerk Zurück an Absender ungeöffnet zurückgeschickt hast.«

»So etwas hätte ich nie getan«, protestierte sie. »Und einen Brief von dir habe ich nie gesehen.« Sie klang, als wäre sie den Tränen nah. »Tag für Tag betete ich zu Gott, dass ich von dir hören möge. Wenn ich von der Arbeit zurückkam, führte mich mein erster Weg zum Briefkasten, weil ich auf Nachricht von dir hoffte. Auf ein Zeichen, dass du bereit warst, uns noch eine Chance zu geben.«

Beide sahen sich an, und niemand musste Ellie erklären, was passiert war. Ihre Großeltern hatten dazwischengefunkt und jeglichen Kontakt zwischen der Tochter und dem ungeliebten Schwiegersohn verhindert.

Versonnen saßen die Eltern da, die Gedanken auf die Vergangenheit gerichtet, bis Scott plötzlich das Thema wechselte.

»Ich wusste gar nicht, dass du hier bist.«

»Konntest du auch nicht, denn ich bin gerade erst angekommen.«

»Dafür bin ich dankbar, Ginny, unendlich dankbar.«

»Warum?«, fragte Virginia und errötete.

»Weil ich zum ersten Mal seit über zwanzig Jahren die Möglichkeit habe, dir zu sagen, wie sehr ich bedaure, dass es mit uns beiden nicht funktioniert hat.«

Ellie sah ein mädchenhaftes Lächeln über das Gesicht ihrer Mutter huschen und begriff mit einem Mal, dass Virginia in all diesen Jahren nie aufgehört hatte, ihren Vater zu lieben.

»Und du hast unsere Tochter zu einer wunderbaren jungen Frau erzogen«, ergänzte Scott. »Und dafür danke ich dir ebenfalls.«

Zwar tat es Ellie leid, die rührselige Stimmung zu stören, doch eines verstand sie nach wie vor nicht, obwohl sie ihren Vater bereits am Nachmittag darauf angesprochen hatte.

»Warum hast du dich nicht wenigstens später mit mir in Verbindung gesetzt? Das hast du mir heute Nachmittag nicht wirklich zufriedenstellend erklärt.«

»Ich weiß auch jetzt keine bessere Antwort.« Auf Scotts Gesicht spiegelten sich gleichermaßen Trauer und Beschämung. »Eines aber weiß ich: Für den Rest meines Lebens werde ich es bereuen, nicht energisch genug um mein Besuchsrecht gekämpft zu haben. Weil ich mir keinen Anwalt leisten konnte, gab ich vorzeitig auf. Das war falsch. Ich hätte mich nie von den Drohungen deines Großvaters beeindrucken lassen dürfen, wenngleich sie ausgesprochen massiv waren. Er werde mich vor jedes Gericht des Landes zerren, wenn ich Kontakt zu dir aufzunehmen versuchte, warnte er mich.«

»Geschenkt, das war gleich nach der Trennung. Ich meine die Zeit, als ich schon älter war«, drängte sie. »Als du davon ausgehen konntest, dass die Großeltern nicht mehr lebten.«

»Warum ich es da nicht versuchte?« Er schaute sie schuldbewusst an. »Wie ich bereits sagte, ich weiß es nicht wirklich. Vermutlich hatte ich schlicht und ergreifend Angst davor, dass du mich zurückweisen würdest.« Scott wandte den Blick ab. »Außerdem wollte ich dein Leben nicht durcheinanderbringen, an dem ich so lange schon keinen Anteil mehr hatte.«

»Ich habe mich immer danach gesehnt, einen Vater zu haben«, flüsterte sie. »Du kannst dir nicht vorstellen, wie sehr.«

Scott seufzte. »Das alles tut mir unendlich leid. Und ich möchte nicht, dass du einen ähnlichen Fehler begehst.« Er sah sie eindringlich an. »Ich meine Tom. Er bereut zutiefst, dir nicht gleich reinen Wein eingeschenkt zu haben, und hat Angst, dass du dich endgültig von ihm abwendest.«

»Mein Vertrauen in ihn ist zerstört.« Ellie verschränkte störrisch die Arme vor der Brust. »Und das ist wohl kaum eine gute Basis für eine Beziehung. Ich vermag seine Beteuerungen nicht zu glauben, wenngleich ich es gerne täte, denn ich empfinde wirklich viel für ihn.«

»Denk noch einmal darüber nach, Ellie«, redete Scott ihr zu. »In euer beider Interesse.«

»Ich weiß nicht … Vielleicht brauche ich einfach Zeit

und Ruhe. Das Beste wäre wohl, heimzufahren und dann weiterzusehen.«

»Nein, du scheinst dir bereits ein Urteil gebildet zu haben. Vorschnell, wie ich meine. Ich kenne Tom, er ist ein aufrichtiger, ehrenhafter Mann. Jetzt leidet er schrecklich darunter, dass seine guten Absichten sich ins Gegenteil verkehrt haben, und macht sich schwere Vorwürfe.«

»Geh zu ihm«, unterstützte Virginia seine Bitte.

Ellie traute ihren Ohren nicht. Nach all den Warnungen, dass Männern nicht zu trauen sei, jetzt diese Kehrtwende? Das war eigentlich ganz und gar nicht ihre Art.

»Mach nicht denselben Fehler wie ich und lass dich zu sehr von deinem Stolz leiten«, fügte die Mutter hinzu, als sie die Verwunderung der Tochter bemerkte.

»Oder meinen Fehler, von vornherein zu verzichten, statt zu kämpfen«, ergänzte der Vater.

»Geh, Ellie, geh zu Tom«, drängte Virginia.

»Riskiere es nicht, so wie ich ein ganzes Leben lang etwas bereuen zu müssen«, warnte Scott.

Unschlüssig erhob Ellie sich. »Wo ist er?«

»Zu Hause.« Ihr Vater nannte ihr die Adresse und wollte ihr seine Autoschlüssel geben.

»Sie nimmt besser mein Auto, an das ist sie gewöhnt«, schlug Virginia vor und kramte in ihrer Handtasche.

»Kommt ihr zwei denn klar, während ich weg bin«, erkundigte Ellie sich halb im Scherz.

»Aber sicher«, erwiderte ihre Mutter.

»Ganz bestimmt«, echote ihr Vater. »Wie es aussieht, haben wir viel zu besprechen.«

28

Als Maggie mit ihrem Koffer die Innenstadt von Cedar Cove erreichte, hatte sie ihre Fassung einigermaßen wiedergewonnen, und ihre Tränen waren getrocknet. Sie war zu einem Entschluss gekommen: Sie würde nach Yakima zurückkehren. Es war ihr Zuhause.

Allerdings ohne Roy.

Sie musste aufhören, an ihn als ihren Ehemann zu denken. Er wollte die Scheidung, und sie würde ihm keine Steine in den Weg legen, so schmerzlich es auch sein mochte. Nichts würde ihre Ehe retten können, jetzt nicht mehr.

Vielleicht wäre sie sogar ohne die Schwangerschaft früher oder später am Ende gewesen. Wer weiß. Sie hatten beide Fehler gemacht, dem jeweils anderen zudem die Schuld dafür in die Schuhe geschoben und waren nicht genug aufeinander eingegangen.

Ihr eigenes Leben hatte sich um die Kinder gedreht, und die Bedürfnisse ihres Mannes waren darüber zu kurz gekommen. Seines hatte sich überwiegend in der Firma abgespielt, während sie wartend zu Hause saß. Jetzt hatten sie die Quittung. Maggie hoffte nur, dass sie die Sache mit Anstand hinter sich brachten, ohne einen schmutzigen Scheidungskrieg zu führen. Schließlich mussten sie wegen der Kinder weiterhin miteinander auskommen. Sie schwor sich, ihr Bestes zu geben, um zumindest das zu erreichen.

Als sie in der Harbor Street einen Coffeeshop mit dem vielsagenden Namen Java Joint entdeckte, ging sie spontan hinein.

»Kann ich Ihnen helfen?«, fragte ein junger Mann, dessen Namensschild ihn als Connor auswies.

»Ich hätte gerne eine Tasse Kräutertee«, sagte Maggie und verzichtete zum ersten Mal wie in den vorhergehenden Schwangerschaften bewusst auf Kaffee.

»Wir haben verschiedene Sorten zur Auswahl«, erklärte ihr Connor fröhlich. »Schauen Sie sich die Liste an, und suchen Sie sich etwas aus.« Er zeigte auf eine Tafel, auf der eine Reihe von Teesorten aufgeführt war.

Maggie wählte Kamillentee, weil sie hoffte, er würde nicht nur ihren Magen, sondern zugleich ihre Nerven beruhigen.

»Sind Sie gerade erst angekommen, oder reisen Sie ab?« Connor musterte ihren Koffer. »Falls es für Sie interessant ist: Der Shuttlebus zum Flughafen hält ganz in der Nähe, viele Leute kommen bei uns vorher auf einen Kaffee herein.«

Maggie, die keine Lust auf einen längeren Plausch verspürte, begnügte sich damit, ihm für die Information zu danken, ohne zugleich Auskunft über ihre Pläne zu geben. Was Connor jedoch nicht hinderte, weiterhin auf sie einzureden.

»Cedar Cove ist eine tolle Stadt«, schwärmte er. »Finden Sie nicht?« Dann tippte er ihre Bestellung in die Kasse und sagte: »Macht einen Dollar fünfzig.«

Maggie schob ihm zwei Dollar hin und warf von dem Wechselgeld einen Vierteldollar in die Trinkgelddose.

»Danke«, sagte Connor. »Ich spare fürs College, aber die Trinkgelder, die ich an den Wochenenden kassiere, investiere ich in eine Karte für ein Footballspiel der Seahawks. Man muss sich schließlich mal ein bisschen Spaß gönnen, oder?«, fügte er hinzu und reichte ihr einen Thermosbecher mit kochend heißem Wasser und einen Teebeutel.

Da lediglich ein Tisch besetzt war, hatte sie die freie Wahl. Sie entschied sich für einen Platz weit weg vom Fenster, und während ihr Tee zog, wanderten ihre Gedanken zu Roy zurück. Die Erinnerungen schmerzten, und eine tiefe Traurigkeit drohte sie zu überwältigen.

Als Connor zu ihr kam, war sie fast dankbar für sein Erscheinen.

»Hier, für Ihren Teebeutel«, sagte er und reichte ihr ein paar Servietten sowie einen Plastiklöffel.

»Sehr aufmerksam, danke«, murmelte sie, nahm den Teebeutel aus dem Becher, wickelte den Faden um den Löffel und quetschte so viel Flüssigkeit heraus wie möglich. Dann probierte sie den Tee und verbrannte sich fast die Lippen.

»Möchten Sie ein paar Eiswürfel?«, rief ihr Connor von der Theke aus zu.

»Nein danke, ich warte einfach ein paar Minuten«, wehrte sie ab, doch der junge Bursche gab sich nicht so schnell geschlagen.

»Ich mache einen prima Latte, wenn Sie Zeit über-brücken müssen. Spezialität des Tages ist Salzkaramell-Mokka. Sollten Sie unbedingt probieren, ist einer unse-rer Renner.«

»Danke nein.« Maggie wünschte, sie hätte sich mit dem Rücken zu ihm gesetzt, aber jetzt den Platz zu wech-seln würde grob unhöflich wirken. Dass sie ihm gegen-übersaß, dazu inzwischen als einziger Gast, schien seine Redseligkeit zu beflügeln.

»Ich muss für ein paar Minuten nach hinten«, verkün-dete er kurz darauf. »Wenn jemand reinkommt, richten Sie ihm bitte aus, er soll auf die Klingel an der Theke drücken.«

»Mache ich.«

Maggie seufzte erleichtert, dass sie endlich ihren Frie-den hatte. Allerdings bloß hier in diesem kleinen, un-wichtigen Bereich, dachte sie im Stillen. Denn ansons-ten standen ihr Aufregungen und Auseinandersetzungen bevor, die alles andere als friedlich sein dürften.

Trotzdem war sie froh, wenigstens für den Augenblick ihre Ruhe zu haben.

Sie zog ihr Handy heraus, das zum Glück voll aufge-laden war, und suchte im Internet nach einem Miet-wagenverleih. Bestimmt kam das günstiger als ein Flug nach Yakima. Zu Hause würde sie sich gleich um einige Dinge kümmern und vor allem ihren Cousin Larry Mor-ris aufsuchen, einen Anwalt. Außerdem wollte sie ver-suchen, einen Job zu finden, obwohl das sicher in An-betracht ihres Zustands schwierig war. Wer stellte schon eine Schwangere ein, die nach wenigen Monaten Elternzeit beanspruchen konnte? Und die musste sie nehmen, denn wer sollte sich sonst um das Baby kümmern.

Das Baby.

Sie war entschlossen, es zu bekommen, obwohl eine Abtreibung ihr viele Probleme ersparen und ihre Ehe zumindest für eine Weile retten würde. So reizvoll der Gedanke auch sein mochte, diesen Weg zu wählen – und für einen winzigen Moment hatte sie es erwogen –, wusste sie doch, dass es keine Dauerlösung war. Die Abtreibung wäre wie ein Pflaster, unter dem die Wunde weiterschwären würde. Die Eheprobleme, Roys gekränkte Eitelkeit, ihre Schuldgefühle. Nein, Maggie kannte sich selbst und Roy gut genug, um zu wissen, dass ein Abbruch der Schwangerschaft keine Lösung war.

Nein, sie musste sich den Schwierigkeiten, die auf sie warteten, stellen.

Allem voran schmerzte es sie, dass ihre Söhne künftig mit einem Teilzeitvater aufwachsen würden. Wie gerne hätte sie ihnen das erspart, wie gerne die Zeit zurückgedreht. Wie sehr wünschte sie, an jenem Abend vor etwas mehr als einem Monat nicht aus dem Haus geflohen und nicht in der Bar gelandet zu sein, aber hinterher war man immer klüger.

Jetzt hatte sie die Bescherung.

Wenngleich sie eine Abtreibung ablehnte, wünschte Maggie sich mit jeder Faser ihres Herzens, sie wäre nicht schwanger. Freude empfand sie ohnehin nicht. Vielmehr war sie erfüllt von Unsicherheit, Zweifeln und massiven Ängsten vor der Zukunft, die sich wie ein unüberwindlicher Berg vor ihr auftürmte. Wie sollte sie alleine drei

Kinder großziehen, den Haushalt versorgen und vierzig Stunden pro Woche arbeiten?

Konnte es da überhaupt noch so etwas wie ein eigenes Leben geben?

Maggie straffte sich. Wenn andere alleinerziehende Mütter das schafften, würde es ihr mit Mut und Zielstrebigkeit ebenfalls gelingen. Immerhin besaß sie einen Collegeabschluss und ein Lehrerinnendiplom, was keine schlechte Voraussetzung auf dem Arbeitsmarkt war.

Dennoch wurde ihr das Herz bleischwer bei dem Gedanken an das, was ihr bevorstand, und sie musste einen Anflug von Panik niederkämpfen. Schließlich traf sie das alles völlig unvorbereitet und zudem mit der Heftigkeit einer Gerölllawine bei einem Erdrutsch.

Hysterie war in dieser Situation wenig hilfreich, rief sie sich zur Ordnung und holte tief Luft. Dann konzentrierte sie sich wieder auf die Mietwagen, entschied sich ohne langes Nachdenken für das günstigste Angebot und buchte es. Dumm nur, dass sie das Auto am Flughafen in Seattle abholen musste. Also würde sie wohl oder übel erst mal den Shuttlebus nehmen, den Connor vorhin erwähnt hatte. Bestimmt konnte er ihr sagen, wo genau sich die Haltestelle befand und wann der nächste Bus fuhr.

Sie hielt das Handy noch in der Hand, als eine SMS von Roy einging.

Wo steckst du? Ich mag es nicht, wenn du einfach verschwindest. Ich will so schnell wie möglich abreisen.

Dann fahr doch, tippte Maggie zurück.

Was sie betraf, war alles gesagt, und das sollte Roy

eigentlich wissen. Leere Drohungen, Erpressungen und faule Tricks waren nie ihre Sache. Früher nicht und heute nicht. Dafür war sie viel zu gradlinig. Und wenn sie zu der Überzeugung gelangte, es mache keinen Sinn mehr, dann stand sie voll und ganz dahinter.

Nachdenklich schaute sie auf das Telefon in ihrer Hand. Überlegte, ihre Eltern anzurufen, ihre Schwester. Sie sehnte sich nach Trost und scheute sich gleichzeitig, mit ihnen über ihre momentane Situation zu sprechen. Noch nicht. Erst musste sie nach Hause zurück, zu ihren Kindern, und alles regeln. Danach war sie vielleicht bereit, offen mit ihrem Ehedebakel umzugehen. Dennoch wählte sie die Nummer ihrer Schwester.

»Maggie.« Julia klang gut gelaunt und glücklich. »Wie läuft eure Auszeit?«

»Super.« Sie zwang sich, Begeisterung vorzutäuschen. »Wir haben den Tag in Seattle verbracht, den Pike Place Market besucht und eine Führung durch den Untergrund der Stadt mitgemacht.«

»Seattle hat einen Untergrund? Das wusste ich gar nicht.«

»Ja, es war faszinierend und eine tolle Geschichtsstunde. Ich kann dir und Sam nur empfehlen, euch das bei eurem nächsten Besuch dort nicht entgehen zu lassen.«

Julia lachte. »Das Einzige, was Sam in Seattle sehen möchte, ist Football. Obwohl man von Spokane vier oder fünf Stunden mit dem Auto braucht, tut er immer so, als müsste man bloß kurz über die Straße gehen. Selbst mitten im Winter lässt er sich die Spiele nicht entgehen.«

»Und sonst?«, fragte Maggie.

»Alles bestens.« Ihre Schwester zögerte. »Und bei dir? Du klingst so komisch. Hast du irgendwas auf dem Herzen? Ich merke das. Komm schon, Maggie. Was ist los?«

Offensichtlich war ihr Versuch, die Schwester zu täuschen, gründlich misslungen. Jetzt konnte sie lediglich Schadensbegrenzung betreiben.

»Du hörst die berühmten Flöhe husten«, versuchte sie abzuwiegeln. »Was sollte schon sein, wenn man sich zu einem romantischen Wochenende in romantischer Umgebung aufhält? Drei herrliche Tage ohne Kinder.«

Julia ließ sich nicht überzeugen. »A-b-er?« Sie zog das Wort so in die Länge, dass es zu einer Frage wurde.

Maggie seufzte resigniert. »Rate mal.«

»Nein, das tue ich grundsätzlich nicht.«

»Ich bin schwanger.«

»Das ist ja wunderbar, oder etwa nicht?«

»Doch.«

»Nach übermäßiger Begeisterung klingt das aber nicht. Ich dachte immer, Roy würde sich noch ein Mädchen wünschen, weil er bereits beim letzten Mal auf eine Tochter gehofft hatte …«

Der Rest der Frage, ob dem nicht mehr so sei, blieb unausgesprochen in der Luft hängen, und Maggie verspürte keine Neigung, darüber Auskunft zu geben.

Zum Glück ergriff Julia wieder das Wort. »Irgendwie hörst du dich eher an, als wäre die Schwangerschaft nicht geplant gewesen.«

»Das kannst du laut sagen.«

Am liebsten wäre Maggie in diesem Moment mit der

Wahrheit herausgerückt, um sich all ihren Kummer von der Seele zu reden, und es fiel ihr schwer, dieser Anwandlung zu widerstehen.

»Drei Kinder machen ganz schön Stress«, tastete Julia sich vor. »Ich weiß, wovon ich rede. Bereits Trevor und Travis stellten mein Leben komplett auf den Kopf. Und dann noch Ted … Die ersten sechs Monate waren die reinste Hölle, und ein weiteres Kind schien mir völlig indiskutabel. Als ich trotzdem mit Tracy schwanger wurde, wusste ich nicht, wie wir das schaffen sollten, doch irgendwie ging es. Das nur zum Trost: Der Übergang von dreien zu vieren ist nicht mehr allzu schwierig.«

Maggie schwieg, denn jede Antwort hätte sie der Wahrheit gefährlich nahe gebracht. Und auch bei der nächsten Frage hielt sie damit hinterm Berg, zog sich lieber mit einer Lüge aus der Affäre, als die Schwester sich nach Roy erkundigte.

»Er ruht sich gerade ein wenig aus«, sagte sie schnell und hängte, weil das albern klang, gleich noch ein paar Informationen an, die ihre Schwester hoffentlich ablenkten. »Wir sind übrigens in einem entzückenden B&B untergekommen, das ebenso malerisch liegt wie ganz Cedar Cove. Roys Eltern haben uns dieses Wochenende geschenkt – seine Mutter, eine richtige Romantikerin, hat die Pension ausgesucht. Aber es ist wirklich ausgesprochen hübsch, sodass ich es euch mit gutem Gewissen zur Nachahmung empfehlen kann.«

»Nein danke. Schließlich hast du dort festgestellt, dass du schwanger bist. Finde ich für mich nicht unbedingt nachahmenswert«, scherzte Julia, um sofort wieder ernst zu werden. »Und jetzt verrate mir endlich, ob Roy sich über die Überraschung freut. Ist er glücklich über die ungeplante Familienerweiterung?«

»Glücklich?«, gab Maggie etwas einfältig zurück und entschloss sich zu einer zumindest partiellen Ehrlichkeit. »Offen gesagt war es für uns beide ein ziemlicher Schock.«

»Manchmal dauert es eine Zeit, bis man sich an die Vorstellung gewöhnt«, tröstete die Schwester. »Ein neues Baby bringt große Veränderungen für die ganze Familie mit sich. Hast du es Mom und Dad schon gesagt?«

»Bislang nicht. Du bist die Erste, der ich es erzähle.«

»Wenn du irgendetwas brauchst, sag es mir, ja?«

»Nicht nötig. Das Kinderbett und alles andere von den Jungs ist noch da.«

»Ich habe nicht von Babysachen gesprochen, Maggie, sondern von moralischer Unterstützung. Schließlich sind große Schwestern da, um zu helfen, wenn sie gebraucht werden.«

»Danke«, erwiderte Maggie gerührt und dachte, dass Julia keine Ahnung hatte, wie dringend sie Beistand und Unterstützung brauchte.

»Bist du sicher, dass bei dir alles in Ordnung ist?«, hakte ihre Schwester erneut nach.

»Ja, abgesehen von dem ersten Schrecken ist alles im Lot«, beteuerte sie.

»Ich weiß nicht, ob ich dir glauben soll – du klingst irgendwie komisch«, murmelte Julia. »Irgendwas ist los, davon lasse ich mich nicht abbringen, auch wenn du dich weigerst, darüber zu reden. Also denk einfach daran, dass ich für dich da bin, ja?«

»Mach dir keine Sorgen«, antwortete Maggie ausweichend. »Ich rufe dich nächste Woche an, dann können wir ausführlich reden.«

»Abgemacht.«

Nachdem sie das Gespräch beendet hatte, erhob sie sich und ging zur Theke, wo Connor geschäftig die Behälter für Zucker und Süßstoff nachfüllte.

»Soll ich Ihnen Tee nachschenken?«, fragte er. »Das ist gratis.«

»Nein danke. Ich habe genug.« Sie legte demonstrativ eine Hand auf den Bauch, als hätte sie gerade ein Drei-Gänge-Menü verspeist. »Ich wollte mich nach dem Shuttlebus erkundigen, den Sie vorhin erwähnten.«

»Sicher. Ich habe einen Fahrplan.« Er zog eine Schublade auf, entnahm ihr eine laminierte Karte und reichte sie ihr. »Hier finden Sie die Haltestellen und Abfahrtszeiten.«

»Muss ich einen Platz reservieren? Zumindest wird es hier empfohlen.«

»Schaden kann es nicht, aber ich denke, dass Sie auch so problemlos einen Platz bekommen.«

Maggie schrieb sich die Telefonnummer des Busbetreibers auf und kehrte zu ihrem Platz zurück, um von dort aus anzurufen.

»Der Bus müsste innerhalb der nächsten Viertelstunde bei der Haltestelle in der Nähe des Coffeeshops ankommen«, informierte sie die Frau in der Zentrale.

»Ich mache mich sofort auf den Weg«, versicherte Maggie.

»Tun Sie das. Die Fahrer warten nicht, nicht einmal auf namentlich gebuchte Fahrgäste.«

»Ich werde da sein.«

Sie steckte das Handy in ihre Handtasche, griff nach ihrem Koffer, rief Connor einen Gruß zu und ging zur Tür. Bevor sie nach der Klinke greifen konnte, öffnete jemand von außen, und hinter einer Frau geriet ein Auto in ihr Blickfeld, das sie kannte wie kein zweites.

Ein weißes mit vielen Extras. Roys Wagen.

Erschrocken wich sie in den Schutz des Coffeeshops zurück. Warum fuhr ihr Mann just in diesem Moment am Java Joint entlang? Konnte das Zufall sein?

Sie wartete ein paar Minuten, bis sie sich ins Freie wagte. Noch immer flog ihr Atem, noch immer klopfte ihr Herz zum Zerspringen. Hastig stolperte sie zur Bus-haltestelle.

Bloß weg von hier, bevor Roy sie entdeckte.

Sollte er sie getrost suchen, bis er schwarz wurde – sie jedenfalls war wild entschlossen, nicht gefunden zu werden.

$\mathcal{N}$achdem ich Ellies Vater in den Aufenthaltsraum geführt hatte, verzog ich mich erst mal nach oben, um nicht neugierig zu wirken. Als ich nach einer Weile in die Küche zurückkehrte, unterhielten sich die Eltern nach wie vor angeregt, während von Ellie nichts zu sehen und nichts zu hören war.

Vermutlich war sie weggefahren, denn das Auto ihrer Mutter stand nicht mehr auf dem Parkplatz.

Roy Porters Wagen war ebenfalls nicht zu sehen.

Inzwischen war ich zu der Überzeugung gelangt, dass die Schwierigkeiten der beiden gewaltig sein mussten. Bereits bei ihrer Ankunft hatte ich das gemerkt. Später dann hielt ich ihre Differenzen für beigelegt, doch da war ich offensichtlich einem Irrtum aufgesessen. Oder Unvorhersehbares hatte beide erneut aus der Fassung gebracht. Vielleicht diese Schwangerschaft, über die Maggie ganz und gar nicht glücklich zu sein schien.

Wie immer beschäftigten mich die Probleme meiner Gäste, sofern ich sie mitbekam, und ich fragte mich, ob es allen Pensionswirtinnen wohl so ging.

Draußen im Garten war Mark damit beschäftigt, Holz zu sortieren, das er gerade ausgeladen hatte. Es war für meinen Pavillon bestimmt, und die Pläne lagen ausgebreitet auf der Motorhaube seines Pick-ups.

Eines bewunderte ich an Mark: In Bezug auf seine Arbeit war er ein Perfektionist. Er mochte länger brauchen, um ein Projekt zu Ende zu bringen, als ich ihm eigentlich zugestehen wollte, aber dafür gab es am Ende keine bösen Überraschungen. Seine Arbeiten waren immer über jeden Tadel erhaben.

Gerade wollte ich zu ihm gehen und bei dieser Gelegenheit ein paar Hortensien schneiden, als Roy Porter zurückkehrte.

Seine Fahrweise verriet schlechte Laune oder, um es verständnisvoller auszudrücken, eine desolate seelische Verfassung.

Die Bremsen quietschten, Schotter spritzte auf, die Räder drehten durch. Ein Wunder fast, dass er nicht einen Zaun rammte oder ein Gebüsch. Nachdem er den Motor abgestellt hatte, blieb er noch eine Weile im Auto sitzen, und als er endlich ausstieg, verrieten mir seine Miene und das Knallen der Tür, dass er auf hundertachtzig war.

Sogar dem stoischen Mark entging das nicht, denn er legte den Holzbalken, den er sich gerade auf die Schulter gewuchtet hatte, ins Gras zurück und drehte sich um.

»Haben Sie ein Problem?«, rief er Roy zu und erntete einen bösen Blick.

»Jeder hat Probleme«, blaffte Roy ihn an.

»Und die meisten hängen mit Frauen zusammen«, erwiderte Mark mit einem belustigten Grinsen.

Eine Bemerkung, die ich ziemlich überflüssig fand und die ich ihm persönlich übel nahm. Roy hingegen schien sich seltsamerweise verstanden zu fühlen und schlenderte recht entspannt zu Mark hinüber.

»Was bauen Sie da eigentlich?«

»Jo Marie möchte einen Pavillon, in dem sie Feiern, Empfänge und andere Events ausrichten kann.« Mark ging zu seinem Pick-up und holte die Pläne. »Wie ich hörte, sind Sie im Baugeschäft tätig?«

Roy nickte und griff nach den Plänen, um sie zu betrachten. Statt sich anschließend jedoch dazu zu äußern, gab er Erstaunliches von sich.

»Frauen sind die Wurzel allen Übels, da haben Sie recht.«

»Meine Worte«, brummte Mark. »Sie können einem Mann das Leben zur Hölle machen.«

O Gott, zwei Unverstandene unter sich, dachte ich. Als ob Mark da überhaupt mitreden konnte. Dieser einsame Wolf, der sich in seiner Höhle verkroch und nicht gerade über einen reichen Erfahrungsschatz im Umgang mit Frauen verfügte. Trotzdem verfolgte ich interessiert, aber verborgen hinter einer Gardine das Geschehen. Und weil die Fensterflügel offen standen, konnte ich sogar gut hören, was die beiden redeten.

Roy schwieg eine Weile, doch was er dann von sich gab, versetzte mich vollends in Erstaunen. Wegen der Information an sich und weil er sich ausgerechnet Mark anvertraute.

»Ich habe beschlossen, mich von Maggie scheiden zu lassen«, hörte ich ihn sagen.

Unwillkürlich schob ich mich näher ans Fenster, um nur ja nichts zu verpassen.

»Tut mir leid, das zu hören«, erwiderte Mark, und damit kam die Konversation der beiden ungleichen Männer erst mal zum Erliegen.

Beide standen schweigend und mit verschränkten Armen da, rührten sich allerdings nicht vom Fleck. Weder machte Mark sich wieder an die Arbeit, noch begab Roy sich ins Haus.

»Es ist am besten so«, meinte er nach einer Weile.

»Und deswegen ist Ihre Frau so überstürzt abgereist?«, erkundigte Mark sich.

Roy zuckte die Achseln. »Sie wissen ja, wie Frauen sein können. Sie regte sich auf, rannte weg und packte ihre Sachen. Verschwand, ohne ein Wort zu sagen. Schätzungsweise kehrt sie auf eigene Faust nach Yakima zurück. Soll mir recht sein. Ich habe sie vergeblich gesucht, mehr kann ich nicht tun. Damit bin ich meiner Pflicht und Schuldigkeit nachgekommen, oder?«

»Richtig«, stimmte Mark zu.

»Wahrscheinlich ist es wirklich besser so – da muss ich wenigstens keine hysterischen Beschuldigungen über mich ergehen lassen.«

»Yeah, so ist es.«

Jetzt nickte Mark so nachdrücklich, dass ich mich fragte, an welche eigenen Erlebnisse er wohl denken mochte. Überdies ärgerte ich mich über ihr selbstgerechtes Gerede, das die Tatsachen verdrehte. Am liebsten wäre ich ihnen an die Gurgel gegangen oder hätte sie wenigstens zur Rede gestellt, aber dann würden sie merken, dass ich sie belauscht hatte.

Für eine Weile verschwanden sie aus meinem Blickfeld, weil sie eine Runde durch den Garten drehten, doch nach ein paar Minuten hörte ich wieder Marks Stimme.

»Tut mir echt leid für Ihre Kinder. Sie haben zwei Söhne, nicht wahr?«

»Ja. Jaxon und Collin.«

»Die Jungs werden ohne sie bestimmt besser dran sein«, meinte Mark.

»Wie kommen Sie auf die Idee?« Roys Stimme klang beinahe empört. »Maggie ist eine wunderbare Mutter, darauf lasse ich nichts kommen. Es ist diese andere Sache, mit der ich nicht fertigwerde.«

»Oh, Entschuldigung.« Dem sonst wenig sensiblen Mark schien sein Fauxpas sichtlich peinlich zu sein. »Da muss ich etwas gründlich missverstanden haben. Wollen Sie denn nicht das Sorgerecht beantragen?«

»Nein«, erwiderte Roy zögernd, als würde er das zum ersten Mal in Erwägung ziehen. »Ich denke, es ist besser, wenn die Jungs bei ihrer Mutter bleiben. Zumindest solange sie klein sind. Wenn ich sie nähme, müssten sie notgedrungen den ganzen Tag in einen Kinderhort. Bislang hat Maggie sich rund um die Uhr um sie gekümmert, von Kindergarten und Vorschule natürlich abgesehen. So hatten wir es von Anfang an besprochen.«

»Also ist Ihre Frau nicht berufstätig?«

»Nein, das musste sie zum Glück nicht, obwohl sie Lehrerin ist. Später werde sie das nachholen, sagte sie immer. Damit ihre Ausbildung nicht ganz umsonst gewesen sei.«

Mark wiegte bedächtig den Kopf. »Nach dem, was ich

gehört habe, sind manche Frauen gute Mütter und zugleich lausige Ehefrauen. Männer haben schließlich Bedürfnisse, und wenn Frauen dann völlig in ihrer Mutterrolle aufgehen und vergessen, dass sie verheiratet sind, wird's schwierig.«

Ich verdrehte die Augen, musste an mich halten, um nicht nach draußen zu marschieren und ihn nach seinen Qualifikationen in puncto Eheproblemen zu fragen. Mein Handwerker gebärdete sich ja wie ein professioneller Familientherapeut. So wie er redete, könnte man denken, er würde Kurse abhalten.

»Maggie war nicht bloß eine gute Mutter, sondern auch eine gute Ehefrau«, erklärte Roy nach einigem Zögern, obwohl man merkte, dass dieses Eingeständnis ihm widerstrebte.

»Na gut. Trotzdem werden Sie erleben, dass andere Mütter ebenfalls schöne Töchter haben, und beim nächsten Mal wissen Sie, worauf Sie achten müssen.«

»Beim nächsten Mal?«

»Wollen Sie sich etwa von dieser Erfahrung entmutigen lassen?«, fragte Mark provokant. »Das wäre eine Schande. Wirklich. Außerdem könnten Sie mit einer neuen Frau im Haus Ihre Söhne zu sich nehmen.«

Roy schüttelte den Kopf. »Ich bin weit davon entfernt, über eine zweite Ehe nachzudenken.«

»Natürlich«, pflichtete Mark ihm bei. »Dazu ist es zu früh. Aber man wird einsam, und nach einer Weile werden Sie nach Gesellschaft Ausschau halten. Es ist nicht gut, zu lange alleine zu bleiben …«

Was trieb Mark da eigentlich? Solche Töne sahen

ihm gar nicht ähnlich. Ausgerechnet ein Eremit warnte vor den Gefahren des Alleinseins! Oder, schoss es mir durch den Kopf, wollte er Roy provozieren? Aus welchem Grund jedoch? Ein persönliches Interesse an der Ehe der Porters hatte er bestimmt nicht.

Gespannt verfolgte ich den Fortgang der dubiosen Unterhaltung.

»Alles gut und schön, was Sie da sagen – noch bin ich verheiratet«, antwortete Roy jetzt auf Marks absonderliche Ratschläge.

»Was sich, sofern ich Sie richtig verstehe, bald ändern wird.«

»So ist es«, bestätigte Roy und fügte kleinlaut hinzu: »Wobei eine Scheidung eigentlich nicht in meiner Absicht lag, nur habe ich keine andere Wahl, wie es scheint.«

»Sie wollten sich ursprünglich gar nicht trennen?«, hakte Mark nach. »Sagten Sie nicht, Sie hätten beschlossen, die Scheidung einzureichen?«

Für den Bruchteil einer Sekunde wirkte Roy verwirrt. »Ja, das habe ich wohl.«

Mark nahm seinen Hut ab und kratzte sich am Kopf, als würden Roys Aussagen keinen Sinn ergeben.

»Maggie ist nicht die Frau, für die ich sie gehalten habe«, sagte Roy düster. »Sie hat eine Grenze überschritten, und das hat Konsequenzen. Ein Mann kann über gewisse Dinge hinwegsehen, über andere hingegen nicht, wenn Sie wissen, was ich meine.«

»Klar weiß ich das.« Mark tat ungemein kompetent. »Ein Mann schuftet sich kaputt, um seine Familie zu er-

nähren, und zum Dank wird er von seiner verantwor-
tungslosen, treulosen Frau hintergangen. Wir sind eben
zu blind, zu vertrauensselig und zu leicht zu täuschen. Und
das alles, weil wir uns darauf konzentrieren, für die zu sorgen, die wir lieben. Weil für uns das Leben aus nichts als
Arbeit besteht. Aus Arbeit und noch mal Arbeit.«

Roy schüttelte den Kopf. »So war es mit Maggie
nicht.«

»Nein? Dann entschuldigen Sie meine Worte. Ich
dachte, sie hätte sich hinter Ihrem Rücken herumge-
trieben, wissen Sie.«

»Nicht wirklich«, murmelte Roy. »Obwohl ich manche Dinge nicht verzeihen kann, muss ich fair bleiben.
Es war nicht alles einseitig ...«

»Trotzdem haben Sie recht«, stichelte Mark, und wieder bekam ich Unglaubliches zu hören. »Es gibt in der
Ehe einige Punkte, über die ein Mann nicht einfach hinwegzusehen oder die er nicht zu verzeihen vermag, auch
wenn er sich selbst gelegentlich einer anderen Frau zu
sehr genähert hat.«

»Verstehen Sie mich nicht falsch.« Roy vergrub die
Hände tiefer in den Taschen. »Ich habe ebenfalls Fehler begangen.«

»Natürlich, das haben wir alle, aber bestimmt nicht
so schwerwiegende wie Ihre Frau.«

»Richtig«, bestätigte Roy, wenngleich ohne die Überzeugung und Arroganz, die er zuvor an den Tag gelegt
hatte.

»Was mir bei Frauen aufgefallen ist«, fuhr Mark fort,
»ist der bedauerliche Umstand, dass sie nachtragend sind.

Nicht verzeihen zu können scheint in ihrer Natur zu liegen. Und ihre Behauptungen, alles sei vergeben und vergessen, sind nichts wert. Bei jeder Gelegenheit kommen sie mit den alten Kamellen daher, schmieren sie uns immer wieder aufs Butterbrot. Zur Not noch nach zwanzig Jahren. Eine Frau vergisst nicht und verzeiht nicht.«

Roy wandte den Blick ab. »Maggie war nie so.«

»Machen Sie Witze?«

»Nein.« Ich sah, wie Roy auf und ab zu gehen begann, als könnte er sich dadurch von seiner inneren Unrast befreien.

»Kein Problem, Mann.« Mark klopfte ihm auf die Schulter. »Hauptsache, Sie bleiben bei Ihrem Entschluss und lassen sich nicht weichklopfen. Ich habe gelesen, dass Statistiken zufolge zumeist Frauen die Scheidung einreichen, nicht die Männer. Aber Sie, Sie wehren sich und lassen sich nicht auf der Nase herumtanzen.«

»Sie ist wirklich ganz anders«, wandte Roy ein und klang ziemlich niedergeschlagen.

»Anders? Gehört sie vielleicht zu denen, die psychologische Kriegsführung betreiben? Sie wissen schon, wen ich meine. Diese Typen, die Ihnen ein Abendessen kochen und es kalt servieren. Die für Sie waschen und mit Fleiß rote Socken zu den weißen Hemden werfen.«

Roy starrte Mark so verständnislos an, als würde er chinesisch sprechen.

»Da soll sich doch lieber ein anderer Mann mit ihr und diesem ganzen Theater herumschlagen«, setzte Mark dem Ganzen die Krone auf.

»Ein anderer Mann?«, rief Roy voller Entsetzen.

»Ja sicher«, bestätigte Mark. »Seien Sie froh, wenn sie schleunigst einen Dummen findet. Wird für Sie billiger.«

Ich sah, wie Roy wie vom Schlag getroffen stehen blieb. Dass er nicht umfiel, war alles. Oder sich zumindest die Ohren zuhielt, denn nach wie vor entwarf Mark Horrorbilder.

»Für Ihre Söhne ist das allerdings weniger angenehm, denn nicht alle Stiefväter haben das Zeug, gute Väter abzugeben.«

Das schien Roy den Rest zu geben – er wandte sich wortlos von Mark ab, ging zu seinem Wagen und stieg ein.

»Wo wollen Sie hin?«, rief mein Handwerker ihm nach.

Ein letztes Mal, bevor er losfuhr, steckte Roy den Kopf durchs Fenster.

»Ich werde Maggie finden«, sagte er. »Inzwischen ist mir klar geworden, was Sie bezweckt haben. Ich sollte anfangen, die ganze Problematik von einer anderen Warte aus zu sehen und meine eigene Sichtweise zu relativieren. Sie haben recht. Maggie und ich sollten uns mit unserem Problem auseinandersetzen und eine gemeinsame Lösung finden. Und die besteht nicht in einer Trennung. Ich will meine Frau nicht verlieren, das weiß ich jetzt, und ich will ebenso wenig, dass meine Söhne vielleicht von einem anderen Mann großgezogen werden.«

Mark trat zu ihm und klopfte ihm freundschaftlich durchs Fenster auf den Rücken.

»Einige Dinge kann man leichter verzeihen als andere, genau wie Sie sagten. Und bei einem größeren Fehltritt bedarf es eben eines größeren Herzens. Finden Sie Ihre Frau, Roy, und tun Sie alles, was in Ihrer Macht steht, um Ihre Ehe zu retten.«

»Genau das habe ich vor«, erklärte Roy und startete den Motor.

Sobald er außer Sichtweise war, trat ich auf die Veranda hinaus.

»Das hast du gut hinbekommen«, lobte ich.

Mark zuckte die Achseln, als wäre das Ganze keine große Sache gewesen.

»Manchmal braucht es lediglich einen kleinen Denkanstoß …«

»Und von wem bekommst du den?«, frotzelte ich.

Er seufzte und schüttelte langsam den Kopf. »Fängst du schon wieder damit an, Jo Marie?«

Es klang, als verlöre er die Geduld mit mir.

»Eigentlich nicht.«

»Nicht?«

»Nein«, betonte ich. »Roy ist nicht der Einzige, der deinen Rat befolgt hat. Ich habe ihn ebenfalls beherzigt.«

Mark musterte mich eindringlich. »Du hast Pauls Brief gelesen?«

Ich nickte. »Es ist ein wunderschöner Liebesbrief …«

Mehr zu sagen, brachte ich nicht fertig. Zum einen, weil ein Kloß in meiner Kehle mich daran hinderte, und zum anderen, weil dieser Brief eine sehr persönliche Sache zwischen mir und Paul war. Glücklicherweise schien Mark das auch ohne große Erklärungen zu verstehen.

»Und zum Dank werde ich nicht mehr versuchen, irgendwelchen Geheimnissen auf die Spur zu kommen«, schlug ich einen munteren Ton an.

»Gut zu wissen«, meinte er und grinste. »Nicht dass ich etwa Geheimnisse hätte.«

»Natürlich nicht«, gab ich spöttisch zurück. »Begleitest du mich zu den Hortensienbüschen? Ich will ein paar für morgen abschneiden. Als Dekoration für die Tafel. Die Hortensien sind dieses Jahr besonders schön.«

»Wenn du willst, dünge ich sie dir im Herbst. Gratis, versteht sich.«

»Du willst tatsächlich aus reiner Herzensgüte in meinem Garten arbeiten?«

»Nicht unbedingt.«

»Aha, die Wahrheit kommt ans Licht«, konstatierte ich grinsend.

»Ich schätze, ich schulde dir etwas für all die Plätzchen und was ich sonst so an Essbarem bei dir abstaube.«

»Das ist ein Deal. In diesem Fall steht es dir frei, in meinem Garten herumzuwerkeln, wann immer es dir beliebt.«

Mit diesen Worten wandte ich mich den Hortensienbüschen zu, während Mark seinem Pick-up zustrebte.

»Nochmals danke, dass du Roy zur Vernunft gebracht hast«, rief ich und tat anschließend etwas ganz und gar Verrücktes.

Ich warf Mark Taylor eine Kusshand zu.

30

Ellies Herz hämmerte so heftig, dass es sich anfühlte, als wäre es zu groß für ihre Brust geworden. Schuld daran waren Aufregung und Zweifel. Selbst als sie vor Toms Haus anhielt, war sie nicht sicher, ob sie wirklich das Richtige tat. Und ob sie vor allem ehrlich bereit war, ihm zu verzeihen.

Im Grunde hatte der Ausdruck in den Augen ihrer Mutter den Ausschlag gegeben. Die Botschaft war ihr vertraut gewesen: Mach nicht denselben Fehler wie ich. Nur brachte sie diesmal keine Warnung vor zu großer Vertrauensseligkeit zum Ausdruck, sondern eine Mahnung zu vertrauen, damit man nicht ein Leben lang einer verpassten Chance nachtrauerte.

Unglaublich, aber wahr: Virginia Reynolds hatte ihre Tochter ermutigt, sich zu verlieben, ihr Herz zu verschenken und glücklich zu sein. Eine Erkenntnis, die Ellie in höchstem Maße verwirrte.

Wie sollte sie in Anbetracht von so vielen Widersprüchen mit sich ins Reine kommen? Unschlüssig blieb sie im Wagen sitzen und überlegte für einen Moment, den Motor wieder anzulassen und das Weite zu suchen, doch die Worte ihrer Eltern von ewiger Reue und vertanen Möglichkeiten waren am Ende stärker als Bedenken und Ängste.

Was aber sollte sie sagen, wenn sie ihn sah?

Tom selbst beendete ihr Zögern und Zaudern, indem er auf die Veranda trat und seinen Blick auf sie heftete. Jetzt gab es kein Zurück mehr.

Gleichermaßen von Furcht und Vorfreude erfüllt, stieg sie aus, blieb jedoch wie angewurzelt neben der Fahrertür stehen. Auch Tom rührte sich nicht von der Stelle, musterte sie bloß unverwandt. Beide wirkten, als würden sie sich verschanzen. Sie hinter dem Wagen, er hinter der Verandabrüstung. Ellie hoffte, dass er den ersten Schritt machte.

Er tat es nicht.

Offenbar erwartete er das Gleiche von ihr, wie seine Miene zum Ausdruck brachte. Schließlich hatte sie gesagt, sie wolle ihn nie wiedersehen, und war dennoch gekommen.

Ellie schwankte zwischen Stolz und Einsicht. Sie rief sich das Schicksal ihrer Eltern in Erinnerung, deren Ehe nicht zuletzt an falsch verstandenem Stolz gescheitert war.

Mach nicht denselben Fehler wie ich, hatte die Mutter ihr mit auf den Weg gegeben.

Ellie gab sich einen Ruck. »Mein Vater, er ist ins Rose Harbor Inn gekommen«, sagte sie und ging langsam um das Auto herum, legte dabei eine Hand auf die Motorhaube, als bräuchte sie Halt. »Er und meine Mutter … sie sprechen sich gerade aus.«

»Deine Mutter?«

»Ja, sie hat sich einfach mit dem Auto auf den Weg gemacht und mich von Tacoma aus angerufen.«

»Wie verstehen sich die beiden?«

»Überraschend gut, scheint mir. Sie haben herausgefunden, dass sie sich nach ihrer Trennung gegenseitig Briefe geschrieben haben, die samt und sonders nicht ankamen. Meine Großeltern, genau wie du angedeutet hast.«

Tom kam die Stufen von der Veranda herunter, sodass sie sich auf halbem Weg zwischen Haus und Auto trafen. Obwohl es sich für jeden lediglich um ein kurzes Stück handelte, schien es Ellie, als müsste sie Meilen überbrücken. Sie bewegte sich so vorsichtig wie ein Soldat im Minenfeld.

»Hast du von deinem Dad Antworten auf deine Fragen bekommen?«, erkundigte sich Tom.

»Ein paar.«

»Er hat dich immer geliebt, Ellie, das hast du vermutlich inzwischen selbst bemerkt, und vielleicht verstehst du nach allem, was du gehört hast, auch seine Furcht, du könntest massiv gegen ihn beeinflusst worden sein.«

»Teilweise«, räumte sie ein, fügte aber sogleich hinzu: »Wenigstens später hätte er Kontakt zu mir aufnehmen können. Dass er es nicht getan hat, macht mir nach wie vor zu schaffen.«

»Das war ein Fehler, ohne Zweifel. Trotzdem solltest du ihm zugutehalten, dass ihm übel mitgespielt wurde. Damals wurde ihm eine Menge Ballast aufgebürdet, was nicht ohne Folgen blieb.«

»Wir tragen alle irgendwelchen Ballast mit uns herum«, wandte Ellie ein.

»Schon, die einen allerdings mehr, die anderen weniger. Und je länger man daran zu schleppen hat, desto schwerer wird er. Ich hoffe, dass du es schaffst, über diese Enttäuschung hinwegzusehen und ihm in Zukunft unvoreingenommen zu begegnen.«

Ganz so weit war sie noch nicht, wie sie selbst spürte. Zudem störte es sie, dass Tom ihren Vater so vehement verteidigte. Ein Gedanke zuckte durch ihren Kopf: War sie etwa eifersüchtig, weil zwischen den beiden eine so enge Beziehung bestand? Zumindest empfand sie es als schmerzlich, als eine Form der Zurücksetzung, wenngleich das, wie sie wusste, Unsinn war.

»Könnten wir bitte über etwas anderes sprechen«, bat sie.

Tom nickte. »Ist mir recht.«

Schweigen machte sich breit.

Worüber sollten sie reden? Scott war ein recht unverfängliches Thema gewesen, jetzt mussten sie sich zwangsläufig ihrer eigenen Beziehung zuwenden. Und da fürchteten sich beide davor, sich auf dünnes Eis zu begeben.

Ellie ergriff die Initiative. »Du hast mich verletzt«, flüsterte sie. »Ich fühle mich von dir hintergangen und ausgenutzt.«

»Ich weiß, und es tut mir leid«, erklärte er schlicht, ohne Ausflüchte zu suchen.

»Es tut dir leid«, wiederholte sie langsam und dachte, was für eine nichtssagende Floskel das doch war.

»Ich nehme das zurück«, beeilte sich Tom zu sagen, der ihre Gedanken offenbar erraten hatte, und trat einen Schritt näher, fasste sie bei den Schultern.

»Du nimmst deine Entschuldigung zurück?«

»Nein, natürlich nicht, bloß ist es damit nicht getan«, erwiderte er. »Du hast ein Recht auf Erklärungen. Deshalb hör dir an, was ich vorzubringen habe. Als ich den Kontakt zu dir herstellte, ich gebe es zu, geschah das nicht zweckfrei, und in dieser Hinsicht habe ich dir etwas vorgemacht. Allerdings wirklich nur ganz am Anfang, das musst du mir glauben. Nach den ersten paar Tagen, so mein Plan, wollte ich beiläufig meinen Stiefvater und seine Geschichte erwähnen und den Dingen von da an ihren Lauf lassen.«

»Und warum hast du das nicht getan?«, fragte sie anklagend.

»Weil es mir sehr schnell um dich ging und ich Angst hatte, du würdest den Kontakt beenden und meinen Namen blockieren. Dann wärst du unerreichbar für mich gewesen. Immerhin war mir sehr wohl bewusst, dass du nicht unbedingt begeistert sein würdest. Deshalb beschloss ich, dir die Wahrheit erst zu gestehen, wenn sich unsere Beziehung stärker gefestigt hatte und deine Zuneigung zu mir hoffentlich größer sein würde als deine Verärgerung.«

»Das ist keine gute Entschuldigung.«

»Vielleicht nicht«, räumte er zögernd ein. »Aber versteh bitte, warum ich so handelte: Weil es mir unendlich wichtig geworden war, dich zu einem Teil meines Lebens zu machen.«

Ellie schwieg und erinnerte sich zurück. Ja, auch ihr war es so ergangen. Wie hatte sie jeder neuen Nachricht, jedem Telefongespräch entgegengefiebert und bereits nach kurzer Zeit an mehr gedacht. Viel mehr.

»Du darfst nicht vergessen, dass ich es gut gemeint habe«, fügte er hinzu, als würde das ausreichen, um den ganzen Kummer auszulöschen, den ihr diese verfahrene Situation bereitete.

»Nein, das hast du nicht. Du hast mich benutzt …«

»So stimmt das nicht«, widersprach er. »Ich hoffte, du würdest dich nach der ersten Verärgerung freuen, deinen Vater kennenzulernen und zu sehen, welch anständiger und gütiger Mensch er ist. Dir hat man ihn ja ganz anders dargestellt.«

»Meine Mutter glaubte offenbar, ich würde ihn dann weniger vermissen.«

»Indem sie ihn aus deinem Leben verbannte?«

Ellie sah ihn nachdenklich an. »Inzwischen sieht sie ihre Fehler ein und gibt sie sogar offen zu. Damals hat sie nicht durchschaut, dass eine Verkettung unglücklicher Umstände sie auseinandergebracht hat.«

»Uns darf es nicht genauso ergehen, Ellie. Du hast jedes Recht, böse auf mich zu sein, denn ja, ich habe Fehler gemacht, und ja, ich habe es an Fingerspitzengefühl mangeln lassen. Und ich war so dumm, nicht gründlicher die möglichen Konsequenzen zu bedenken … Trotzdem wollte ich, Gott ist mein Zeuge, dir niemals wehtun. Dass du es als Täuschung, als Hintergehen, als Ausnutzen verstehen würdest, daran habe ich nie gedacht.«

»Ich wünschte, du wärst von Anfang an ehrlich zu mir gewesen«, flüsterte sie.

»Hättest du dann den Kontakt aufrechterhalten?«, fragte er, und sie hörte den Zweifel in seiner Stimme.

Das war die eigentliche Kernfrage, begriff Ellie mit einem Mal.

»Ich weiß es nicht«, gestand sie.

Wenn sie ehrlich zu sich war, musste sie einräumen, dass sie auf jeden Fall verärgert und gekränkt gewesen wäre. Zum einen wegen der Kontaktaufnahme unter falschen Vorzeichen und zum anderen, weil es nicht das Gleiche war, ob ihr Vater sich selbst an sie wandte oder ob ein anderer das für ihn erledigte.

»Siehst du, und genau da liegt das Problem«, fuhr Tom fort. »Ich wollte nicht riskieren, dich zu verlieren, und habe diese Gefahr dennoch heraufbeschworen. Lass es nicht so weit kommen. Deshalb habe ich dich auch gebeten, mir zu vertrauen, egal was an diesem Wochenende passiert.«

Sie zögerte, war nach wie vor nicht vollständig überzeugt von der Idee, Tom wieder in ihr Leben zu lassen.

»Sag mir, dass du gekommen bist, um mir eine zweite Chance zu geben.«

»Ich bin hier, weil mich meine Eltern gedrängt haben, mit dir zu reden«, erklärte sie sarkastisch. »Sogar meine Mutter, stell dir vor.«

»Aus welchen Gründen auch immer – ich bin froh, dass du da bist«, murmelte er, strich ihr sanft über die Arme und vertrieb das Frösteln, das die Anspannung in ihr ausgelöst hatte. »Dich zu verletzen oder auszunutzen war das Letzte, was ich wollte. Das musst du mir glauben, selbst wenn du mir sonst nichts glaubst.«

»Mein Vater hat praktisch dasselbe gesagt«, erwiderte sie mit einem Lächeln und gab ihren Widerstand auf. Es war an der Zeit zu akzeptieren, dass die Liebe nicht allein Glück und Freude bereithielt, sondern zugleich verwundbar machte. »Ich glaube, er ist ein kluger Mann, und es wäre schön, wenn er, mit Verspätung zwar, Teil meines Lebens würde.«

Tom küsste sie auf Stirn, Nase und Kinn. »Und was ist mit mir als Teil deines Lebens?«

»Darüber muss noch entschieden werden«, flüsterte sie bedeutungsvoll, bevor seine Lippen ihren Mund verschlossen.

»Hilft dir das bei der Entscheidungsfindung?«, erkundigte er sich.

»Ich denke schon«, gab sie mit einem spitzbübischen Grinsen zurück.

»Gut.«

Er küsste sie wieder und wieder mit sich steigernder Intensität, während Ellie sich an ihn klammerte und in seinen Armen verging. Gleichzeitig spürte sie, wie ihr Herz sich ihm voller Liebe öffnete.

Als sie sich voneinander lösten, rangen sie beide nach Atem.

»Was hättest du getan, wenn ich nicht gekommen wäre?«, wisperte sie.

»Ich weiß es nicht, doch bestimmt hätte ich die Dinge nicht einfach auf sich beruhen lassen. Du bist mir viel zu wichtig, um dich kampflos gehen zu lassen.«

»Wirklich?«

»Ja, wirklich.«

Ellie seufzte und ließ sich bereitwillig erneut in seine

Arme ziehen, und es kam ihr vor, als wäre dies genau der Platz, wo sie hingehörte.

»Bist du bereit, einen neuen Versuch mit mir zu wagen?«

Tom hielt sie auf Armlänge von sich, um ihr in die Augen sehen zu können.

»Das hängt ganz davon ab, ob du noch weitere Überraschungen für mich in petto hast«, antwortete sie mit leiser Ironie.

»Manche Frauen lassen sich gerne überraschen.«

»Bloß bin ich nicht manche Frauen …«

»Okay, keine Überraschungen mehr.«

Ellie lachte und presste das Gesicht gegen seine Brust. »Dann sind wir im Geschäft.«

Tom stimmte in ihr Lachen ein und drückte sie lange an sich. Dann gab er sie frei, griff nach ihrer Hand und verflocht seine Finger mit ihren.

»Ich glaube, sowohl deine Mutter als auch Scott würden sich freuen, wenn wir bei ihnen vorbeischauen.«

»Du meinst jetzt?«

»Was du heute kannst besorgen, das verschiebe nicht auf morgen – sagt man nicht so«, meinte Tom und legte einen Arm um sie. »Aber erzähl mir vorher schnell von den Missverständnissen zwischen den beiden und den Briefen, die sie nie erreichten, damit ich auf dem Laufenden bin.«

»Okay«, willigte sie ein und berichtete alles, was sie den Worten der Mutter und denen des Vaters entnommen hatte.

»Wie es aussieht, haben deine Großeltern so einiges zu verantworten«, stellte Tom fest, als sie geendet hatte.

Ellie nickte. »Leider hat meine Mutter es lange Zeit nicht gemerkt und ihnen zudem bis zum Schluss gute Absichten zugebilligt. Erst jetzt beginnt sie zu begreifen, was sie ihr damit angetan haben.«

»Warum hat sie eigentlich nicht wieder geheiratet?«

»Trotz allem liebte sie meinen Vater. Deshalb hat sie sich ja auch zweimal überwunden und wollte ihn bitten zurückzukommen. Dass sie ihn bei dieser Gelegenheit mit einer neuen Familie erlebte, hat sie vermutlich nie verwunden.«

»Das tut mir leid.«

»Muss es nicht. Weißt du, manchmal denke ich, dass alles vorherbestimmt ist und unsere Zukunft lediglich bis zu einem bestimmten Punkt von uns zu beeinflussen ist. Das meiste liegt in Gottes Händen, und das ist gut so.«

»Vielleicht war ja wirklich alles Fügung«, überlegte er. »Wenn deine Eltern wieder zusammengekommen wären, hätten wir uns höchstwahrscheinlich nie kennengelernt. So gesehen war ihr Unglück unser Glück. Und deshalb dürfen wir nicht zulassen, dass wir unsere Chance leichtfertig verspielen«, erklärte er feierlich und schob sie in Richtung ihres Autos. »Und jetzt lass uns schauen, was die beiden so getrieben haben.«

Virginia blickte erwartungsvoll auf, als Ellie und Tom den Aufenthaltsraum betraten. Als sie ihre ineinander verschlungenen Händen sah, lächelte sie.

»Habt ihr zwei eure Probleme aus der Welt geschafft?«

»Wir arbeiten daran«, erklärte Ellie, und das war genau die richtige Formulierung.

Sie hatten sich ausgesprochen und beschlossen, nach vorne zu schauen. Vielleicht waren nicht alle Differenzen ausgeräumt, eine Basis indes war geschaffen. Was das Leben für sie bereithielt, vermochte niemand vorherzusagen, doch es gab berechtigten Anlass zu der Hoffnung, dass es eine gemeinsame Zukunft sein würde.

»Mir scheint, es gibt mehrere Gründe zum Feiern«, erklärte Scott Reynolds. »Daher würde ich vorschlagen, dass wir das bei einem wunderbaren Dinner im DD's unten an der Bucht tun.«

»Eine gute Idee«, pflichtete Ellie ihm spontan bei, während Tom zustimmend nickte.

Virginia hingegen rutschte ein wenig unbehaglich auf dem Sofa herum.

»Vielleicht wäre es besser, wenn ich hierbliebe.«

»Nein, Mom«, widersprach Ellie. »Ich möchte, dass du mitkommst. Ohne dich wäre es nicht dasselbe.«

»Aber …«

»Ginny«, sagte Scott ruhig, »ich habe dich ebenfalls eingeladen. Mehr noch: Ich bestehe darauf, dass du uns Gesellschaft leistest. Jetzt, nachdem wir endlich reinen Tisch gemacht haben.«

Für ein paar Sekunden zierte sich Virginia weiterhin ein bisschen, blickte von einem zum anderen und willigte schließlich ein. Ellie unterdrückte ein Grinsen. Im Gegensatz zu den anderen wusste sie, dass ihre Mutter sich gern überreden ließ.

»Aha.« Tom zog die Augenbrauen in die Höhe. »Sieht

ganz so aus, als hätte es an diesem Tag mehrere Ausspra-
chen gegeben.«

Scott neigte leicht den Kopf, und Virginias Gesicht
überzog eine leichte Röte.

»Ja, wir haben uns ausgesprochen«, bestätigte sie. »Es
hat viel Verletzendes und viele Missverständnisse gegeben. Und vor allem habe ich Scott schwer verkannt.«

»Deine Familie …«, begann Scott und hielt inne.
»Lassen wir die Vergangenheit ruhen. Was geschehen
ist, lässt sich nicht ändern. Wichtig ist bloß, dass heute
Nachmittag ein neuer Abschnitt beginnt.«

»Wir haben frühen Abend«, berichtigte Virginia.

Scott lachte. »Du warst schon immer eine ganz Genaue, Ginny. Aber gut … Ob Abend oder Nachmittag
spielt keine Rolle. Hauptsache, ich habe meine Tochter
und den Sohn meines Herzens an meiner Seite, und meine Exfrau und ich reden wieder miteinander.«

»Wir reden nur, sonst nichts«, stellte Virginia klar.

»Richtig«, bestätigte Scott, »doch selbst das ist bereits
ein gewaltiger Fortschritt.«

Das war es in der Tat. Ellie suchte Toms Blick, und er
zwinkerte ihr zu. Es war ein Neuanfang für sie alle, und
dafür war sie unendlich dankbar.

31

Maggie nahm ihren Platz im hinteren Teil des Busses ein und presste den Kopf gegen das Fenster. Es fühlte sich angenehm kühl auf ihrer Haut an. Erschöpft schloss sie die Augen und versuchte nicht daran zu denken, was sie in Yakima alles erledigen musste.

Am schrecklichsten war ihr der Gedanke, es den beiden Söhnen zu sagen. Wie würden die Kinder reagieren, wenn sie ihnen eröffnete, dass Mom und Dad sich trennten? Vor Angst krampfte sich ihr Magen zusammen. Vielleicht begriffen sie die ganze Tragweite noch nicht, aber dass ihr Daddy nicht mehr bei ihnen lebte, das würden sie merken. Und ihn schmerzlich vermissen. Bereits jetzt drohten Kummer und Schmerz sie zu überwältigen.

»Geht es Ihnen nicht gut?«, fragte eine Frau von der anderen Seite des Ganges.

Maggie bedachte sie mit einem matten Lächeln. »Ich bin müde«, sagte sie. »Das ist alles.«

»Lange Nacht gehabt?«

»So was in der Art.«

Maggie schloss wieder die Augen. Sie war nicht in der Stimmung für ein Gespräch mit einer Fremden, die zudem in einer aufdringlichen Weise neugierig zu sein schien.

»Meine Güte, sehen Sie sich das an«, rief die Frau jetzt aufgeregt.

»Was denn?«, sagte Maggie automatisch, obwohl es sie nicht im Geringsten interessierte, was da draußen vor sich ging.

»Dieses Auto. Es hält sich direkt neben dem Bus, und der Mann gibt dem Fahrer irgendwelche Zeichen. Schätzungsweise will er ihn zum Anhalten bewegen.«

Maggie richtete sich auf und sah hinüber zu dem Fenster auf der anderen Seite.

Nein, das konnte nicht sein. Es handelte sich um einen Wagen derselben Marke wie der SUV, mit dem sie aus Yakima hergekommen waren. Sogar Modell und Farbe stimmten überein. Sie stutzte, und es fiel ihr wie Schuppen von den Augen, als sie den Aufkleber mit dem Logo von Jaxons T-Ball-Team entdeckte. Das Auto dort war das von Roy, und wer da so heftig winkte, war niemand anders als ihr Mann höchstpersönlich.

Erregt sprang Maggie auf, schnappte nach Luft und schlug eine Hand vor den Mund.

Was um Himmels willen hatte das zu bedeuten? Dass er ihr wie ein Irrer hinterherjagte, war das Letzte, was sie gebrauchen konnte. Oder erwartet hätte.

»Irgendein Pausenclown versucht Sie dazu zu bringen, rechts ranzufahren«, hörte sie einen Fahrgast dem Busfahrer zurufen.

»Bestimmt wieder einer, der den Bus verpasst hat und es deshalb auf diese Weise probiert«, erwiderte der Mann lakonisch. »So funktioniert das jedoch nicht, denn ich halte mich an die Vorschriften. Wer nicht rechtzeitig an der Haltestelle steht, hat Pech gehabt. So einfach ist das.«

Wie zum Protest ertönte lautes, anhaltendes Hupen.

»Was treibt er denn da?«

»Der Kerl ist ganz schön hartnäckig«, stellte Maggies Nachbarin kopfschüttelnd fest.

»Jetzt wechselt er ständig die Spur«, sagte jemand anders.

»Das wird ihm nichts nützen«, knurrte der Fahrer. »Ich halte nicht an, schon gar nicht auf dem Highway. Für niemanden. Firmenvorschrift. Ich fahre seit zehn Jahren diesen Bus, und ich habe keine Lust, wegen eines Idioten, der sich verspätet, meinen Job zu verlieren.«

Soweit Maggie das beurteilen konnte, teilten sämtliche Fahrgäste, sie eingeschlossen, die Meinung des Fahrers. Undurchsichtig waren hingegen Roys Beweggründe. Welcher Teufel mochte ihn reiten, sich dermaßen aufzuführen?

Was sie sich als Erstes spontan gewünscht hatte – dass er zur Einsicht gekommen sein möge –, hielt sie für unrealistisch. Es war ein Wunschtraum, den sie sich schnell wieder aus dem Kopf schlagen sollte. Ebenso unwahrscheinlich erschien es ihr, dass er ihre Begleitung für die Rückfahrt wünschte – dafür dürfte er genau wie sie die Hinreise in zu schlechter Erinnerung haben, als sich die Stunden in quälendem Schweigen zu einer Ewigkeit gedehnt hatten.

Mit anderen Worten: Sie hatte null Ahnung, warum er den Bus anzuhalten versuchte.

Als der Fahrer die Autobahn verließ, wandte Maggie

sich an die geschwätzige Frau. »Warum fahren wir vom Highway ab?«

»Weil eine Haltestelle kommt.«

»Sie meinen, der Bus hält zwischendurch in anderen Städten?«

»Aber ja, insgesamt sind es sechs. Cedar Cove war die zweite. Vier kommen noch.«

Obwohl sie sich hätte denken können, dass ein Flughafenbus mehrere Orte anfuhr, war sie überrascht. Unangenehm überrascht, weil das Roy in die Hände spielte.

Wieso hatte sie nicht nachgedacht? Das fing ja gut an mit einem eigenständigen Leben, wenn sie nicht einmal die einfachsten Dinge auf die Reihe brachte. Dass sie sich in einer desolaten Gemütsverfassung befand, ließ sie als Entschuldigung nicht gelten.

»Das Auto folgt uns«, teilte die Nachbarin ihr mit und verrenkte sich beinahe den Hals, um nur ja nichts zu verpassen.

»Auch recht«, warf ein Mann ein, der sich die Ohren zuhielt. »Dann hört er hoffentlich auf mit der verdammten Huperei.«

Der Bus steuerte einen Parkplatz an. Weit und breit war kein Haus zu sehen. Nicht einmal eine Tankstelle gab es, keinen Supermarkt, kein Fast-Food-Restaurant. Offensichtlich war der Platz lediglich als Haltestelle für den Bus gedacht.

Maggie sah ein paar Leute dort stehen. Der Fahrer verstaute die Koffer, zwei Frauen stiegen ein, die anderen blieben zurück. Kurz bevor sich die Türen ganz schlossen, zwängte sich Roy herein, achtete nicht auf die Proteste des Mannes am Steuer und auch nicht auf seine Aufforderung, er müsse eine Fahrkarte kaufen, sondern stapfte festen Schrittes an ihm vorbei nach hinten.

Direkt auf Maggie zu, die in ihrem Sitz zusammengesunken war. Den Kopf gesenkt, das Kinn auf die Brust gedrückt, weigerte sie sich, ihn anzusehen.

Dann stand er vor ihr. »Maggie, du musst mitkommen.«

Sie tat, als würde sie nichts hören.

»Maggie«, wiederholte er diesmal lauter. »Komm mit.«

»Warum?«, fragte sie und verschränkte die Arme vor der Brust.

Roy stieß zum Zeichen seiner Ungeduld vernehmlich den Atem aus. »Wir müssen reden.«

Ruhig bleiben, ganz ruhig, sagte sie sich, denn die Augen sämtlicher Insassen waren mittlerweile auf sie gerichtet. Eine Szene hatte ihr gerade noch gefehlt.

»Ich denke, es ist alles gesagt«, erwiderte sie leise. »Bitte, geh einfach. Reden können wir, falls du unbedingt willst, später in Yakima.«

»Nein, das kann nicht warten«, beharrte Roy, doch Maggie war nicht weniger stur.

»Es wird warten müssen.«

Der Fahrer unterbrach den fruchtlosen Wortwechsel. »Entweder Sie bezahlen, oder Sie steigen aus.«

»Geben Sie mir eine Minute«, bat Roy.

»Hören Sie, ich muss meinen Fahrplan einhalten. Treiben Sie es nicht so weit, dass ich den Sheriff verständige.«

»Das ist meine Frau«, sagte Roy, als würde das alles erklären.

»Nicht mehr lange«, widersprach Maggie.

»Okay, ihr zwei. Ich bin Busfahrer, kein Therapeut. Daher empfehle ich euch, eure Eheprobleme anderswo zu lösen. Ich bringe Leute nach Seattle, die ihre Flüge erreichen müssen.«

Da Roy keinerlei Anstalten machte, den Bus ohne sie zu verlassen, sah Maggie sich gezwungen, ihre Tasche zu nehmen und auszusteigen, bevor sie alle Fahrgäste gegen sich aufbrachte oder am Ende die Polizei auf der Bild-fläche erschien.

»Danke«, sagte der Fahrer sichtlich erleichtert, als er ihr draußen ihren Koffer reichte. »Nehmen Sie's mir nicht übel«, fügte er hinzu. »Tut mir echt leid für Sie, aber mein Fahrplan ... Vor Jahren hatte ich mal Ver-spätung, weil unterwegs vorzeitig ein Baby auf die Welt kam und ich helfen musste. Stand sogar in den Zeitun-gen von Seattle, und ich wurde im Radio interviewt. Bloß ist das etwas anderes, als wegen Eheproblemen an-zuhalten. Trotzdem: Sie sind eigentlich ein nettes Paar, und ich wünsche Ihnen, dass Sie Ihre Schwierigkeiten in den Griff kriegen.«

Schön wär's, dachte sie, hegte jedoch keine Hoffnung mehr. Sie hatten sich bereits zu weit voneinander ent-fernt, und zu viele böse Worte waren gefallen. Zudem lagen auf beiden Seiten die Nerven blank.

Und nun standen sie auf dem verlassenen Parkplatz. Der Bus fuhr ab, und die neugierige Frau winkte ihr aufmunternd zu. Roy schwieg, was Maggie angesichts der Tatsache, dass er sie wild hupend verfolgt und einen ganzen Bus voller Leute aufgehalten hatte, recht verwunderlich fand.

Wollte er ihr nicht angeblich etwas Wichtiges sagen – etwas, das keinen Aufschub duldete?

Als hätte er alle Zeit der Welt, ging er langsam zur Beifahrerseite und öffnete die Tür für sie. Dann nahm er ihren Koffer und verstaute ihn im Wagen, stieg anschließend ebenfalls ein. Die Fahrertür hatte sperrangelweit offen gestanden und legte Zeugnis ab von der Hast, mit der er aus dem Auto gesprungen war, um den Bus noch zu erreichen. Er sah zu Maggie hinüber, die den Kopf gegen die Fensterscheibe lehnte und die Augen geschlossen hielt.

»Woher wusstest du, wo du mich finden würdest?«, erkundigte sie sich mit einem Anflug von Neugier.

»Es war nicht einfach, dich aufzuspüren.«

»Ich dachte, es sei dir egal, wo ich bin.«

»Es ist mir nicht egal«, gab er mit Nachdruck zurück. »Und den entscheidenden Tipp, wo du steckst, habe ich von dem jungen Burschen im Coffeeshop erhalten.«

»Von dem mitteilsamen Connor, fast hätte ich es mir denken können.«

»Vorher bin ich durch die ganze Stadt gefahren und wusste schon nicht mehr, wo ich suchen sollte. Also begann ich, die Leute auf der Straße und in den Läden zu fragen und ihnen dein Foto zu zeigen. So geriet ich an Connor, der mir berichtete, du hättest nach dem Fahrplan des Flughafenbusses gefragt.«

»Warum hast du überhaupt nach mir gesucht?«

»Was glaubst du wohl?«

Wut stieg in ihr auf. »Bitte, Roy, nicht so. Du hast aus deinem Herzen keine Mördergrube gemacht, sondern mir klipp und klar erklärt, wie die Situation sich für dich darstellt. Dass du fertig mit mir bist und dieses Kind nicht willst. Daran dürfte sich in den letzten paar Stunden kaum etwas geändert haben. Insofern besteht nicht die geringste Veranlassung, erneut zu reden. Ich möchte jetzt auf dem schnellsten Weg nach Hause zu meinen Kindern und Pläne für meine Zukunft und ihre machen.«

Roy brauchte Zeit, um sich eine Antwort zurechtzulegen.

»Es ist schwer, sich damit konfrontiert zu sehen, dass die Frau, der man Liebe und Treue geschworen hat, möglicherweise mit dem Kind eines anderen schwanger ist.«

Seine Stimme klang gepresst, seine Miene war ausdruckslos, und seine Hände umklammerten so fest das Lenkrad, als müsste er sich daran festhalten.

Maggie wandte den Kopf ab, weil sie spürte, dass ihre Augen sich mit Tränen füllten. Was das betraf, vermochte sie nichts dagegenzuhalten und nichts zu beschönigen, und so wartete sie stumm darauf, dass er weitersprach.

»Ungleich schwerer allerdings fällt mir die Vorstellung, den Rest meines Lebens ohne dich zu verbringen. Und ich glaube sogar, dass ich das nicht schaffen würde. Ich bringe es einfach nicht fertig, uns in Zukunft nicht mehr als Einheit zu sehen. Das ist, als würde man mich in zwei Hälften reißen. Überhaupt eine Trennung in Erwägung zu ziehen und sie sogar zu verlangen, falls du nicht Konsequenzen ziehst – das war schlicht idiotisch.«

Maggie schluckte mehrmals, um ein Schluchzen zu unterdrücken.

»Du hast deinen Ehering im Zimmer der Pension zurückgelassen. Zuerst hat mich das wütend gemacht … Ich hielt es für einen Trick, einen Versuch, mich zu provozieren, denn ich konnte mich nicht erinnern, dass du ihn je abgenommen hast.« Er hielt inne und atmete tief durch. »Doch als ich den Brief aus dem College entdeckte, da wusste ich, dass es dir ernst war. Ich las ihn und erinnerte mich daran, wie ich ihn vor Jahren geschrieben und sorgfältig jeden Satz abgewogen hatte.« Er zögerte und fügte leise hinzu: »Ich meinte alles ernst, jedes einzelne Wort.«

»Damals«, entgegnete sie bitter.

»Auch jetzt noch«, versicherte er mit rauer, belegter Stimme. »Es stimmt nämlich nicht, dass sich in den letzten Stunden nichts geändert hat. Außer du betrachtest meine Erkenntnis, dass ich ohne dich nicht leben kann und will, als wertlos und nichtig. Zugegeben, es ist nicht leicht für mich, mit dieser Schwangerschaft umzugehen, aber ich will es versuchen. Gib mir eine Chance. Obwohl ich nicht garantieren kann, dass es mir immer gelingt, werde ich mein Bestes tun.«

Als Maggie den Kopf hob, sah sie Tränen über seine Wangen laufen.

»Mag sein, dass ich bislang nicht weiß, wie wir das durchstehen sollen«, flüsterte er mit gepresster Stimme. »Trotzdem glaube ich fest daran, dass es uns gelingt. Wir werden das und alles, was das Leben sonst noch an Krisen für uns bereithält, überleben.«

»Das Baby …«

Ihre Wangen waren jetzt ebenfalls feucht, und ein aufsteigendes Schluchzen machte ihr das Sprechen schwer.

»Ich verspreche, dass ich mich bemühen werde, dieses Kind zu lieben«, erklärte Roy. »Und es als meines zu betrachten. Von diesem Moment an.«

Maggie schlug die Hände vors Gesicht. »Ich weiß wirklich nicht, wer der Vater ist«, schluchzte sie. »Und ich frage mich, ob man es überhaupt lernen kann, das Kind eines anderen zu lieben. Irgendwie denke ich, das hieße, Unmögliches von dir zu verlangen.«

»Okay, wir wissen nicht, wer der Vater ist, die Mutter hingegen steht zweifelsfrei fest. Und ich werde dieses Kind allein deshalb lieben, weil es deines ist.« Roy wischte ihr sacht die Tränen weg. »Das Kind der Frau, die ich liebe.«

Bei diesem unverhofften Geständnis presste sie die Stirn gegen die Schulter ihres Mannes und ließ ihren Tränen freien Lauf.

»Es ist unser Kind, Maggie, deines und meines. Einen Vaterschaftstest wird es nicht geben. Wir schaffen das, wenn wir uns beide Mühe geben.« Er legte die Arme um sie und legte sein Gesicht auf ihren Scheitel. »Ich möchte ein besserer Mensch werden, Maggie«, flüsterte er, »ein besserer Ehemann und ein besserer Vater. Ich habe Fehler gemacht, aber ich schwöre bei allem, was mir heilig ist, dass so etwas nie wieder vorkommt.«

Inzwischen weinten sie beide hemmungslos, doch es

waren befreiende Tränen, die manches von ihrem Kummer und von ihren Sorgen fortspülten.

»Ich habe geschworen, dich zu lieben. In diesem Brief und am Tag unserer Hochzeit. Und heute versichere ich, dass es nach wie vor gilt. Nichts wird mich je dazu bringen, dich weniger zu lieben als jetzt, genau in dieser Minute«, sagte er und strich ihr liebevoll eine Haarsträhne von der Wange.

»Ich liebe dich ebenfalls, Roy.«

»Das weiß ich, mein Schatz, ich weiß.«

»Können wir nach Hause fahren?«

»Hat das nicht Zeit bis morgen früh?«

»Einverstanden.«

»Versprich mir eins …«

»Alles, was du willst.«

»Verlass mich nie wieder.«

»Versprochen.« Sie schlang die Arme um ihn und seufzte, fühlte sich plötzlich erschöpft und ausgelaugt. »Wir kommen darüber hinweg, Roy, so langsam glaube ich es ebenfalls«, murmelte sie.

Es war ein gutes Gefühl, nach den langen, schwierigen Wochen zu spüren, dass ihre Ehe nicht länger gefährdet war und sie selbst, als Paar wie als Familie, gestärkt aus der Krise hervorgehen würden.

»Ich hoffe, dass wir diesmal ein Mädchen bekommen«, murmelte Roy.

»Und wenn es ein Junge wird?«, zog Maggie ihn auf.

»Nun, ich nehme, was Gott uns schenkt.«

»Dieses Baby ist wirklich ein Geschenk, Roy, ein kostbares Geschenk.«

»Vor ein paar Stunden erst hättest du Mühe gehabt, mich davon zu überzeugen – jetzt denke ich, dass du recht haben könntest.« Er küsste sie erneut. »Obwohl er oder sie noch gar nicht auf der Welt ist, hat mich dieses ungeborene Kind bereits dazu gebracht, ein besserer Ehemann zu sein.«

»Und ich hoffe, eine bessere Ehefrau zu werden.«

»Bist du bereit loszufahren?«, fragte Roy.

Maggie stieß einen tiefen Seufzer aus und nickte. Sie war mehr als bereit.

32

Am Sonntagmorgen servierte ich meinen Gästen zum Frühstück frisches Obst, Brot aus der Bäckerei, knusprig gebratenen Speck und einen Eierauflauf. Nicht allein weil alle kräftig zulangten, merkte ich, dass eine völlig andere Atmosphäre herrschte als gestern. Ausnahmslos schienen alle gelöster, glücklicher Stimmung zu sein.

Ellie und Virginia versprachen, bald wiederzukommen. Kurz darauf traf Tom ein, und während er die Koffer herunterholte, setzten sich Mutter und Tochter auf die Terrasse. Ich hörte Ellie lachen und sah Virginia lächeln.

»Die jungen Leute scheinen sich wirklich gut zu verstehen«, sagte Ellies Mutter wenig später, als sie in der Küche hereinschaute.

»Das kommt mir auch so vor.«

»Ich habe Tom eingeladen, uns in Oregon zu besuchen, und schätzungsweise wird er Scott mitbringen.«

Die Frau war völlig anders, als ich nach den Berichten der Tochter vermutet hatte. Sie musste ihre Ansichten komplett revidiert haben. Was ich unwillkürlich dem Zauber des Rose Harbor Inn zuschrieb, der ungeachtet meiner pessimistischen Prognosen hinsichtlich dieser Gäste erneut seine heilsame Wirkung entfaltet hatte. In den Mauern des alten Hauses sollten Menschen ihr

Glück finden, dieses Versprechen hatte Paul mir in meiner ersten Nacht hier gegeben, und wieder einmal schien es sich bestätigt zu haben.

Bei Ellie und Tom, Virginia und Scott ebenso wie bei den Porters. Wenngleich ich den genauen Sachverhalt nicht kannte, vermochte ich mir einiges zusammenzureimen. Maggies bedrücktes Geständnis, dass sie schwanger sei, ließ zusammen mit Roys Wut tief blicken. Und Mark hatte bei der Überwindung der Krise offenbar Wunder bewirkt.

Als Roy mit Maggie im Schlepptau zurückkehrte, sprang mir die drastische Veränderung, die mit beiden vorgegangen war, sofort ins Auge. Sie wirkten fast wie ein frisch verliebtes oder frisch verheiratetes Paar, denn sie hatten nur Blicke füreinander.

Welch ein Wandel.

Die nächste Überraschung kam heute Morgen, als Roy am Frühstückstisch den anderen stolz von Maggies Schwangerschaft erzählte.

»Es ist unser Drittes«, verkündete er. »Und diesmal hoffen wir nach zwei Jungen auf ein Mädchen.«

»Herzlichen Glückwunsch«, sagte Ellie. »Haben Sie sich schon einen Namen überlegt?«

»Bislang nicht«, erwiderte Maggie und legte eine Hand auf ihren flachen Bauch.

»Margaret«, erklärte Roy hingegen spontan.

Seine Frau winkte ab. »Darüber denken wir später nach.«

Nach dem Frühstück erfuhr ich überdies, dass sie vor der Rückfahrt nach Yakima bei Mark hereinschauen wollten.

»Ach ja?«, fragte ich verwundert.

Roy nickte. »Er hat darum gebeten, dass wir kurz bei ihm vorbeikommen.«

Zwar fand ich das eigenartig, aber bei Mark wusste man schließlich nie, und außerdem war ich in Gedanken bereits bei meinem Dinner.

Gegen Mittag war das Haus leer, und ich machte mich gleich daran, die Zimmer für neue Gäste herzurichten, damit mir später genug Zeit für die Essensvorbereitung blieb. Ich schätzte, dass meine Familie gegen drei Uhr eintraf und wir ungefähr um fünf essen würden.

Ich blickte ein paarmal aus dem Fenster, um nachzuschauen, ob Mark bei dem schönen Wetter an dem Pavillon arbeitete, doch er tauchte nicht auf. Genau wie er es angedeutet hatte. Solange die Familie im Haus war, würde er sich rarmachen.

War vielleicht besser so. Inzwischen bedauerte ich es nämlich ehrlich, meine Mutter auf ihn angesetzt zu haben. Meine Neugier trieb in letzter Zeit wirklich seltsame Blüten, da hatte Mark nicht unrecht. Jemanden, den man als Freund betrachtete, derart hemmungslos auszuhorchen, das ging endgültig zu weit. Ich musste lernen, seine Privatsphäre zu respektieren.

Allerdings war das nicht der einzige Grund, warum ich die Gesellschaft meines Handwerkers momentan nicht unbedingt wünschte. Im Nachhinein war mir die Kusshand, die ich ihm nach seiner Unterhaltung mit Roy Porter impulsiv zugeworfen hatte, ziemlich peinlich.

Was hatte mich bloß dazu getrieben?

Nicht nur, dass ich deswegen letzte Nacht nicht schlafen konnte – schlimmer war die Furcht vor Marks Reaktion. Wie ich ihn kannte, würde es ihm eine diebische Freude bereiten, mir die Geschichte unter die Nase zu reiben und sie womöglich zum Anlass für eine seiner Analysen zu nehmen. Selbst wenn er leider oft recht hatte, hasste ich seine Angewohnheit, sich ständig als Hobbytherapeut zu betätigen.

Während ich noch die Küche aufräumte und sauber machte, klingelte im Büro das Telefon.

»Rose Harbor Inn«, meldete ich mich mit meiner geschäftsmäßigen Stimme, denn Privatanrufe kamen höchst selten auf dieser Leitung an.

»O hallo«, sagte eine Frau sichtlich überrascht. Mir schien, als hätte sie an einem Sonntag lediglich mit einem Anrufbeantworter gerechnet. »Ich rufe an wegen eines Zimmers«, fuhr sie fort und fügte hinzu: »Genauer gesagt wegen zwei Zimmern.«

Sie nannte ein Datum Anfang September, in weniger als einem Monat also.

»Einen Moment bitte.« Ich warf einen Blick in mein Reservierungsbuch. »Geht in Ordnung«, erklärte ich.

»Fein«, erwiderte die Anruferin lachend. »Meine Freundin und ich kommen zu einem Jahrgangstreffen. Ich bin Kellie, und meine Freundin heißt Katie.«

»Sie haben Ihren Abschluss an der Cedar Cove High gemacht?«

»Genau, aber inzwischen sind wir weggezogen und unsere Eltern ebenfalls. Ich lebe in San Francisco, Katie in Seattle. Von dort könnten wir natürlich pendeln, doch anders ist es bequemer. Vor allem wenn es spät wird.«

Wie interessant, dachte ich. Freundinnen, die für ein Klassentreffen nach Cedar Cove zurückkamen.

»Ich habe Sie für das Wochenende vorgemerkt und zwei Zimmer von Freitag bis Sonntag reserviert.«

»Perfekt. Bis dann«, sagte sie und hängte ein.

Irgendetwas faszinierte mich bereits jetzt an Kellie und Katie.

Meine Familie traf wie erwartet gegen drei Uhr ein. Ebenfalls wie erwartet sprudelte meine Mutter vor Neugier bloß so über.

»Ich hatte insgeheim gehofft, er würde seine Meinung ändern und uns beim Dinner doch noch Gesellschaft leisten«, waren ihre ersten Worte, als sie zur Tür hereinkam.

»Wenn du Mark meinst, lautet die Antwort Nein. Er kommt definitiv nicht«, erklärte ich und sah, wie sich Enttäuschung auf ihrem Gesicht abzeichnete.

Neugier lag bei uns in der Familie, wobei mein Vater seiner Frau diesbezüglich kaum nachstand.

»Du magst diesen Burschen, was?«, erkundigte er sich unverblümt und tauchte einen Finger in das Salatdressing, leckte ihn ab und nickte anerkennend.

»Dad! Mark ist ein Freund, nicht mehr und nicht weniger«, stellte ich richtig und fragte mich, was wohl ansonsten alles auf mich einprasseln würde bei diesem Familientreffen. Zweifellos hatten meine Eltern eingehend über mich und Mark diskutiert.

»Kein bisschen mehr?«, hakte mein Vater nach und zog seine buschigen Brauen mit skeptischer Miene hoch.

»Nein«, bekräftigte ich und beeilte mich, den Lachs für den Grill vorzubereiten, um weiteren Fragen zu entgehen.

Leider nahm das Kreuzverhör seinen Fortgang, sobald mein Bruder und seine Familie eingetroffen waren.

»Mom sagte, du hättest einen Typen eingeladen, den wir kennenlernen sollen«, bekam ich gleich bei der Begrüßung von Todd zu hören, der sich suchend umblickte.

»Sie meinte Mark, und bevor du weiternervst: Er ist ein Freund, der für mich allerlei Arbeiten in Haus und Garten erledigt.«

»Ach, ich erinnere mich. Mark ist dieser Handwerker, über den du dich so oft ärgerst.«

»Ich füttere ihn mit Plätzchen, um ihn gnädig zu stimmen«, scherzte ich und suchte nach einem Weg, das Thema zu wechseln.

Todd grinste. »Du magst ihn trotzdem, oder? Mom schien so etwas anzudeuten.«

Das konnte ja heiter werden! Wie oft sollte ich wiederholen, dass Mark ein Freund und kein potenzieller Lover war? Das musste doch irgendwann in ihre Schädel hineingehen.

Mein Bruder bedachte mich mit diesem wissenden Blick, der besagte, dass er zwischen den Zeilen zu lesen verstehe und weiterer Widerspruch zwecklos sei. Resignierend erkannte ich, dass ich besser beraten wäre, die Diskussion nicht durch weitere Dementis anzuheizen. Und so hielt ich für den Rest des Nachmittags den Mund.

Gegen sieben verschwanden alle wieder. Wenn ich mich nicht über Gebühr loben will, war das Dinner mehr als gelungen. Besser als erwartet. Das musste sogar meine Mutter zugeben, die meinen Kochkünsten bislang nicht sonderlich getraut hatte.

Als ich das Zusammensein mit meiner Familie und ihre ständigen Fragen und Spekulationen Revue passieren ließ, war ich einmal mehr froh, dass Mark es vorgezogen hatte fernzubleiben. Er schien für solche Dinge einen sechsten Sinn zu haben. Ich mochte mir gar nicht ausmalen, was für einem Verhör er andernfalls unterzogen worden wäre.

Mit einer Tasse Kaffee und begleitet von Rover, begab ich mich in meine Laube. Vor allem seit Mark dort eine Beleuchtung installiert hatte, suchte ich gerne am Abend diesen stillen, gemütlichen Zufluchtsort auf.

Ich redete gerade mit meinem vierbeinigen Gefährten, der ermüdet vom Toben mit Todds Kindern träge neben mir lag, als Mark auftauchte.

»Führst du etwa bereits Selbstgespräche?«, fragte er und ließ sich in den Sessel neben meinem fallen.

»Nein, ich unterhalte mich mit Rover, wenn du so willst.«

»Antwortet er?«

»Auf seine Art schon.«

»Jede Wette, dass er nicht widerspricht.«

»Ja, ganz im Gegensatz zu gewissen anderen Leuten«, erwiderte ich spitz.

Mark grinste, lehnte sich zurück und streckte seine Beine aus.

»Du hast Roy Porter gebeten, vor der Heimfahrt bei dir vorbeizukommen?«, erkundigte ich mich und erhielt wider Erwarten sogar eine Auskunft.

»Die Wiege, an der ich die letzten Monate gearbeitet habe, war fertig.« Er hielt inne, um dann hinzuzufügen: »Ich dachte, sie könnte den Porters gute Dienste leisten.«

»Mark, diese Wiege war ein Kunstwerk, und du hast sie verschenkt?«, erwiderte ich fassungslos.

Er zuckte die Achseln, als wäre das eine Kleinigkeit, und wechselte rasch das Thema.

»Wie lief das Dinner mit deiner Familie?«

»Ausgezeichnet.«

»Wollte keiner wissen, warum ich nicht erschienen bin?«

Er musste gerade fragen!

»Das schon, aber keiner hat groß nachgebohrt.« Ich hoffte, er würde es dabei belassen.

Zum Glück tat er es, und wir saßen eine Weile friedlich da und genossen die Schönheit des Abends.

»Eine Frage«, brach Mark das Schweigen.

O Gott, jetzt würde unweigerlich kommen, wovor ich mich fürchtete, und genauso war es.

»Du hast mir gestern einen Handkuss zugeworfen.«

»Wollen wir nicht lieber darüber hinweggehen?«

»Hast du das ernst gemeint?«

»Was? Den Kuss?«

Wenn ich mich lange genug dumm stellte, würde er vielleicht das Thema wechseln.

Er zögerte mit seiner Antwort. »Ich fürchte, wir begeben uns auf gefährliches Terrain, Jo Marie, und das beunruhigt mich.«

Gefährliches Terrain?

»Wieso?«, fragte ich, statt es rundweg abzustreiten.

Eine Antwort bekam ich nicht, denn Mark schwieg, und die Natur schien es ihm gleichzutun. Die Brise flaute ab, die Blätter raschelten nicht mehr, und der Gesang der Vögel verstummte. Selbst der Lärm des Straßenverkehrs kam mir plötzlich leiser vor.

»Mark?«

»Mein richtiger Vorname lautet Jeremy.«

»Jeremy?«, wiederholte ich verwirrt. »Wo kommt dann Mark her?«

»Das war der Name meines Vaters. Er war ein guter Mann, der sein Leben lang hart gearbeitet hat und meine Mutter und seine Kinder liebte. Er glaubte an Gott und an die Familie und an Amerika.«

»Und Jeremy?«

»Jeremy ist tot.«

Warum sagte er das? Warum klang seine Stimme so hart und bitter?

»Hör zu, ich muss es nicht wissen, du musst mir nichts erzählen.«

»Doch, diesmal halte ich es nämlich für wichtig.«

»Weil ich dich unter Druck gesetzt habe? Wenn du es aus welchen Gründen auch immer für dich behalten willst, ist das für mich okay. Es geht mich schließlich nichts an.«

»Das ist wirklich komisch.«

Ich weiß nicht, ob ich Mark je so ernst gesehen hatte.

Nervös und unsicher rutschte er auf seinem Stuhl herum, wippte mit den Füßen und kam mir vor wie jemand, der vor etwas davonlaufen wollte. Oder es am liebsten tun würde. »Was ist komisch?«

»Dass ich mit einem Mal Dinge preiszugeben bereit bin, die du mir vor ein paar Tagen nicht einmal unter Androhung der Wasserfolter entlockt hättest.«

»Und was hat diesen Sinneswandel herbeigeführt?«

Er richtete den Blick unverwandt auf mich. »Diese Kusshand von dir.«

Perplex schwieg ich. Inwiefern konnte eine letztlich bedeutungslose Geste etwas mit dem zu tun haben, was er mir anvertrauen wollte?

Mark hielt es nicht länger in seinem Sessel. Er sprang auf und schob die Hände in die Hosentaschen.

»Du musst wissen, wie ich zu dir stehe, Jo Marie.«

Meine Gedanken und mein Herz begannen gleichermaßen zu rasen, und mein Mund wurde schlagartig so trocken, dass ich nicht zu schlucken vermochte.

»Ich habe jeden erdenklichen Vorwand benutzt, um Zeit mit dir zu verbringen«, brach es unvermittelt aus ihm heraus.

Mir verschlug es endgültig die Sprache, und ich starrte ihn mit großen Augen an.

»Tu nicht so, als hättest du das nicht gewusst.«

»Nicht mal geahnt habe ich es«, stammelte ich und fragte mich verwundert, wie ich so blind hatte sein können.

Plötzlich fügte sich alles zusammen. Seine vielen Einmischungen, was ich zu tun und zu lassen hätte – etwa nicht auf die Leiter steigen –, und zuletzt seine Einladung an Peter McConnell, bei ihm zu übernachten, statt in meiner Pension zu logieren.

Wie so oft schien er zu wissen, was mir durch den Kopf ging.

»Ich sehe dir an, dass es dir langsam dämmert …«

»Ich wusste ehrlich nicht …«

»Du musst nichts weiter sagen«, unterbrach mich Mark. »Weil die Tatsache, dass ich mich zu dir hingezogen fühle, zu nichts führen wird. Ich bin entschlossen, die Sache im Keim zu ersticken.«

Ich presste die Fingerspitzen gegen die Schläfen und versuchte, Sinn in das scheinbar Unvorstellbare zu bringen.

»Ich erzähle dir das lediglich deshalb«, fuhr Mark fort, »weil ich merke, dass du anfängst, diese Gefühle zu erwidern.«

Glaubte er ernstlich, ich würde tiefere Empfindungen für ihn hegen? Nur wegen dieser blöden Kusshand? Oder lag er gar nicht so falsch, und ich war schiefgewickelt?

Offenbar. Zumindest wenn ich meine nächsten Worte nicht im Zustand kompletter geistiger Verwirrung formuliert hatte.

»Kannst du mir bitte einmal erklären«, sagte ich glatt, »warum es deiner Meinung nach zwischen uns keinerlei romantische Gefühle geben darf?«

Mark tigerte in dem kleinen Unterstand unruhig auf und ab und ließ sich Zeit mit seiner Antwort.

»Es gibt Dinge, die du von mir nicht weißt und über die ich auch nicht sprechen möchte.«

»Das geht völlig in Ordnung. Tut mir leid, dass ich das nicht früher respektiert habe. Deine Vergangenheit ist mir egal.«

»Aber mir nicht«, schrie er förmlich. »Aber mir nicht.«

Ich wusste nicht, was ich sagen oder wie ich antworten sollte.

Er hockte sich neben mich, griff nach meiner Hand und umschloss sie mit seinen beiden, hielt dabei den Blick unverwandt auf mich gerichtet.

»Du warst mit einem Helden verheiratet, der sein Leben geopfert hat, um unser Land zu verteidigen. Er war all das, was ich nicht bin. Ich bin nämlich das genaue Gegenteil von einem Helden, musst du wissen, und mit schweren Makeln behaftet. Schwach. Gebrochen. Stecke in einem tiefen schwarzen Loch, aus dem ich schwer wieder rauskomme. Wenn es eine Gerechtigkeit auf der Welt gäbe, hätte ich sterben müssen und nicht dein Paul.«

Als er sich aufrichtete und sich zum Gehen wandte, sprang ich auf und packte ihn am Arm, hielt ihn zurück.

»Das ändert doch nichts zwischen uns«, versuchte ich ihn zu trösten, aber mit einem Ausdruck unendlicher Trauer schüttelte er den Kopf.

»Da irrst du dich.«

»Nicht von meiner Seite aus.«

Einen Moment wirkte er unschlüssig und schien mit sich zu ringen, wich dann aus.

»Wie ich bereits sagte – es ist ein gefährliches Terrain, auf das wir uns begeben.«

»Mag sein«, antwortete ich. »Mag ja sein.«

»Ich denke, es wäre das Beste, wenn ich meine Zelte hier abbreche.«

»Du meinst, du willst die Gegend für immer verlassen?«

Obwohl er so etwas kürzlich als Möglichkeit für die fernere Zukunft erwähnt hatte, wäre ich nie auf die Idee gekommen, dieses Vorhaben könnte so bald in die Tat umgesetzt werden. Schließlich hatte er zugleich behauptet, sich in Cedar Cove wohlzufühlen.

»Es ist an der Zeit.«

»Was ist mit dem Pavillon?«, wandte ich ein, weil mir in der Eile nichts Besseres einfiel, um ihn von seinem Entschluss abzubringen. »Du gehörst eigentlich nicht zu den Leuten, die etwas nicht zu Ende bringen.«

Er zögerte. »Also gut, ich mache die Arbeit zuerst fertig.«

Zumindest ein kleiner Erfolg, der Aufschub gewährte. Trotzdem vermochte ich mich nicht wirklich darüber zu freuen, denn der Ausdruck in seinen Augen verriet mir, dass nichts, was ich vorbrachte, ihn generell umstimmen würde. Es war, wie ich vermutet hatte: Mark lief vor seiner Vergangenheit davon.

Trauer erfüllte mich.

Scheinbar reichten die magischen Kräfte, die ich dem Rose Harbor Inn zuschrieb, nicht aus, um die Wunden des Mannes zu heilen, der zu meinem besten Freund geworden war.